K. L. KREIG

All of You

K. L. KREIG

ALL of YOU

Roman

Ins Deutsche übertragen
von Antje Althans

LYX

LYX in der Bastei Lübbe AG
Dieser Titel ist auch als E-Book erschienen.

MIX
Papier aus verantwortungsvollen Quellen
FSC® C014496

Die Originalausgabe erschien 2017 unter dem Titel
»Found Underneath«

Textredaktion: Andrea Kalbe
Umschlaggestaltung: © Sandra Taufer, München
unter Verwendung von Motiven von © Shutterstock
(Maksim Shmeljov/Kanate/Taigi/HS_PHOTOGRAPHY)
Satz: Greiner & Reichel, Köln
Gesetzt aus der Adobe Caslon
Druck und Verarbeitung: GGP Media GmbH, Pößneck
Printed in Germany
ISBN 978-3-7363-1111-4

5 7 6

Sie finden uns im Internet unter www.lyx-verlag.de
Bitte beachten Sie auch: www.luebbe.de und www.lesejury.de

Gefunden.

Manchmal findet man sich mitten im Nirgendwo wieder, und
manchmal findet man mitten im Nirgendwo sich selbst.
~ Unbekannt

Anmerkung der Autorin

Dies ist KEIN eigenständiger Roman. Wenn ihr »All of Me« noch nicht gelesen habt, klappt dieses Buch sofort zu und lest zuerst das andere. »All of You« ist der Abschluss des »Finding-me«-Zweiteilers, der in der richtigen Reihenfolge gelesen werden muss, damit man die gesamte Geschichte verstehen und genießen kann. Habt ihr »All of Me« schon gelesen, schlage ich vor, dass ihr euch anschnallt und mit Papiertaschentüchern ausstattet. Es wird eine holprige Fahrt!

Prolog

Ein Tag, bevor ich Willow Blackwell kennenlernte

Shaw

Egal was die weibliche Bevölkerung denkt: Nur weil ein Mann sich entscheidet, Single zu bleiben, heißt das nicht, dass mit ihm etwas nicht stimmt.

Nehmt mich als Beispiel.

Mit mir ist alles in Ordnung.

Ich habe keinen Schaden.

Ich bin kein Soziopath, kein Narzisst und kein Einsiedler.

Ich habe weder eine schwarze Seele noch ein gebrochenes Herz.

Das Leben hat mich nicht so sehr gebeutelt, dass ich mir einbilde, keinen hinlänglich guten Partner abzugeben.

Ich habe keine traumatische Beziehung gehabt oder eine Frau getroffen, die mich für alle anderen »verdorben« hätte. Ich trauere nicht der Richtigen nach, die mir durch die Lappen gegangen ist.

Ich bin ein ganz normaler, bodenständiger Typ, der die *bewusste Wahl* getroffen hat, sich nicht ein Leben lang an eine Frau zu binden.

Seit mich mit vier Jahren der Duft des Erfolgs verführt hat, wusste ich, dass eine eigene Familie mein Leben nur beeinträchtigen würde, statt es aufzuwerten.

Ich will nicht wie ein Arschloch klingen, doch warum soll man sich für ein einziges Hauptgericht entscheiden, wenn einem das ganze Büfett zur Verfügung steht?

Ich arbeite hart. Ich amüsiere mich härter. Und mir gefällt das kleine Arrangement, das ich mit Noah habe. Es funktioniert gut, und ihr wisst ja, was nicht kaputt ist, soll man nicht reparieren.

Nein, ich bin glücklich, so wie ich bin.

Frei und ungebunden.

Ein selbst ernannter Junggeselle auf Lebenszeit.

Mein Leben ist perfekt, so wie es ist, und ich werde nie eine Frau kennenlernen, die das ändern könnte.

1. KAPITEL

Gegenwart

Shaw

Mir zittern die Hände. Mein Magen rebelliert. Pure Angst lässt Säure meine Magenschleimhaut verätzen. Die Säure kommt mir immer wieder hoch, und ich schlucke sie wieder hinunter.

Ich bemühe mich, nicht überzureagieren. Ich will Annabelle einen Vertrauensvorschuss gewähren, aber … *sollte* ich das? Sie ist nicht gerade Schneewittchen, und noch vor vier Jahren hätte sie nicht weiter vom Status einer Märchenprinzessin entfernt sein können.

Ihre Drogensucht hatte sie geschwächt, sie verändert, sie uns fast genommen. Hätte ich sie damals nicht gerettet, hätte sie nicht selbst gemerkt, dass sie den Tiefpunkt erreicht hatte, wäre sie schon lange verloren. Würde in einem Crackhaus vor sich hin vegetieren oder auf dem Friedhof neben meinem jüngeren Bruder ruhen, der zwei Tage nach seiner Geburt verstarb.

Ich wiederhole immer wieder die Worte des Arschlochs, das scharf auf meine Frau ist, und wünschte, es seien andere. Ich bete, dass sie nicht wahr sind.

»Bin ich im Spiel, Shaw?«, höhnt er. »Sie haben Ihre Schwester in jener Nacht vom Polizeirevier abgeholt. Haben es auf wundersame Weise geschafft, dass die Anklage wegen Kokainbesitzes fallen gelassen wurde. War sie nicht nass bis auf die Knochen? Vollkommen

außer sich? Welchen Schwachsinn hat Ihnen Ihre drogenabhängige Schwester aufgetischt, den Sie ihr mit der Gutgläubigkeit eines Fünfjährigen abgekauft haben?«

Rechts von mir hupt es laut. Erschrocken reiße ich das Steuer nach links, weil ich auf die rechte Spur geraten bin.

»Pass doch auf, du Arsch«, schreit eine Frau mit drei Kindern auf dem Rücksitz aus ihrem Autofenster, das sie extra heruntergelassen hat, um mich zu beschimpfen. Sie zeigt mir den Stinkefinger, bevor sie über eine gelbe Ampel rast, die auf Rot springt, während ich anhalte.

Super Vorbild. *Tretet nicht in ihre Fußstapfen, Kids.*

Während der Motor im Leerlauf läuft, schweifen meine Gedanken ab, und ich erinnere mich widerwillig an die Nacht, die sich mir für immer ins Gedächtnis eingebrannt hat.

»Merc, du musst herkommen.«

»Was ist los?« Mir wird ganz übel. Ich kenne die Antwort schon.

»Es ist deine Schwester. Sie ist ziemlich von der Rolle.«

Scheiße. Annabelle, was hast du jetzt wieder angestellt? Ich schnappe mir meine Schlüssel und bin schon zur Tür raus. Ich gleite auf den Fahrersitz und lasse den Motor des Wagens an. Die Bluetooth-Übertragung übernimmt. »Hast du meine Eltern angerufen?«

»Das hätte ich tun sollen, aber …«, weicht Bull aus, dessen raue Stimme aus den Lautsprechern dröhnt.

Erleichterung überkommt mich. »Danke, Mann. Bin gleich da.«

Ich rufe sofort Noah an, und eine halbe Stunde später treffen wir uns vor dem Polizeirevier von Seattle. Als wir aufgrund des Starkregens klatschnass eintreten, begrüßt uns Captain Ryan. Captain Cade Ryan, oder Bull, wie wir unseren besten Linebacker an der Highschool liebevoll nannten, ist ein guter Freund von Noah und mir.

»Was ist los, Bull?«, frage ich und versuche mich zusammenzureißen.

Er schüttelt den Kopf und biegt in den Gang links von uns. Wir folgen ihm schweigend durch einen Korridor nach dem anderen, bis wir vor einer geschlossenen Holztür stehen bleiben. Erst dann richtet Bull das Wort an uns. Nun, an mich.

»Deine Schwester braucht dringend Hilfe, Merc. Eine professionelle Therapie. Einen Entzug. Ich könnte sie sofort wegen Drogenbesitzes verhaften. Bei einer Verurteilung kriegt sie dafür fünf Jahre.«

Ich schließe die Augen und lasse verzweifelt den Kopf hängen. »Was hatte sie bei sich?«, frage ich, während ich mit leerem Blick auf den verfilzten Teppichbodenbelag starre, der vor zwanzig Jahren einmal hellbraun gewesen war. Jetzt ist er nur noch ein verfilztes Meer aus Dreck, schlechten Entscheidungen und verkorksten Leben.

»Kokain.«

»Scheiße«, fluchen Noah und ich laut.

»Hör zu, ich weiß nicht mal, ob es ihres war. Sie streitet es natürlich ab. Neben dem Wagen lag ein kleines Plastiktütchen, und sie saß mit noch drei Mädchen drin, aber es ist offensichtlich, dass sie was genommen hat.«

»Wo habt ihr sie gefunden?«

»In der Holsteen Road. Sie und die drei anderen Mädchen. Sie saß nicht am Steuer, aber es war ihr Wagen. Sie wurden wegen Geschwindigkeitsüberschreitung und unberechenbarer Fahrweise angehalten.«

Ich fixiere ihn mit einem verzweifelten Blick. Annabelle wird in Kürze siebzehn, und eine strafrechtliche Verurteilung würde ihr die Zukunft versauen. Dann könnte sie sich Stipendien und das College abschminken. Normalerweise kommt man bei einer Anklage wegen Drogenbesitzes mit einer Bewährungsstrafe davon … wenn man zum ersten Mal mit dem Gesetz in Konflikt gerät, und vor allem wenn man die besten Anwälte hat, zu denen ich zufällig Zugang habe. Doch das ist nicht ihr erstes Mal. Und das hier ist viel schlimmer als ein paar Portionsbeutel mit Gras. Sie könnte in echten Schwierigkeiten stecken.

»Und was jetzt?«

Aufgrund meiner unausgesprochenen und unlauteren Bitte an einen verdammten Police Captain herrscht große Anspannung. Wie kriege ich diesen Mist geregelt?

Nachdem er mich, wie mir scheint, qualvoll lang hat warten lassen, unterbreitet er mir einen Vorschlag. »Sie tritt auf der Stelle eine stationäre Entziehungskur an. Dreißig Tage mindestens.«

»Das kriege ich hin.« Ich weine fast angesichts dieses Geschenks, das er Annabelle macht, doch sie wird es nicht so sehen. Sie wird es schlimmer finden als eine Gefängnisstrafe.

»Besorg ihr Hilfe, Merc. Wenn ich sie noch einmal hier drin sehe, kann ich nichts mehr für sie tun. Und wenn einer von euch auch nur ein Sterbenswort sagt, bin ich meine Dienstmarke los.«

Ich habe vor Rührung einen Kloß im Hals. Ich nicke stumm, weil ich nicht antworten kann. Das tut Noah für mich. »Wir haben verstanden. Danke, Bull. Wir geben dir Deckung.«

Als Bull die Tür öffnet, erstarre ich beim Anblick des winzigen, fragilen Geschöpfs, das auf einem Metallstuhl an einem entsprechenden glänzenden rechteckigen Tisch sitzt. Annabelles Wangen sind mit Mascara verschmiert. Vom Weinen gerötete Augen, ruheloser Blick. Zerzauste blonde Haare. Ein geschwollener Cut an der Lippe. Ihre Kleider sind verrutscht, ihr Oberteil zerrissen. Ein Arm ist völlig zerkratzt. Ihre gesamten fünfundvierzig Kilo sind vollkommen durchnässt.

Sie sieht aus, als könnte sie durch einen schlichten Atemzug entzweibrechen.

»Bluebelle, was hast du dir angetan?«, stoße ich hervor und kann die Träne nicht zurückhalten, die mir übers Gesicht läuft.

In Zeitlupe blickt sie auf. Mir stockt der Atem, als ihre abgestumpften, eisblauen Augen sich auf meine heften. Sie braucht mehrere Sekunden, bis ihr klar wird, dass ich es bin, und als sie mich erkennt, springt sie vom Tisch auf und wirft sich in meine Arme wie früher als kleines Mädchen. Sie umschlingt mich mit Armen und Beinen und schluchzt hemmungslos.

»Was ist passiert, Belle?«

Sie antwortet nicht. Ihr winziger Körper zittert stumm an meinem.

Ich erinnere mich deutlich, dass ich eine halbe Stunde brauchte, bis ich sie so weit beruhigt hatte, dass ich sie aus dem Polizeirevier wegschaffen konnte, ohne Aufsehen zu erregen. Während ich Annabelle zu beruhigen versuchte, bemühte sich Noah, eine Klinik für sie zu finden. Als wir gingen, hatte er einen Aufenthalt in einer kleinen luxuriösen Einrichtung in Portland für sie arrangiert. Das Letzte, was wir brauchen konnten, war eine Klinik hier vor Ort, wo die Presse davon Wind bekommen konnte.

Annabelle hat mir nie viel von dieser Nacht erzählt, sodass ich bis zum heutigen Tag keine Details kenne. Wenn ich sie bedrängte, zog sie sich zurück, weshalb ich beschloss, dass es sich nicht lohnte, die Sache wiederaufzuwärmen, da ihr Leben eine ganze Weile auf der Kippe stand und ich ihr nicht durch ein Verhör den letzten Stoß versetzen wollte. Sie erlitt mitten in der Behandlung einen Rückfall, verließ die Klinik, kam wieder zurück. Aber sie hat es durchgestanden und es geschafft, clean zu bleiben, bis sie letztes Jahr einen Fehltritt beging und auf eigenen Wunsch in die Klinik zurückkehrte.

Drogensucht ist für alle Beteiligten eine herzzerreißende Erfahrung, den Suchtkranken eingeschlossen. Hoffnungen platzen, Loyalitäten werden zerstört, Vertrauen ausgehöhlt, bis es nicht mehr vorhanden ist. Es braucht ein ganzes Leben, um all das zurückzugewinnen, wenn das überhaupt möglich ist. Und ein Fehler … ein *einziger* Fehler kann dazu führen, dass auf dem Spielbrett alle aufs Startfeld zurückgehen müssen, verärgert darüber, von vorne anfangen zu müssen.

Auch wenn es ihr in letzter Zeit gut ging, gebe ich ohne Scham zu, dass ich es mit ihr nie viel weiter als bis aufs Startfeld geschafft habe. Als ich jetzt am Eingang der Allen Library stehe und meine Schwester, die ihre Nase in ein Buch gesteckt hat und ganz gelehrt, glücklich und jugendlich-frisch aussieht, beobachte, erstarre ich.

Kann ich ihr auch nur ein Wort glauben?

Werde ich Antworten auf Fragen finden, von denen ich nicht einmal sicher bin, dass ich sie wissen will?

Meine ganze Zukunft hängt von meiner kleinen Schwester ab. Ist das nicht die totale Ironie? Vor ein paar Jahren hing ihre ganze Zukunft von mir ab. Ein einziges Mal im Leben brauche ich von einem anderen Menschen etwas und fühle mich im Stich gelassen. Bei der Vorstellung, Willow nicht mehr in meinem Leben zu haben, zieht sich meine Brust zusammen.

Vielleicht sollte ich lieber bei Bull anklopfen, um herauszufinden, wie zum Teufel Reid »Arschgesicht« Mergen überhaupt von einem Fall wissen kann, dessen Akte angeblich »verlegt« wurde. Vielleicht sollte ich das Problem aus einer ganz anderen Richtung angehen und Reid Mergen dabei so tief vergraben, dass er nie wieder Tageslicht sieht. Seinen Ruf so beschmutzen, dass ihm niemand mehr auch nur eins der bösartigen Worte glaubt, die er absondert.

Ja. Neuer Plan.

Ich bin schon halb an meinem Wagen, als ich hinter mir Annabelles melodische Stimme höre. »Hey, wo willst du hin?«

Für den Bruchteil einer Sekunde erwäge ich, so zu tun, als hörte ich sie nicht. Einfach nur in den Wagen zu steigen, zum Polizeirevier zu fahren und herauszufinden, wer Bulls Spitzel ist. Wenn ich mich zu ihr umdrehe, wenn ich mit meiner Anschuldigung einen Keil zwischen uns treibe, kann ich es nicht mehr zurücknehmen. Wenn die Katze einmal aus dem Sack ist, werde ich das haarige Ungeheuer nie mehr zurückstopfen können.

Vielleicht ist das genau das, was Mergen will. Vertrauen zerstören. Zweifel säen. Eine Falle stellen, in der ich mich selbst anzünde, während er mit dem Feuerlöscher dabeisteht, den er nicht zu benutzen beabsichtigt.

Doch als ich an seinen Hohn zurückdenke, weiß ich, dass darin etwas lag, das ich nicht wahrhaben wollte, während ich mit dem Gedanken spielte, ihn zu erwürgen.

Feste Überzeugung.

Er war sich so verdammt sicher, dass seine Behauptungen wahr waren.

Sei kein Weichei, Merc. Ich kann vor der Sache nicht davonlaufen, selbst wenn ich es wollte. Ich muss wissen, was in jener Nacht geschah, jetzt erst recht. Und wenn etwas passiert ist, rausfinden, wie ich die Konsequenzen abmildern kann, ohne dabei einen Menschen zu verlieren, den ich liebe.

2. KAPITEL

Shaw

»Ich hab nur was vergessen. Aber das kann warten«, antworte ich, als ich mich zu ihr umdrehe.

»Sicher? Du siehst« – sie kneift die Augen zusammen, legt den Kopf schief und mustert mich einen Tick zu genau – »merkwürdig aus.«

Was? Strömt mir die Panik, die in mir wie eine Flut anschwillt, aus den Poren? Macht sie mein Gesicht hager? Meinen Blick vor Angst wirr? Man stelle sich das vor!

»Du siehst mal wieder Gespenster, Bluebelle.«

Sie presst den Mund zu einer dünnen Linie zusammen. Mein Ablenkungsmanöver ist gescheitert. Erneut überlege ich kurz, ob ich abhauen soll, aber scheiß drauf. Dieses Gespräch zu verschieben, wird es nicht einfacher machen. Und es macht diesen Mist ganz sicher nicht ungeschehen.

Ich nehme sie sanft am Arm und dirigiere sie zu einer freien Bank unter einer großen Eiche am Gehweg. Der Herbst hat Einzug gehalten, und die Natur ist wehrlos gegen ihn. Die Blätter nehmen schon kupferrote und gelbe Töne an. Ein paar wenige sind bereits ausgetrocknet und früh abgefallen. Während wir schweigend gehen, rascheln sie unter unseren Füßen.

Ich setze mich hin und genieße die Wärme des Metalls, die durch meine Anzughose dringt. Ich habe Angst, dass sich mein Körper gleich so kalt wie Trockeneis anfühlen wird.

»Was ist los, Shawshank?«

Ich lasse den nervigen Spitznamen aus meiner Kindheit an mir abperlen, blicke stur geradeaus und beobachte das geschäftige Treiben auf dem Campus. Ich weiß noch, wie ich früher zwischen meinen Kursen draußen saß wie jetzt und die Studienanfängerinnen beobachtete, die tugendhaft und nichtsahnend an mir vorbeischwirrten, während ich sie sichtete, um die Schamlosen unter ihnen herauszufiltern, damit Noah und ich uns später mit ihnen amüsieren konnten.

Wäre Willow damals vorbeispaziert, wäre sie sofort aussortiert worden. Zu süß, zu bieder. Viel zu unschuldig. Und wie schade das gewesen wäre! Niemals ihre weichen Rundungen oder ihre seidigen Haare zu berühren. Nie zu spüren, wie sie unter meinen Liebkosungen dahinschmilzt, oder das Stocken ihres Atems zu hören, wenn sie unter meinem schweren Körper die Selbstkontrolle verliert. Himmel, der Gedanke, sie niemals wieder meinen Namen flüstern oder stöhnen zu hören, ist unerträglich. Sie hat mich so verändert, wie ich es nie für möglich gehalten hätte. Anscheinend ist sie die Frau, auf die ich gewartet habe, und ich hätte sie mit einem flüchtigen Blick aus genau dem Grund ausgemustert, aus dem ich mich heute zu ihr hingezogen fühle.

»Was hast du an dem Abend gemacht, als du wegen Kokainbesitzes aufgegriffen wurdest? Und diesmal will ich die Wahrheit, Bluebelle.«

Ich sehe sie nicht einmal an, als ich mit dieser Frage herausplatze, die mit der Wucht eines Mack Trucks von hinten in sie reinknallt. Ich weiß, dass es so ist, denn ich höre, wie der Atem aus ihrer Lunge entweicht, kurz bevor sie nach Luft schnappt.

Ich drehe den Kopf, um meine Schwester scharf anzusehen. Sie starrt mich schockiert an. Ich kenne den Grund. Das ist ein Tabuthema zwischen uns. Verdammt, für die gesamte verdammte Familie. Wir gehen alle wie auf Eiern und hoffen, dass sie unter unseren schweren Schritten nicht zerbrechen. *Sprecht nie darüber, wie Annabelle außer Kontrolle geraten ist. Es könnte sie aufregen.* Es ist, als sollten wir alle vergessen, dass sie eine Suchtkranke im Genesungsprozess ist. Dass sie *immer* eine genesende Suchtkranke sein wird.

Doch ich habe es nie vergessen. Und sie sollte das auch nicht. Das sollte keiner, dem sie wichtig ist. Anscheinend hat das auch ein Außenstehender nicht getan, der jetzt ganz versessen darauf ist, mir wegzunehmen, was mir gehört, indem er meine Liebe zu meiner Familie gegen mich verwendet. Er kann ja nicht ahnen, dass es genau diese Liebe zu meiner Familie ist – und dazu gehört inzwischen auch Willow –, die mich antreiben wird, ihn zu zerstören.

»Beantworte die Frage, Bluebelle.« Ich dämpfe meinen Ton nur unwesentlich, und meine heisere Stimme verrät meine Anspannung. Sie verheimlicht mir etwas. Ich sehe das glasklar in ihren eindrucksvollen blauen Augen. Sie versuchen, unter die Oberfläche zu tauchen und versteckt zu bleiben.

Tja, ich ziehe sie wieder nach oben. Es ist an der Zeit, die alten Gespenster zu Tage zu fördern, egal wie laut sie heulen.

»Warum …?« Sie hält inne, um zu schlucken, und das Schuldgefühl, das mich immer beschleicht, wenn ich meine kleine Schwester aufrege, wird größer, als ihre Augen feucht werden. Ich kämpfe gegen meinen Instinkt an, ihr eine Ausweichmöglichkeit zu eröffnen. Ich brauche diese verdammte Antwort. Für mich, für Willow, aber ehrlich gesagt … hauptsächlich für sie. Dieses Wahlkampf-Arschloch hat etwas gegen sie in der Hand, und ich muss herausfinden, was es ist, und es aus dem Weg räumen. Vielleicht kann ich es sogar zu Grabe tragen, bevor Willow überhaupt davon erfährt.

»Warum fragst du mich das jetzt?«, fragt sie mit belegter Stimme.

Das Gewicht dessen, was sie nicht gesagt hat, wiegt so verdammt schwer, dass meine Halsmuskeln erschlaffen und ich den Kopf senken muss. Ich falte meine Hände und lasse sie zwischen meinen Beinen nach unten hängen, während ich mich bemühe, meine Atmung *und* mein Temperament unter Kontrolle zu halten.

Ich stehe an einer der größten Wegscheiden meines Lebens. Verrate ich mich und frage sie einfach rundheraus, oder manipuliere ich sie mit Fragen wie in einem gottverdammten Kreuzverhör und hoffe, dass sie sich selbst ein Bein stellt und ich sie bei einer Lüge ertappe?

Das ist unerträglich.

Ich war nie der Typ, der um den heißen Brei herumredet. Ich komme sofort auf den Punkt und habe keine Zeit für Bullshit. Zumindest bei allen außer ihr. Meiner seelisch fragilen kleinen Schwester, für die ich mein Leben hingeben würde. Doch das hat heute ein Ende. Das muss es. Ich muss wissen, was auf mich zukommt. Ich kann nicht im Dunkeln tappen und hoffen, blind eine Rettungsleine zu fassen zu bekommen.

Ich hebe den Kopf wieder und drehe mich zu ihr. Der Brunnen aus Tränen in ihren Augen ist kurz davor, überzufließen. »Ich frage dich jetzt, weil es jetzt wichtig ist. Warst du in jener Nacht auf der Schultz Bridge?«

Aus ihren Wangen entweicht alle Farbe, und der Damm, der das Wasser zurückhält, bricht. Tränen strömen über ihre blasse Haut, während sie mich weiterhin unverwandt anstarrt.

Und da weiß ich es.

Meine Schwester hat etwas mit dem frühzeitigen Tod von Charles Blackwell zu tun.

Himmel Herrgott.

Meine Schwester hat mitgewirkt in jener Nacht, die das Leben eines Menschen beendete: des Vaters der Frau, die ich liebe. Mir ist, als hätte ich Steine verschluckt. Meine Lunge zieht sich zusammen, als hätte jemand einen Strick drum herum geschlungen und würde mit aller Kraft daran ziehen. Mir ist speiübel.

Als sie leise antwortet: »Ich weiß nicht«, flippe ich aus.

»Du *weißt* es nicht?«, brülle ich, woraufhin ein paar Passanten erschrocken stehen bleiben. »Oder soll *ich* nur nicht wissen, dass du den Tod eines unschuldigen Menschen verursacht hast, während du mit Kokain zugedröhnt warst?«

»Wovon sprichst du, Shaw?«, fragt sie mit erstickter Stimme.

Oh Scheiße nein. Wir tun das nicht hier. Ich hätte dieses Gespräch niemals in aller Öffentlichkeit beginnen dürfen.

Ich ziehe sie am Ellbogen hoch und führe sie zum Wagen. Als wir beide drin sitzen, ist sie stinksauer.

»Ich habe niemanden umgebracht, Shaw«, schreit sie mit wirrem Blick. Sie pult abwesend an einer verschorften Wunde an ihrem Arm, die zu bluten beginnt. »Ich schwöre es. Ich schwöre es.« Sie wiederholt diese drei Worte immer wieder.

Sie hat in meinem Beisein einen Zusammenbruch.

Ich halte den Finger fest, der sich in ihre Haut bohrt. Unter meinen Fingerspitzen verschmiert warmes Blut. Sie zittert. Ihre angsterfüllten Augen treten hervor und fixieren mich so, dass es fast schmerzt. Ich kneife mich in den Nasenrücken, atme mit geschlossenen Augen langsam ein und aus und überlege mir meinen nächsten Schritt.

»Erzähl mir alles, was du von dieser Nacht noch weißt.«

Sie blinzelt mehrmals, bevor sie ihre Aufmerksamkeit auf die Frontscheibe richtet. Mit jeder Sekunde, die vergeht, verliere ich nicht nur die Geduld, sondern auch meinen verdammten Verstand.

»Annabelle«, knurre ich.

»Ich weiß nicht mehr viel«, sagt sie tonlos.

»Definiere *nicht viel.*«

In der Hoffnung, ihr Starthilfe zu geben, da sie jetzt in ihrer eigenen Gedankenwelt verloren zu sein scheint, drücke ich sanft ihre Hand. Ich zähle die Sekunden, denn ich bin kurz davor, aus der Haut zu fahren.

Als sie endlich spricht, klingt es monoton, als hätte sie sich von diesen Ereignissen abgekoppelt. »Ich war mit Hannah, Emily und Lia aus. Wir haben ein bisschen gekifft, bevor wir zu einer Party im Valley gegangen sind.« Ich rolle im Geist mit den Augen. Rainier Valley gehört nicht gerade zu den attraktivsten Stadtteilen Seattles. »Es war immer noch ziemlich früh, aber als wir dort ankamen, war richtig was los.«

Wenn sie mit »richtig was los« meint, dass es nach gekochtem Meth, fettigen Haaren und tagealten Orgien stank, dann kann ich mir ziemlich gut vorstellen, wo sie hineingeraten war. Als Annabelle fünfzehn war, musste ich sie einmal von einer dieser Partys wegholen. Der Gedanke, dass sie sich an einem solchen Ort aufgehalten und ihre Zukunft das Klo runtergespült hat, versetzt meinen Magen in Aufruhr.

»Als wir reinkamen, reichte mir jemand einen Woolie und ein Bier. Wir haben rumgehangen und ein paar Typen beim Gitarrenspielen zugehört.« Sie hält kurz inne, bevor sie leise hinzufügt: »Sie waren gut. Einer war süß.«

Mir geht die Geduld aus. Und zwar schnell. »Können wir vielleicht zu der Stelle kommen, an die du dich nicht erinnerst? Denn du klingst, als wüsstest du noch ganz schön viel.«

Sie wirft mir einen wütenden Blick zu, bevor sich ihre Mundwinkel einen Tick heben, doch sie gehen so schnell wieder nach unten, dass es Einbildung gewesen sein kann. Mit ihrer freien Hand fängt sie an, systematisch an ihrer Jeans zu zupfen, und da weiß ich, dass es jetzt richtig schlimm wird.

»Ich musste mal aufs Klo, deshalb musste ich mich durch den Flur schlängeln. Da hab ich ihn gehört. Eddie.« Sie verstummt.

Scheiß Eddie Lettie. Ihr Drogendealer, ihr vermeintlicher Freund, der Fluch ihres Lebens.

»Ich wusste, ich sollte nicht hinschauen. Ich wusste, ich sollte einfach weitergehen und vergessen, dass ich etwas gehört hatte. Aber ich konnte es nicht. Es war nicht das erste Mal, dass er mich mit irgendeiner mit Koks zugedröhnten Schlampe betrogen hat.« Sie hält inne und leckt sich die Lippen. Ihre Stimme ist völlig emotionslos, als sie sagt: »Er hatte eine Mini-Orgie am Laufen – hatte einen Dildo im Arsch, während er irgendeine Hure fickte.«

»Herrgott, Annabelle.«

Sie ist meine kleine Schwester. Ich habe sie gewickelt, ihr das Fläschchen gegeben. Ihre Schürfwunden verbunden und ihr die Nase geputzt, wenn sie krank war. Ich habe mir von ihr die Nägel knallrosa lackieren lassen und sie zu mir ins Bett kriechen lassen, wenn sie schlecht geträumt hatte. Ich bin mir verdammt sicher, dass ich die Worte »Orgie«, »gefickt« oder »Dildo« nicht aus ihrem süßen Mund hören will. Und ich will auch ganz sicher nichts über Eddies Sexualleben wissen.

»Was denn?«, fragt sie und sieht mich endlich mit feuchten Augen an. »Du wolltest doch hören, was in jener Nacht passiert ist. *Das* ist passiert.«

»Er ist es nicht wert, Bluebelle.« Ich wische ihr eine Träne von der Wange.

»Ich weiß«, antwortet sie und fährt mit den Fingern über dieselbe Stelle. »Jetzt weiß ich das, doch in jener Nacht hatte ich wieder einen Streit mit Mom und Dad. Ich fühlte mich so allein und brauchte das Gefühl, von jemandem gebraucht zu werden. Egal von wem.« Sie blinzelt mehrmals und senkt die Stimme ein wenig. »Gott, er war so ein arroganter Scheißkerl. Ich hätte einfach weggehen sollen, aber das tat ich nicht.«

Ihr Blick geht an mir vorbei. Ich warte ab, während sie in ihren Erinnerungen kramt.

»Ich stand da wie ein unschuldiges kleines Mädchen, das nicht weiß, was es mitansieht. Er bemerkte mich. Er war zugedröhnt, das konnte ich sehen. Er lachte und stieß in die Frau, die er fickte, bis sie aufschrie. Dann würgte er sie, bis ihre Augen in ihren Hinterkopf rollten. Er sagte mir, ich sei als Nächste dran. Dass es an der Zeit sei, dass er mich gut zuritt, weil er es hart und schmerzhaft mochte. Er sagte, ich solle mir eine Line ziehen, dann wäre ich schön gefügig, wenn er und sein Kumpel sich damit abwechselten, mich in den Arsch zu ficken und mich zum Bluten zu bringen. Er sagte mir, er wolle mich dazu bringen, dass ich weinen und um mein Leben betteln würde, während er mich so lange würgte, bis ich käme.«

Je mehr sie sagt, desto getrübter wird mein Blick. Es wird dunkel. So verdammt dunkel, dass ich glaube, vor Wut zu erblinden. Ich will schlucken und kann nicht. Meine Kehle ist vor Rachegelüsten zugeschwollen. Hat er es getan? Hat er es durchgezogen? Hat er meiner kleinen Schwester nach seinen kranken und verdorbenen Drohungen Gewalt angetan? War sie in jener Nacht deshalb so von der Rolle?

Wenn es so war, wenn ich nur einen Hinweis finde, dass er ihr auch nur ein Haar gekrümmt hat, ist Eddie Lettie tot. Scheiß drauf. Er ist sowieso tot, weil er bloß daran gedacht hat.

»Was noch?« Gott, das herauszupressen tat weh. Bitte sag

um Himmels willen nicht, dass er etwas getan hat, sonst frage ich jede einzelne Person in meinem Bekanntenkreis, bis ich jemanden finde, der die richtigen Leute kennt, die ihn im Schlaf ausweiden und seine Leiche für immer verschwinden lassen. Noah kennt bestimmt jemanden.

Sie beißt sich die Lippe auf, bevor sie mich unbehaglich ansieht. Mein Bauch fühlt sich an, als würde er ausbluten. »Dann sagte er zu mir, er wüsste, dass es mir gefallen würde, weil er gehört hätte, dass Abartigkeit bei uns in der Familie läge.«

Das war's. Der Wichser stirbt. Langsam und schmerzhaft. Er wird gefoltert, bis er wie ein kleiner Feigling nach seiner Mama schreit.

Bis vor Kurzem habe ich nicht viel darüber nachgedacht, doch meine Neigung, mir mit meinem besten Freund Noah Frauen zu teilen, ist viel bekannter, als ich mir hätte träumen lassen. Sie hat meiner Familie geschadet, ihren Ruf beschmutzt, war selbst bis zu meiner kleinen Schwester vorgedrungen, und das zu einem Zeitpunkt, zu dem sie sich für Football-Matches hätte begeistern und sich um ihre Zwischenprüfungen sorgen sollen.

»Es tut mir so –«

»Nein. Nicht.« Sie winkt ab. »Er hat nicht nur dich gemeint.« *Lincoln. Sie meint unseren Bruder, den wir beide verehren.* »Ich bin geblieben. Ich weiß, ich hätte weggehen sollen, aber ich bin geblieben und habe ein paar Lines geschnupft, bis die Euphorie einsetzte. Aber ich fühlte mich komisch ... komischer als sonst. Als wäre ich von meinem Körper abgekoppelt. Und ich hatte Angst, weil ...«

Himmel, ich will das nicht hören. Ich will nicht danach fragen. Ich will es nicht wissen. Aber ich muss bis zum *Danach* kommen. Ich muss verstehen, wie sie auf der Schultz Bridge gelandet ist.

»Weil was, Bluebelle?«, hake ich diesmal sanfter nach, um über den rotglühenden Taumel des Hasses und der Wut hinwegzutäuschen, der sich einen Weg durch meine Adern brennt.

Als sie mir in die Augen sieht, bringt mich der Ausdruck darin um. Sie versucht es zu verbergen. Sie versucht immer, es zu verbergen, doch anders als bei Willows undurchdringlichem Schleier sehe ich durch den meiner Schwester direkt hindurch. Ihre Seele ist komplex. Voll Selbstekel und Schatten von Dämonen, die ich nicht verstehe. Wie sehr ich mir wünsche, dass sie immer noch klein wäre und ich sie beschützen könnte! Dann könnte sie auf meinen Schoß klettern und mir den Mund mit dem rubinroten Lippenstift meiner Mutter anmalen, statt mein Herz mit diesem verdrehten Unzulänglichkeitsgefühl zu martern, an das sie sich klammert.

»Weil ich dachte: Vielleicht bin ich wie sie. Vielleicht bin ich verdorben und abgefuckt, und das ist es, was mit mir nicht stimmt. Weil ich wirklich daran dachte, ihn all das, was er angekündigt hatte, mit mir machen zu lassen.«

»Herrgott«, murmele ich und kann ihr nicht mehr in die Augen sehen. Sie wartet darauf, dass ich sie verurteile. Das tue ich auch, aber sie soll es nicht sehen. Aber die Frage, die mir auf den Nägeln brennt, kann ich ihr nicht stellen, weil ich ihre Antwort nicht ertragen könnte.

»Du verstehst das nicht, Shaw. Ich war in einem ganz üblen Zustand«, fährt sie in diesem irritierend ausdruckslosen Ton fort. »Ich wollte einfach nur geliebt werden, und sei es von irgendeinem Arschloch, das nur so tat, als sei ich ihm wichtig.«

»Annabelle …« Mein Herz windet sich vor Qual. »Du wurdest geliebt. Du *wirst* geliebt.« Ich nehme ihr Gesicht in die Hände und wische die Tränen weg, die ihre Wangen befeuchten. Am liebsten würde ich sie schütteln, bis sie Vernunft annimmt.

»Du brauchst kein wertloses Stück Scheiße wie Eddie Lettie, um dein Selbstwertgefühl zu steigern. Typen wie er höhlen es nur aus, bis nichts mehr davon übrig ist.«

»Ich weiß.«

Tut sie das wirklich? Sie sagt immer das Richtige zum richtigen Zeitpunkt, doch meist bezweifele ich, dass sie auch nur ein Wort davon glaubt. Sie ist immer noch so durcheinander und gepeinigt von dem, was auch immer sie auf diesen zerstörerischen Weg gebracht hat.

»Kurze Zeit später kam Eddie aus dem Schlafzimmer. Er hatte seine Jeans an, doch der Reißverschluss stand offen, und er …«

»Er hat was?« Ich kriege kaum noch Luft. Als sie zusammenzuckt, lockere ich meine Finger um ihr Kinn. Am liebsten würde ich mit der Faust gegen etwas schlagen, bis die Haut an meinen Fingerknöcheln platzt.

»Er hat mich mit einem Blick bedacht, der besagte, dass ich den Mund halten soll, und mich von der Couch hochgezogen. Das Kranke daran ist … ich bin bereitwillig mitgegangen.«

In dem Moment muss ich sie loslassen. Ich muss das Lenkrad packen und es fest umklammern und wahnsinnig dagegen ankämpfen, nicht mein Handy zu nehmen, Bull anzurufen und von ihm zu verlangen, dass er diesen Abschaum zur Fahndung ausschreibt und ihn festhält, bis ich persönlich dafür sorge, dass er und seine verrottete Seele ihr Leben aushauchen.

»Noch bevor wir ins Schlafzimmer gelangten, hat er mich an die Wand gedrückt. Er hat mir die Bluse zerrissen, während er mir all die abscheulichen Dinge sagte, die er mit mir anstellen wollte. Doch die ganze Szene blendete ein und aus, als hätte ich mein Schicksal akzeptiert und mich aus meinem Körper verabschiedet. Ich wusste, dass ich das, was er mir erzählte, eigentlich nicht wollte. Ich wusste, dass ich mich wehren sollte, konnte mich aber nicht dazu aufraffen. Kann sein, dass er mich geschlagen hat. Kann sein, dass ich geschrien habe. Ich weiß es nicht. Es ist alles ziemlich verschwommen.«

Himmel Herrgott.

»Ich habe Erinnerungsfetzen an einen Kampf, an Geschrei und zerbrechendes Glas. Das Letzte, woran ich mich erinnere, ist, wie ich die Treppe draußen hinuntergestolpert bin, und danach ist alles schwarz, bis ich am nächsten Tag in der Entzugsklinik aufgewacht bin. Wenn ich auf dieser Brücke war, erinnere ich mich ehrlich nicht daran. Ich erinnere mich nicht einmal daran, dass du mich vom Polizeirevier abgeholt hast, Shaw.«

Sie verstummt. Ich weiß nicht genau, wie lange wir in völligem Schweigen dasitzen. Sie wartet darauf, dass ich etwas sage, *irgendetwas* vermutlich, aber mir fällt nichts ein. Mein Herz ist schwer. Es blutet für sie, aufgrund dessen, was ihr angetan wurde, aufgrund all dessen, was sie in ihrem kurzen Leben schon durchgemacht hat. Doch vor allem ist es schwer, weil dieses Gespräch mir überhaupt nicht weitergeholfen hat. Ich weiß nicht viel mehr als vorher, außer dass ich noch eine weitere Aufgabe auf meine immer länger werdende Liste setzen muss.

»Es tut mir leid, dass ich nicht mehr weiß.«

»Das braucht es nicht. Ist schon gut«, lüge ich.

Sie schluckt heftig. Ich höre es über den halben Meter Abstand hinweg, der uns trennt. »Warum glaubst du, ich hätte jemanden umgebracht?«

Da sehe ich sie an. Ihre Augen glänzen. Ihr Gesicht ist fahl. Ihre Lippen zittern. Sie pult wieder an dem verdammten Cut, weil sie Angst davor hat, was ich gleich sagen werde.

»Ich glaube nicht, dass es so war, Bluebelle.«

»Warum hast du es dann gesagt?« Ihre Stimme ist zittrig und schrill, und ich fühle mich, als sei ich nur einen halben Schritt davon entfernt, sie wieder an diese verkommene Welt zu verlieren. Ich will sie nicht anlügen, aber ich weiß auch nicht, wie ehrlich ich zu ihr sein soll. Ich habe keine Ahnung, wie nahe sie an diesem Felsvorsprung steht oder was sie dazu bringen wird, hinunterzufallen.

»Das ist nur ein Missverständnis.«

Sie setzt sich aufrecht hin. »Ich glaube dir nicht. Irgendwas hat dich auf die Idee gebracht. Irgendwer hat diese Nacht angesprochen, ganz speziell die Schultz Bridge, sonst wärst du nicht hier, um mich auszufragen.«

»Es ist nichts«, beteuere ich noch einmal und hoffe, dass sie sich damit zufriedengibt, bis ich aus dieser Sache schlau geworden bin. Ich bin schon am Überlegen, wie ich weiter vorgehen soll.

»Ich will, dass du mir die Wahrheit sagst, Shaw.«

Mein Seufzer ist lang und gedehnt. Sie kommt momentan nicht mit der Wahrheit klar. Vielleicht niemals. »Annabe –«

»Ich bin stärker, als du glaubst, Shaw. Alle tun immer so, als sei ich ein Baby und dumm, und ich habe es satt. ›Pass auf, was du zu Annabelle sagst‹, ›Annabelle wird es nicht verstehen‹, ›Annabelle ist zu jung‹«, spottet sie. »Ich bin jetzt eine erwachsene Frau. Fangt endlich an, mich wie eine zu behandeln. Was immer du mir erzählst, wird keinen Rückfall bei mir auslösen. Ich schwör's.«

»Wirklich nicht?«, fordere ich sie heraus und drehe mich zu ihr. Erst vor wenigen Minuten ist sie vor mir zusammengebrochen. Und jetzt will sie auf einmal bärenstark sein? In etwa fünf Sekunden werde ich mir wünschen, ich hätte mich nicht von ihrer Launenhaftigkeit reizen lassen. »Und was, wenn du wirklich für jemandes Tod in jener Nacht verantwortlich bist und du dich nur nicht erinnerst? Was, wenn dieser Mensch zufällig der Vater der Frau ist, in die ich verliebt bin? Was, wenn jemand anders davon weiß und es gegen mich verwendet? Gegen unsere Familie, um zu bekommen, was er will?«

Als sie mich erschrocken ansieht, greife ich nach ihrer Hand, weil ich hoffe, dass meine Berührung meinem Ausbruch etwas von ihrer Schärfe nimmt, doch sie zieht sie zurück.

»Ist das alles wahr?«, krächzt sie.

Jedes verdammte Wort, würde ich am liebsten sagen. Auch die Aussage, dass ich verliebt bin. Himmel ... Ich. Bin. Verliebt. Vor drei Monaten hätte ich darüber gelacht. Ein Teil von mir wünscht sich diese Zeit zurück, denn wenn Verliebtheit solche Gefühle in einem auslöst – heillose Panik auf Schritt und Tritt –, steht mir eine Welt voller Schmerz bevor.

»Genau das versuche ich rauszufinden, Bluebelle.«

Sie schlägt sich die Hand vor den Mund und erstickt ein Schluchzen. Sie sieht aus wie die junge naive Einundzwanzigjährige, die sie ist, und nicht wie die unbekümmerte großmäulige, die sie sein will.

Diesmal lasse ich sie nicht zurückzucken. Ich lege die Hand in ihren Nacken und ziehe sie zu mir, um tröstend den Arm um sie zu legen.

»Ich bringe es wieder in Ordnung. Was es auch ist, vertrau mir«, erkläre ich. Ich habe keine Ahnung wie. Ich weiß nur, dass ich es tun muss.

Ihr schmächtiger Körper zittert an meinem. Ich komme mir vor wie ein Schuft, weil ich ihr das zumute, aber ehrlich gesagt, besser ich als die Bullen. Ich würde es diesem schwanzlutschenden Wahlkampf-Trottel zutrauen, dass er uns in rechtliche Schwierigkeiten bringt, sobald es seinem Zweck dient. Und ich höre die Uhr ticken. Der Countdown läuft, seit ich vorhin sein Büro verlassen habe.

Das waren keine leeren Drohungen, die er ausgestoßen hat. So schlau bin ich schon. Alles passt perfekt zusammen. Ein bisschen *zu* perfekt. Er muss doch wissen, dass ich Beziehungen habe. Er muss doch wissen, dass ich auch den letzten Stein umdrehen werde. Er muss glauben, dass ich etwas finden und Willow verlassen werde, sodass er die Scherben ihres gebrochenen Herzens zusammensetzen kann. Was er nicht weiß, ist, wie tief mein Reservoir aus Mut und Entschlossenheit ist, wenn ich mir etwas in den Kopf gesetzt habe.

Doch er wird es bald herausfinden. Ich will Willow, und ich lasse sie mir nicht von ihm, und auch von keinem anderen, wegnehmen. Auf dem Weg hierher habe ich beschlossen, dass an dem Spruch »Halte deine Freunde nahe bei dir, aber deine Feinde noch näher« etwas dran ist.

Ich werde das meinem Vater gegenüber mit keinem Wort erwähnen, worauf Mergen wahrscheinlich baut. Die Nachricht würde meinem Vater das Herz brechen. Es würde seine Chance auf eine Wiederwahl ruinieren. Das weiß Mergen. Das Arschloch glaubt, er kommt mit all dem ungeschoren davon.

Aber das wird er nicht.

Er wird meine Familie nicht bedrohen.

Er wird mir nicht meine Frau ausspannen.

Er wird mir nichts von dem wegnehmen, was mir gehört und unter meinem Schutz steht.

3. KAPITEL

Willow

Ich bin glücklich.

Im Regen tänzelnd, an Einhörner glaubend, Träumen nachjagend, Schokolade-macht-den-Po-nicht-fett-megaglücklich.

Ich strahle, während ich mich an jedes Detail der letzten drei wunderbaren Tage erinnere, an denen mich Shaw vollkommen in Beschlag genommen hat. Unser gemeinsames Wochenende war einfach magisch. Ich wollte nicht, dass es endet.

Was ich mit Reid hatte, fühlte sich warm und behaglich an, wie ein Glimmen. Da war zwar Hitze, aber richtig Feuer haben wir nie gefangen. Wir hätten zusammen alt werden können. Ich hätte glücklich sein können, wenn ich es zugelassen hätte. Zufrieden, aber nicht erfüllt. Ich habe ihn geliebt, aber es gab immer eine letzte Barriere zwischen uns. Ich wusste, dass etwas fehlte, konnte es aber nie richtig benennen. Rückblickend glaube ich, dass ich ihn aus diesem Grund verlassen habe. Den Tod meines Vaters habe ich nur vorgeschoben, doch der wahre Grund lag viel tiefer.

Doch das verstand ich erst, als ich Shaw kennenlernte. Meine Beziehung zu ihm ist unvergleichlich. Einmalig. Sie gibt mir – *er gibt mir* – die Ruhe und den Frieden, von deren Existenz ich nichts wusste. Er passt zu mir. Er *sieht* mich. Er bringt mein Blut in Wallung und mein Herz zum Singen. Er bringt meine Seele dazu, sich nach etwas zu sehnen, das mir seit wahnsinnig langer Zeit nicht mehr eigen ist, wenn es das überhaupt jemals war.

Ganz unverhohlen und schrecklich verletzlich zu sein.

Diese Gewohnheit, unnahbar zu sein, die ich vervollkommnet habe, ist schwer abzulegen, doch unter all den Männern, die ich je getroffen habe, ist es Shaw Mercer, der in mir den Wunsch weckt, es zu versuchen. Er löst in mir den Wunsch aus, meine alte Haut abzuwerfen und die neue rosarot und nackt zu lassen, bereit, wieder vernarbt zu werden.

Bei dem Gedanken bekomme ich Herzklopfen, doch ich ignoriere die zynische Stimme, die mir zuflüstert, dass Glück etwas Vergängliches ist und dass hinter jeder Ecke eine Tragödie lauert. Heute schwebe ich auf Wolken, und ich werde mir erlauben, dieses unglaubliche Gefühl reinen und vollkommenen Glücks zu genießen, und hoffen, dass es – ausnahmsweise einmal in meinem Leben – nicht nur eine flüchtige Ahnung am Horizont ist, sondern etwas Reales, wonach ich nur die Hand auszustrecken und es mir zu nehmen brauche.

Denn wenn Shaw zu einem Versuch bereit ist, dann – *tief durchatmen* – bin ich es auch.

Zum fünfzigsten Mal lese ich die Nachricht, die er mir heute Morgen geschrieben hat, und grinse wie eine verliebte Närrin.

Heute Morgen ohne dich in meinen Armen aufzuwachen, hat mir nicht gefallen.

Gott, was diese Worte mit meinem Herz anstellen, ist Wahnsinn.

»Du strahlst so. Bist du schwanger?«

Ich hebe widerwillig den Blick von meinem Handy, um Sierra anzusehen. Es ist kurz vor zwölf. Sie ist früher auf als sonst, und ich merke sofort, dass sie mies drauf ist, doch die Wolken, auf denen ich schwebe, fühlen sich sanft und weich an. Weder Dynamit noch Sierras spitze Bemerkungen werden mir die Laune verhageln. Deshalb beschließe ich, mitzuspielen. Sierra weiß sowieso, dass ich mit Shaw schlafe.

»Und wenn ich es wäre?«

Ich bin es nicht, aber verdammt … Der Gedanke, dass es nicht völlig ausgeschlossen ist, dass ich ein Leben in mir trage, das Shaw und ich geschaffen haben, gefällt mir so gut, dass ich mich am Riemen reißen muss.

»Dann wirst du deine Sachen packen und ausziehen müssen. Mit einem schreienden Baby würde ich in dieser winzigen Bude kein Auge zumachen.«

»Dummes Geschwätz. Du würdest mich nicht rauswerfen.«

»Und ob ich das würde«, sagt sie todernst. Ich sehe zu, wie sie den Schrank aufzieht und ihren überdimensional großen Lieblingsbecher herausholt, dessen Griff aus einem goldenen Schlagring besteht. Sie hat ihn einmal als Gag von einem Exfreund geschenkt bekommen, doch der Witz ging nach hinten los, als sie ihn ein paar Tage später als Waffe benutzte, nachdem sie den Typen auf seiner Couch beim Knutschen mit seiner Exfreundin ertappt hatte. Bei Sierra macht man sich lieber nicht unbeliebt, das kann ins Auge gehen. Doch unter ihrer rauen Schale schlägt ein Herz aus 24-karätigem Gold.

»Und wenn mein Baby und ich sonst nirgends hinkönnen?«

»Du hast einen reichen Kindesvater. Ihr wäret sein Problem.«

»Und wenn er uns nicht will?«

»Dann verklag ihn auf sein gesamtes Vermögen«, kontert sie und meint es todernst.

»Und wenn ich dich zur Patentante machen würde?«

Sie hält beim Eingießen des dickflüssigen schwarzen Teers,

den sie Kaffee nennt, inne und sieht mich entgeistert an. »Das würdest du tun?«

Angesichts ihres ungläubigen Tons lege ich den Kopf schief. »Na klar. Warum denn nicht?«

Ihre dünnen, von gestern noch aufgemalten Augenbrauen heben sich. »Sieh mich doch an. Ich bin nicht gerade ein Vorbild, Löwenbräu.«

Da hat sie recht. Sie müsste ein paar Piercings loswerden, damit sie nicht von winzigen suchenden Händchen herausgerissen würden. Sie bräuchte einen neuen Job, weil man ein Baby nicht fünfmal in der Woche die ganze Nacht allein lassen kann. Und sie müsste verdammt schnell einen politisch korrekten Filter finden, damit die ersten Worte des Babys nicht »scheiße«, »Titten« oder »Nutte« wären.

Ich zucke mit den Schultern und antworte ehrlich. »Wenn mein Baby niemanden hätte, gäbe es außer dir niemanden, dem ich es anvertrauen würde.«

Ihr schießen Tränen in die Augen.

»Hey, was ist los?«, frage ich und greife über die Arbeitsplatte der Kücheninsel nach ihrer Hand.

»Nichts«, schnieft sie und zieht die Hand weg, bevor sie sich abwendet. »Wie zum Teufel kommst du auf die Idee, dass etwas nicht stimmt?«

Ich beiße mir auf die Zunge. Diese Sierra kenne ich. Irgendein Typ quält sie.

»Ich bin nicht schwanger«, gestehe ich leise und komme mir dumm vor, weil mein Herz bei der Vorstellung einen kleinen Hüpfer gemacht hat.

Sie zieht die Mundwinkel herunter. Ich sehe es von der Seite. Sie atmet tief ein, und ich warte ab. Es dauert nicht lange. Als sie mich jetzt wieder mit trockenen Augen ansieht, sind sie voller Sorge. »Was machst du nur, Willow?«

»Was meinst du?« Ich wappne mich seelisch. Sierra spricht mich nicht sehr oft mit meinem vollen Namen an … nur wenn sie ihren Standpunkt klarmachen will.

Sie stellt die Kaffeekanne ab, schiebt ihren Becher weg und sieht mich wieder an. »Du weißt genau, was ich meine. Ich dachte, diese Sache sei zeitlich begrenzt. Du hast steif und fest behauptet, dass du deine Kunden nicht vögelst. Klar, nachdem ich ihn gesehen habe, verstehe ich, was ihn attraktiv macht. Aber jetzt hast du nicht nur Sex mit ihm, sondern verbringst auch noch das Wochenende mit ihm und sprichst von einem fiktiven Baby, das du mir aufhalsen willst.«

Ich weiß nicht genau, worüber ich erboster bin. Ich entscheide mich für die Bemerkung über das fiktive Baby, da mir das am unkompliziertesten erscheint.

»Du warst es doch, die das fiktive Baby aufs Tapet gebracht hat. Ich habe nur mitgespielt.« Ich bemühe mich, sie nicht anzuschnauzen. Es gelingt mir nicht.

Sie lächelt schief. »Ja, okay, klar. Aber willst du ernsthaft dasitzen und mir weismachen, dass du bei dem Gedanken, sein Kind zu kriegen, nicht feucht geworden bist?«

»Herrgott, Sierra.«

»Willst du das?«

Nein. »Worum geht es hier wirklich? Denn es geht nicht um mein imaginäres Baby.« Oder um das plötzliche Zucken in meinem Uterus.

Sie stützt sich mit den Händen auf die Resopal-Arbeitsplatte, beugt sich zu mir vor und reißt ihre ohnehin schon großen whiskeyfarbenen Augen auf. »Es geht um einen Playboy, der nicht lange fackeln wird, dich nach Ablauf der vier Monate, wenn er genug hat, auszumustern. Es geht wieder einmal um einen Menschen, der dich weit hinter seine *eigenen* Bedürfnisse stellt, statt dich zu seiner Priorität zu machen. Du verdienst es, an erster Stelle zu stehen, und für ihn stehst du *nicht* an erster Stelle. Das Ganze ist eine Lüge, verdammt noch mal!«

Es verschlägt mir die Sprache, während die Wut in mir gärt. Wir starren uns eine gefühlte Ewigkeit an.

Sie irrt sich. Es hat so angefangen, das stimmt, aber sie weiß nicht, wie Shaw sich in mein Herz geschlichen hat, als wäre er immer darin gewesen. Sie spürt nicht die Zärtlichkeit, mit der er mich streichelt oder winzige Küsse auf meinem Hals verteilt. Sie hört nicht die Verehrung und Aufrichtigkeit in seiner Stimme, wenn er meinen Namen sagt. Er beschützt mich vor den Medien. Er hat sich für mich zahllose Stunden von seiner Firma freigenommen. Er hat sich um meine Sicherheit in einem alles andere als sicheren Auto gesorgt.

Er *hat* mich an erste Stelle gestellt. Bisher im Grunde ständig. Und so sehr ich meine Familie liebe und Reid einmal geliebt habe, das haben sie nicht getan. Shaw hingegen schon.

Sie irrt sich.

Oder?

Wo sind die gottverdammten Wolken, auf denen ich noch vor einer Minute geschwebt bin? Der Teufel soll sie holen.

»Du warst es doch, die mir geraten hat, mit ihm zu schlafen!«, schreie ich und werfe dramatisch die Hände in die Luft. »›Brich die Regeln‹, hast du gesagt. ›Verbrenn dir die Zunge‹«, ahme ich spöttisch ihre tiefe Stimme nach.

»Ja. Ich hab dir gesagt, du sollst den heißen Kaffee *vögeln*«, entgegnet sie, »und dich nicht in seinen exotischen Geschmack verlieben. Sonst nichts!«

Ich durchbohre sie mit Blicken und ignoriere das Wort »verlieben«. »Ich glaube, beschönigender Bullshit liegt mir mehr.«

Sie grinst. »Ich bin nicht Dr. Seuss.«

Das ist lustig, doch ich kann nicht mal lachen, denn was, wenn sie recht hat? Plötzlich an den goldenen Flecken auf der strapazierten Arbeitsplatte interessiert, senke ich den Blick. Ich denke an das Wochenende zurück. Vor allem an Freitagmorgen und an Shaws aufrichtige Worte: *Nun, die Wahrheit ist … Du faszinierst mich, wie es noch nie jemand getan hat, Willow, und was ich für dich empfinde, ist … neu für mich.*

War ich zu sehr in dem Moment und in jedem Augenblick danach gefangen? War ich so naiv zu glauben, dass Menschen sich ändern können – dass *ich* für ihn der Grund sein könnte, sich zu ändern? Glaube ich ernsthaft, dass ein Mann, der grundsätzlich keine Beziehungen führt, urplötzlich treu und monogam sein will? Reicht Faszination dafür aus? Ist »neu« denn so schlecht?

Mist.

Ich habe keinen Schimmer.

Aber er war wegen mir im Klub.

Er hat sich für mich einen Tag freigenommen.

Er hat mich das ganze Wochenende über auf Händen getragen.

Er wollte meine Mutter kennenlernen.

Warum sollte ich an ihm zweifeln?

Zum Teufel mit Sierra und ihrem Trübsinn, der mir meine Hochstimmung verdirbt. Dafür bin sonst ich selbst zuständig. Ich rede mir alles Gute aus, das mir passiert, weil ich glaube, dass ich es nicht verdiene. Ich habe Shaw einen Teil von mir anvertraut, den ansonsten nur Sierra kennt – dass ich mich für den Tod meines Vaters verantwortlich fühle –, und er will mich trotzdem noch. Glaubt immer noch, dass ich seiner würdig bin. Ich verdiene Shaw, verdammt. Ich verdiene das. Ich verdiene Liebe und Glück. Auf alle Fälle eine *Chance*.

Oder nicht?

»Ich dachte, du führst keine Beziehungen.«

»Ich bin mir nicht sicher, Willow, aber ich … Ich will es versuchen. Ich versuche, so ehrlich wie möglich zu dir zu sein.«

Er war offen und ehrlich. Ich vertraue Shaw. Er hat mir bisher keinen Grund gegeben, es nicht zu tun. Von dem Zeitpunkt an, als wir vor dem Haus seiner Eltern saßen und er mir sagte, dass er mir keinen Mist erzählen würde, nur um mich ins Bett zu kriegen, habe ich ihm geglaubt. Er hat mir keinen Mist versprochen. Keine gemeinsame Wohnung, keinen Diamantring, keine Hochzeit. Keine Zukunft. Er sagte nur, dass er es *versuchen* will. Und sollte das nicht vorerst genug sein, bis es das nicht mehr ist? Bis er sich als unzuverlässig erweist?

»Du irrst dich, was ihn betrifft, Sierra. Das zwischen uns ist jetzt mehr als eine vertragliche Verpflichtung.«

Sie zieht die Mundwinkel nach unten. »Er ist über dreißig und meidet feste Beziehungen wie die Pest. Warum ausgerechnet jetzt? Warum ausgerechnet du?«

Zack. Das saß.

Ich weiß, dass Sierra mich nur beschützen will, doch das tut ein bisschen weh. Okay, sehr. Ich ziehe eine Schulter hoch. »Du findest, dass ich es nicht wert bin?«

»Natürlich bist du es wert. Du bist es *mehr* als wert.« Sie seufzt. »Das habe ich damit nicht gemeint, und das weißt du auch. Hier geht es um ihn. Nicht um dich.«

Ich mustere meine Freundin. Ich liebe sie über alles, aber manchmal glaube ich, dass wir einander keinen Gefallen tun. Wir beschützen einander zu erbittert. Wir fachen das Feuer vergangener Schmerzen so heiß an, dass es das Gute, das uns mit echtem Glück bedroht, zu nichts als Asche verbrennt. Wir sind unsere schlimmsten Feinde.

Deshalb könnte ich mich von dieser Bemerkung – von der ich weiß, dass sie mit äußerster Liebe und Besorgnis vorgebracht wurde – runterziehen lassen oder aber gegen das Bedürfnis ankämpfen, genau das zu tun.

Ich entscheide mich dafür zu kämpfen. Schlimmer als sich zu verlieben und verletzt zu werden wäre es, mir diesen unglaublichen Mann durch die Lappen gehen zu lassen, nur weil ich Angst davor habe, etwas Gutes zu fühlen. Oder überhaupt etwas zu empfinden.

»Ich glaube, genau darum geht es, Sierra.«

Sie holt tief Luft und bläst sie wieder aus. Wenigstens wirkt sie zerknirscht. »Ich mache mir nur Sorgen um dich. Wir beide haben nicht gerade die beste Erfolgsbilanz, was Männer betrifft.«

»Ich weiß, aber das hier ist anders. *Er* ist anders.«

»Wenn du es sagst.« Sie konzentriert sich wieder auf das streng riechende schwarze Gebräu und verkündet nonchalant: »Du hattest am Samstag Besuch.«

»Von wem?« Ich kriege nie Besuch. Nicht, dass ich eine Einsiedlerin wäre, aber besonders viele Freunde habe ich auch nicht. Ganz sicher keine, die vorbeikommen, ohne vorher anzurufen.

»Reid.«

»Reid?«, hauche ich verwirrt. Ich habe ihn am Donnerstagabend kurz im Klub gesehen, als zwischen ihm und Shaw um ein Haar ein Streit ausgebrochen wäre, aber ich habe seit fast einer Woche nicht mehr mit Reid gesprochen – seitdem er hier auf meiner Couch saß, mir das Unverzeihliche verzieh und mir sagte, dass er mich immer noch liebt. Sechs Tage danach weiß ich immer noch nicht so recht, was ich von jenem Abend halten soll. Oder von seiner Liebeserklärung. Oder wie ich mich deshalb fühlen soll. Ich weiß nur, dass jetzt alles anders ist. In diesen sechs Tagen haben Shaw und ich uns von Geschäftspartnern in ein Paar verwandelt. In ein echtes. Keins, um die Öffentlichkeit zu täuschen.

»Was wollte er?«

»Keine Ahnung.«

»Na, was hat er denn gesagt?«, dränge ich, während ich mich frage, warum er nicht einfach angerufen hat, anstatt vorbeizukommen, oder warum er sich seitdem nicht mehr gemeldet hat.

»Ich bin nicht dein Antwortdienst, Löwenbräu«, sagt sie kurz angebunden, bevor sie einen großen Schluck von ihrem vermeintlichen Kaffee trinkt und mit geschlossenen Augen seufzt. Sie trinkt noch ein paar große Schlucke, bevor sie ihren Becher nachfüllt. Sie hat so schnell getrunken, dass es mich nicht wundern würde, wenn sie sich dabei die oberste Hautschicht ihrer Zunge verbrüht hätte.

»Besser?«, frage ich, die Augenbrauen bis zum Haaransatz hochgezogen. Ich hätte es besser wissen müssen, als mit Sierra ein Gespräch anzufangen, bevor sie zumindest eine Tasse Kaffee intus hat. Vor ihrer ersten Koffein-Dröhnung ist sie reizbarer als eine Bärenmutter, die ihre Jungen verteidigt.

Sie lächelt selbstironisch. »So langsam.«

»Schlimme Nacht?«

Sie zuckt die Achseln. »Derselbe Mist wie immer.«

»Was ist passiert?«

»Er sah aus wie ein junger Hund, der sich verlaufen hat.«

Häh? »Wer?«

»Reid.«

Angesichts ihres abrupten Themenwechsels ziehe ich die Mundwinkel nach unten. Vermutlich sind wir fertig damit, über sie und ihr eigenes Leben zu sprechen. Sie steckt viel lieber ihre Nase in meins.

»Er steht immer noch auf dich.«

Ich weiß. Ich seufze innerlich.

»Wie kommst du darauf?«, frage ich und versuche, unbeschwert zu klingen.

Ich habe ihr nicht viel von neulich Abend, als Reid hier gewesen ist, erzählt, und ganz sicher nicht, dass er zugegeben hat, immer noch in mich verliebt zu sein. Sie hat mich damals in meiner Entscheidung, die Hochzeit abzublasen, unterstützt. Sie hat mich in die Arme genommen, als ich mich noch Monate später abends in den Schlaf weinte. Sie hat kein Wort gesagt, als ich mich immer wieder weigerte, mit ihm zu reden oder mich mit ihm zu treffen, dabei mochte sie Reid wirklich, und auch wenn sie damals ausnahmsweise einmal den Mund gehalten und mich ohne Wenn und Aber unterstützt hat, glaube ich nicht, dass sie mit der Art, wie ich mit ihm umgegangen bin, einverstanden war.

»Ach, ich weiß nicht … es könnte an dem Ausdruck in seinem Gesicht gelegen haben, als ich ihm sagte, dass du seit dem Emfest nicht mehr hier warst, oder vielleicht auch, als ich den Namen deines Freundes erwähnte.« Das Wort »Freund« spricht sie leicht spöttisch aus. Ich beschließe, es zu ignorieren.

»Was für ein Ausdruck?«

»Sagen wir einfach, ich hatte Angst, dass er sich in Yosemite Sam verwandelt und ich in die Läufe seiner rauchenden Colts blicken würde.«

Ich lache. »Du übertreibst.«

»Nein.« Sie trinkt noch einen Schluck, während sie meine Reaktion beobachtet. Ich halte mein Gesicht neutral.

»Er ist also nur sauer geworden und wieder gegangen? Sonst nichts?«

Sie schürzt die Lippen, während sie so tut, als denke sie nach. »So in etwa.«

»Hm.«

»Hm«, äfft sie mich nach. »Verschweigst du mir irgendwas?«

»Was sollte ich dir verschweigen?«

Sie stellt ihre Tasse ab und verschränkt die Arme. »Ich weiß nicht. Sag du es mir. Ich halte es nur für einen sehr merkwürdigen Zufall, dass er ausgerechnet jetzt wieder auftaucht, wo du anfängst, mit einem fingierten Freund auszugehen« – sie setzt »ausgehen« in Anführungszeichen – »mit dem dein Ex dich auch noch unwissentlich verkuppelt hat. Und ich glaube nicht an Zufälle.«

Ich sonst auch nicht, doch in diesem Fall ist es nichts anderes: eine groteske Reihe von Zufällen. Shaw, der mir hinten reinfährt. Noah – Shaws bester Freund und Geschäftspartner –, der mich vor Paul Grabers alles andere als ehrenhaften Absichten rettet. Und obwohl er alle Dominosteine angestoßen hat, kann Reid auf keinen Fall gewusst haben, dass Shaw sich unter Millionen von Frauen in dieser Stadt ausgerechnet mich als seine Freundin aussuchen würde. Deshalb glaube ich nicht, dass etwas anderes dahintersteckt als ein reiner, merkwürdiger Zufall.

»Das zeigt nur, wie klein die Welt ist«, sage ich.

»Was will er?«

»Woher soll ich das wissen?«, heuchele ich.

Sie schüttelt grinsend den Kopf. »Du spielst die Ahnungslose, Löwenbräu.«

Ich zucke die Achseln und gebe vor, nicht zu wissen, wovon sie spricht. »Ich glaube, er will nur mit der Sache abschließen, Ser. Ich meine, wir haben uns nicht gerade unter den günstigsten Umständen getrennt.«

Doch noch während ich das sage, weiß ich, dass es nicht stimmt. Mir geht sein Wortschwall an der Tür durch den Kopf: *Ich werde dich anrufen, und scheiß auf ihn. Er braucht es ja nicht zu wissen. Und selbst wenn er dahinterkommt, schert mich das einen Dreck. Ich gehe das Risiko einer Konfrontation gern ein.*

Er hat zwar gesagt, wir seien Vergangenheit, doch nachdem er Shaw schlechtgemacht, mich fast geküsst und mir eine

Vergebung zuteilwerden lassen hat, derer ich niemals würdig sein werde, bin ich mir nicht ganz sicher, ob er das wirklich glaubt. *Ach, Reid.* Das Letzte, was ich will, ist, ihm wieder wehzutun, weil wir nicht sein können, was wir einmal waren. Es hat damals schon nicht funktioniert und wird es jetzt erst recht nicht.

»Nein. Jemand, der nur mit etwas abschließen will, wird nicht irre eifersüchtig, wenn ein anderer Typ erwähnt wird.« Sie zeigt mit ihrem Becher auf mich und verschüttet fast den Inhalt, als sie verkündet: »Er will dich zurück.«

Mir bleibt eine Antwort erspart, weil mein Handy klingelt. Ich greife mir das brummende Teil von der Küchentheke und hoffe, dass es der Mann ist, der mir nicht mehr aus dem Kopf geht, seit ich ihn letzte Nacht verlassen habe, doch meine Hoffnung zerschlägt sich, als ich aufs Display schaue.

Reid.

Ich werfe einen Blick zu Sierra, die süffisant grinst. Mit dem Becher in der Hand verlässt sie mit großen Schritten den Raum, um mir Privatsphäre zu geben, und murmelt im Vorbeigehen: »Abschließen, na klar.«

4. KAPITEL

Willow

»Mein Gott, Willow. Das ist genauso gut wie in meiner Erinnerung.«

»Ich kann nicht glauben, dass dir das immer noch schmeckt«, sage ich und werfe ihm einen Seitenblick zu. Ich beiße ein Stück von meinem eigenen Sandwich ab und genieße die Erinnerungen an meine Kindheit, die es mir bringt. Das war an Samstagnachmittagen das Lieblingsessen meines Vaters.

»Fett und Schmalz. Weltbeste Kombination«, sagte er immer zu mir.

Reid hält die zwei Brotscheiben mit einer Füllung aus Fleischwurst, Kartoffelchips und einer ordentlichen Portion Mayo mit beiden Händen fest, beugt sich vor, damit die Krümel statt in seinen Schoß auf die Veranda fallen, und schließt bei jedem Bissen genüsslich die Augen. An bessere Zeiten zurückzudenken macht mich ein wenig wehmütig.

»Ich hab das seit Jahren nicht mehr gegessen«, verkündet er, nachdem er sich das letzte Stück in den Mund geschoben hat.

»Wirklich? Warum?« Ich stelle den Teller mit meinem nur zu drei viertel aufgegessenen Sandwich auf dem Tisch neben mir ab und wische mir die Hände mit der Serviette sauber. Mir ist auf einmal der Appetit vergangen.

Ich muss an das erste Mal denken, als ich diese Kreation in seinem Beisein gegessen habe. Es war während einer kurzen

Pause bei einer Theaterprobe. Er hat mich ständig auf den Arm genommen und behauptet, es sähe eklig aus. Doch als ich ihn zwang, ein Stück davon zu probieren, änderte er sofort seine Meinung und bat mich, ihm für den nächsten Tag auch ein Sandwich zu machen. Von da an brachte ich immer, wenn wir am grasbewachsenen Ufer des Lake Union picknickten, zwei BC&Ms mit, wie Reid sie nannte, außerdem vier Gurkenviertel und eine Partybox mit dem billigsten Wein, den ich finden konnte.

Jetzt faltet Reid die Hände über seinem Bauch und sieht mich an. Sein Blick ist traurig und hoffnungsvoll zugleich, sodass ich mich frage, warum zum Teufel ich eingewilligt habe, dass er auf ein verspätetes Mittagessen vorbeikommt, anstatt Nein zu sagen.

Doch aus irgendeinem Grund habe ich das Gefühl, es ihm nicht abschlagen zu können oder zu *wollen*. Auch wenn mein Herz in seiner Gegenwart immer noch schnell schlägt und ich das vertraute Flattern im Bauch spüre, will ich keine romantische Beziehung mit Reid. Diesen Platz hat ein autoritärer, starker, richtig schön sturer Mann eingenommen, der meine Seele berührt, ob ich es will oder nicht.

»Wie lautete die Frage noch mal?«, fragt er mit einem eigentümlichen Grinsen. Früher hat mein Herz dann immer einen Sprung gemacht. Und das tut es jetzt noch.

»Hast du sie echt vergessen oder lenkst du nur ab?«

Er verzieht den Mund zu einem Lächeln, was seine grünen Augen zum Strahlen bringt. »Keine Frau ist mir je so unter die Haut gegangen wie du, Willow. Keine vor dir. Und auch keine nach dir.«

Ich weiche seinem Blick aus, weil ich nicht weiß, wie ich reagieren soll.

»Warum bist du hier?«, frage ich, plötzlich verlegen.

»Ich bin hier, weil ich an der Kampagne für Preston Mercers Wiederwahl arbeite.«

»Nein«, antworte ich und sehe ihn jetzt an. »Ich meine nicht hier in Seattle. Warum bist du hier bei mir? Auf meiner Veranda? Isst Fleischwurst-Kartoffelchips-Sandwiches und unterhältst dich mit mir, als hätte ich dir nicht das Herz gebrochen und dein Leben zerstört?«

Er beugt sich vor und lässt die Hände zwischen seinen Schenkeln nach unten baumeln. Unter seiner abgetragenen Jeans zucken seine Muskeln, aber ich konzentriere mich auf sein Gesicht. Er lässt mich nicht aus den Augen, während er sagt: »Das Herz hast du mir gebrochen. Das gebe ich zu. Aber mein Leben hast du nicht zerstört, Willow. Du …« Er macht eine lange Pause. Sein intensiver Blick ist so versengend, dass mir ganz heiß wird. »… hast mir eine Perspektive gegeben.«

Meine Verwunderung manifestiert sich in einem verächtlichen Schnauben. »Perspektive? Inwiefern?«

Als er den Blick in den Garten schweifen lässt, habe ich das Gefühl, wieder atmen zu können. Ich verstehe nicht, worauf er hinauswill. Ich verstehe auch nicht, warum mir die Antwort so wichtig ist.

Weil ich ihm furchtbar wehgetan habe und ihm nicht wieder wehtun will.

»Als ich damals zum Vorsprechen das Theater betrat und deine wild aufgetürmten Haare, deine schlanke Taille und deinen perfekten herzförmigen Po sah, war es Lust auf den ersten Blick.«

Ich sehe ihm beim Sprechen zu. Er hat einen versonnenen Gesichtsausdruck. Diese Geschichte hat er mir noch nie erzählt.

»Doch als du dich umdrehtest, meinen Blick auffingst und dein bewusstseinsveränderndes Lächeln lächeltest, Willow …«

Als er langsam den Kopf zu mir dreht, bin ich wie erstarrt. Meine Lungen schreien nach Luft. »Da hat es mir den Atem verschlagen. Da wusste ich, dass du die Richtige für mich warst.«

Ich schüttele mit dem Kopf. Der Schmerz in meiner Brust verstärkt sich. »Aber das bin ich nicht«, wende ich leise ein.

Ein zurückhaltendes Lächeln huscht über seine Lippen. »Doch, das bist du. Und ich hab's vermasselt.«

Ich kann ihn nicht mehr ansehen. Stattdessen konzentriere ich mich auf zwei Eichhörnchen, die einander durch den Garten jagen, bevor sie einen Baum hinaufsausen und aus meinem Blickfeld verschwinden. Da mich sein intensiver Blick verwirrt, springe ich auf, trete ans Geländer und beuge mich darüber, während ich überlege, wie ich reagieren soll, ohne ihn zu verletzen.

Das Knarren eines Stuhls dringt an meine Ohren, kurz bevor ich Reids Körperwärme spüre. Er dreht mich zu sich um und nimmt sanft mein Gesicht in seine Hände. Leise atmend sieht er mich durchdringend an. Ob ich es will oder nicht, die Vergangenheit haftet an uns, verbindet uns immer noch.

»Du brauchtest mehr von mir.« Seine Stimme ist tief, rau … verletzlich. »Damals habe ich das nicht verstanden, aber jetzt schon.«

»Was glaubst du denn, was ich brauchte?«, frage ich ihn törichterweise und verfluche mich selbst dafür, dass mir die Frage herausgerutscht ist. Die Richtung, die dieses Gespräch nimmt, wird ihn nur noch mehr verletzen, da ich ihm nichts von dem geben kann, worum er mich jetzt bittet. Das gehört einem anderen. Mir wird plötzlich klar, dass es vielleicht schon immer so war.

Er streichelt langsam und kreisförmig mit dem Daumen über meine Wange. Er beobachtet die Bewegung, bevor er mir wieder in die Augen sieht. »Sag du es mir, Summer. Sag mir, was du brauchst, und ich gebe es dir. Sag mir, wie ich sein soll, und ich ändere mich. Sag mir, was ich tun soll, um dich zurückzugewinnen, denn so wahr mir Gott helfe … ich habe dich vielleicht eine Zeit lang gehasst, aber ich habe *niemals* aufgehört, von einem Leben mit dir zu träumen.«

Meine Atmung wird unregelmäßig. Er bittet mich, mich für ihn zu entscheiden. Ich sehe in die flehenden Augen eines Mannes, der das Unverzeihliche verzeiht. Der entschlossen ist und sich seiner Gefühle absolut sicher, und ich frage mich, warum ich nicht annehmen kann, was er mir anbietet.

Ich gehe im Geist alle Argumente für ihn durch.

Er bietet mir eine Zukunft an, während Shaw sich nicht festlegen will.

Er hat keine Angst, mir zu sagen, dass er mich liebt, oder mir offen seine Gefühle zu zeigen, während Shaw vorsichtig ist und sich zurückhält.

Bei Reid weiß ich, dass er mir Sicherheit und Gewissheit geben wird.

Oder ich könnte alles aufs Spiel setzen, ein Risiko mit einem Mann eingehen, der auf dem Verbindlichkeitskonto eine dicke fette Null stehen hat.

Ein Weg ist befestigt, der andere unbereist.

Doch wie es auch ausgeht, ich habe keine Wahl.

Ich brauche jemanden, der den Schlüssel zu meinen geheimen Wünschen schon in der Hand hält, und keinen Mann, der mich fragt, wo er ihn finden kann.

Ich packe ihn an den Handgelenken. »Ich will nicht, dass du dich veränderst, Reid. Ich mag dich genau so, wie du bist.«

Sein attraktives Gesicht wird lang. Er zieht die Mundwinkel nach unten, während er mich mustert und auf das lauscht, was ich zwischen den Zeilen sage. Als er die Hände wegzieht, bin ich traurig, weiß aber, dass ich das Richtige tue. Ihm etwas vorzumachen wäre viel schlimmer als das, was ich ihm schon angetan habe.

Als er sich wieder hinsetzt, suchen seine gefühlvollen Augen meinen Blick. Ich halte mich an dem Holzgeländer hinter mir fest. Vielleicht auch, um mich ihm nicht zu Füßen zu werfen und ihn um Vergebung anzuflehen, weil ich nicht die Frau bin, die er sich wünscht.

Er streicht mit den Händen über die glatten Armlehnen seines Stuhls und fragt: »Es geht gar nicht um ihn, oder?«

»Nein«, antworte ich aufrichtig. Denn es geht nicht *nur* um Shaw. Sondern auch um mich. Es geht darum, wer ich bin, wenn ich mit Shaw zusammen bin, im Gegensatz dazu, wer ich bin, wenn ich mit Reid zusammen bin.

»Das ist doch Quatsch.«

Ich lecke mir achselzuckend die Lippen und seufze. »Ich weiß nicht, was du von mir hören willst, Reid.« *Tu das nicht. Bitte tu das nicht. Zwing mich nicht, Dinge zu sagen, die uns nur beide verletzen werden.*

Er holt tief Luft und stößt sie schnell wieder aus. »Tja, was ich von dir hören will und was du sagst, stimmt nicht ganz überein.«

Das entlockt mir ein Lächeln. Es kommt langsam und vorsichtig und entlockt ihm ebenfalls eines. Doch dann werde ich wieder ernst, weil mein Herz so schwer ist. »Es tut mir leid.«

Er winkt ab, als sei das keine große Sache, obwohl ich weiß, dass es das ist. »Das braucht es nicht. Aber du sollst wissen, dass du mich auch nicht loswirst.«

Er ist ernst und aufrichtig. Ich will den Schmerz lindern, den ich in seiner Stimme höre, weiß aber nicht wie. Stattdessen frage ich: »Heißt das, dass du nach der Wahl hierbleiben wirst?«

Und wünsche ich mir das oder wäre es nur peinlich? Ist es wirklich möglich, mit jemandem befreundet zu sein, der mehr von einem will? Ich glaube nicht.

»Ich habe mich noch nicht entschieden. Möglicherweise. Vielleicht gibt es hier etwas, das für mich von Interesse ist.«

Was er damit sagen will, ist glasklar. Er wartet ab. Er hat sich über Shaw schlaugemacht und denkt genau das, was mich schon länger quält: dass er mich nach der Wiederwahl seines Vaters sitzen lassen wird.

Und so lautete ja auch der ursprüngliche Plan, nicht wahr? Ich habe es bereitwillig abgesegnet. Deshalb habe ich schon hundertfünfzigtausend Dollar in meinem Fonds bei Randi. Ich war von Anfang an eine Schachfigur. Ein Ablenkungsmanöver. Ein strategisch geplanter Wahlkampf-Schachzug.

Der warme Sonnenschein, der eben noch auf meiner Haut getanzt hat, wird eisig. In meinem Bauch setzt sich ein schreckliches Gefühl fest, das ich ignorieren möchte. Es ist dasselbe, das ich schon die ganze Zeit nicht wahrhaben wollte.

Shaw wird mir das Herz genauso brechen, wie ich Reids gebrochen habe. Es ist unausweichlich. Ich weiß das, kann jedoch meine Gefühle für ihn genauso wenig abstellen, wie ich mit dem Blinzeln aufhören kann. Ich stecke schon viel zu tief drin, um jetzt noch umzudrehen. Das Ufer ist nur noch ein Fleck am Horizont. Ich werde es niemals rechtzeitig erreichen.

Ich beschließe, dass es am besten ist, das Thema zu wechseln, und frage: »Was hast du die ganze Zeit über gemacht?«

Sein Blick zeigt mir, dass er mein nicht gerade subtiles Ablenkungsmanöver durchschaut hat, doch das kümmert mich nicht. Ich kann nicht mit ihm über den Mann sprechen, der mir zwar Bauchschmerzen bereitet, aber meine Seele nährt. Reid stemmt sich hoch und kommt zu mir. Diesmal bleibt er neben mir stehen, lehnt sich mit den Unterarmen aufs Geländer und blickt starr geradeaus. Ich drehe mich zur Seite, lehne mich mit der Hüfte ans Holz und sehe ihn an.

»Ich habe eine Weile bei einem Kumpel in Minneapolis gewohnt. Er war im selben PolyScience-Programm wie ich und hat in jenem Jahr für die Wahlkampagne des Gouverneurs gearbeitet.«

Reid hat sich schon seit der Highschool politisch engagiert. Als zwischen uns Schluss war, hatte er sich zum Leiter diverser großer Wahlkampagnen in einem drei Staaten umfassenden Gebiet hochgearbeitet. Er liebte die Hektik, die Energie, die taktischen Winkelzüge, die Machtspielchen. Und er war gut darin. Kein Wunder, dass er für Prestons Wahlkampagne angeworben wurde.

»Sie waren schon mittendrin, doch mit meiner Erfahrung passte ich gut auf eine untergeordnete Stelle, auch wenn alle schnell herausfanden, dass ich viel nützlicher sein konnte, als nur an Türen zu klopfen und Kundgebungen zu organisieren. Es stellte sich heraus, dass der amtierende Gouverneur, dessen Kampagne ich mitorganisierte, eine Geliebte hatte, die damit drohte, seine Fassade einer perfekten Ehe zum Einstürzen zu bringen, als er mit ihr Schluss machen wollte. Ich bekam recht schnell heraus, dass sie schon dreimal Kinder von drei verschiedenen Männern abgetrieben hatte, den Gouverneur eingeschlossen, der im Übrigen nichts davon wusste. Also habe ich sie zum Schweigen gebracht. Ich hatte so viel Schmutz über sie ausgegraben, dass sie sich nie wieder davon erholt hätte. Hätte sie auch nur ein Sterbenswörtchen über ihre Affäre verlauten lassen, wäre sie eine Aussätzige gewesen. Niemand hätte ihr noch ein Wort geglaubt, auch wenn es im Großen und Ganzen wahr gewesen wäre.«

»Du scheinst stolz darauf zu sein«, antworte ich und finde die Geschichte seltsam verstörend. Ich stelle mir nicht gern vor, wie der Mann, den ich einmal geliebt habe, sich auf das unterirdische Niveau schleimiger Politiker begibt. Ich sehe ihn lieber als jemanden, der dabei hilft, die Guten ins Amt zu bringen.

Er richtet sich auf und dreht sich zu mir. »Das bin ich auch. Gouverneur Browning ist ein guter Mann, Willow. Er hat einen Fehler gemacht, ja, aber er ist einer der schlausten, ausgebufftesten Politiker, die ich kenne. Er verdient diesen Job, diesen Titel, diesen Respekt und die Macht. Er hätte nicht für alle Zeiten aus dem Amt gedrängt werden dürfen, nur weil er einen Fehler gemacht hat.«

»Und denkst du das auch von Preston Mercer? Dass er seinen Job verdient?« Wie ist mein ehemaliger Verlobter *wirklich* in Preston Mercers Wahlkampagne gelandet?

Er überlegt, bevor er antwortet. »Ich habe in meiner Karriere einen Punkt erreicht, an dem ich ein bisschen wählerisch sein kann. Ich nehme keine Kampagne mehr an, wenn ich nicht an den Kandidaten glaube.«

»Aber?«

Er lächelt schief. »Du denkst, da kommt noch ein Aber?«

»Ja. Ich habe es gehört.«

Er fährt mit dem Finger von meiner Stirn über meine Wange und streicht mir eine Haarsträhne hinters Ohr. Die Berührung ist weich und zart. Und sehnsüchtig. Sie hinterlässt das kleinste Feuer, das schnell erlischt. »Nun, aus vielerlei Gründen wird es eine Herausforderung sein, seine Wiederwahl zu ermöglichen, aber ich bin gerade für eine schöne Herausforderung zu haben.«

In diesem einzigen Satz liegen so viele Andeutungen, dass ich nicht einmal weiß, wo ich anfangen soll. »Was für eine Herausforderung?«, frage ich und versuche, den sichersten Weg zu gehen.

Statt zu antworten, blinzelt er und stellt eine Gegenfrage. »Wie viel weißt du wirklich über die Familie Mercer, Willow?«

Ich strecke den Rücken durch und bringe meine Abwehr in Stellung. Die Mercers sind nicht meine Familie. Verdammt, sie werden vielleicht *nie* meine Familie sein, aber ich werde sie verteidigen, als seien sie es. Wie es eine echte »Freundin« tun würde. Vielleicht bin ich keine richtige Freundin, vielleicht werde ich das nie sein, doch nach diesem Wochenende fühlt es sich so an, als *könnte* ich es sein. Wieder einmal beschließe ich, das permanente zweifelnde Flüstern zu ignorieren, das zwischen meinen Ohren hallt.

»Ich finde, du solltest nicht weiterreden, Reid.«

Er verschränkt die Arme und spiegelt meine Abwehrhaltung. »Du datest einen Mercer. Das ist eine berechtigte Frage.« Ja, mir ist nicht entgangen, mit welchem Ekel und welcher Eifersucht er das Wort »datest« ausgesprochen hat.

»Das geht dich nichts an.«

»Alles, was die Mercers betrifft, geht mich etwas an, Willow. Alles, du eingeschlossen. Ich mache es zu meiner Sache, weil ich auf diese Art gewinne.«

Die Härchen auf meinen Armen stellen sich auf. »Hier geht es nicht um dich. Oder um mich. Oder um uns, oder wie auch immer du es darzustellen versuchst. Es geht um Preston und um deine Arbeit.«

Er schürzt die Lippen und schüttelt den Kopf. »Nein, Süße. Das ist Politik. Und wie bei einem ordentlichen Gericht kann und wird vor dem Gericht der öffentlichen Meinung alles gegen den Kandidaten verwendet werden. Es ist meine Aufgabe, diesen Mist auszumerzen, bevor das eintritt. Dafür wurde ich angeheuert. Jeder hat Leichen im Keller, von denen niemand etwas wissen soll. *Jeder.*«

Seine Behauptung trifft mich wie ein Schlag in den Magen. Was für Dreck hat Reid ausgegraben und über wen? Und wenn er nun ausgräbt, was *ich* in den letzten Jahren getan habe? Gibt es irgendetwas, das mich mit La Dolce Vita oder Randi in Verbindung bringt? Gab es irgendwelche Fotos in der Zeitung oder in den sozialen Netzwerken, die er durchstöbern könnte, um dann einen Zusammenhang herzustellen? So vorsichtig ich auch immer war, die Antwort ist definitiv Ja. Nichts ist absolut sicher. Jede Interaktion, jede Transaktion hinterlässt Spuren; man muss nur clever genug sein, den Krumen zu folgen.

Und, *oh mein Gott*, was ist mit dem Geld, das Shaw mir schon bezahlt hat? Es liegt zwar auf keinem herkömmlichen Bankkonto, aber ist es vielleicht möglich, es zu ihm zurückzuverfolgen? Es muss irgendwo einen elektronischen Fußabdruck geben.

Oh Mist.

Das könnte alles kaputtmachen. Dass Shaw mich engagiert hat, um bei der Wiederwahl seines Vaters zu helfen, könnte letztlich seine gesamte Familie zu Fall bringen, wenn das, was ich tue, und die Art, wie wir zusammengekommen sind, offengelegt werden. Aber würde Reid das tun, wenn er doch eigentlich alles tun sollte, um dem Bürgermeister zum Sieg zu verhelfen? Würde er das unterschlagen, um den Bürgermeister zu retten, oder es ausschlachten, um einen Keil zwischen mich und Shaw zu treiben? Zum jetzigen Zeitpunkt bin ich mir da nicht so sicher.

Und wenn Reid es aufdecken könnte, könnte es auch Prestons Konkurrent.

Doppelmist. Ich könnte mich treten, weil ich Shaw nicht mehr Fragen gestellt habe, bevor ich auf der gestrichelten Linie unterschrieben habe. Ich bin buchstäblich blind und unbewaffnet in ein Wolfsrudel gerannt.

»Es ist dein Job, die Konkurrenz auszuschalten, nicht deinen

Arbeitgeber«, erinnere ich ihn und hoffe, dass sich meine Stimme für ihn so fest anhört, wie ich es mir einbilde.

Er kneift leicht die Augen zusammen.

Verdammt.

»Es ist mein Job, meinen Kandidaten mit allen erforderlichen Mitteln zu schützen. Selbst vor denjenigen, die glauben, es gut mit ihm zu meinen.« Wie seine moosgrünen Augen vor Leidenschaft und Überzeugung auflodern, wäre unter allen anderen Umständen bezaubernd gewesen. Jetzt schwant mir dabei nichts Gutes.

»Was soll *das* denn wieder heißen?«, hake ich nach. Himmel, mir dreht sich der Magen um.

Reid tritt nah zu mir und streicht mit den Händen über meine Arme. Seine Stimme und sein Blick werden um einiges weicher. »Es heißt nichts, Willow. Es heißt, dass ich mir deinetwegen Sorgen mache.«

»Jetzt sage ich, dass das Quatsch ist.« Oh, wie gern ich ihm ins Gesicht schleudern würde, dass es *seine* Idee war, dass Shaw sich eine Freundin nimmt. Dass sich unser Gespräch jetzt nur seinetwegen ständig um Shaw dreht. Dass Reid und ich nur aufgrund des Zuges, den er auf dieses kurvenreiche, tückische Gleis geschickt hat, wieder Kontakt haben. Aber das kann ich nicht. Weil ich es eigentlich nicht wissen darf. »Was hast du gegen Shaw?«

Er beißt die Zähne zusammen, das Feuer in ihm lodert heiß. »Hier geht es nicht um Shaw.« Er spuckt Shaws Namen mit Verachtung aus.

»Ach nein? Ich glaube aber schon. Ich glaube, dass du mich aus irgendeinem Grund vor ihm warnen willst. Aber du redest um den heißen Brei herum und hoffst, dass ich dich danach fragen werde, damit du ihm mit gutem Gewissen sagen kannst, dass du es mir mitgeteilt hast.«

Ich habe recht. Danach zu urteilen, wie sich seine Pupillen minimal weiten, habe ich recht. Seine Lippen öffnen sich. Ihm liegt etwas auf der Zunge. Er will es mir sagen, er brennt darauf, es mir zu sagen, aber er wird es erst tun, wenn ich ihn dazu dränge.

Doch das werde ich nicht. Was Reid auch im Schilde führt, hat rein egoistische Gründe. Er ist eifersüchtig, er will mich zurück, und er wird alles tun, um zu gewinnen. Das hat er selbst gesagt.

Ich trete einen Schritt zurück. »Es ist Zeit, dass du gehst.«

»Willow –«

»Nein, Reid. Ich bin jetzt mit Shaw zusammen. Egal, was du mir einreden willst, er ist ein guter Mensch. Ich vertraue ihm, und ich kann es nicht gebrauchen, dass du versuchst, unsere Beziehung zu sabotieren. Sie ist gut. Sie ist *mehr* als gut, und du musst sofort damit aufhören.«

Sichtlich wütend steht er wie versteinert da. Überlegt wahrscheinlich, wie er vorgehen soll, jetzt da die höhnische Bemerkung, die er eingeworfen hat, zwischen uns steht. Mit verschränkten Armen erwidere ich seinen wütenden Blick.

»Okay«, sagt er bedauernd. Er reibt sich das Gesicht und sagt es noch einmal, nur dass es diesmal resigniert klingt. Er geht die Verandatreppe hinunter, fest entschlossen, zum Hintertor hinauszugehen, als er nach drei Stufen stehen bleibt und noch einen Blick zu mir wirft. »Darf ich dich wiedersehen, wenn ich verspreche, dass Politik und dein Freund kein Thema mehr sind?«

Ich schlucke heftig. Ich bin hin- und hergerissen. »Ich weiß nicht, ob das eine gute Idee ist.«

Genau das habe ich letzte Woche gesagt, nur dass diesmal eine viel stärkere Überzeugung dahinter steht als damals. Er versucht, meine Beziehung mit Shaw zu untergraben, und ich glaube nicht, dass Shaw und ich auf dem Gebiet Hilfe brauchen. Wir haben beide schon unsere eigenen Probleme mit in dieses Arrangement gebracht, das sich zu viel mehr entwickelt hat, als wir beide je gedacht hätten.

Reids Lächeln ist verlegen und fast jungenhaft. Er ist wieder der lockere, unbekümmerte Reid, an den ich mich erinnere, und es weckt Erinnerungen an unsere guten Zeiten. »Nicht mal auf einen Milky Way Latte?«

Er weiß, wie sehr ich Milky Way Lattes von Frankie's mag, unserem alten Stammlokal drei Blocks vom Theater entfernt. Damals hat er mir jeden Tag einen von dort mitgebracht. Ich lehne es nicht schlichtweg ab. Dazu kann ich mich noch nicht überwinden.

»Schokolade habe ich mir abgewöhnt.«

Sein Lächeln verwandelt sich in ein Grinsen. »Wir sprechen uns bald, Sum-Willow.«

Er biegt um die Ecke und ist nicht mehr zu sehen. Ich höre das Tor hinter ihm zuschnappen, was mir signalisiert, dass er fort ist, und frage mich, was zum Teufel gerade passiert ist und warum dieser kleine Zweifel an Shaw, den er mir mit Erfolg eingepflanzt hat, hier bei mir geblieben ist, statt ihm zu folgen, wie er es hätte tun sollen.

5. KAPITEL

Shaw

Diffuse Rottöne.

Diverse Schattierungen – einige dunkler als andere – umnebeln mich, während ich an Willows Tür klopfe und warte.

Vor meinem geistigen Auge sehe ich noch einmal, wie er rückwärts aus der Einfahrt setzt.

Ich sehe seinen erschrockenen Blick, der sich rasch in den eines Siegers verwandelte, als ich meine Autotür zuknallte.

Es fällt mir schwer, meinen Hass herunterzuschlucken, während ich im Geiste noch einmal erlebe, wie er einen letzten vielsagenden Blick auf Willows Haus wirft, bevor er den Motor aufheulen lässt und die Straße hinunter verschwindet.

Ich male mir aus, scheiß Reid Mergens Hals zwischen meinen Händen zu halten, während ich das Leben aus seiner widerwärtigen Seele herauspresse, wenn er Willow auch nur ein einziges Wort von dieser abgefuckten Geschichte erzählt hat. Von der ich immer noch nicht weiß, wie ich sie bestätigen oder widerlegen soll.

Aber was mich vor Wut fast zittern lässt, ist die Frage, was zum Teufel er hier überhaupt zu suchen hatte. Der äußere Anschein legt nahe, dass er keine Zeit vergeudet hat, sie mir auszuspannen. Aber war er wirklich deshalb hier? Um seine haltlosen giftigen Theorien zu verbreiten? Ist er unangekündigt hier aufgekreuzt oder hat Willow ihn eingeladen? Wie lange war er hier? Worüber haben sie gesprochen? Ist ihr klar, dass er sich zwischen uns drängen will? Will sie ihn womöglich zurückhaben? Könnte ich ihr das überhaupt vorwerfen?

Ich bin keine feste Bindung mit ihr eingegangen. Ich habe ihr nicht gesagt, wie stark meine Gefühle für sie sind. Ich habe ihr nicht gesagt, wie sehr sie mein Leben verändert hat oder dass sie all meine Gedanken in Anspruch nimmt. Nach nur wenigen Wochen mit ihr hat diese frustrierende, verschlossene, verwirrende Frau alle Pläne über den Haufen geworfen, die ich je für meine Zukunft geschmiedet habe.

Als sie mich neulich morgens fragte, *warum sie, warum jetzt*, wusste ich darauf keine Antwort, weil ich keine Ahnung hatte, wie ich es erklären sollte. Als ich ihr sagte, dass sie mich fasziniert wie keine andere Frau, dass ich für sie etwas ganz Neues empfinde, war das die Wahrheit. Jedes einzelne Wort.

Doch wie sage ich ihr, dass sie die Frau ist, mit der ich nie gerechnet hätte? Dass sie quasi bei mir eingezogen ist. Sich ohne mein Wissen in meinem Herzen eingenistet hat, ohne sich auch nur darum zu bemühen. Wie mache ich ihr verständlich, dass ich in ihr etwas sehe, das ich in keiner anderen Frau zuvor gesehen habe? Verdammt, es ist etwas, das ich nie zuvor hatte sehen *wollen*.

Mich.

Was als verzweifeltes Bedürfnis begann, mich in ihr zu versenken, bis keiner von uns sich noch rühren könnte, hat sich in etwas Unerwartetes und Zerbrechliches verwandelt.

Ich liebe sie.

Ich *liebe* sie, verdammt noch mal.

Vollkommen undenkbar, aber hier stehe ich nun. Lasse schon wieder Geschäftstermine platzen, weil ich nach meinem verstörenden Gespräch mit Annabelle Willow sehen muss. Bei ihr sein muss. Um ihre sexy Stimme in mich aufzusaugen. Ihre

Haut an meiner und den schnellen Schlag ihres Herzens an meiner Brust zu spüren, nachdem ich sie hart und schmutzig genommen habe. Ich muss diese unsichere Verbindung zwischen uns festigen. Die nur von meiner Seite stärker wird, auf ihrer jedoch auszufransen scheint, sobald Willow außerhalb meiner Sichtweite ist.

Frustriert, dass ich immer noch vor verschlossener Tür stehe, hämmere ich erneut dagegen und klingele Sturm. Ich weiß, dass sie da ist. Ihr Wagen steht in der Einfahrt. Endlich höre ich schwere Schritte. Einen Moment später fliegt die Tür auf, doch statt in die karibischen Seen zu blicken, die ich herbeigesehnt habe, sehe ich in die Hickory-Augen von Willows Mitbewohnerin.

Bei unserer letzten Begegnung hatte sie knallrosa Strähnen in ihren tiefschwarzen Haaren. Die sind jetzt verschwunden und wurden durch knallig lavendelfarben getönte Spitzen ersetzt. Ihr Gesicht ist ungeschminkt, und ohne den ganzen Mist, mit dem sie sich die Augen umrandet, sieht sie einigermaßen zugänglich aus. Aber ich weiß es besser. Als sie einen Mundwinkel zu einem spöttischen Grinsen verzieht, sieht sie genauso aus wie beim letzten Mal: beschützerisch.

»Sierra.« Ich nicke ihr zu und versuche einen Blick in die Wohnung zu erhaschen.

»Braveheart«, witzelt sie. Mein Sack schrumpft bei der Erinnerung an die unverhohlene Drohung, mich zu zerstückeln, die sie bei unserer ersten Begegnung ausgestoßen hat. Am Türrahmen lehnend, sieht sie suchend an mir vorbei auf die Straße. Als sich unsere Blicke wieder treffen, denken wir anscheinend das Gleiche. »Interessantes Timing.«

Oder auch nicht.

»Wo ist Willow?«, will ich wissen, da ich Sierras nicht gerade subtilen Spott jetzt schon satt habe.

Sie fixiert mich streng, bevor sie seufzend beiseitetritt. »Auf der Veranda. Durch die Küche durch.«

Hin- und hergerissen zwischen dem Wunsch, endlich Willow zu sehen, und dem Verlangen, Sierra zu fragen, ob sie etwas gegen mich persönlich oder aber gegen die gesamte Spezies der Männer hat, rausche ich an ihr vorbei.

Die Entscheidung fällt mir leicht. Willow gewinnt. Das wird sie immer.

Ich durchquere blitzschnell die Küche, doch als ich durch die Fliegengittertür trete, ist sie nirgends zu sehen. Doch dann erklingt links von mir ihre überraschte Stimme.

»Shaw? Was machst du denn hier?«

Als ich zu ihr herumwirbele, erhebt sie sich anmutig und kommt auf mich zu. Aus irgendeinem Grund fällt mein Blick auf den Tisch, auf dem wie eine erneute gottverdammte Beleidigung zwei Teller stehen. Einer ist bis auf ein paar Krümel leer, während auf dem anderen noch die Reste eines Sandwichs liegen.

Ich weiß, dass das im Großen und Ganzen nichts zu sagen hat, aber er hat mit ihr *gegessen*. Er hat mit ihr eine Mahlzeit geteilt und sich mit ihr unterhalten, und jetzt kann ich nicht mal mehr geradeaus gucken, so stark ist die Eifersucht, die sich in mir regt. Ein Gefühl, das ich vor ihr gar nicht kannte.

Sie folgt meinem Blick, und wir sehen uns wütend an.

»Die bessere Frage lautet doch, was der Wahlkampfmanager meines Vaters hier zu suchen hatte«, knurre ich, aber *verdammt*, ich koche vor Wut. Und den Namen dieses Arschlochs habe ich absichtlich nicht in den Mund genommen, da ich mir nicht sicher bin, ob ich den penetranten Geschmack auf der Zunge ertragen könnte, den er darauf zurückgelassen hätte. Als sie nicht schnell genug antwortet, belle ich: »Ich warte.«

Ihre sonst so warmen Augen vereisen wie die Arktis. »Wenn du noch einmal so mit mir sprichst, wirst du noch sehr viel länger auf irgendwas warten. Vor allem auf eine Antwort.«

Eifersucht wütet in mir. Er besitzt Teile von ihr, die ich besitzen will. Belanglose Gespräche. Insider-Witze. Heimliche Blicke. Scheinbar unbedeutende Details, auf denen Beziehungen aufgebaut sind. Das macht mich rasend. Rücksichtslos. Und Entscheidungen, die auf ungestümen, gedankenlosen, kopflosen Absichten basieren, sind *niemals* gut.

Sie will die Teller vom Tisch räumen, aber ich bin schneller. Mit einer Bewegung, die ich nicht hätte choreographieren können, trete ich den Stuhl aus dem Weg, packe und drehe sie und schubse sie an die Hauswand. Der Teller, den sie noch nicht fest in der Hand hielt, fällt klappernd auf den Tisch, und ich sehe nicht einmal nach, ob er zerbrochen ist. Der irrationale, außer Kontrolle geratene Teil von mir hofft es. Und dass es Mergens war.

Sie keucht. Genau wie ich. Einander so nah zu sein, entfesselt das wilde Tier in uns beiden. Es ist hungrig, hungernd nach dem, was der andere zu bieten hat und das keiner von uns mit jemand anders sättigen kann. Das darf ich nicht vergessen, während der Schleier aus Egoismus so schwer auf mir lastet wie eine Wolldecke.

Ich mache den Mund auf, doch sie kommt mir zuvor. Und was sie sagt, ist voll Feuer und sengender Hitze. Ich werde rasend hart, noch bevor sie den Satz beendet hat. »Das kommt mir sehr bekannt vor, Shaw. Und ich muss sagen, dein idiotisches Verhalten gefällt mir auch diesmal nicht besser als beim letzten Mal.«

Jetzt presse ich sie so an die Wand, dass sie sich nicht mehr rühren kann. Ich halte sie an den Handgelenken fest, die ich über ihrem Kopf an die Wand drücke. Ich klemme ihre Beine zwischen meinen ein und spanne die Schenkel an, um sie festzuhalten, und mein Ständer drückt gegen ihre weiche Mitte und lässt sie nach Luft schnappen.

Mein Blick fällt auf die raffinierte Kette, die sie immer trägt und deren Anhänger sich in die Kuhle unter ihrer schlanken Kehle schmiegt. Mein Zorn wird um weitere eintausend Grad angeheizt, als ich mich daran erinnere, wie dieser Scheißkerl geguckt hat, als er sie registrierte. Überraschtes Wiedererkennen. Da ich weiß, dass diese Kette eine weitere Verbindung zwischen den beiden ist, würde ich sie ihr am liebsten abreißen und durch ein Schmuckstück von mir ersetzen. Durch etwas, das sie an mich statt an ihn bindet.

Ich ziehe die Mundwinkel hoch. Mein Lächeln ist ironisch und verdrießlich. Voll Verachtung gegen diesen Wichser, der versucht, sich zwischen uns zu drängen. »Ja. Ich verwandele mich in ein ziemliches Arschloch, wenn ich sehe, dass ein anderer unverhohlen meinen Besitz begehrt.«

Ich habe es getan. Ich habe ihre eigenen Worte gegen sie verwendet. Worte, die sie mir letzten Monat im La Petite entgegen geschleudert hat, als sie mir sagte, dass ich sie niemals besitzen würde. Aber das tue ich. Und sie weiß es auch. Ich besitze sie genauso, wie sie mich jetzt besitzt, mit Haut und Haaren, meinen Verstand eingeschlossen.

Ich rechne mit Protestgeschrei. Damit, dass sie sich unter mir dreht und windet oder versucht, mir ihr Knie in die Kronjuwelen zu rammen, doch sie bleibt still und ruhig und bedient sich stattdessen der großen Klappe, die ich so an ihr liebe. Die ich jetzt am liebsten mit meinem Schwanz ausfüllen würde.

»Wow, Verkehrsrowdy. Sind dir im Büro die Leute ausgegangen, die du schikanieren kannst?«

»Warum war er hier?« Ich habe nicht die Absicht, die Sache auf sich beruhen zu lassen. Das Bedürfnis, zu wissen, was er gesagt hat, ist groß und scharf wie die Spitze eines Messers, das sich schmerzhaft in meine Brust bohrt. Hat er es ihr gesagt? Würde sie sich dann von mir anfassen lassen? Fraglich. »Abgesehen davon, um meine Frau anzugaffen und ein Gratisessen abzustauben natürlich.«

»*Deine* Frau anzugaffen?« Sie reckt stolz das Kinn in die Höhe, zieht eine Augenbraue bis zum Anschlag hoch und betont jedes einzelne Wort. Es wäre süß, wenn ich nicht so verdammt wütend wäre. Und geil. So verdammt geil.

Gestern Abend ist sie gegen neun bei mir weg. Wir waren nicht einmal vierundzwanzig Stunden getrennt, und trotzdem kam mir die Zeit vor wie endlose Minuten der Qual. Das Wochenende mit ihr zu verbringen, war Segen und Fluch zugleich. Ich empfinde jetzt so viel für sie, dass ich aus der Nummer nicht mehr ohne emotionalen Totalschaden herauskomme.

»Hat er das nicht?«, fordere ich sie heraus, weil ich ganz genau weiß, dass ich recht habe. Und mir ehrlich gesagt vor Angst in die Hose scheiße.

»Bin ich das?«, schießt sie zurück.

Sie muss doch wissen, dass ich es vor Spannung nicht mehr aushalte. Dass ich ihretwegen total von der Rolle bin und wie sehr sie mich verändert, mit jeder einzelnen Sekunde mehr.

Ich lege meine Stirn an ihre und atme ihren erregenden Geruch ein, bevor ich schroff zu ihr sage: »Du weißt, was du bist, Willow. Du bist mein. Ich dachte, das hätten wir schon geklärt.«

»Weil ich einen Vertrag unterschrieben habe.«

Ihre Antwort ist leise und stockend und beweist mir, dass es richtig war, hierherzukommen. Sie versucht jetzt schon, diese verdammten Jalousien herunterzulassen, weil dieses Arschloch ihr nicht gerade subtile Zweifel eingepflanzt hat. Und das geht mir total auf den Sack. Es entzündet einen Vulkan aus haltlosen Gefühlen in mir, der so glühend heiß ist, dass ich bei dem Versuch, das mir fremde Gefühl zu eliminieren, sofort verbalen Durchfall bekomme.

»Nein. Weil ich in dich –« Ich erstarre und verschlucke mich an dem Geständnis, das sie mir fast entlockt hätte. *Sag es, sag es*, schreit mein Verstand. *Sag ihr, dass du in sie verliebt bist. Sag ihr, dass Mergen sie nicht haben kann, weil sie dir gehört. Sie wird von jetzt bis in alle Ewigkeit nur dir gehören.* Doch diese Worte – die ich nie zu einer anderen Frau sagen werde – auszusprechen, während wir über einen anderen Mann reden, fühlt sich schäbig und falsch an. Manipulativ.

»Weil du … was bist?« Sie keucht. Wartet. Sie weiß, dass ich mich zurückhalte, und daran, wie Nervosität und Ungeduld ihre Augen zum Leuchten bringen, erkenne ich, dass sie weiß, was ich gerade sagen wollte. Doch wenn es einmal gesagt ist, kann ich es nicht mehr zurücknehmen. Und auch wenn ich mir sicher bin, dass das, was ich für sie empfinde, nichts anderes sein kann als Liebe, soll es, wenn ich es ihr sage, zu meinen Bedingungen geschehen. Wenn ich so tief in ihr vergraben bin, dass sich unsere Seelen vereinen. Wenn ich sie dazu bringe, *meinen* Namen herauszuschreien. Wenn ich mir sicher bin, dass sie mich nicht zermalmen wird.

Deshalb tue ich, was ich am besten kann. Ich umfasse ihre Handgelenke kräftiger und drücke sie fester an die Hausverkleidung, während ich mein Becken tiefer schiebe und gegen ihren Sweetspot stoße, bis ihr mit einem leisen Seufzer die Augen zufallen. »Hier geht es nicht um den Vertrag, Willow. Es geht um deinen Ex, der dich zurückhaben will. Etwas, wovon du fest behauptet hast, dass es nicht passieren würde.«

Daraufhin sieht sie mich wieder an. Der Schmerz in ihren Augen haut mich fast um. »Ich habe dir doch schon gesagt, dass es reiner Zufall war. Er hat nicht aktiv nach mir gesucht.«

»Vielleicht nicht.« Ich weiß, dass sie recht hat. Er hätte seine Überraschung ebenso wenig vortäuschen können wie sie. »Aber jetzt, wo er dich wiedergefunden hat, ist ihm klargeworden, was für ein verdammter Idiot er war, dich überhaupt erst gehen zu lassen.«

Den Blick auf meine Brust gerichtet, leckt sie sich die Lippen und saugt ihre Unterlippe in ihren Mund. Noch eine nervöse Angewohnheit, wenn ich etwas anspreche, was ihr nicht behagt.

»Warum war er hier?«

Sie schaut unter ihren von Natur aus stachelförmigen Wimpern auf. Ihr Ton soll mich verletzen, als sie mit schneidender Stimme sagt: »Um ein Gratisessen abzustauben.«

»Hm. Witziges Mädchen.« Eins, das ich mit ein paar vorenthaltenen Orgasmen bestrafen will.

Taktikänderung. Ich mache sie wütend, obwohl ich nur ihr Entgegenkommen will.

Ich senke den Kopf und küsse ihren Hals, bis sie in himmlischer Kapitulation den Kopf an die Hauswand lehnt. »Er kann dich nicht haben«, flüstere ich ihr barsch ins Ohr.

»Ich will ihn nicht.«

Während ich mit einer Hand immer noch ihre Handgelenke festhalte, fahre ich mit den Fingern leicht über die Innenseite ihres Armes. Ich umfasse ihre Brust und streiche mit dem Daumen über den jetzt harten Nippel, bis sie unregelmäßig atmet. Ich knabbere mich an ihrem Hals entlang und atme ihr berauschendes Parfüm ein, während ich murmele: »Ich will ihn nicht in deiner Nähe.«

»Wir sind nur befreundet«, entgegnet sie ernsthaft.

Ich schiebe meine Hand in ihre knappe kurze Sporthose

und ignoriere ihr gehauchtes »Was machst du da?«, weil ich sowohl schockiert als auch angetörnt bin, als ich unter meinen Fingern ihre nackte Haut finde.

Bei dem Gedanken, dass sie und das Wahlkampf-Arschloch nichts als eine dünne Frotteeschicht getrennt hat, siedet mein Blut. Hätte er das gewusst, wäre er auf die Knie gefallen und hätte sie angefleht, sie schmecken zu dürfen. Ist er vielleicht sogar.

Ich sollte sie auf der Stelle übers Knie legen und ihr dafür den Hintern versohlen, und das tue ich später wahrscheinlich auch, wenn sie nackt und alle viere von sich gestreckt vor mir liegt. Vorerst jedoch habe ich vor, sie auf andere Arten zu bestrafen, die uns vielleicht sogar hinter Gitter bringen könnten, sollten uns die Nachbarn aus ihren Rückfenstern sehen.

»Nein, Goldlöckchen«, raune ich ihr ins Ohr, während ich zwei Finger durch ihre Erregung gleiten lasse und ihre Nässe um die weichen Lippen verteile. Ich erfreue mich an dem Zischen, das aus ihren Lungen kommt, als ich meine Finger ohne Vorwarnung in ihr versenke. Ich fange an, sie direkt hier im Freien mit den Fingern zu vögeln, und mir ist egal, wer uns sieht. »Er will deine langen, biegsamen Beine spreizen und seine Zunge in dich stoßen, bis du auf seinem Gesicht kommst und deine süchtig machende Erregung an seinem Hals herabläuft.«

Ich krümme meine Fingerspitzen zu mir, umkreise mit dem Daumen ihre Klitoris und schwelge im Zittern ihres Körpers.

»Gott, Shaw«, keucht sie, während sie sich rasant dem Höhepunkt nähert. Sie lässt mit Hingabe ihr Becken rotieren, genau wie an jenem ersten Abend, als ich sie auf diese Art in meiner Küche verwöhnt habe.

Ich klemme ihr Ohrläppchen – fest – zwischen meine Zähne und lindere den Schmerz mit sanftem Lutschen, bevor ich weiterspreche. »Und glaub mir, Willow, wenn er dich ausgelaugt hat, will er seinen Schwanz so weit in dich schieben, dass er quasi bei dir einzieht. Dich zu seinem festen Wohnsitz machen. Er will dich markieren und dein Herz gefangen nehmen. Er will es einschließen und den verdammten Schlüssel wegwerfen, damit es für immer ihm gehört.«

Herrgott. Diese Vorstellung ist unerträglich. Fast lähmend.

Ich will all das. Dasselbe wie er.

Ich will ihren Körper. Ihre Seele. Ihre Liebe und Hingabe. Ich will ihren Verstand beherrschen, ihre Seele regieren, ihre Schreie jeden Morgen zum Frühstück vernaschen.

Ich ziehe mich zurück und beobachte, wie sich ihre lustverschleierten Augen blinzelnd öffnen und mich um einen Orgasmus anflehen. Ihre Muskeln krampfen jetzt heftig. Mein Schwanz stößt unerbittlich gegen den Reißverschluss meiner Anzughose, doch ich habe nicht die Absicht, aufzuhören.

»Aber das kann er nicht haben, Willow«, versichere ich ihr eindringlich, während ich sie in Höhen treibe, wie nur ich es kann.

Sie sagt nichts. Sie kann nicht. Sie ist schon lange fort in diesem leeren Raum, kurz bevor die Euphorie einsetzt. Aber sie hört zu. Hört jedes Wort, das ich sage.

»Er kann nichts davon haben, weil das alles mir gehört, hörst du? Es gehört mir, oder? Sag es«, fordere ich, weil ich jetzt eine Antwort will. Sie *brauche*.

Als sie den Gipfel erreicht, halte ich ganz still. Sie drängt sich wimmernd an meine unbewegliche Hand und versucht sich zu nehmen, was sie braucht. Doch es ist an mir, es ihr zu geben, und ich werde es ihr nicht liefern, bevor sie mir sagt, was ich hören will. Ich lasse ihre Handgelenke los, packe sie an der Hüfte und stoppe sie. Die Bewegung ist grob und macht wahrscheinlich blaue Flecken.

»Antworte mir, meine Schöne.«

Sie nickt mit leicht geöffneten Lippen.

»Jedes einzelne dieser Dinge gehört mir, stimmt's?«, will ich wissen, während ich den geringsten Druck auf ihre Klitoris ausübe. Sie lässt ihre Hände auf meine Arme sinken und krallt sich fest.

»Ja«, schwebt es auf einem schwachen Atemzug aus ihr heraus.

»Hat er dir je dieses Gefühl gegeben, Willow? Dich so auf die Folter gespannt, dass du glaubst zu zerspringen? Dass du dich nach dem Ziel ausstreckst, es aber nie erreichen willst? Dass die Lust niemals enden soll, weil es sich so verdammt gut anfühlt?«

Sie ist so kurz davor, dass ich es schmecke. Dieser honigsüße Geschmack schwebt hinauf und landet auf meinen Geschmacksknospen. Ich lecke mir die Lippen und versuche mehr davon aufzufangen. Wünschte, statt meinen Fingern wäre meine Zunge in ihr.

»Hat er das?«, hake ich nach.

»Nie«, murmelt sie, weil sie weiß, dass ich sie sonst nicht fallen lassen werde. Ihre Hüften kämpfen gegen meinen festen Griff an, ihr leises Flehen macht mich fertig. »Bitte, Shaw. Gott … bitte.«

Ein Teil von mir will sie weiter auf die Folter spannen. Will sie bis zum Rand der Glückseligkeit treiben, aufhören und zusehen, wie sie wieder herunterfällt, bevor ich das immer und immer wieder mit ihr mache. Sie ist so schön, wenn sie mir vollkommen ausgeliefert ist. Formbar, erregt und wild. Aber ich glaube, meine Kontrolle über sie ist nur eine Illusion. Willow hält alle Karten in der Hand und kann mich dazu bringen, alles zu tun, was sie will, wenn sie nur darum bittet.

Doch dieses Mal stimmen unsere Bedürfnisse zufällig überein. Ich will ihr dabei zusehen, wie sie den Kampf verliert und kopfüber in einen explosiven Orgasmus taucht, den *ich* geschaffen habe. Ich bewege mich schneller, drücke fester zu und befehle ihr: »Komm jetzt, meine Schöne. Komm für *mich*. Ich will, dass dein Geruch in meine Haut eindringt, damit ich dich noch tagelang rieche.«

Sie sieht mir in die Augen, tief in mich hinein, und tut, was ich verlange.

Sie steigt auf. Fliegt direkt in meine Arme. Sie ruft meinen Namen. Zittert und zuckt, bis ihre Muskeln ermüden. Bis sie erschöpft zwischen meinem Körper und der Wand, gegen die ich sie immer noch drücke, zusammensackt.

Es ist wunderschön und großartig.

Es ist Ehrfurcht gebietend.

Heilig.

Es ist ein wertvolles Geschenk, und eines, vor dem ich weder in diesem Leben noch im nächsten weglaufen werde.

6. KAPITEL

Willow

Meine Glieder sind schlaff, als Shaw mich erst durchs Haus und dann die Treppe hinauf trägt. Mir bleibt kaum Zeit, seine starken Arme oder seine Muskeln zu würdigen, während er zwei Stufen auf einmal nimmt und meine Schlafzimmertür zutritt. Ich bin immer noch erfüllt von dem Orgasmus, den er mir vor weniger als dreißig Sekunden beschert hat, als er mich auf mein zerwühltes, ungemachtes Bett wirft.

Er sieht mich intensiv an und sagt unverblümt mit rauer Stimme: »Ich muss in dir sein, Willow.«

Er zerrt an seiner Krawatte, bis sie ihm locker um den Hals hängt, reißt die Knöpfe seines Anzughemds brutal auseinander und entledigt sich geschickt seiner Anzughose. Nachdem er die Klamotten achtlos über meinen Toilettentisch geworfen hat, steht er mit nichts als seinen engen marineblauen Retropants vor mir, die ich sündhaft sexy finde. Als er hineingreift und sich streichelt, schmelze ich dahin.

Heiliger Bimbam, er ist ein männliches Prachtexemplar. Er verfügt über Arroganz. Ausstrahlung. Gutes Aussehen. Kantige Linien. Elan. Eine innere Gelassenheit, die angeboren ist, nicht erlernt. Er hat das alles. Und er sieht mich an, als sei *ich* die Königin, die er braucht, um seine königliche Herrschaft, seinen rechtmäßigen Platz auf dem Thron zu sichern. Als sei ich sein nächster und einziger Atemzug.

Ich schlucke einen dicken Kloß aus Verlangen, während er über jeden Zentimeter meines noch bekleideten Körpers herfällt. Bei jeder Berührung flammen meine Nervenenden auf. Meine Haut fühlt sich empfindlicher an.

»Zieh dich aus. Alles.«

Oh, wie gerne ich zurückschießen und eigene Forderungen stellen würde: Beende den Satz, den du eben abgebrochen hast. Du gehst jeden Tag Risiken ein. Geh jetzt eins mit mir ein. Riskier dein Herz, denn meins ist schon da und wartet auf dich. Ich will glauben, dass es Liebe und Eifersucht waren, die in seinen Augen miteinander rangen, und nicht rasende Besitzgier.

»Ich warte«, sagt er pikiert zu mir.

An seinen Augenbrauen, die fast bis zum Haaransatz hochgezogen sind, erkenne ich, dass ich mit einem roten Tuch vor einem Stier wedele, indem ich nicht gehorche. Ich sollte tun, was er sagt – ich will es sogar –, doch diese kleine innere Schlacht, die ich kämpfe, wenn er mich herumkommandiert, beginnt zu toben. Das Verlangen, ihn zu provozieren, schreit so laut, dass ich es genauso wenig ignorieren kann, wie ich mich dagegen wehren konnte, mich in ihn zu verlieben.

So ticken wir. Deshalb funktioniert es mit uns.

Ich stütze mich auf die Ellbogen und beginne, ihm mit unbewegter Miene Nadelstiche zu versetzen. »Du kannst nicht einfach hier reinspazieren, dich aufführen wie ein Arsch, mich herumkommandieren, als würde ich dir gehören, und erwarten, dass ich mich auf Kommando ausziehe.«

Das Lächeln, das jetzt langsam seine Lippen verzieht, verspricht mir sündhafte Stunden.

»Ich hatte andere Pläne mit dir, Goldlöckchen. Zum Beispiel dir eine schöne Tracht Prügel zu versetzen, bis dein Hintern so rot ist, dass du den Rest des Tages nicht mehr drauf sitzen kannst. Aber ich glaube, stattdessen braucht deine große Klappe eine Weile Beschäftigung.«

Gott aller Götter. Er bringt mich zum Siedepunkt.

Mir ist am ganzen Körper heiß. Glühende Flammen züngeln an meiner Haut, liebkosen süß jeden Zentimeter, erwecken alle Nervenenden zum Leben. Wecken die schlummernde erotische Frau, die seine schmutzigen Spiele mitspielen will.

Er wusste genau, was ich vorhatte, und hat mich ausgekontert. Als ich nicht antworte, weiß er, dass er mich genau da hat, wo er mich haben will.

»Es läuft folgendermaßen, Willow«, verkündet er, während er seine Unterhose über seine muskulösen Beine zieht. Als er sich wieder aufrichtet, steht sein Schwanz stolz und aufrecht, auf der Eichel ein Tropfen aus Verlangen. »Sieh mich an«, blafft er, doch ich kann meinen Blick nicht von der langsamen Auf-und-Ab-Bewegung seiner Hand wenden, mit der er seinen Schwanz liebkost, als hätte er auf der Welt keine andere Sorge, als mich um den Verstand zu bringen. Was er im Übrigen großartig hinkriegt.

»Willow.« Seine Stimme ist leise, autoritär. Unwiderstehlich.

Ich hebe den Blick und fange angesichts der Gier in seinem Gesicht Feuer. Sein Verlangen ist drängend und intensiv. Er spaßt nicht. Und ich liebe es. Gott, wie sehr ich es *liebe*.

»Du wirst jetzt diese kurze Hose ausziehen und mir zeigen, wie feucht du bist.«

Er hat recht. Meine Hände gehorchen ihm schon.

»Du wirst das Shirt, den BH und deine große Klappe ablegen und mir den Schwanz lutschen, bis ich so weit bin, mich in dir zu versenken und dich zu nehmen, bis du an nichts anderes mehr denkst als an das gute Gefühl, wenn ich dich ausfülle und dehne.«

Oh ja. Ich ziehe mein Shirt über den Kopf. Mein aufgehakter BH gleitet an meinen Armen herab.

Beim Gedanken daran, wie ich ihn am Donnerstagabend im Hotelzimmer mit meinem Mund verwöhnt und ihn dann einfach stehen gelassen habe, schlägt mein Magen Kapriolen. Ich will ihn. Ihn vor Lust in die Knie zwingen. Ihn zum Orgasmus bringen, bis er auch den letzten Rest dieser großspurigen Selbstbeherrschung verliert, an der er sich festklammert. Ich drücke meine Schenkel zusammen, um den feuchten Film zu verbergen, der sie jetzt überzieht. Shaw entgeht das nicht, denn sein verschmitztes Grinsen wird selbstgefällig.

»Leg dich auf den Rücken.«

Ich gehorche. Meine Widerworte habe ich mit meinen Klamotten abgelegt. Ich will all das, was er mir gerade in Aussicht gestellt hat.

Er dreht mich um, sodass ich quer auf dem Bett liege, schnappt sich ein Kissen und stopft es unter meine Hüften. Er stellt meine Füße an den Rand der Matratze und drückt meine Knie auseinander. Sie sind weit gespreizt, sodass er den Anblick genießen kann. Er tritt einen Schritt zurück und lässt den Blick über meinen Körper schweifen, bis ich mich voll und ganz entblößt, aber wie eine Göttin fühle.

Als sich unsere Blicke treffen, vibriert mein ganzer Körper vor Lust. *Bitte, bitte, bitte* liegt mir auf der Zunge – ich bin bereit zum freien Fall. Er streckt die Hand aus und zieht einen Finger durch die Feuchtigkeit zwischen meinen Beinen, bevor er nur die Spitze eintaucht, und alles, was mir über die Lippen kommt, ist ein langer, gebrochener Seufzer.

»So bereit für mich«, sagt er im Flüsterton, mehr zu sich selbst als zu mir.

Meine Hüften heben sich unwillkürlich und laden ihn unverhohlen ein. Ich brauche so viel mehr, als Shaw mir gibt, aber er kniet schon auf dem Bett. Als er zwischen meine Beine taucht, zucke ich bei der ersten Berührung seiner Zunge auf meinem geschwollenen Geschlecht. Ein anerkennendes Stöhnen grollt aus ihm, als er mich viel zu kurz schmeckt, bevor er sich leckend weiter nach oben vorarbeitet. Er wandert nach links, um an meiner Brustwarze zu knabbern, schmeckt die zarte Haut hinter meinem Ohr und lässt dann die Zunge in meiner Halsgrube kreisen. Ich kann kaum atmen, als er sich mit kleinen erotischen Bissen über meine Schulter und am empfindlichen inneren Teil meines Armes wieder herunterarbeitet, bevor er sich wie ein Gott über mich erhebt. Er strahlt Macht und nackten, reinen Sexappeal aus.

Den brennenden Blick fest auf mich gerichtet, platziert er seine Knie rechts und links von meinem Kopf. Ich stöhne, als er die Hand um seine dicke Länge bewegt und mit dem Daumen über die Spitze streicht, um die Lusttropfen fortzuwischen, die sich gebildet haben. Er fährt mit dem Schwanz über meine Lippen, bis ich den Mund weit öffne und ihn schweigend dränge, sein gnadenloses Hinhalten zu beenden. Er quält mich mit seiner Zuschaustellung von Dominanz, bis ich nur noch aus starkem Verlangen bestehe. Und als er seinen Schwanz hineingleiten lässt, spüre ich, wie die Macht, die er innehatte, sich auf mich überträgt.

»Mein Gott, du siehst so gut unter mir aus, wenn deine Lippen mich umschließen«, schwärmt er mit zusammengebissenen Zähnen und bringt die Energie in mir zum Pulsieren und Branden. Ich kralle mich in die Laken und widerstehe dem Drang, ihn an der Wurzel zu packen und ihn tiefer in mich zu ziehen.

Er fixiert mich mit wildem Blick, packt mich an den Haaren und stößt gemächlich in meinen Mund. Die andere Hand umfasst sanft meine Kehle, hält mich so, dass er so weit in mich stoßen kann, wie ich damit umgehen kann.

Er fahndet nach Angst und Zögern in meinem Gesicht, vor allem wenn sich seine Fingernägel in meine empfindliche Haut bohren. Da er nur Einverständnis sieht, stößt er mit jedem Mal ein wenig weiter vor, bis er hinten gegen meine Kehle stößt. Ich gerate nicht aus dem Takt und versuche, meine Muskeln zu entspannen, obwohl ich auf diese Art noch nie einen Blowjob gegeben habe.

Wie sich seine Augen bei meiner Unterwerfung verdunkeln, ist berauschend. »Oh ja, wunderbar. Genau so. Mach's mir genau so.«

Während er langsam und regelmäßig und wahnsinnig tief in mich stößt, schwillt er bei jedem Mal mehr an. Er prüft, wie weit er mich treiben kann, sinkt so tief, dass ich einmal sogar spüre, wie meine Kehle sich unter seiner Hand wölbt. Ich ermutige ihn nur, weiterzumachen.

»Um diesen Mund würden Männer Kriege führen«, sagt er zu mir, während ihm seine Beherrschung entgleitet.

Ekstase macht seine Lider schwer. Er kämpft dagegen an, doch ich kämpfe härter. Nur mit dem Mund und aus purer Entschlossenheit, ihn die Beherrschung verlieren zu lassen, berühre ich jedes Mal, wenn er sich zurückzieht, seinen Schlitz. Ich massiere ihn mit der flachen Zunge und schabe jedes Mal, wenn er wieder hineinsinkt, ganz leicht mit den Zähnen darüber.

»Du willst mich zum Kommen bringen«, beschuldigt er mich in der knurrenden Stimmlage, die mir zeigt, dass er kurz davor ist, die Kontrolle zu verlieren.

Ich kann nicht lächeln, weil mein Mund beschäftigt ist, so wie er es wollte, aber ich weiß, dass mir meine Genugtuung anzusehen ist, denn seine Finger krampfen sich fester in mein Haar, sodass meine Kopfhaut brennt. »Wenn ich in deiner Kehle kommen soll, Willow, will ich eine Gegenleistung.«

Na klar kriegst du was zurück, Verkehrsrowdy. Einen überwältigenden Orgasmus, der deinen Willen zersetzen und deine Herrschaft zerbröckeln lassen wird.

»Abgemacht?«, fragt er, doch es klingt schwach und heiser. Dass *ich* ihn dazu bringe, erfüllt mich mit Stolz. Dass ich ihn dazu kriegen kann, seine Bedürfnisse aufzugeben und mir meine zu erfüllen. Ich ziehe die Wangen ein, bis ich spüre, dass sie gegen ihn reiben, während seine Stöße an Tempo gewinnen.

»Oh Scheiße. *Scheiiiße.*« Seine Stöße kommen jetzt schneller und weniger raffiniert. Er packt mich so fest am Hals, dass ich würge. Er lässt mich los, aber nur kurz. »Blinzle zweimal, wenn das ein Ja ist«, krächzt er.

In fünf Sekunden gehört er mir, ob ich zustimme oder nicht. Aber mir ist egal, was er will. Was er fragt. Ich will ihn nur für jede andere verderben. Ich brauche seine Überlegenheit. Ich brauche, wie er sich mir hingibt, wie er mich einatmet, als sei ich seine Luft zum Leben. Ich will, dass der Blick, mit dem er mich jetzt anschaut, so als würde er mich lieben, eine weitere Erinnerung ist, die ich für meine Gedächtnisbank gestohlen habe.

Deshalb blinzele ich zweimal … und es funktioniert.

Sein ganzer Körper spannt sich an, und ich sehe zu, wie seine Entschlossenheit unter der Kraft meiner zusammenfällt.

Er kommt.

Heiß.

Heftig.

So mächtig, so umfangreich, so schnell, dass ich kaum mithalten kann.

Ich lasse ihn nicht aus den Augen, während er sich vollkommen gehen lässt. Die Anspannung um seine Lippen und Augen ist schmerzhaft. Atemberaubend. Er ist wunderschön, doch selbst in seinem verletzlichsten Zustand wirkt er immer noch respekteinflößend und souverän. Es ist nicht zu übersehen, dass er nicht nur seine, sondern jetzt auch meine Welt regiert. Ich aale mich noch ein wenig länger in der Machtverschiebung, weil ich weiß, dass sie von kurzer Dauer sein wird. Und stelle fest, dass mir auch das recht ist.

Während er darum kämpft, wieder zu Atem zu kommen, pulsiert er immer noch leicht, ist immer noch so hart, dass ich überzeugt bin, dass er sofort noch einmal von vorne anfangen könnte. Und als der Blick, der mich jedes Mal packt und als Geisel hält, wieder meinem begegnet, schmelze ich dahin.

Ich will, dass alles, was ich darin sehe, wahr ist. Oh, wie sehr ich mir das wünsche.

»Hey«, sagt er süß und legt sanft die Hand an meine Wange, bevor er sich zurückzieht.

»Hey«, gebe ich zurück und frage mich, wie gedehnt mein Mund aussieht.

»Habe ich dir wehgetan?« Er wischt mir mit dem Daumen die Mundwinkel sauber. Sein Blick fällt auf meinen Hals, der sich bis zu dem Zeitpunkt nicht wund angefühlt hat. Nicht, dass ich ihm das auf die Nase binden würde.

Ich gebe mir alle Mühe, meine Stimme normal klingen zu lassen, als ich antworte: »Nicht sehr. Ich meine, du drückst mir mit deinem massiven Gewicht zwar die Luft aus den Lungen, aber kein Ding.«

Er reagiert so schnell, dass es schon komisch ist. Es stimmt – ein Stück weit –, aber ich hätte den ganzen Tag flach durch einen lädierten Hals geatmet, wenn es bedeutet hätte, dass ich mehr von seiner weicheren Seite zu sehen bekomme, die er so selten zeigt. Als er mit den Händen über meinen Körper fährt und ihn nach Verletzungen absucht, muss ich lachen. Als er sieht, dass ich ihn nur veralbert habe, funkeln seine Augen. Er kriegt mich zu fassen und kitzelt mich durch, bis ich kreische und ihn anflehe, damit aufzuhören.

»Sag, dass es dir leidtut, mich so erschreckt zu haben.«

»Tut es nicht, tut es nicht«, werde ich nicht müde zu rufen.

»So viele Bestrafungen, die auf dich zukommen, Goldlöckchen«, flüstert er mir irgendwann ins Ohr. »Mit jeder Lüge reitest du dich nur noch tiefer rein.«

Ich liebe diese unbeschwerte Seite an ihm, doch schließlich ertrage ich es nicht mehr und gebe auf. »Es tut mir leid«, schreie ich.

Ich bin außer Atem und schnappe immer noch nach Luft, als er sich neben mir ausstreckt. Er keucht, und wir liegen einen Moment regungslos da, um zu Atem zu kommen. Dann schiebt er den Arm unter meinen schlaffen Körper und zieht mich fest an sich.

»Du bist sehr kitzlig.«

»Du bist sehr gemein«, kontere ich und schlage ihn gegen die Brust. Er schnappt sich meine Hand, legt sie auf sein Herz und hält sie dort fest. Die Geste ist süß und kommt unerwartet. Mir stehen vor Rührung Tränen in den Augen.

»Ich wollte dir nicht wehtun. Das weißt du, oder?«

Ich hebe den Kopf. Er wartet gespannt. Seine Sorge ist echt und unnötig, macht ihn in meinen Augen aber nur noch liebenswerter. Er liebt mich. Ich weiß es. Er kann es mir vielleicht nicht sagen, aber ich sehe es. Ich *fühle* es. Er hat genauso viel Angst, es laut auszusprechen, wie ich.

»Es war unglaublich«, sage ich ehrlich zu ihm.

Er lächelt schief. Zuerst halte ich es für sein typisches großspuriges Grinsen, doch mir wird rasch klar, dass es das nicht ist. Sondern Erleichterung. Meine Worte scheinen seine Muskeln zu massieren und ihren Schmerz zu lindern, während er sich langsam entspannt. Er stößt kurz die Luft aus und flüstert: »Gut.«

Ich kann mir das Grinsen nicht verkneifen. Selbst wenn ich es wollte, könnte ich es nicht. Ich bin am helllichten Tag überglücklich. Der Sonnenschein, den Reid mir gestohlen hat, ist wieder da und scheint mild und warm. Ich bin mir sicher, dass ich glühe.

So ungern ich dieses Gefühl auch dämpfe, ich frage mich, was zum Teufel Shaw hier macht. Es ist nicht einmal zwei Uhr nachmittags. Gestern Abend hat er mir gesagt, er habe den ganzen Tag zu tun, vor allem weil er sich schon drei Tage hintereinander freigenommen habe, um sich ganz auf mich zu konzentrieren.

Ich drehe mich zur Seite und stütze mich mit der Hand an der Wange auf den Ellbogen, während er mich mit eifrigem Interesse betrachtet. Ich ziehe auf seiner harten flachen Brust kleine Kreise und bemühe mich um einen unbeschwerten Ton, als ich frage: »Also, Verkehrsrowdy ... Machst du wieder blau? Das wird zu einer üblen Angewohnheit.«

Sein Gesicht verdunkelt sich, als sei eine Gewitterwolke herangerauscht.

»Ich will mich nicht beschweren«, füge ich rasch hinzu und beuge mich vor, sodass unsere Lippen sich fast berühren. »An solche Nachmittagsvergnügungen könnte ich mich gewöhnen.«

Mir wird klar, dass er seit fast fünfundvierzig Minuten hier ist und ich zwei Orgasmen später immer noch nicht seinen Mund auf meinem gespürt habe. Bevor er reagieren kann, sorge ich für Abhilfe.

Ich lege meine Lippen auf seine, und unser Kuss beginnt zögernd, wobei ich die Aktive bin. Seine Lippen sind steif, sogar widerständig, doch ich lasse nicht zu, dass er sich mir verweigert. Ich klemme seine Unterlippe zwischen meine Zähne, beiße zu und ziehe mich zurück, öffne ihn für mich. Er schmeckt nach Macht mit einem Hauch Verzweiflung.

Doch als sich unsere Zungen berühren, übernimmt er die Initiative.

Dann liege ich auf dem Rücken, während er meinen Kopf zwischen seinen starken Händen hält. Seine festen Lippen pressen sich auf meine, seine Zunge sucht fieberhaft. Seine Länge wird an meinem Bauch so schnell hart, dass die Lust erneut in mir erwacht. Er ist dominierend und kontrollierend, und mein ganzes Wesen seufzt, als ein warmes Gefühl es durchflutet.

Ich winde mich unter ihm und versuche ihn dahin auszurichten, wo ich ihn brauche, als er unseren Kuss unterbricht und den Kopf hebt. Ich greife instinktiv nach ihm, doch er hält mich fest, und ich weiß, es ist an der Zeit, das Versprechen einzulösen, das ich erst vor wenigen Minuten gegeben habe. Mein Herzschlag, der schon in die Höhe geschnellt war, verlangsamt sich widerwillig wieder. Er öffnet die Lippen, um etwas zu sagen, doch bevor die Frage aus seinem Mund dringt, weiß ich schon, wie sie lautet.

»Was hat er hier gemacht?«

Am liebsten würde ich lachen, weil er Reids Namen nie ausspricht, aber er versteht eben nicht – weil ich es ihm nie gesagt habe –, dass die Gefühle, die ich für Reid hatte, im Vergleich zu dem, was ich für ihn empfinde, verblassen. Er hat keine Veranlassung zur Sorge, auch wenn ich an seiner Stelle dasselbe empfinden würde.

»Wollen wir dieses Gespräch führen, während du mich festhältst?«

»Müssen wir das?«

»Shaw.« Ich seufze. »Es ist nicht so, wie du denkst.«

»Wirklich nicht? Denn ich bin mir ziemlich sicher, dass es genau das ist, was ich denke.«

»Und das wäre?«

Er presst die Lippen zu einem Strich zusammen, und als er wieder spricht, fühlen sich seine Atemzüge, als sie auf mich treffen, wie spitze, wütende Pfeile an. »Hör auf mit dem Scheiß, Willow. Ich will wissen, warum er hier war, und zwar jetzt gleich.«

Ich kann nicht anders. Es ist falsch, es zu tun, weil ich sehe, wie schnell sein Geduldsfaden reißt, aber er sieht so düster und ernst aus, und ich hatte es noch nie mit einer solch überwältigenden Ausstrahlung zu tun wie mit seiner ... dass mir ein Kichern entfährt. Zuerst nur eins. Dann noch eins. Je hitziger sein Gesicht wird, umso heftiger lache ich.

»Beantworte die Frage«, fordert er.

Ich brülle vor Lachen. Sein Griff um meine Handgelenke verstärkt sich warnend, was den gegenteiligen Effekt hat, den er erzielen wollte.

»Ich –« Ich schnappe nach Luft und versuche mich zu beruhigen. Ich schaffe es nicht.

»Was ist so verdammt lustig?«

»Du«, stoße ich mit Mühe zwischen meinen Kicheranfällen hervor.

Kopfschüttelnd knurrt er: »Gott, du bist echt frustrierend.«

Es dauert noch ein paar Sekunden, aber ich finde ein gewisses Maß an Fassung wieder. »Du findest mich nur frustrierend, weil ich mir für dich kein Bein ausreiße wie alle anderen.«

Er sieht mich kurz an. »Du hast so unrecht, Willow.« Er sagt das mit solchem Ernst, dass mir ganz schwer zumute wird. Er senkt den Kopf tief und streicht mit der Nase über meine Wange. Er legt die Lippen an mein Ohr, und sein schlichter Satz bringt mich fast um. »Das finde ich an dir faszinierend.«

Glibbermasse.

Ich fühle mich wie ein Berg klebriger Glibbermasse.

Ich drehe den Kopf leicht, lege die Lippen an seine Wange und lasse sie kurz dort liegen. »Du hast recht. Er will mich wirklich zurück«, gestehe ich leise, obwohl ich weiß, dass es ihn wütend machen wird. Ich weiß aber auch, dass ich es nicht vor ihm verheimlichen kann. Schließlich ist er nicht blind. Oder dumm. Er bleibt ganz still liegen, als ich fortfahre. »Aber ich will *ihn* nicht zurück. Selbst wenn ich nicht mit dir zusammen wäre. Es gab einen Grund, warum wir es nicht geschafft haben. Und dieser Grund existiert nach wie vor.«

»Hast du ihm das gesagt?«

»Ja. Ich habe keinen Zweifel daran gelassen, dass ich mit dir zusammen bin.«

»Es macht mich rasend«, murmelt er an meinem Hals und verteilt feuchte Küsse auf meinem Schlüsselbein.

»Ich weiß«, hauche ich. Ich will mich entschuldigen, aber es tut mir gar nicht leid. Kein bisschen. Ich bin froh, dass er eifersüchtig ist. Das wäre er nicht, wenn ich ihm gleichgültig wäre.

»Willow.« Seine Stimme klingt vor Sehnsucht belegt. »Ich will dich und das, was zwischen uns ist, nicht verlieren.«

Mein Herz weitet sich und stößt auf köstlichste schmerzhafte Art an mein Brustbein. Solche Unsicherheit sieht Shaw gar nicht ähnlich.

Eifersucht. Finde ich gut.

Ich schlinge die Arme um seine breiten Schultern, fahre mit den Fingernägeln über die Muskelstränge auf seinem Rücken und genieße es, wie sie wogen. »Das wirst du nicht«, füge ich hinzu. »Ich weiß, dass du es nicht hören willst, aber wenn er nicht wäre, wären wir jetzt nicht zusammen.«

Ich rechne damit, dass er es leugnet. Dass er behauptet, dass er auch ohne Reids Beteiligung einen Weg gefunden hätte, mit mir zusammen zu sein, aber das tut er nicht. Und ich liebe ihn nur noch mehr, weil er ehrlich ist, statt zu versuchen, mir etwas vorzumachen.

»Ich weiß. Ich hasse es und bin gleichzeitig glücklich darüber.«

Er bewegt sich rastlos auf mir, und seine Küsse werden hungrig und fiebrig. Seine Lippen wandern umher, saugen, lecken und beißen spielerisch, bis ich unruhig und vor Verlangen von Sinnen bin. Geschickte Finger ziehen an meinen Brustwarzen und spielen zwischen meinen Schenkeln, überprüfen, wie bereit ich bin, bevor er wieder auf mir liegt. Meine Beine spreizt. Sich in mich schiebt. Uns beide schnell in die Höhe treibt.

Wir sind stumm, fast geräuschlos, unsere Körper bewegen sich perfekt synchron, bis wir beide den Gipfel erreichen und gemeinsam zum Höhepunkt kommen. Während er sich bemüht, seinen verschleierten Blick weiter fest auf meinen zu heften, während wir unsere Fahrt durch die Lust navigieren, weiß ich, dass es zwischen uns keine Grauzonen gibt. Alles ist glasklar.

Ich gehöre ihm.

Er gehört mir.

Es gibt ein Wir.

Es ist Liebe, ohne jeden Zweifel, egal ob wir es aussprechen oder nicht.

Was als Job begonnen hat, eine Methode, um genug Geld für die Versorgung meiner kranken Mutter zu verdienen, hat mein Leben auf unvorhergesehene Weise vollkommen verändert.

Das ganze Wochenende über habe ich mich selbst und mein Tun infrage gestellt. Ich habe an mir gezweifelt, an ihm. Ich habe daran gezweifelt, dass wir eine echte Zukunft haben. Ich habe andere die Zweifel nähren lassen. Denn wie kann ein Fundament, das mit Lug und Trug zementiert ist, nicht irgendwann unter ihrer Macht rissig werden? Doch nach diesem Nachmittag zweifele ich nicht mehr. Wir haben unsere Beziehung in etwas verwandelt, das viel, viel mehr ist. Irgendwie haben wir in den vergangenen zwei Monaten unbewusst ein neues Fundament gelegt, diesmal auf Wahrheit und Aufrichtigkeit basierend.

Jetzt muss ich nur noch herausfinden, wie ich dieses fremde Land, in dem ich mich wiederfinde, navigieren soll, denn so sehr ich mir auch wünsche, dass das mit uns funktioniert, weiß ich auch, dass sich emotional splitternackt auszuziehen die größte Herausforderung sein wird, vor der ich je gestanden habe.

7. KAPITEL

Shaw

»Das ist beschissen, Mann«, sagt Noah und nimmt einen Schluck von seinem Bier.

»Was davon?«, frage ich und trinke meinen Hennessy 250 langsamer, als ich eigentlich möchte. Doch ein Besäufnis wird keines meiner Probleme lösen. Offen gestanden weiß ich nicht, was sie lösen wird.

»Alles. Weiß deine Familie davon?«

Das habe ich mich auch gefragt, aber mein Vater hätte seine Überraschung niemals verbergen können, als ich ihm Willow vorstellte. Deshalb nein. Mergen hat ihm keinen Ton davon gesagt. Keine Ahnung, was ich davon halten soll.

»Ich glaube nicht.«

Mit einem schweren Seufzer beuge ich mich vor und lasse lässig das Becherglas zwischen meinen Beinen nach unten hängen. Ich blicke hinaus in die tiefschwarze Nacht und lausche dem stetigen Plätschern des Sees, dessen Ufer keine fünfzehn Meter von meinem Garten entfernt ist. Das Geräusch der Wellen, die sanft an Land schwappen, bringt mir normalerweise einen inneren Frieden, den ich sonst nur schwer finde, doch heute Abend bin ich so angespannt, dass es mich nervt und nur ein weiteres Ärgernis darstellt.

Vor etwa einer halben Stunde kam Noah kampfeslustig durch meine Haustür gestürmt. Ich kann es ihm nicht einmal verübeln, da ich ihn heute mitten in einem wichtigen Meeting im Stich gelassen habe. Da wir einen neuen Präsidenten für unsere Abteilung für außerbörsliche Unternehmensbeteiligungen brauchen, haben wir heimlich einen von unserem größten Konkurrenten abgeworben. Wir hatten einen ganzen Nachmittag für Gespräche mit ihm angesetzt, und ich bin ohne jede Erklärung abgehauen und habe die Sache Noah überlassen.

Nicht, dass er dazu nicht imstande wäre, aber wir arbeiten am besten als Team. So war es schon immer. Er schätzt meinen Input, genau wie ich seinen. Er sieht Dinge, die ich nicht sehe, und umgekehrt. Wir sind eine gut geölte Maschine, im Schlafzimmer wie im Sitzungssaal, und diese Entscheidung ist von großer Wichtigkeit. Dieser Typ mag der Beste sein, doch er muss auch zur Firmenkultur und zu Wildemers Werten passen.

Noch letzte Woche war der wichtigste Punkt auf meiner Agenda, ihn auf meine Gehaltsliste zu bekommen. Jetzt ist mir das ehrlich gesagt völlig schnuppe.

Als Noah fertig damit war, mir Obszönitäten an den Kopf zu werfen, versorgte ich ihn mit einem Bier und dirigierte ihn zu meiner Feuerstelle, wo ich ihm von den heutigen Ereignissen berichtete, angefangen bei meinem morgendlichen Treffen mit dem Wahlkampf-Arschloch.

Himmel, es kommt mir so vor, als sei es schon eine Ewigkeit her. Ich wünschte, so wäre es. Ich wünschte, es wäre Schnee von gestern und ich würde stattdessen mit Willow hier sitzen und in der Gewissheit, dass meine Schwester gesund und munter ist und drogenfrei bleibt, die kühle Herbstluft genießen. Doch es ist nicht einmal zwölf Stunden her, seit meine sorgfältig konstruierte Welt so schnell zu bröckeln begann, dass ich förmlich dabei zusehen kann, wie die Risse breiter werden.

Zwölf Stunden später, und ich bin *immer noch* in derselben Situation wie heute Morgen, als ich sein verdammtes Büro verließ.

Ich habe keine Antworten.

Keine Ahnung, wie es weitergehen soll.

Ich habe nichts, außer Willows Bestätigung dessen, was Mergen mir vorhin erzählt hat.

Er wartet nur darauf, dass ich Scheiße baue.

Er arbeitet darauf hin, sie zurückzugewinnen.

Die einzige gute Nachricht ist, dass er nichts gesagt hat, was nicht wiedergutzumachen wäre. Aber ich weiß, dass das nur eine Frage der Zeit ist.

»Ich muss diesen Scheißkerl begraben, und zwar tief unter der Erde«, knurre ich.

»Dann tun wir das«, antwortet mein bester Freund ruhig. »Wir sind ziemlich gut darin, allen möglichen Mist zu vergraben.«

»Anscheinend nicht gut genug«, murmele ich und frage mich immer noch, wie zum Teufel Mergen von jener Nacht erfahren hat.

»Welche Schuhgröße hat er?«

Dabei hat Noah noch nicht einmal die wichtigste Frage von allen gestellt: Hat sie es getan? Hatte Annabelle direkt oder indirekt etwas mit Charles Blackwells Tod zu tun? Und er wird auch nicht danach fragen. Stattdessen schaltet er voll und ganz auf Problemlösungsmodus: Sehen wir zu, wie wir diesen Mist loswerden.

Ich richte meine Aufmerksamkeit auf ihn. Er hat seinen Fußknöchel lässig auf dem Knie abgelegt, den Ellbogen auf der Stuhllehne und hält seine braune Bierflasche locker mit zwei Fingern fest. Seine Haltung ist entspannt, sogar träge, doch ich weiß, dass er es todernst meint. Ich habe keinerlei Zweifel, dass er allen möglichen Mist geregelt kriegen würde. Ich muss ihn nur darum bitten.

Aber ich will nicht, dass Mergen auf dem Boden des Puget Sound landet oder für den Rest seiner armseligen Existenz durch einen Strohhalm essen muss. Auch wenn keine dieser Optionen mich um den Schlaf bringen würde, ist das nicht mein Stil. Er soll nur verschwinden. Aus Seattle und aus dem Staat Washington. Ich will ihn mir vom Leib schaffen. Raus aus meinem Leben.

Aus *unserem* Leben. Ich kann es immer noch nicht fassen, dass ich in diesen Kategorien denke. Es fühlt sich gleichermaßen berauschend und wahnsinnig beängstigend an.

Als ich schweige, fragt er mit einer sehr weit hochgezogenen Augenbraue: »Bist du sicher, dass sie es wert ist?«

Unter normalen Umständen würde ich bei dieser Frage meinen Rücken durchdrücken und meiner Wut freien Lauf lassen. Doch nicht heute Abend. Noah stellt die Frage nicht aus Feindseligkeit, sondern aus aufrichtiger Neugier. Niemand, der meine Familie bedroht, kommt ungeschoren davon.

Doch Willow ist keine Außenstehende. Sie ist kein Kollateralschaden oder irgendein Eindringling. Sie ist zur Sonne geworden, um die ich mich drehe. Ich will nicht riskieren, sie zu verlieren, genauso wenig wie ich meine Schwester verlieren will. Und wieder stecke ich in einer Sackgasse fest.

»Ja«, antworte ich schlicht. Das sagt ihm alles, was er wissen muss.

»Zum ersten Mal im Leben sehe ich eine Frau an deiner Seite, die mit deiner Familie auf Augenhöhe ist.«

»Ein Wunder, das sich nie wiederholen wird.« Jedenfalls für mich, doch das lasse ich ungesagt.

Er nickt mir knapp zu. »Okay. Wir lassen uns was einfallen. Was auch immer nötig ist.«

Ich verspüre Erleichterung, aber nur minimal. Ein Sturm hat sich erhoben, und es wird eine Sintflut brauchen, damit sich der aufgewirbelte Staub wieder legt.

»Ich muss dich etwas fragen.« Ich lehne mich auf meinem Stuhl zurück, kippe mir den Rest meines teuren Cognacs hinter die Binde und stelle mein Glas vorsichtig auf die Betonplatten neben meinem Stuhl.

»Schieß los.«

»Kann man das Geld, das du auf Willows Konto überwiesen hast, zurückverfolgen?«

Diese Frage hätte ich schon vor etwa zweieinhalb Monaten stellen müssen, als Noah und ich in einer Bar saßen und ich ihm dabei zusah, wie er direkt vor meiner Nase an unserem Tisch eine Kellnerin zum Orgasmus brachte. An dem Abend, als ich dieser Farce zugestimmt habe. Und nicht erst jetzt, wo alles so verkorkst ist, dass es uns demnächst um die Ohren fliegt.

Nachdem Willow mich heute Nachmittag um eine Verschnaufpause gebeten hatte, schmiegte sie sich an mich und erzählte mir von ihren Befürchtungen wegen Mergens Nachforschungen. Besonders besorgt war sie wegen des Geldes. Geldtransaktionen sind leicht zurückzuverfolgen, wenn es nicht richtig gemacht wird. Aber sie sorgte sich mehr um mich und wegen eventueller Auswirkungen auf die Wahlkampagne meines Vaters als darum, welches Licht das alles auf sie werfen würde.

Mist, ich liebe sie. Sie ist selbstlos und bescheiden. Sie ist mir gegenüber loyal, obwohl ich mir nicht sicher bin, ob ich es schon verdiene. Nicht zum ersten Mal trete ich mich wegen dieses Vertrags in den Hintern. Er war notwendig, um sie ins Boot zu holen, doch er hat das Fundament unserer Beziehung untergraben. Und warum auch nicht? Eine Beziehung zwischen uns hätte niemals *existieren* sollen. Und jetzt? Das, worin wir drei jetzt verwickelt sind? Wenn das herauskommt, könnte es uns alle in einem Flammenmeer zu Fall bringen.

»Keine Sorge, Shaw. Ich würde nie etwas tun, das auf einen von uns hinweist.«

Ich mustere ihn. »Wie genau funktioniert das? Wir sprechen hier über riesige Geldsummen. Über Einzahlungen, die an die Bundessicherheitspolizei und an Terror-Beobachtungslisten gemeldet werden. Wie stellst du es an, dass das unbemerkt bleibt?«

Noah führt die Flasche an seine Lippen, kippt sie und trinkt sie aus. Er wirft die leere Flasche hinter sich, die mit einem dumpfen Schlag im Gras landet. Als ich ein böses Gesicht mache, grinst er.

»Keine Sorge, Romeo«, stichelt er scherzhaft. »Ich werde deinen makellosen Rasen nicht zumüllen.«

»Manchmal regst du mich wahnsinnig auf«, grolle ich.

Seine Zähne sind so weiß, dass sie im Dunkeln leuchten. »Deshalb magst du mich auch so. Gib's zu.«

»Ich muss wissen, wie du das geheim hältst, Noah.« Ich muss mich vergewissern, dass aufgrund seiner kleinen Intrige nicht unser ganzes Leben unter die Lupe genommen wird.

Noah wird ernst und legt seine Großspurigkeit ab. »Wir brauchen es nicht geheim zu halten. Es ist alles sauber.«

Ich schnaube verächtlich. »Irgendwie kann ich mir nicht vorstellen, dass Randi Deveraux vierteljährliche Vorauszahlungen an die Steuerbehörde leistet.«

Jetzt lächelt er wieder. Ich wünschte, ich wüsste, wie gut er diese Frau kennt. Wie sehr wir ihr vertrauen können. »Vielleicht nicht für den Hostessen-Zweig ihres Geschäfts. Aber sie leitet eine gesetzeskonforme öffentliche Stiftung, die Menschen in Notlagen Beihilfen bewilligt.«

»Menschen in Notlagen?«

»Ja.«

»Was für Notlagen?«

»Finanzieller Art.«

Unvermittelt frage ich mich, wie viel Noah über Willow weiß. Was hat Randi ihm erzählt? Was weiß *Randi* über sie? Kennen sie beide ihre Geheimnisse? Und warum schnellt deshalb mein Blutdruck in die Höhe? *Weil du sie alle willst, deshalb.*

»Finanzieller Art?«, hake ich nach, weil ich mehr Informationen brauche. »Du sagst mir besser alles, was du weißt, Noah. Mit mir ist nicht zu spaßen.«

Er stößt ein spöttisches Lachen aus und wirft obendrein noch den Kopf in den Nacken. »Dein drohender Ton wirkt bei mir nicht. Heb ihn dir für deine Liebste auf.«

»Fick dich«, zische ich.

»Ich verzichte nur ungern. Ich ficke gern mit dir, aber ich stehe mehr auf Pussys.«

Als ich mir frustriert die Haare raufe, gibt er mir endlich, was ich brauche. »Sie ist eine gewiefte Geschäftsfrau, Merc. Die Stiftung ist eine narrensichere rechtmäßige Methode zur Finanzierung dieser Art von Transaktionen. Für eventuelle Bilanzprüfungen ist eine Bewerbung von Willow in einer Akte abgelegt, doch da es sich um eine öffentliche Stiftung handelt, müssen sie über die Beihilfen keine Informationen an die Regierung weitergeben. Spendengelder«, zitiert er, »sind abschreibungsfähig.«

»Abschreibungsfähig?«, unterbreche ich ihn ungläubig. »Denkst du, mich kümmert eine verdammte Steuererleichterung, wenn alles, was ich liebe, auf dem Spiel stehen könnte?«

Als Noah übers ganze Gesicht grinst, wird mir klar, was ich gerade zugegeben habe. Tja, scheiß auf ihn. Mir egal.

»Ich habe sowieso bar bezahlt. Anonyme Spende, deshalb ist es zu keinem von uns zurückzuverfolgen. Und bevor du fragst, es liegt auch kein Haufen Geldscheine ungeklärter Herkunft irgendwo auf Willows Konto, der hinterfragt oder aufgedeckt werden könnte. Randi verwahrt die Geldmittel auf einem Stiftungskonto.«

Mein Wissen über öffentliche Stiftungen ist begrenzt, da unsere Wildemer-Stiftung privat ist. Aber wieder einmal muss ich mich darauf verlassen, dass Noah die Sache auf Herz und Nieren geprüft hat, bevor er mich da mit reingezogen hat.

»Bist du dir sicher?«

»Ich bin mir sicher. Ich würde weder dich noch deinen Vater oder Randi in eine solche Situation bringen, Merc.«

»Ja«, stimme ich zu, während ich erleichtert aufatme. »Klar. Tut mir leid, dass ich an dir gezweifelt habe.«

Er zuckt mit den Schultern, als sei es keine große Sache.

Ich stemme mich hoch und gehe zu meinem Outdoor-Kühlschrank, um zwei Flaschen Bier herauszuholen. Eigentlich würde ich lieber weiter Hennessy trinken, bin aber zu faul, zurück zum Haus zu gehen und ihn mir zu holen. Ich öffne die Flaschen an dem Öffner unter der Theke, lasse die Kronkorken in den Mülleimer darunter fallen und gehe zurück zu Noah, dem ich ein Bier reiche, das er mit einem »Danke« entgegennimmt.

Als ich mich wieder auf meinem Stuhl niederlasse, füllen die nächtlichen Geräusche das Schweigen, das sich auf uns herabsenkt. Zikaden singen. Das Wasser des Sees plätschert. Gelegentlich ist das leise Brummen eines Automotors zu hören, obwohl mein Haus ziemlich weit von der Hauptstraße weg liegt.

In Gedanken suche ich fieberhaft nach Antworten, die schwer fassbar bleiben.

Noah, der mit den Fingern auf der Armlehne seines Stuhles trommelt, bricht das Schweigen. »Wir müssen mit Bull reden.«

»Morgen um drei hab ich einen Termin mit ihm.« Ich hatte vorgehabt, nach dem Gespräch mit Annabelle kurz beim Polizeirevier vorbeizufahren, doch dann verspürte ich das instinktive Bedürfnis, zuerst Willow zu sehen. Letztendlich konnte ich mich nicht von ihr trennen, bis sie mich rauswarf, weil sie noch arbeiten musste, um sich nicht mit einer Aufnahme für einen Kunden zu verspäten.

»Ich komme mit.«

»Geht in Ordnung«, antworte ich, nachdem ich das Bier in meinem Mund runterschluckt habe, und frage mich, wer zum Teufel unsere millionenschwere Firma leiten soll, wenn wir beide weg sind und Detektiv spielen.

»Ich glaube, wir müssen Bluebelles Freundinnen, die an jenem Abend dabei waren, einen kleinen Besuch abstatten.«

Es fühlt sich so an, als würde ich zwei Tonnen Luft aus meiner Brust stoßen. »Ein paar Mädchen, die gerade aus dem Teenageralter heraus sind, zu Tode zu erschrecken, ist nicht gerade meine Vorstellung von Vergnügen.«

»Wir müssen ihnen ja keine Angst einjagen. Ich werde meinen Scharfsinn und meinen Charme spielen lassen.«

Das bringt mich zum Lachen. Und ich atme ein klitzekleines bisschen leichter.

»Außerdem werde ich jemanden auf dieses Arschloch ansetzen.«

»Das wüsste ich sehr zu schätzen.«

»Dann ist es also abgemacht?«

»Abgemacht.«

»Ich nehme an«, fragt Noah lauernd, »sie zu teilen ist dann vom Tisch?«

Ungläubig fahre ich zu ihm herum. Bei der Vorstellung, wie Willow seinen Schwanz in den Mund nimmt wie meinen vorhin, spannt sich jeder Muskel meines Körpers kampfbereit an. Am liebsten würde ich seinen Kopf auf den Beton unter meinen Füßen schlagen, bis er die schändlichen Worte runterschluckt, die er auszusprechen gewagt hat.

Auf typische Noah-Art hat er meine Reaktion genau registriert und sieht mich nun mit undurchdringlicher Miene an. Ich kann nicht sagen, ob er mich verarscht oder es ernst meint.

Ich tippe auf Letzteres. »Wenn du sie anrührst, kastriere ich dich.«

Sein tiefes belustigtes Lachen ist wieder da und kratzt an all meinen Nervenenden, bis sie berührungsempfindlich sind.

»Ich meine es ernst. Sie ist tabu, Noah«, warne ich ihn. »Kein Flirten, keine Anmache, keinerlei Versuch, sie ins Bett zu kriegen. Wenn du sie dir auch nur nackt vorstellst, reiße ich dir die Augäpfel raus. Verstanden?«

In den letzten Wochen habe ich etwas über mich gelernt: Wenn es um diese Frau geht, bin ich ein irrational eifersüchtiger He-Man. Noch ein Etikett, das ich nie für möglich gehalten hätte, aber mit Freuden tragen werde.

Noahs saloppes »Sie ist die Richtige, hm?« bringt mich total aus dem Konzept, nachdem er mich so berechnend provoziert hat.

Meine Wut verpufft, und ich lasse den Kopf an meine Rückenlehne sinken. »Ja, das ist sie«, gebe ich zu, nachdem ich einen großen Schluck aus der kalten Bierflasche in meiner Hand getrunken habe.

»Hast du ihr schon gesagt, dass du in sie verliebt bist?«

Ich will es ja. Meiner Schwester habe ich es heute Morgen gesagt, und bei Mergen habe ich mit Sicherheit den Eindruck hinterlassen, dass ich sie liebe. Aber mich ihr gegenüber so verwundbar zeigen? Beim Gedanken daran verdreht sich mein Magen zu so vielen Knoten, dass es wehtut.

Aber wo bleibe ich, wenn ich es ihr *nicht* sage?

Außen vor. Als unbeteiligter Zuschauer.

Ich habe keinen Zweifel, dass Mergen sie mit seinen Gefühlen vollkotzt, und auch wenn sie mir vorhin gesagt hat, dass sie ihn nicht will, komme ich nicht umhin, mich zu fragen, was ich an ihrer Stelle tun würde. Wir liegen beide auf den Knien und klammern uns an ihr fest, doch nur einer von uns hat seine Seele entblößt. Nur ein Mann gewinnt.

Und wenn meine Schwester nun irgendetwas mit dem Tod von Willows Vater zu tun hat? Was dann? Dann würden Weihnachtsfeste und Sonntagsessen im Familienkreis äußerst unangenehm. Letztlich würde sie mich verlassen, und ich hätte meine Seele vor ihr entblößt, nur damit sie geschunden wird, wenn sie geht.

Und doch, wenn ich mich nicht verwundbar mache, riskiere ich, sie zu verlieren.

»Noch nicht.«

Das Schweigen zwischen mir und Noah zieht sich in die Länge, bis ich den Blick wieder auf ihn richte. Er sieht auf den See hinaus und blinzelt langsam. Denkt nach.

Ich frage mich, was in ihm vorgeht. Ob er neidisch ist oder sich herabgewürdigt fühlt. Vielleicht ist er auch nur traurig, weil unsere unkomplizierten Treffen nun ein Ende gefunden haben.

Er sieht mir in die Augen, wobei er den Kopf kaum bewegt, als hätte er keine Lust, ihn ganz zu mir zu drehen. »Solltest du aber. Lass sie dir nicht durch die Lappen gehen. Sie ist gut für dich, Merc.«

Ich weiß.

»Findest du?« Das hat er mir noch nie gesagt.

Diesmal ist sein Lächeln aufrichtig. »Ich weiß nicht, woher ich es wusste, als ich sie das erste Mal sah, aber ich hatte so ein Gefühl. Wegen ihr. Wegen dir. Ich will dir nichts vormachen. Ich habe sie begehrt. Ich wollte –«

»Sag es nicht«, drohe ich mit zusammengebissenen Zähnen. Meine Hand schließt sich fest um meine Bierflasche. Es erstaunt mich, dass sie nicht zerspringt.

Er zieht ironisch einen Mundwinkel nach oben. Das ist typisch für ihn. Wenn er das macht, reißen sich die Frauen ihre Slips vom Leib. »Aber als sie ihre große Klappe aufgemacht hat … Himmel.« Er schüttelt bei der Erinnerung daran den Kopf. Ich unterdrücke meine Eifersucht, weil ich weiß, dass sie unnötig ist. Trotzdem fällt es mir schwer. »Da habe ich nur noch Shaw Mercers Untergang gehört.«

Das macht mich sprachlos und überraschend emotional. »Danke«, sage ich zu ihm und ersticke fast an meiner Ehrlichkeit. Zu wissen, dass er sie an jenem Abend vielleicht hätte haben können, wenn er sich genug Mühe gegeben hätte, löst in meiner Brust einen stechenden Schmerz aus. Und ich bin mir nicht sicher, ob ich hier hätte sitzen und so tun können, als würde es mir nichts ausmachen. Denn das hätte es.

Zum ersten Mal in meiner sechsunddreißigjährigen Freundschaft mit Noah will ich ganz egoistisch den Geschmack und das lustvolle Stöhnen einer Frau ganz allein für mich.

8. KAPITEL

Willow

»Kann ich wirklich nichts helfen?«, frage ich jetzt schon zum zigsten Mal.

Wir sind vor weniger als zwanzig Minuten bei den Mercers eingetrudelt, aber lange vor dem Rest der Familie. Shaw sagte, er hätte mit seinem Vater ein paar geschäftliche Dinge zu besprechen und wollte ungestört sein, bevor der Abend zu chaotisch würde. »Vielleicht kann ich den Tisch decken«, füge ich hinzu, weil ich unbedingt etwas tun will.

»Nein, meine Liebe. Es ist alles fertig. Setzen Sie sich nur hin und entspannen Sie sich. Genießen Sie Ihren Wein«, antwortet Adelle Mercer. Sie greift nach einer prallen Treibhaustomate und säbelt den oberen Teil ab, bevor sie perfekte Spalten für den riesigen Salat schneidet, den sie gerade anrichtet. Er ist ein Meisterwerk und sieht so köstlich aus, dass er sich als Fotomotiv für eine Doppelseite in *Martha Stewart Living* eignen würde.

»Ich fürchte, darin bin ich nicht gut.« Ich spiele an meinem Glas herum, das ich am Stiel hin und her drehe, sodass der Wein in Bögen wirbelt. Sie hinterlassen lange rote Schlieren, die wieder herunterlaufen.

»Nun, das ist ein Problem. Jeder muss einmal abschalten. Man kann nicht ständig auf Trab sein.« Sie fängt meinen Blick auf. »Sie kommen mir vor wie jemand, der sich die Probleme der Welt sehr zu Herzen nimmt, sie zu seinen eigenen macht und niemals Zeit für sich selbst findet.«

Ihre Intuition macht mich erst einmal sprachlos. Gott, bin ich *so* leicht zu durchschauen? »Ich hatte schon immer viel Verantwortung.« Das klingt dürftig, aber ich weiß nicht, was ich sonst sagen soll. Schließlich kann ich der Mutter meines »Freundes« nicht meine ganze traurige Geschichte erzählen. Aber vielleicht ist es an der Zeit, Shaw nicht immer gedanklich mit diesen Vorbehalts-Gänsefüßchen zu versehen. Das ist nur eine Methode von vielen, ihn auf Distanz zu halten. Oder mich manövrierunfähig zu machen. Was aufs Gleiche rauskommt.

Ich rechne damit, dass Adelle nachbohrt und mir Fragen stellt, die zu beantworten ich nicht bereit bin. Doch sie tut es nicht. Sie nickt nur, als würde sie mich verstehen, nimmt sich die nächste Tomate vor und schneidet auch diese in Stücke.

Ein lautes, tiefes Lachen aus dem Nebenraum erregt meine Aufmerksamkeit, und als ich von Adelles beeindruckendem Geschick mit dem Messer aufblicke, fällt mein Blick direkt auf Shaw. Er sitzt auf der Kante eines karierten Ohrensessels, beugt sich mit weit gespreizten Knien vor und deutet auf ein paar Papiere auf dem niedrigen Wohnzimmertisch vor ihm. Sein Vater, dessen Haltung Shaws entspricht, sitzt am Rand der Couch und hört ihm mit einem Lächeln auf den Lippen aufmerksam zu.

Von meinem Platz aus kann ich Shaw nur im Profil sehen, aber großer Gott im Himmel, sieht der Mann gut aus! Diese Nase. Diese Lippen. Die Muskeln, die sich an seinem Kiefer anspannen, wenn er konzentriert nachdenkt oder wenn ihn etwas ärgert, sind so verdammt sexy, dass ich allein vom Gedanken daran kurzatmig werde. Seine starke erotische Ausstrahlung verwirrt mich. Es ist erstaunlich, welche Wirkung er auf mich hat.

Er scheint meinen Blick auf sich zu spüren, denn er hört auf zu reden und dreht den Kopf zu mir. Unsere Blicke treffen sich. Die Zeit steht still. Obwohl die Entfernung zwischen uns bestimmt sechs Meter beträgt, kommt es mir vor, als ob er direkt vor mir stünde und so tief in mich blicken könnte, dass es für mich kein Entrinnen gibt.

Für einen Augenblick, vielleicht auch zwei, lasse ich alles fallen. Jeden Selbstschutz. Jeden Schutzwall. Alle Vorbehalte. In diesen flüchtigen Momenten lasse ich ihn ganz an mich heran. Ich gebe ihm zu verstehen, dass nichts zwischen uns stehen soll, wir echt und draufgängerisch sein sollen, egal ob am Ende einer von uns oder wir beide verletzt werden. Dass sowieso alles zu spät ist und ich jetzt schon wahnsinnig in ihn verliebt bin. Dann, im nächsten Atemzug, flehe ich ihn an, schonend mit mir umzugehen. Mich zu behalten, wenn er glaubt, dass er es mit mir versuchen kann. Mich gehen zu lassen, wenn er weiß, dass er mich vernichten wird.

Er sieht es.

Er sieht *mich*.

Ich glaube, das hat er von dem Tag an, als er hinter seiner verspiegelten Fliegersonnenbrille in meine wütenden Augen geblickt hat.

Und ich lese in ihm alles, was auch in mir ist. Die Angst vor einem gebrochenen Herzen. Die Angst vor dem Vertrauen, das es braucht, um sein Herz einem anderen zur Verwahrung zu geben. Vor dem Unbekannten, in das wir uns mit offenen Augen kopfüber stürzen werden.

Ich stoße die Luft aus, von der ich gar nicht wahrgenommen habe, dass ich sie angehalten hatte, und lächele ihn an. Er erwidert das Lächeln, blinzelt langsam und schaut nicht weg. In dem Moment gibt es nur uns.

Je länger er mich ansieht, umso mehr setzt sich das Gefühl

in mir fest, dass es richtig ist und dass ich es nicht mehr werde ungeschehen machen können. Dieses Schloss, das, wie ich ihm gesagt habe, nur meine Zukunft knacken kann, ist soeben aufgesprungen. Ich habe es mehr gespürt als gehört, und es macht mir Angst, weil ich keine Ahnung habe, worauf zum Teufel ich mich da einlasse.

Ob es ihm klar ist oder nicht, ich habe ihm gerade das Wertvollste geschenkt, das ich einem Mann zu geben habe.

Mein rückhaltloses Vertrauen.

Das langsame, sexy Schmunzeln, das sich auf seinem Gesicht ausbreitet, ist vielversprechend. Es sagt mir: *Ich weiß genau, was du getan hast. Ich weiß, wie schwer es für dich war. Ich werde dich später dafür belohnen, aber sei versichert, wir stecken gemeinsam in diesem Wahnsinn.*

Das Bedürfnis, ihm noch in dieser Sekunde zu sagen, dass ich ihn liebe, wallt in mir auf, doch ich verkneife es mir. Dies ist weder der richtige Zeitpunkt noch der richtige Ort dafür.

»Ich habe ihn noch nie so gesehen«, sagt Adelle so leise, dass es mir fast entgeht.

Ich blinzele ein paarmal verlegen, weil sie mich dabei erwischt hat, wie ich ihren Sohn angestarrt habe. Ich versuche verzweifelt, mich vom Anblick des Mannes loszureißen, der mir inzwischen mehr bedeutet, als ich es jemals beabsichtigt hatte.

Es fällt mir schwer. Doch als es mir gelingt und ich eine der wenigen Frauen ansehe, die Shaw etwas bedeuten, lächelt sie das verklärte mütterliche Lächeln, das man einfach erwidern muss.

Obwohl ich weiß, was sie mir damit sagen will, frage ich »Wie denn?« und beuge mich gespannt auf meinem Hocker zu ihr. Es interessiert mich, wie viel Insiderwissen Adelle Mercer an mich weitergeben wird.

Sie hält beim Schneiden inne und schaut zu Shaw hinüber. Ich folge ihrem Blick, sehe sie jedoch schnell wieder an, als ich feststelle, dass Shaw sich wieder auf seinen Vater und ihre geschäftliche Besprechung konzentriert.

»Verzaubert. Wie er Sie ansieht …« Sie sagt es geistesabwesend, ohne den Gedankengang zu Ende zu führen. Da ich mir unsicher bin, ob ich antworten oder ihr eine weitere Suggestivfrage stellen soll, schweige ich, obwohl ich unbedingt das Ende des Satzes hören will.

Sie nimmt die geschnittenen Tomatenstücke, legt sie sorgfältig auf den grünen Blattsalat und bringt das Schneidebrett zur Spüle. Dann nimmt sie ihren Wein und setzt sich auf den Hocker neben mir. »Shaw hat mir erzählt, dass er Ihre Mutter kennengelernt hat.«

Ich nicke. Er hat gestern den ganzen Nachmittag mit uns verbracht. Meine Mutter war ungewöhnlich charmant. Irgendwann unterhielten sie sich angeregt über Football, doch sie sprach über die Ära von Steve Largent, als wäre es heute. Der legendäre Wide Receiver hat seit 1989 nicht mehr für die Seahawks gespielt. Schließlich sagte sie ihm, dass er wiederkommen und meinen Vater kennenlernen sollte. Es machte mich fertig, doch Shaw ging ganz locker damit um.

»Sie hat Alzheimer«, sage ich zu Adelle.

Sie verzieht mitfühlend die Mundwinkel. »Ja, ich weiß. Shaw hat mir ausführlich davon erzählt.«

»Wirklich?« Ich weiß nicht, warum mich das überrascht, aber das tut es.

Sie wird nachdenklich. »Ich kann ehrlich sagen, dass er mir noch nie so viel von einer Frau erzählt hat, und schon gar nicht von deren Mutter.«

»Ich …« Ich lache nervös. Ich bin sprachlos. »Hm.«

Mit funkelnden Augen sagt sie: »Ich habe Ihnen ja schon

gesagt, dass er bisher nicht viele Frauen mit nach Hause gebracht hat.«

Ich nicke. Daran erinnere ich mich, doch ich bin noch mit der Bemerkung über meine Mutter beschäftigt.

»Das war schon während der Highschoolzeit und am College so. Er ging natürlich mit Mädchen aus und hatte diverse Freundinnen, die es über ein oder auch zwei Dates hinaus schafften, aber wie oft er eine von ihnen mit nach Hause gebracht hat, kann ich an einer Hand abzählen.« Sie nippt an ihrem Weißwein und betrachtet mich über den Rand des Glases. »Sie sind Nummer vier.«

Vier? Sie hatte in sechsunddreißig Jahren *vier* Frauen kennengelernt?

Ich schenke ihr ein kleines, angespanntes Lächeln. »Woran liegt das Ihrer Meinung nach?«

Wieder wirft sie einen Blick zu Shaw. Als sie wieder mich ansieht, kommen mir aufgrund ihrer aufrichtigen Freundlichkeit fast die Tränen. Ich kann mir mühelos vorstellen, wie ich genau an diesem Platz mit Adelle Mercer sitze und entspannt mit ihr plausche, während unsere Kinder – Shaws und meine – am Steg angeln oder nebenan spielen.

Ich muss mich zwingen, diese Wunschvorstellung im Keim zu ersticken, bevor ich es übertreibe. Wir haben einander noch nicht einmal unsere Liebe gestanden, und da wir noch nicht über eine gemeinsame Zukunft gesprochen haben, habe ich keine Ahnung, wie Shaw sich seine vorstellt.

Eine Heirat? Kinder? *Mit mir?*

Ich weiß es nicht. Aber ich will all das.

»Mein Sohn war schon immer ungewöhnlich zielstrebig. Shaw ist eigenwillig und leidenschaftlich. Er hat Weitblick und einen Geschäftssinn, den Preston niemals hatte.« Sie lacht. Es klingt hell und wohltuend. »Bereits als Fünfjähriger ist er Preston auf Schritt und Tritt gefolgt und hat kleine Button-down-Hemden mit Filzstiften in der Brusttasche getragen. Und nicht nur irgendwelche Filzstifte. Nein. Es mussten die mit feiner Spitze sein. In Schwarz. Ich musste so viele seiner Hemden wegwerfen, weil er immer vergaß, den Verschluss wieder draufzutun, sodass die Farbe auslief und Flecken machte.«

Mir wird bewusst, dass ich übers ganze Gesicht strahle, während ich von der jüngeren Version von ihm höre. Ich kann mir gut vorstellen, wie der kleine Shaw mit einem Brusttaschenschutz und einem TI-Taschenrechner in der Hand herumläuft. »Das klingt ganz nach ihm.«

»Er hat Stunden an der Seite seines Vaters verbracht, wenn er abends von der Arbeit nach Hause kam. Er hatte in Prestons Büro einen eigenen kleinen Arbeitsplatz. Einen Schreibtisch und einen Rollenstuhl mit einer Bambus-Bodenschutzmatte darunter. Er bestand sogar darauf, sein eigenes Telefon zu haben, und da wir fanden, es könnte keinen großen Schaden anrichten, haben wir schließlich nachgegeben. Doch als er dann ein Ferngespräch mit einem von Prestons Geschäftskontakten in Thailand führte, haben wir es ihm weggenommen. Damals war er etwa sieben oder acht. Wenn ich mich recht erinnere, war es eine kleine Firma, die Preston gerne kaufen wollte, und Shaw sagte dem Mann, er sei dumm, wenn er das Angebot ausschlüge. Drei Wochen später hat Preston das Geschäft abgeschlossen.«

Mit jedem Wort, das sie sagt, lache ich lauter, was Shaws und Prestons Aufmerksamkeit erregt. Shaw zieht fragend die linke Augenbraue hoch, doch ich grinse nur breit und winke ab. Ich will mehr hören.

»Er ist etwas Besonderes. Das war er schon immer.« In ihrer Stimme liegt nichts als bedingungslose Liebe und Stolz auf ihren Jungen, der jetzt ein erwachsener Mann ist. Die enge

Beziehung mitzuerleben, die Shaw zu seiner Familie hat, zu seiner Mutter, wärmt mir das Herz. Es ist bezaubernd. Es macht ihn unwiderstehlich.

»Shaw ist ein toller Mann, Willow. Er hat die Liebe und die Loyalität seiner Familie und den Respekt seiner Angestellten und Kollegen. Er hat Erfolg und Reichtum und jeden materiellen Besitz, den er sich nur wünschen kann. Doch was ihm fehlt, ist die Liebe, die einem nur ein Seelenverwandter schenken kann. Natürlich glaubt er, dass er das nicht braucht, doch die Bedeutung von Immateriellem ist oft nur schwer zu erfassen. Keiner von uns versteht wirklich, was ihm entgeht, bis er es findet, nicht wahr?«

Mein Lächeln gerät ins Wanken, und ich schlucke schwer. Will sie damit sagen, dass *ich* diese Frau bin? Dass Shaw nicht wusste, was ihm entgeht, bis er mich fand?

»Er brauchte nur die richtige Frau zu treffen, die ihm zeigt, dass das Einzige, was er nicht verstehen konnte, plötzlich das Einzige ist, ohne das er nicht mehr leben kann.«

Was soll ich dazu sagen? Irgendwas? Nichts? Ich weiß es nicht. Schmetterlingsschwärme explodieren in meinem Bauch.

Sie beugt sich nahe zu mir und flüstert mir verschwörerisch ins Ohr: »Und Sie, meine Liebe, haben ihm die Augen geöffnet. Er ist restlos von Ihnen eingenommen. Ich war mir nicht sicher, ob ich diesen Tag noch erleben würde. Hut ab!«

Sie hält ihr Glas hoch, und ich hebe instinktiv meins, um mit zitternder Hand mit ihr anzustoßen. Ich habe das Gefühl, dass Shaw sich in den zwei Monaten, die wir jetzt zusammen sind, sehr verändert hat, doch es von jemandem zu hören, der ihn in und auswendig kennt …

»Ich habe Angst, dass er mir wehtun wird«, entfährt es mir. Oh Mist, wie sehr ich mir wünsche, ich hätte es heruntergeschluckt, bevor ich es ausgerechnet seiner Mutter beichte.

Doch Adelle geht ganz locker damit um. Sie legt ihre Hand auf meine, und ich halte den Blick auf ihre altersfleckige Haut gerichtet, bis ich gezwungen bin, wieder aufzusehen, als mir das Schweigen zu viel wird. Sie zieht einen Mundwinkel hoch, legt den Kopf schief und verschlägt mir die Sprache. »Genau wie er. Die beste Art von Liebe bringt ein gesundes Maß an Angst mit sich, Willow. Und sobald man spürt, dass diese Angst einem Löcher in den Bauch brennt, weiß man, dass man etwas Seltenes und Besonderes gefunden hat, das es wert ist, daran festzuhalten.«

Ich verdaue blinzelnd ihre Worte. Glaubt sie, dass ihr Ältester mich liebt? Sieht sie es auch in meinen Augen? Bei Reid habe ich diese Angst, die sie beschrieben hat, nie gespürt, doch bei Shaw schon. Ich weiß nicht so recht, wie ich reagieren soll, doch Rettung ist in Sicht, als Shaws tiefe Stimme brummt: »Hey, was führt ihr zwei denn im Schilde?«

»Nichts«, krächze ich, als Adelle zwitschert: »Frauengespräche.«

Sein Blick verschleiert sich, wird irgendwie lüstern, und ich nippe nervös an meinem Wein, während ich ihm dabei zusehe, wie er um die Kücheninsel herum auf mich zu schlendert. Als er hinter mich tritt, spüre ich seine starke Hand in meinem Nacken, die ein paarmal zudrückt. Ich spüre seine Körperwärme an meinem Rücken, als er sich vorbeugt und mir ins Ohr flüstert: »Ihr plant doch noch nicht unsere Hochzeit, oder?«

Ich verschlucke mich an der Flüssigkeit, die gerade durch meine Kehle fließt, und pruste und huste, während Shaw und Adelle mir abwechselnd auf den Rücken klopfen und mich fragen, ob alles in Ordnung sei. Sobald ich wieder Luft bekomme, drehe ich mich entgeistert zu Shaw.

Ich kann seinen Gesichtsausdruck nicht deuten und stammele: »Himmel, nein.« Es klingt defensiv, als hinterließe die

Vorstellung in meinem Mund einen bitteren Geschmack, aber das stimmt nicht. Sie ist sogar eine Delikatesse, die viel zu gut schmeckt.

»Ich habe nur Spaß gemacht.« Die Worte sind ruhig, doch seine Stimme klingt gezwungen. Fast so, als würde er die Vorstellung nicht *furchtbar* finden.

»Wirklich?«, frage ich, bevor ich mich eines Besseren besinnen kann.

»Und du?«, kontert er, und ich bin mir nicht sicher, welche Frage er mir eigentlich stellt. Ob wir über die Hochzeit geredet haben oder ob mir die Vorstellung nicht gefällt? Seine Hand liegt wieder in meinem Nacken. Sie fasst fester zu, während er mir forschend in die Augen sieht, fest entschlossen, mir eine Antwort zu entlocken, auch wenn er sich nicht revanchieren wird.

Statt zu kämpfen, beschließe ich, aufzugeben – meine Rüstung liegt sowieso schon zu meinen Füßen –, und beantworte beide Fragen ehrlich. »Nein.«

Ich weiß, dass es die richtige Antwort ist, als seine Augen aufleuchten und sein Körper sich an meinem entspannt. »Du bist immer für eine Überraschung gut«, sagt er heiser.

»Du aber auch«, antworte ich mit schwacher Stimme.

Er senkt den Blick auf meine Lippen, die ich mir prompt lecke. Er stöhnt. Es ist kaum wahrnehmbar, doch mir ist es inzwischen so vertraut, wie zu blinzeln. *Verlangen.* Er senkt den Kopf, und seine Lippen liegen fast auf meinen, als ein schrilles Stimmchen kreischt: »Onka Shaw!«

Kaum ist Shaw von mir zurückgetreten, springt schon ein ungestümes fünfjähriges Mädchen gut einen halben Meter hoch direkt in seine Arme.

»Cora-Schatz«, gurrt er und schwenkt sie herum, bis sie unkontrolliert kichert.

»Sie hat im Auto Saft getrunken«, warnt Gemma ihn und küsst mich im Vorbeigehen auf die Wange, als seien wir schon Schwägerinnen. Ich hebe die Hand und fahre mit zwei Fingern über die Stelle. »Wenn's wieder hochkommt, musst du es aufwischen.«

Das stört Shaw überhaupt nicht. Inzwischen hält er Cora über seinen Kopf und pustet schnaubend gegen ihren Bauch, woraufhin sie sich kreischend windet. Erst als die Kleine ein abscheuliches Rülpsen ausstößt, stellt Shaw sie sanft wieder auf die Füße.

»Alles okay, Schatz?«, fragt er besorgt und geht vor ihr in die Hocke. Das ist so verdammt süß, dass ich nicht umhinkann, ihn mir mit unseren Kindern vorzustellen.

Großer Gott, Willow, reiß dich zusammen …

Sie hickst ein paarmal, bevor sie antwortet: »Das hat Spaß gemacht!«

»Du wirst doch nicht kotzen, oder?« Jetzt hat Shaw die Augenbrauen zusammengezogen.

»Was ist Kotzen?«, erwidert sie vollkommen arglos und blauäugig.

»Es bedeutet, dass du deine Eingeweide hervorwürgst, bis sie in einem Riesenhaufen, der aus nichts als vergammelten Eingeweideteilen besteht, vor dir auf dem Boden liegen«, schaltet sich ihr Bruder Nicholas ein und stellt das Gesagte mit den passenden Geräuschen pantomimisch dar.

Dann bricht das Chaos los.

»Nicholas«, schimpft Gemma ihn, noch während Cora ihr Gesichtchen verzieht und brüllt: »Mami, ich will meine Eingeweide nicht herauswürgen. Ich mag meine Eingeweide. Ich will keine vergammelten Eingeweide.«

Hinter mir fängt ein Baby an zu schreien. Als ich mich umdrehe, sehe ich Gemmas Göttergatten, dessen Name mir momentan entfallen ist, der den kleinen Jungen auf seinem Arm zu beruhigen versucht, an dessen Namen ich mich sehr wohl erinnere: Eli. Und mit drei Jahren ist er eigentlich kein Baby mehr.

»Ich nehme ihn, wenn das in Ordnung ist«, biete ich ihm an und strecke die Hände aus.

»Sind Sie sicher?«, fragt er, während er zwischen der inzwischen heulenden Cora, die permanent wegen ihrer Eingeweide jammert, dem spottenden großen Bruder, der es nur noch schlimmer macht, und dem weinenden Kleinen in seinen Armen hin und her blickt.

»Ja. Wir kommen schon zurecht, stimmt's, Großer?« Ich nehme ihm Eli ab und drücke ihn an mich, schaukele ihn, während wir weg von dem Chaos in den Nebenraum gehen.

»Wollen wir spielen?«, frage ich und versuche die Tränen wegzuwischen, die sein pausbäckiges Gesicht nass gemacht haben. Bei meinem letzten Besuch hier ist mir aufgefallen, dass Adelle in einer Ecke des großen Wohnzimmers einen Little-Tikes-Spielzeugkasten stehen hat. Wir begeben uns dorthin, und ich setze mich mit dem Kleinen auf den Boden. Ich öffne den Deckel und ziehe den ersten Gegenstand heraus, der ihn vielleicht interessieren könnte. Als er sieht, was es ist, hört er sofort auf zu weinen.

»Squigz!«, ruft er mit immer noch weinerlicher Stimme. Er reißt mir den Behälter aus der Hand und kippt die bunten Silikonteile aus, die wie Riesenmoleküle mit Gummisaugern an den Enden aussehen.

»Willst du sehen, wie es geht?« Er sieht mit leuchtend blauen Augen zu mir auf, voller Leben und Neugier und mit einer Unschuld, die man nirgendwo anders finden kann als bei einem Kind. Ich weiß, dass er nur Shaws Neffe ist, aber ich sehe viel von Shaw in ihm. Prompt schießt meine Fantasie wieder ins

Kraut, und ich frage mich, ob Shaws Sohn das gleiche Grübchen in seiner linken Wange hätte oder denselben Schalk in den Augen.

»Sehr gern.« Ich lächele und versuche mich wieder auf Eli zu konzentrieren statt auf diese imaginäre Familie, auf die ich immer wieder zurückkomme.

Er fängt an, die Teile zusammenzustecken und ein beliebiges Muster daraus zu bilden. Er unterbricht und reicht mir ein Stück. »Dubissdran.«

»Das ist sehr nett von dir. Darf ich es irgendwohin stecken?«

Als er aufgeregt nickt, hefte ich ein blaues Teil mit vier Saugnäpfen an ein orangefarbenes mit nur einem. Daraufhin nimmt er sich ein gelbes und heftet es an mein blaues.

Nebenan klingt es so, als hätte sich Cora beruhigt, doch jetzt steckt Nicholas in Schwierigkeiten und wird nach oben geschafft. Er schiebt schmollend die Unterlippe vor und bemüht sich nach Kräften, nicht zu weinen. Ich beobachte, wie er außer Sichtweite stapft, und lache in mich hinein.

Eli reicht mir gerade ein neues Teil, als ich aus den Augenwinkeln etwas registriere.

Irgendwann ist Shaw hereingekommen und hat sich in den Ohrensessel gesetzt. Lässig zurückgelehnt, die Hände auf dem Bauch verschränkt, beobachtet er uns. *Mich* eigentlich. Sein Blick ruht nur auf mir, und er sieht genauso aus wie damals, als er mich bei unserem ersten Treffen bei ihm zu Hause in seinem Sessel sitzen sah.

Als bewunderte er mich und hätte Mühe zu verstehen warum.

Ich schmelze genauso dahin wie damals.

»Hallo«, sage ich. Ein kleines Lachen soll meine Nervosität überspielen, tut es aber nicht. »Ich –« Ich halte inne. Schlucke heftig. Vielleicht habe ich meine Grenzen überschritten? »Ich hoffe, das ist okay.« Ich deute auf Eli, der jetzt sein Meisterwerk auseinanderreißt, um ganz von vorn anzufangen.

Er nickt in Zeitlupe. Das ist alles. Mehr kriege ich nicht.

Ich versuche mich wieder auf Eli zu konzentrieren, der jetzt von einem Kind namens Sid schwatzt, aber ich kann ihm überhaupt nicht folgen. Ich spüre nur Shaws Blick auf mir, wie er über mich gleitet, sich in mein Herz bohrt, bis ich ein wenig in Panik darüber gerate, wie verdammt gut es sich anfühlt, einhundert Prozent der Aufmerksamkeit dieses Mannes zu haben.

»Du siehst gut aus«, seufzt seine Baritonstimme. Das banale Kompliment nieselt auf mich herab wie ein sanfter Regenschauer, doch statt mich abzukühlen, erhitzt es mein ganzes Wesen vor Verlangen, ob das nun seine Absicht war oder nicht.

Ich sehe ihm in die Augen und erwarte einen feurigen und hungrigen Ausdruck darin. Fehlanzeige. Sein Blick ist weich und warm und so verdammt süß, dass mein Magen einen Hüpfer macht.

»Du bist dazu geboren, Mutter zu sein, Willow.« Er sieht direkt in meine Seele, als er mir das sagt.

Mist. Ich stehe in Flammen. Lava kriecht durch meine Adern und verbrennt mich von unten nach oben. Ich kann wieder atmen, doch mein Atem schmeckt nach heißer Luft und unterdrückten Bedürfnissen.

Als er die Hand nach mir ausstreckt, springe ich ohne nachzudenken auf und gehe zu ihm. Ich stelle mich zwischen seine Beine und verschränke meine Finger mit seinen. Er betrachtet lange unsere verbundenen Hände und dreht und wendet sie in verschiedene Richtungen, während er mit dem Daumen meinen streichelt, bis ich diese eine Stelle, an der er mich berührt, auf jedem Zentimeter meiner Haut spüre.

Alles verblasst, als er den Blick langsam über meinen Körper wandern lässt und mir dann fest in die Augen sieht. Er sagt nichts, aber das ist okay. Worte sind überflüssig. Wir atmen nur und bleiben so, bis eine Frauenstimme »In fünf Minuten wird gegessen« ruft und den Bann bricht, der uns einen Ort eröffnet hatte, an dem nur wir existierten.

Shaw lässt meine Hand nicht los, während er aufsteht, doch als er auf den Beinen ist, löst er seinen Griff und umfasst mein Gesicht. Ohne zu beachten, dass die anderen auf uns warten, senkt er seinen Mund auf meinen und gibt mir den süßesten Kuss, den ich je in meinem Leben bekommen habe. Er fließt über von Ehrfurcht und wachsender Liebe.

Wir lösen uns jäh voneinander und lachen, als Elis Stimmchen tönt: »Bäääh, igitt! Onka Saw und die Frau knutschen.« Er rennt aus dem Zimmer und lässt uns allein.

Shaw legt die Stirn an meine und sagt so leise, dass ich mich anstrengen muss, um es zu hören: »Mit dem Tempo, in dem du mich veränderst, kann ich kaum Schritt halten, Goldlöckchen.«

Sei still, mein pochendes Herz.

Ich habe das Gefühl, als würden die Momente zwischen uns mit jeder Sekunde ehrlicher und realer. Ich schlinge die Arme um seine Taille und schließe meine brennenden Augen, während meine Gefühle mich zu überwältigen drohen. »Ich auch nicht, Verkehrsrowdy.«

Seine Lippen sind wieder auf meinen und bewegen sich so gemächlich und konzentriert wie vorhin. Mit jedem festen Druck sehne ich mich mehr nach ihm. Mit jedem Wirbeln seiner Zunge an meiner fühle ich mich verlorener, doch auch, als hätte er mich unter all den Masken gefunden, hinter denen ich mich immer verstecke.

Zwischen trägen Küssen sagt er immer wieder leise meinen Namen, und ich vergesse, wo wir uns befinden. Dann lässt er seine Lippen auf meinen ruhen, bevor er schroff ansetzt: »Willow, ich –«

»Hallo, Turteltauben, Annabelle ist da«, unterbricht ihn Gemma.

Als der Name seiner jüngsten Schwester fällt, erstarrt Shaw, weicht zurück und lässt mich so abrupt los, als hätte ich ihm einen Stromschlag versetzt.

»Was ist los?«, frage ich und trete näher. Ich will ihn berühren. Ich hebe die Hand, um ihn am Arm zu fassen, lasse sie aber wieder sinken. Er schnappt sie sich, umklammert sie und hält sich an mir fest, während eine Art Verzweiflung von ihm ausgeht wie eine breite Welle. Einen Augenblick wirkt er hin- und hergerissen, als wollte er sich schleunigst aus dem Staub machen, doch da ich weiß, wie sehr er seine Schwester liebt, ergibt das keinen Sinn.

Endlich sehe ich sie aus dem Augenwinkel. Sie steht zwischen Eingangshalle und Wohnzimmer und beobachtet mich. Ich hätte sie überall erkannt. Sie ist eine etwas ältere Version des Mädchens auf den Fotos, die massenhaft auf Adelles Steinway-Flügel stehen.

Sie ist exquisit. Porzellanhaut. Feine Gesichtszüge. Sehr dünn. Ein Schneeengel, nur mit pechschwarzem Haar mit saphierblauen Strähnen. Ihre schwarz umrandeten blauen Augen funkeln wie Glitter, der durch Scheinwerferlicht fällt. Ihre Lippen sind mit einem Zwischending aus Johannisbeere und Mahagoni gefärbt. Sie trägt eine zerfetzte schwarze Jeans und ein schwarzes T-Shirt mit V-Ausschnitt, auf dem in großen goldenen Buchstaben prangt: »Ich schwöre feierlich, dass ich nichts Gutes im Schilde führe.«

Das glaube ich unbesehen.

Shaw hat mir nicht viel von seiner Schwester Annabelle erzählt, außer dass sie studiert und »ein bisschen wild« ist. Jetzt verstehe ich, was er damit meint. Sie hat den gleichen Schalk in den Augen, den ich von Shaw und Eli kenne, anscheinend ein Charakterzug der Familie Mercer.

Aber mir fällt noch etwas anderes auf. Ich kann es nicht genau benennen, doch es springt mir ins Auge und packt mich mit solcher Macht, dass ich es nicht ausblenden kann. Oder ignorieren. Es zieht mich zu ihr hin. Es ist ein Sog, dem ich nicht widerstehen kann.

Instinktiv mache ich mich von Shaw los und gehe auf sie zu. Ihre Augen werden groß, und ich könnte schwören, dass ich Shaws Atem stocken höre. Erst als ich nur noch anderthalb Meter von ihr entfernt bin, wird mir klar, was ich vom anderen Ende des Raumes gesehen habe.

Sie leidet.

Ihre junge Seele hat einen Schlag versetzt bekommen, doch sie hält durch und versucht ihr Möglichstes, sich durch eine Dunkelheit zu kämpfen, von der sie glaubt, dass nur sie sie sehen kann.

Ich weiß, es ist ein verrückter Gedanke, da ich sie gerade erst getroffen habe, doch er schreit so laut in mir, dass ich ihn nicht außer Acht lassen kann, weil ich diese Dunkelheit selbst erlebt habe.

Ihre kolossale Macht gespürt habe, ihren unerbittlichen Griff.

Weil ich direkt in ihren gähnenden Abgrund gesehen habe und mich genauso hilflos gefühlt habe wie jetzt.

Annabelle Mercers Seele hat denselben verdunkelten, gequälten Ausdruck, den ich schon bei jemand anderem gesehen habe. Bei jemandem, mit dem ich mich immer noch verbunden fühle, egal wie viel Raum und Zeit uns trennen.

Jemand, den ich nicht retten konnte.

Als ich in die überirdischen Augen dieser zierlichen Schönheit vor mir sehe, gibt es keinen Zweifel. Nicht den geringsten. Überhaupt kein Zögern und keine Unklarheit.

Shaws kleine Schwester kämpft gegen dieselben unbekannten Dämonen wie meine tote Schwester Violet. Und ich muss mich fragen, ob ihre Familie das weiß oder es vorzieht, es zu ignorieren … So wie meine Familie, bis es zu spät war.

9. KAPITEL

Shaw

Ich habe nicht damit gerechnet, dass sie kommt.

Natürlich war sie eingeladen, das ist sie schließlich immer. Aber es ist reine Glückssache, ob sie durch diese Haustür tritt und uns mit ihrer Anwesenheit beehrt oder ob ihr Platz am Tisch leer bleibt, während alle so tun, als fiele es ihnen nicht auf.

Dabei ist es nicht so, dass ich sie nicht hier haben will. Das will ich. Es liegt auch nicht daran, dass ich sie von Willow fernhalten will. Das will ich nicht. Aber diese ganze verdammte Detektivgeschichte bringt uns beide noch um. Es ist jetzt über eine Woche her, dass Mergen uns seine Hiroshima-Bombe in den Schoß geschmissen hat, und seitdem überlegen wir fieberhaft, wohin wir das Scheißding werfen können, damit es nur ein möglichst kleines Blutbad anrichtet.

In dieser Woche bin ich nur auf Sackgassen gestoßen, auf eine nach der anderen.

Das treibt mich in den Wahnsinn.

Mein Besuch bei Bull hat nicht viel gebracht. Er schwört beim Grab seiner toten Mutter, dass er jedem einzelnen Mitglied seiner Belegschaft bedingungslos vertraut. Warum sollte er auch nicht? Polizisten vertrauen einander jeden Tag ihr Leben an. Wenn man seinen Kollegen nicht vertraut, ist man tot. Aber irgendwer muss etwas gewusst und im Gespräch bei Bier und Rippchen beiläufig eine Bemerkung fallen gelassen haben. Alles andere ergibt keinen Sinn.

Und Annabelles Freundinnen – im weitesten Sinne –, die in der fraglichen Nacht mit ihr zusammen waren, sind in alle Winde zerstreut. Eine haben wir in Seattle aufgespürt, doch sie war so zugedröhnt, dass man sich genauso gut mit einem Zombie hätte unterhalten können. Eine sitzt wegen Drogenbesitzes in Portland im Knast, und die andere ist weggezogen und lebt vermutlich bei ihrer Großmutter, die versucht, sie wieder auf den rechten Weg zu bringen. Wir könnten sie vermutlich ausfindig machen, was jedoch eine außerplanmäßige Autotour bedeuten würde. Und damit noch mehr Zeit fernab vom Büro. Fernab von Willow.

Deshalb stockt mir der Atem, während ich wie angewurzelt dastehe und zusehe, wie Willow auf meine kleine Schwester zugeht.

Wie wird Bluebelle reagieren? Wird sie zusammenbrechen und alles gestehen oder sich flapsig geben und sich wirkungsvoll mit jener Schutzschicht imprägnieren, die ich von Willow so gut kenne? Ich halte den Atem an, weil ich keine Ahnung habe, warum Annabelle heute aufgekreuzt ist. Oder was passiert, wenn sie den Mund aufmacht.

Annabelle lässt Willow nicht aus den Augen. Meine sonst so abgeklärte Schwester ist kurz davor, die Beherrschung zu verlieren. Ich sehe es klar und deutlich. Ihre blutroten Lippen zittern. Sie hat ihr Gewicht auf den Absatz einer ihrer Stiefel verlagert, den sie so schnell hin und her dreht, dass sie Funken schlagen und Feuer machen könnte. Ich meine sogar, ihre babyblauen Augen feucht werden zu sehen.

Mist. Ich sehe, wie die Fassade rissig wird. Als sie sich auf die Lippe beißt, weiß ich, dass sie kurz vor einem hysterischen Anfall steht.

Ich will sie gerade hier rausschaffen, da erschreckt meine sonst so wenig herzliche Schwester mich zu Tode, indem sie auf Willow zustürzt und ihr die Arme um den Hals schlingt.

Willow reagiert etwas verhaltener. Ich beobachte, wie sie im Zeitlupentempo die Arme um Annabelles Taille legt. Der Blick meiner kleinen Schwester huscht zu mir, während ihr eine Träne über die Wange kullert, die sie versucht hat zurückzuhalten. Sie wischt sie verstohlen mit dem Finger weg und löst sich aus der Umarmung.

»Hallo«, begrüßt sie Willow und klingt leicht verlegen.

Willow zögert nur kurz, bevor sie die Begrüßung leise lachend erwidert. Sie scheint perplex über Annabelles demonstrative Zuneigung, vor allem, da sie sich noch nie zuvor begegnet sind. Da ist sie nicht die Einzige. Ich blicke zu Gemma, die die Szene mit zusammengezogenen Augenbrauen und offen stehendem Mund beobachtet.

»Entschuldigung, ich, äh … Ich habe mich ein wenig hinreißen lassen.« Annabelle tritt jetzt nervös von einem Bein aufs andere.

»Schon gut. Ich stehe auf Umarmungen. Annabelle, stimmt's?«

Bluebelle zieht die Mundwinkel hoch. »Ja, das stimmt.«

»Nun, es freut mich, Sie endlich kennenzulernen, Annabelle. Shaw hat mir viel von Ihnen erzählt.«

Ihr Blick huscht wieder zu mir, und in ihren meerblauen Augen steigt Panik auf.

Weiß sie Bescheid?, fragen sie.

Ich schüttele fast unmerklich mit dem Kopf.

»Sie dürfen ihm kein Wort glauben«, stichelt sie, verfällt schnell wieder in ihre unverschämte Art, um ihre wachsende Unruhe zu verbergen.

Lachend dreht sich Willow zu mir und schenkt mir ein

Lächeln, das mich hart wie einen verdammten Stein macht. »Ja, das ist mir sehr wohl bewusst.« Die Antwort ist zwar an meine Schwester gerichtet, doch für mich gedacht. Aber ich weiß, dass sie Mist erzählt. Jedes Wort an sie, das aus meinem Mund kam, war nichts als die Wahrheit.

»Zeit fürs Abendessen«, ruft die tiefe Stimme meines Vaters aus der Küche.

»Das ist unser Stichwort«, verkündet Annabelle, hakt sich bei Willow unter und zieht sie mit sich. »Wir müssen in einer Minute am Tisch sitzen, sonst bin ich wieder schuld, wenn die Lasagne kalt ist.«

»Annabelle«, ermahne ich sie schroff, als ich sie einhole. »Das stimmt nicht, und das weißt du auch.«

Ihr Gesicht wird lang. Schweigend lässt sie Willow los und läuft vor uns her. Ich nehme Willows Hand und gehe mit ihr an den Tisch im Esszimmer. Ich ziehe ihr einen Stuhl heraus, schiebe ihn wieder heran, als sie sich setzt, und nehme neben ihr Platz.

Mein Vater sitzt wie immer am Kopfende des Tisches, meine Mutter ihm gegenüber. Mein Platz ist rechts von ihm mit Willow an meiner Seite. Daneben sitzt Gemma, gefolgt von Cora und Nicholas. Ihnen direkt gegenüber sitzen ihr Versager von Ehemann Evan und der kleine Eli. Annabelle, die Willow gegenübersitzt, vervollständigt unsere kleine Familie.

Jeder von uns sitzt auf seinem angestammten Platz; aber eins stimmt heute Abend nicht. Da liegt ein zusätzliches Gedeck, von dem ich weiß, dass es nicht für Linc ist, weil er sich nicht von der Arbeit loseisen kann. Mal wieder.

»Erwarten wir noch jemanden?«, frage ich meinen Vater und deute mit dem Kopf auf den leeren Platz. In dem Moment klingelt es.

»Ja«, antwortet er, macht aber keine Anstalten, zur Tür zu gehen. Zwei Sekunden später weiß ich warum.

»Entschuldigen Sie die Verspätung, Adelle.« Die unverkennbare Männerstimme treibt Nägel in meinen Schädel und Feuerameisen durch meine Adern.

Was zum Henker macht *der* denn hier? Und er spaziert einfach so ins Haus meines Vaters, als würde es ihm gehören? Mein Blut siedet.

Ich blicke zu meiner Mutter und sehe, wie dieser widerliche Scheißkerl Reid Mergen sie auf die Wange küsst, bevor er Evan die Hand schüttelt, als seien sie alte Highschool-Kumpels.

»Wie geht's dir, kleiner Mann?«, fragt Mergen mit nervtötender Vertrautheit, während er im Vorbeigehen Elis Haare zerzaust. Anscheinend verbringt er mehr Zeit mit meiner Familie, als mir klar war. Unter normalen Umständen würde mich das nicht stören, aber weil er es ist und weil er alles bedroht, was mir in diesem Raum lieb und teuer ist, bringt mich das so sehr auf, dass ich gleich platze.

»Was macht er denn hier?«, flüstert mir Willow zu, während Mergen mich mit einem selbstgefälligen schmierigen Grinsen bedenkt.

»Ich habe keinen blassen Schimmer«, stoße ich zwischen zusammengebissenen Zähnen hervor. Aber es ist nicht an sie gerichtet. Ich spreche mit meinem Vater. »Warum ist er hier? Dies ist ein *Familien*essen.«

»Wir sind in letzter Zeit unzertrennlich. Ich gehöre praktisch zur Familie«, wirft Arschgesicht ein und setzt mit seinem arroganten Blick noch einen drauf.

Alle Muskeln in meinem Körper machen sich bereit, ihm das Gesicht zu Brei zu schlagen. »Ich habe nicht mit Ihnen gesprochen, Sie Arschloch.«

»Shaw Andrew«, ermahnt mich meine Mutter und schnalzt mit der Zunge, wie sie es immer macht, wenn einer von uns sie enttäuscht.

Scheiß drauf. Wenn sie glaubt, ich würde hier rumsitzen und den Kopf einziehen, während dieser Poser versucht, meine Familie zu untergraben, ist sie, Mutter hin oder her, auf dem Holzweg.

Ich balle die Fäuste so fest, dass meine stumpfen Nägel sich in meine Haut bohren. Ich ignoriere alle anderen und ätze: »Gehen Sie, bevor ich Sie rauswerfe.«

Willow legt sanft die Hand auf meinen Unterarm, um mich zu beruhigen. Als Mergen das mitbekommt und sein Blick vor Eifersucht auflodert, grinse ich zur Abwechslung mal selbstgefällig.

»Shaw.« Jetzt schaltet sich mein Vater ein. »Ich habe ihn eingeladen.«

Mein Vater nickt Mergen zu, dessen Blick nun zwischen Willow und mir hin und her huscht, und auch wenn ich Willows Miene nicht sehen kann, scheint sie diesem Scheißkerl zu denken zu geben. Er hat den Stuhl nur halb herausgezogen, und seine zuvor überhebliche Miene zeigt jetzt leichte Unentschlossenheit.

»Setzen Sie sich«, befiehlt mein Vater. Er gehorcht, ohne meinen hasserfüllten Blick zu erwidern. »Und was dich betrifft …«, richtet er tadelnd das Wort an mich. »Reid ist Gast in *meinem* Haus an *meinem* Tisch, und auch wenn ich so eine Ahnung habe, was zwischen euch beiden läuft« – sein Blick gleitet zu Willow, dann zurück zu mir –, »wirst du dich *meinem* Gast gegenüber zivilisiert verhalten, während du dich in *meinem* Haus aufhältst.«

Ich antworte nicht, jedenfalls nicht mit Worten. Mir liegt eine Tirade auf der Zunge, die unbedingt herauswill. Doch wenn ich den Mund aufmache, könnte ich meiner Beziehung zu meinen Eltern irreparablen Schaden zufügen, und das ist es nicht wert, egal wie viele Beleidigungen ich diesem Scheißkerl mir gegenüber am liebsten entgegenschleudern würde.

Willow überrascht mich total, als sie mit der Lippe sanft über meine Wange streicht und flüstert: »Ich kriege das hin, wenn du es kannst.«

Getrieben von einem Urinstinkt, über den ich keine Kontrolle habe, packe ich sie im Genick und halte sie fest, während ich sie gleich hier am Esstisch atemlos küsse, während alle zusehen.

Als ich mich zurücklehne, blinzelt Willow. Ihr Blick ist verträumt. Ihr Gesicht hat die köstliche rötliche Farbe des Verlangens angenommen. Ich dachte, sie sei vielleicht sauer, doch als sie einen Mundwinkel nach oben zieht, lächele ich erleichtert.

»Na, das wird sicher unterhaltsam«, sprudelt Annabelle hervor, die keine Ahnung hat, dass der Mann, der nur eine Fingerlänge von ihr entfernt sitzt, jener Mann ist, der den Niedergang ihrer Familie herbeiführt. *Ihren* Niedergang.

»Können wir jetzt das Tischgebet sprechen oder müssen erst noch mehr Grenzen markiert werden?«, fragt mein Vater, woraufhin fast alle kichern. Außer Mergen. In seinen Augen entflammt dieselbe Feuersbrunst aus Hass, die sicherlich in meinen auflodert, wenn ich mir ihn mit Willow vorstelle.

Ein Teil von mir weiß, dass ich Mitgefühl mit ihm haben sollte, doch falls es irgendwo vorhanden ist, kann ich es nicht finden. Ich weiß nicht, was zwischen ihm und Willow vorgefallen ist, und ich weiß nicht einmal, ob ich es überhaupt wissen will. Für mich zählt nur, dass sie jetzt mir gehört.

»Ach, da gibt's noch mehr zu markieren.« Ich schiebe die Hand Willows Schenkel hoch und drücke zu, während ich den Feind nicht aus den Augen lasse. »Aber das wird im stillen Kämmerlein geschehen.«

»Du liebe Güte«, japst meine Mutter.

»Herr im Himmel.« Mein Vater schüttelt den Kopf und lässt ihn sinken.

»Mommy, Großpapa hat ein böses Wort gesagt«, piepst Eli.

»Ah, das wird richtig gut«, schaltet sich Annabelle ein, auf deren Gesicht sich ein Grinsen breitmacht.

Mergen und ich starren uns an. *Willst du mich herausfordern, Wahlkampf-Fuzzi? Dann mal los. Ich verspeise Schwächlinge zum Frühstück.*

Die Spannung am Tisch steigt ins Unerträgliche, als eine spontane Äußerung aus einem Kindermund sie auflöst. Jedenfalls für mich. »Mommy, ist die Frau, die Onka Shaw küsst, seine Freundin?«, fragt Cora.

Darauf kannst du Gift nehmen.

»Ja, Süße. Ja, das ist sie«, antwortet Gemma mit einem Lächeln in der Stimme. Gut gemacht, Schwesterherz. »Und sie heißt Willow, weißt du noch?«

»Das ist ein schöner Name.«

»Das stimmt«, antwortet meine Schwester.

»Werden sie heiraten und Babys kriegen?«

Gemma gerät ins Stottern. »Ich ...äh ...ich ...«, und als ich einen Blick zu Mergen werfe, hat er die Zähne so fest zusammengebissen, dass man glauben könnte, sein Kiefer sei verdrahtet. Man wird ja noch träumen dürfen.

Ich rette meine Schwester, indem ich die Frage meiner Nichte mit ungeheurer Leichtigkeit beantworte: »Das ist definitiv eine Möglichkeit.«

Neben mir schnappt Willow nach Luft, und im Raum ist es so still geworden, dass man eine Nadel fallen hören könnte. Meine Familie steht sicher genauso sehr unter Schock wie ich, doch ich blende alles andere aus und wende mich an Willow. Sie sieht mich mit offenem Mund und Stielaugen an.

Hast du das ernst gemeint?, fragen sie.

Ich bin mir ziemlich sicher, antworte ich.

Ihr ganzes Gesicht leuchtet auf. Strahlt. Wo war diese Frau mein ganzes Leben lang?

»Können wir jetzt endlich essen? Ich habe Hunger.« Coras Ton grenzt an ein Wimmern. In etwa drei Sekunden schaltet sie in den Hysterie-Modus.

»Der beste Vorschlag, den ich in den letzten fünf Minuten gehört habe«, erwidert mein Vater trocken.

Ich brauche ein paar Sekunden, bis ich meinen Blick von Willows lösen kann. Ich ertappe mich bei dem Wunsch, mit ihr allein zu sein, damit ich ihr alles sagen kann, was ich empfinde, auch wenn ich noch nicht so genau weiß, wie ich es in Worte fassen soll. Nach dem Tischgebet halte ich ihre Hand länger fest als nötig, und während des Essens ergreife ich jede Gelegenheit, sie zu berühren. Nicht weil ich Mergen ans Bein pissen will, obwohl das ein schöner Nebeneffekt wäre, sondern weil ich mich, wenn ihre Haut an meine gepresst ist, geerdet fühle wie noch nie.

Am überraschendsten ist, dass es mir gelingt, Mergen und seine nicht gerade subtilen finsteren Blicke zu ignorieren. Seine wenig überzeugenden Versuche, sein Verlangen nach Willow zu zügeln, sollten mich provozieren, doch ich finde sie jetzt nur noch armselig. Es gelingt mir ihretwegen. Sie konzentriert sich nur auf *mich*, auch wenn sie mit meiner Familie umgeht, als sei es bereits ihre.

Und als ich kurze Zeit später aus der Tür trete, den Arm fest um ihre Taille geschlungen, kann ich nur daran denken, dass ich gleich in ihr sein werde. Und das liegt nicht etwa daran, dass ich das Bedürfnis verspüre, einen anderen Mann auszulöschen oder einen Besitzanspruch geltend zu machen. Sondern daran, dass ich mich nur dann so fühle, als sei ich wirklich nach Hause gekommen. Bevor ich Willow traf, war mir nicht klar, dass mir dieses Gefühl fehlt. Ich bin verliebt in diese Frau und akzeptiere es mehr und mehr, statt davor wegzulaufen.

Ich bete nur, dass ich sie behalten kann.

10. KAPITEL

Willow

Ich wache mit trockenem Mund auf und habe Durst. Ich schlage langsam die Augen auf. Obwohl mir mein Gehirn meldet, dass es noch nicht Morgen ist, blinzele ich, um den Nebel des Schlafs zu lichten. Ich brauche ein paar Sekunden, bis mir klar wird, wo ich mich befinde.

In Shaws Bett.

Ich drehe mich und will nach ihm greifen, muss jedoch feststellen, dass seine Hälfte des Betts so kalt ist, als sei er schon vor einer Weile aufgestanden. Ich setze mich auf und sehe mich im Raum um. Im Bad ist es stockduster. Es dringt kein Laut durch die Dunkelheit.

Ich werfe die Decke zurück, schwinge meine Füße über die Bettkante und lasse sie im Flauschteppich versinken. Ich bleibe noch kurz sitzen, um zu lauschen, weil ich mich frage, ob er vielleicht dienstlich nach Übersee telefoniert. Als ich nichts höre, stemme ich mich von der Matratze hoch und tapse leise in den Flur.

Erst als ich ihn schon halb durchquert habe, stelle ich fröstelnd fest, dass ich nackt bin. Nach dem Abendessen mit seinen Eltern und Reid haben wir es kaum bis durch die Haustür geschafft, da drückte er mich schon dagegen. Im Nu war ich meine Klamotten los, und er kniete vor mir, spreizte meine Beine und schob seine Zunge in mich, bis ich, dem Orgasmus nahe, zitterte. Doch bevor er ihn mir vergönnte, trug er mich durch den Eingangsbereich bis ins Wohnzimmer, wo er mich über diesen Sessel beugte. *Seinen* Sessel.

Er nahm mich so wunderschön wild von hinten, wie ich noch nie genommen worden bin, besitzergreifend und doch innig. Der ganze Akt war abgefahren, doch von solch unverfälschter Leidenschaft, dass ich spürte, wie seine Gefühle in meine Poren drangen, als er in mir kam und meinen Namen flüsterte. Noch Stunden danach spüre ich ihn.

Nach ein paar weiteren Metern bleibe ich stehen. Der Flur geht in Shaws offenen Wohnbereich über, von wo ich den gesamten Bereich überblicke, doch ich entdecke ihn auch dort nicht. Im Vorbeigehen schnappe ich mir von der Couch ein Chenille-Plaid, wickele mich darin ein und gehe zum entgegengesetzten Ende des Hauses, wo sein Arbeitszimmer liegt, weil ich fest davon ausgehe, dass er an seinem großen Ahornschreibtisch sitzt und eine Nachtschicht schiebt.

Doch als ich um die Ecke biege, ist das Arbeitszimmer dunkel und leer. Hier ist er eindeutig nicht. Die anderen Räume in diesem Teil des Hauses, die ich rasch überprüfe, einschließlich des Fitnessraums, sind genauso verlassen.

»Wo zum Teufel steckst du?«, murmele ich und mache mich auf den Weg zurück zur Mitte des Hauses. Ist er weggefahren? Soll ich in der Garage nachsehen? Ihn vielleicht auf dem Handy anrufen? Während ich ratlos dastehe und mir den Kopf zerbreche, fällt mir der Schimmer des Mondes auf dem Wasser auf. Wohin könnte er um drei Uhr morgens gegangen sein?

Erst dann, ganz links von mir, entdecke ich ihn auf einem Liegestuhl draußen auf der Veranda.

Er registriert mich nicht. Er blickt geradeaus zur Bucht, die heute Nacht besonders malerisch aussieht. Er führt etwas zum Mund und beißt davon ab, bevor er es wieder auf den Tisch neben ihm legt. Ich schiebe mich näher ans Fenster, um nicht gesehen zu werden, weil ich ihn nicht stören will, wenn er allein sein will. Doch als ich dicht an der Scheibe stehe, die uns trennt, bemerke ich etwas an seiner Haltung. Die Anspannung in seinem Körper und in seiner Kieferpartie. Die zusammengekniffenen Augen. Dies ist kein erholsamer Mitternachtssnack an der frischen Luft.

Irgendetwas quält ihn.

Ich bleibe ein paar Sekunden dort stehen. So viele, dass ich beim Zählen durcheinanderkomme. Soll ich zurück ins Bett gehen und so tun, als sei ich nie aufgewacht? Oder soll ich rausgehen und sehen, ob ich ihn trösten kann? Doch wenn er Trost haben wollte, hätte er mich dann nicht aufgeweckt, und sei es unter dem Vorwand, Sex haben zu wollen?

Ich weiß, was seine Freundin tun würde. Was ich tun *will.*

Als das Geräusch der Schiebetür die Stille durchbricht, dreht er den Kopf zu mir. Seine Iriden schimmern unter dem Nachthimmel, während er mich von Kopf bis Fuß mustert. Er lässt den Blick gemächlich über mich gleiten, und als er mir wieder in die Augen sieht, kann ich sogar im Dunkeln die Erregung darin erkennen.

Ich bleibe reglos stehen und mustere meinerseits seinen Körper. Er trägt nur eine tiefhängende militärgrüne Pyjamahose mit einer weißen Kordel, die zu einer Schleife gebunden ist und direkt unter der exquisiten Linie aus dreieckigen Muskeln sitzt, die auf den prächtigsten Schwanz deuten, den ich je gesehen habe.

Während ich noch überlege, was ich sagen oder ob ich überhaupt bleiben soll, fällt mein Blick auf den kleinen Tisch neben ihm. Darauf steht ein offenes Glas mit etwas Dunklem darin sowie ein Teller mit einem schmutzigen Messer und etwas, das aussieht wie ein halb aufgegessener … *Keks?*

»Hat dir das Abendessen nicht gereicht?« Es ist eine dumme Frage, aber die einzige, die mir einfällt. Seit ich so viel Zeit mit ihm verbringe, verliere ich diese *Schärfe in Stresssituationen*, die ich als Summer perfektioniert hatte. Ich weiß nicht so recht, ob mir das gefällt, würde es aber auch nicht ändern wollen, da das hieße, dass ich ihn nie getroffen hätte.

Sein Blick folgt meinem, und er streckt den Arm aus und nimmt das Teil hoch. Er beißt davon ab, kaut langsam, während er mich beobachtet, und legt den Rest wieder hin. Dann lächelt er sein strahlendes Megawatt-Lächeln, das stets mein Gehirn ausschaltet. Plötzlich bin ich froh, dass ich nach draußen gekommen bin. »Das ist ein Eleanor-Special«, sagt er.

»Ein was?«, frage ich, während ich langsam näher komme, um einen besseren Blick darauf werfen zu können. Die Luft ist frisch, und ich versuche zu ignorieren, dass die Kälte unter das Plaid kriecht, in das ich mich gewickelt habe. Ich ziehe es fester um mich und halte es unterm Kinn zu. Wieso friert er eigentlich nicht?

»Komm her«, sagt er leise, als er wahrnimmt, dass ich am ganzen Körper zittere. Froh darüber, dass ich bleiben darf, eile ich zu ihm und krabbele auf seinen Schoß, als er mir zu verstehen gibt, dass ich mich dort hinsetzen soll.

Ich ziehe die Knie an die Brust und kuschele mich in der Hoffnung, ihn wärmen zu können, an seine kühle Haut. »Es ist kalt hier draußen.«

»Ich weiß. Ich sitze schon eine Weile hier.« Er dreht ein paar meiner Haarsträhnen zwischen seinen Fingern und lässt sie bis zu den Spitzen hindurchgleiten. Das wiederholt er ein paarmal, bis ich nicht mehr zittere.

An ihn geschmiegt lege ich den Kopf in den Nacken, um ihm beim Reden anzusehen, und hake nach: »Was ist ein Eleanor-Special?«

»Hm … einfach erklärt eine Waffel mit Marmelade.«

Hinter der Geschichte steckt mehr. Eine Erinnerung, die ihn glücklich macht. Ich sehe es. Ich will es wissen. Bis ins kleinste Detail. »Und nicht so einfach erklärt?«

Sein Gesicht hellt sich auf, und er hält mich fester in seinen Armen. »Das ist eine der Eigenschaften, die ich an dir liebe, weißt du das?« Bei seiner Wortwahl stockt mir der Atem, doch ich gestehe es mir nicht ein. Allein bei dem Gedanken daran, es mir einzugestehen, schlägt mein Magen Kapriolen. Noch vor Tagen – verdammt, sogar noch vor Stunden – habe ich mir das gewünscht. Jetzt versetzt mich der Gedanke auf einmal in Angst und Schrecken. Er fährt fort, als hätte er meine Welt nicht auf die beängstigendste Art und Weise auf den Kopf gestellt. »Du nimmst das, was ich sage, nicht einfach so hin. Das tust du nie. Du hörst Dinge, die andere nicht hören.«

»Das ist ein Fluch.« Gott, meine Stimme ist belegt. Atemlos. Alle Atemzüge sind aufgebraucht.

»Das ist eine Gabe«, kontert er rasch. Das Kompliment bringt mein Blut erst recht zum Sieden, und so wie er mich ansieht, ist er sich durchaus bewusst, welche Wirkung er auf mich hat.

»Nicht ganz so einfach erklärt: Es erinnert mich an meine Großmutter. Die Eltern meiner Mutter lebten in Maine. Wir sahen sie nicht allzu oft, doch in jedem Sommer blieben Gemma, Linc und ich zwei Wochen bei ihnen und stromerten durch das idyllische Dorf Castine.«

»Klingt wunderbar.«

»Das war es auch.« Er klingt so wehmütig, dass das Gefühl auf mich übergeht. Und als er seine Erlebnisse in anschaulichen Details beschreibt, habe ich das Gefühl, als sei ich dabei gewesen. »Ich glaube nicht, dass ich es damals genug zu schätzen gewusst habe, aber Grand-Mère Eleanor hat uns regelrecht verwahrlosen lassen. Und das meine ich ernst. Wir liefen zum Sonnenaufgang los und kamen erst bei Sonnenuntergang zurück, schmutzstarrend, klebrig und stinkend. Wir streunten durch die Straßen, die zur Maritime Academy führten, um den großspurigen College-Jungs bei dem Versuch zuzusehen, den Bowdoin-Schoner zu navigieren. Schleckten so viel Eis von The Mill, bis uns schlecht wurde. Wir sind Kajak gefahren und haben die Fischer so lange genervt, bis sie uns auf eine Spritztour mitnahmen und uns eine Leine werfen ließen oder auch zwei.«

Ich lache. »Das klingt gefährlich.«

»Nee. Das war nur ein harmloser Spaß. In einem kleinen Dorf in Neuengland, das sicher und harmlos war und wo jeder jeden kannte. Die Einwohner waren alle freundlich. Dort habe ich zum ersten Mal ein Mädchen geküsst. Das sind ein paar meiner schönsten Kindheitserinnerungen.«

»Und wann kommt da eine Waffel mit Marmelade ins Spiel?«

Er drückt mir einen Kuss auf die Stirn, bevor er fortfährt.

»Grand-Mère hat meisterhaft Marmelade gekocht. Was man sich nur vorstellen kann, hat sie gemacht. Peperoni, Brombeere, Johannisbeere, Pfirsich, Paprika. Sie hat Hunderte verschiedene Geschmacksrichtungen probiert. Aber ihre Heidelbeermarmelade war bei Weitem meine Lieblingssorte. Ich habe sie auf allem gegessen. Wenn Gemma und Linc erschöpft ins Bett fielen, blieben wir zwei auf, saßen zusammen auf ihrer Veranda, von der man über den Fluss sehen konnte, und aßen selbstgemachte Waffeln, die wir dick mit Heidelbeermarmelade bestrichen.«

»Das klingt fantastisch«, sage ich mit einem Kloß im Hals zu ihm. »*Sie* klingt fantastisch.«

»Das war sie.«

War.

Ich denke, wir haben beide schon Verluste verkraften müssen.

Zum ersten Mal verspüre ich das Bedürfnis, ihm von Violet zu erzählen. Ihm zu sagen, wie sehr ich sie geliebt habe. Ihm anzuvertrauen, dass ihr sinnloser Tod diese Leere in mir hinterlassen hat, von der ich nicht weiß, ob ich sie jemals wieder füllen kann. Und dass er Annabelle vor denselben Dämonen beschützen muss, die Violet in den Abgrund gezogen haben, denn wenn sie auch sie holen, wird auch er nie wieder ganz sein. Und das könnte ich einfach nicht ertragen.

Doch dieses Gespräch erscheint mir im Moment zu schwer, zu kompliziert, und außerdem glaube ich, dass er Aufheiterung braucht, deshalb frage ich stattdessen: »Wer macht deine Marmelade jetzt?«

Er grinst. »Erinnerst du dich an den ersten Kuss, den ich erwähnte?«

»Jaaa.« Ich könnte ein klitzekleines bisschen eifersüchtig sein.

Sein Grinsen wird breiter. Er sieht das grüne Monster in meinen Augen. »Ihre Grandma Bessie war die beste Freundin meiner Grand-Mère. Bessie kocht für mich immer noch ein paar Gläser und schickt sie mir zu Weihnachten. Genug, dass es fürs ganze Jahr reicht.«

»Das ist nett von ihr.«

»Und ob. Willst du mal beißen?«

Ich nicke. Er hält mir den Rest der Waffel vor den Mund. »Entschuldige, sie ist inzwischen kalt«, sagt er, als ich hineinbeiße und genüsslich aufstöhne.

»Das ist köstlich«, schwärme ich, nachdem ich gekaut und geschluckt habe. Und ich meine es ernst. Es ist die leckerste

Marmelade, die ich je probiert habe. Sogar noch besser als die Apfelkonfitüre meiner Mutter.

»Nicht so gut wie die von meiner Grand-Mère, aber verdammt nah dran.« Damit steckt er sich den Rest in den Mund und futtert ihn auf.

Wir verstummen, da unser Gesprächsthema erschöpft ist. Und während die Sekunden vergehen, fasse ich mir ein Herz, um ihn zu fragen, was ich ihn wirklich fragen will.

Er hockt bestimmt nicht allein hier draußen, um sich die Marmelade der besten Freundin seiner Großmutter schmecken zu lassen. Ihn bedrückt etwas. Und zwar schon seit Tagen.

In so was war ich noch nie gut. Gefühle zu teilen. Sich zu öffnen. Sich über Verletzlichkeiten auszutauschen. Ich habe in all den Jahren viel Mist für mich behalten, weil ich der Meinung war, dass das besser ist, als andere Menschen damit zu belasten. Das habe ich sowohl mit meinem Vater als auch mit meiner Mutter so gehandhabt. Und ganz sicher auch mit Reid. Ich habe es mit fast jedem Menschen in meinem Leben so gemacht. Bis zu einem gewissen Grad tue ich es sogar mit Sierra. Ich halte mein Innerstes verschlossen und war stets der Meinung, dass ich es aus gutem Grund tue.

Doch jetzt bin ich mir nicht mehr so sicher.

Ich stelle fest, dass mir das Gefühl nicht gefällt, außen vor zu sein, und ich will jemanden, der mich an sich heranlässt.

Ich lege die Hand auf Shaws Herz und streiche mit den Fingerspitzen über seine weiche Haut. »Was machst du hier draußen so allein?«

»Ich konnte nicht schlafen. Das ist mein Platz zum Nachdenken.« Er sagt es leise und gedankenvoll.

»Soll ich wieder gehen?«

»Nein.« Es ist eher ein kurzer Lufthauch als ein Wort. Als er meinen Arm drückt, weiß ich, dass er es ernst meint. Er will mich bei sich haben. Vielleicht wusste er nur nicht, wie er mich darum bitten sollte? Gott, wir sind zwei vom gleichen Schlag.

»Alles in Ordnung?«

Er braucht eine Weile, um zu antworten, doch als er es tut, ist es keine richtige Antwort, sondern genau dasselbe, was ich tun würde. Man erkennt geschickte Ablenkungsmanöver, wenn man selbst darin Experte ist. »Nur ein paar Probleme, meine Schöne. Es ist nichts.«

Ich lasse meine Finger weiter kreisen, berühre ihn nur leicht, während ich mir große Mühe gebe, die verletzten Gefühle zu unterdrücken, die dieses Ausweichen in mir auslöst.

Lass mich an dich ran.

Das ist total scheinheilig, ich weiß. Ich will es trotzdem. Außen vor zu sein ist richtig scheiße.

»Kommt das oft vor? Dieses Nachdenken zur Geisterstunde?«

Er lacht leise, und seine Brust dehnt sich, während er tief einatmet. Fällt es ihm genauso schwer, über seine Sorgen zu sprechen, wie mir? »In letzter Zeit etwas öfter, als mir lieb ist.«

Ich lege den Kopf wieder in den Nacken, während er seinen senkt. Wir sehen uns in die Augen, und keiner von uns macht Anstalten, irgendetwas anderes zu tun, als sich von diesem Moment gefangen nehmen zu lassen. Ich habe schreckliche Angst davor, so glücklich zu sein. Ich habe mich noch nie im Leben geborgener und dabei so entblößt gefühlt.

»Kann ich helfen?«

Er befühlt eine Haarsträhne. »Das tust du schon. Dich so in meinen Armen zu halten, bei mir zu Hause, in meinem Bett – ehrlich gesagt gibt es kein besseres Gefühl.« Seine Stimme klingt schroff, voller Gefühl. Ehrlich. Dass ich es bin, die ihn so durcheinanderbringt, beruhigt meine Nerven.

»Du hättest mich wecken können«, merke ich an. *Ich wünschte, das hättest du getan.*

Er lächelt leise und fährt mit dem Daumen über meine Unterlippe, bevor er flüstert: »Wenn ich dich geweckt hätte, hätte ich mich in dir verloren, Willow.«

Ich habe keine Ahnung, was zwischen meinem Gehirn und meinem Mund nicht funktioniert, denn irgendetwas zündet fehl, als ich sage: »Vielleicht kannst du dich stattdessen in mir finden.«

Schweigen. Wie kommt es, dass einem nie auffällt, wie schrill diese Stille klingt, bis man darin gefangen ist? Bis man sich wünscht, man könnte das zurücknehmen, was sie hervorgerufen hat.

Nach meinem Gefühl dauert das Schweigen so lang, dass ich diese Worte hundert Mal im Kopf wiederholen kann, doch in Wahrheit vergeht wahrscheinlich nur eine halbe Sekunde, bevor Shaw mich an den Haaren packt und meinen Kopf heftig zurückzieht. Sein Mund streift über meinen, während er gesteht: »Das habe ich schon, Goldlöckchen. Ich habe so viel mehr in dir gefunden, als ich je erwartet hätte. Als ich je gewollt hätte.«

Er presst seine Lippen auf meine, sodass mir wieder ganz schwummerig wird. Ich erwarte, dass der Kuss hart und gnadenlos ist. Verzweifelt, aufgrund seines Tons, wegen seines Geständnisses. Doch das ist er nicht. Er ist zart und süß. Träge. Eine Hundertachtziggradwendung von den letzten Malen, die wir zusammengekommen sind, die rasend und überwältigend waren.

»Gott steh dem Mann bei, der versucht, dich mir wegzunehmen, Willow Blackwell.« Diese leidenschaftliche, inbrünstige Erklärung dringt eine Sekunde, bevor sich seine Zunge in meinen Mund vorwagt, sanft an mein Ohr. Sein Geständnis dringt ein und betäubt all meine Sinne, bis ich mich träge und nachgiebig fühle.

»Niemand nimmt mich dir weg«, versichere ich ihm flüsternd und stöhne seinen Namen, als er den Kopf senkt, um seine sündhafte Wanderung nach unten fortzusetzen.

Als ich seinen Kopf festhalten will, zieht er sich zurück und fixiert mich. In seinen Augen tanzen Feuer und Blutschwüre, als er knurrt: »Verdammt richtig!«

Er spricht von Reid, so viel ist klar. Und trotzdem ist es noch so viel mehr.

Ich nehme sein Gesicht in meine Hände und lege die Lippen wieder auf seine. Dabei rutscht mir das Plaid von der Schulter und setzt meine Haut der kühlen Nachtluft aus. Ein Frösteln überläuft mich, gefolgt von einer Gänsehaut.

»Dir ist kalt.« Er streicht über meine Arme, als ihm noch etwas auffällt. »Verdammt, ich liebe das«, stöhnt er und fährt mit den Fingerknöcheln über die empfindliche Spitze meiner zusammengezogenen Brustwarze.

Ich denke, dass er die Decke wieder um mich ziehen will, doch er streckt mit einem Grinsen, das nichts Geringeres als Sünde verspricht, die Hand aus und tunkt einen Finger in das offene Glas mit Heidelbeermarmelade.

Er balanciert die süße Masse auf der Fingerspitze, beginnt oben an meiner Brust und zieht eine gerade Linie nach unten, bis er meinen kieseligen Brustwarzenhof erreicht. Dann fährt er im Uhrzeigersinn drum herum und sorgt dafür, dass ich das Kratzen seines Nagels spüre, während er jeden Zentimeter von mir bestreicht.

»Oh mein Gott«, murmele ich, während mein Blut kocht.

Wieder und wieder umkreist er mich, beobachtet mich, während er mich erregt, betrachtet mich genau, passt seine Technik an, um die höchste Wirkung zu erzielen. Er konzentriert sich auf sein Anliegen, mich rasend zu machen, und rollt die empfindliche Spitze zwischen Zeigefinger und Daumen, bis ich nach Luft schnappe und den Kopf in reiner Lust in den Nacken werfe. Als sein feuchter Mund mich bedeckt und er zubeißt, schießt eine Welle weißglühenden Verlangens durch mich hindurch.

Draußen ist es kalt, vermutlich um die zwölf Grad. Ich sollte zittern. Stattdessen breitet sich eine friedliche Ruhe in mir aus, während Shaw meinem Körper huldigt, als sei ich ein heiliger Ort, den er noch nie besucht hat.

»Von jetzt an esse ich das nur noch von deiner Haut«, knurrt er und saugt heftig an meinem Nippel, bevor er ihn mit einem ploppenden Geräusch freigibt. Er leckt mich sauber, benetzt seinen Finger erneut und widmet sich meiner vernachlässigten Brust, bemalt mich mit der klebrigen Substanz, bis mein Atem in kleinen Stößen gespannter Erwartung kommt. Als er zufrieden ist, hebt er mich an seinen Mund und macht mich mit seiner Zunge und seinen Zähnen ganz schwindlig.

»Ich liebe deinen Körper, Willow.«

Er beißt in den fleischigen Teil meiner Brüste. Die Bisse sind fest und schmerzen. Sie werden Spuren hinterlassen. *Das* ist der Shaw, den ich kenne. Den ich brauche. Der, dessen Wille meinen dazu bringt, sich huldvoll zu beugen und zu gehorchen.

»Ich liebe den Duft deiner Haut, die Rundung deines Pos, den Geschmack deiner kessen Nippel«, sagt er und dreht mich um, sodass ich rittlings auf ihm sitze.

Noch einmal tunkt er den Finger in die Marmelade. Dann umfasst er meine Hüfte und zieht mich hoch, bis ich mit angespannten Oberschenkeln über ihm schwebe.

Verschmitzt lächelnd schiebt er seinen zuckrigen Finger zwischen meine Beine und umkreist meine Klitoris, die schon geschwollen und bereit ist. Ich schließe langsam die Augen, während er meine Schamlippen anmalt, erst die eine, dann die andere, wobei er darauf achtet, meine Öffnung zu meiden, bevor er eine Linie über meinen Damm zieht und kurz vor meinem Sweetspot anhält.

Ich keuche. Mein Herz galoppiert buchstäblich in meiner Brust, weil ich weiß, was als Nächstes kommt. Er greift hinter sich und senkt die Rückenlehne der Liege ab. Er legt sich hin und bedeutet mir, die Hände fest um meine Hüften, nach vorne zu rutschen.

»Ich liebe deinen Geschmack.« Sein Höschen versengendes Grinsen wird breiter.

Er bringt mich über seinem Mund in Stellung, meine Knie rechts und links von seinem Kopf, und drückt mich nach unten. Ich bin gegen seine Überlegenheit machtlos. Derart schwach und bedürftig und ausschließlich auf die Erotik des Moments fokussiert, vergesse ich die Kälte.

Bei der ersten Berührung durch seinen Mund, offen und forschend, schnappe ich nach Luft. Er saugt, er stöhnt, er verschlingt mich, als sei ich eine neue Speise, die er noch nie gekostet hat.

»Shaw«, rufe ich aus, als seine Zunge jenen empfindlichen gekräuselten Bereich umkreist, und als er meine Pobacken öffnet und die Spitze leicht hineinschiebt, kommt es mir schmutzig und falsch vor und dabei so unglaublich, dass ich fast schluchze. Nervenenden erwachen lodernd zum Leben, als hätten sie die ganze Zeit geschlummert.

Ich fasse nach hinten und umklammere die Armlehnen der Liege, um mich festzuhalten, während er mich an Orte führt, von denen ich nicht einmal geträumt habe. Ich stöhne seinen Namen. Den Namen Gottes. Ich fluche. Mein Gemurmel ist anspornend, ergibt jedoch außer für uns keinen Sinn.

»Genau so. Benutz meinen Mund, meine Schöne. Nimm dir, was du brauchst.«

Das ist der Auslöser. Das, der Sog an meiner Klitoris und die Finger, die in meine Pussy tauchen, die schon vom Orgasmus krampft. Ich komme lange und laut, kümmere mich nicht darum, wer mich vielleicht hört oder sieht.

Er gönnt mir nur eine kurze Atempause, bevor er seine Hose herunterzieht. Er nimmt seinen mächtigen Schwanz in die Hand und pumpt ein paarmal, während mir vor Verlangen das Wasser im Mund zusammenläuft. Er schiebt mich an seinem Körper hinab, umkreist wiederholt meine Klitoris mit der Eichel, bis ich zittere und bebe und kurz vor dem nächsten Orgasmus stehe. Dann legt er meine Hand an seinen Penis und weist mich an: »Benutz mich, um dich wieder zum Höhepunkt zu bringen. Genau so.«

»Gott«, murmele ich und komme mir hedonistisch vor. Seine Hände kneten meine Brüste, seine Finger zupfen an meinen harten Nippeln, während ich mich an ihm reibe und ihm dabei zusehe, wie er mich beobachtet, bis ich wieder in den Himmel steige und dabei seinen Namen murmele. Der Verzweiflung nahe, platziere ich ihn mitten im Kommen an meiner Öffnung. Ich muss ihn in mir spüren, und zwar jetzt. Ich lasse mich hinabsinken, während das Beben der Lust noch immer meine Muskeln plagt, als er die Kontrolle übernimmt und sich vollständig in mich schiebt. Ich schnappe nach Luft, da sich diese Fülle, die an meine Wände drückt, noch nie so richtig angefühlt hat.

Seit jenem Tag im Bad seiner Eltern haben wir kein Kondom mehr benutzt. Ich könnte behaupten, nicht zu wissen, was ich davon halten soll, doch das wäre glatt gelogen.

»Ich liebe es, wie du dich anfühlst, wenn du meinen Schwanz umschließt«, stößt er hervor und zieht scharf die Luft ein.

Er packt mich fest an beiden Hüften und dirigiert mich wie üblich, bewegt mich auf seinem Schwanz auf und ab, sodass ich nichts tun muss, außer fühlen. Meine Brüste hüpfen, meine Haut wird schweißnass, und diese sündhafte Lust, die er virtuos flicht, gewinnt genau in meiner Mitte blitzartig an Energie. Es geht schnell. Sehr schnell. *Zu* schnell. Schon rast ein dritter Orgasmus auf mich zu.

Shaw fasst mich im Nacken, zieht mich nach vorn und legt seine Stirn an meine. Seine Stöße sind regelmäßig und kräftig, als er schroff sagt: »Ich liebe es, wie du dich auf mir bewegst. Ich liebe es, wie du meinen Namen schreist und weinst, damit ich dich härter stoße. Ich liebe es, wie deine Muskeln mich quetschen, kurz bevor du kommst.« Er zieht mein Ohr an seine Lippen und flüstert mir noch mehr obszöne Worte zu, die mich zum Explodieren bringen. »Ich liebe das Gefühl, wenn du mir auch noch den letzten Tropfen abringst, als würdest du ohne ihn verhungern, Willow. Ich *liebe* das, scheiße noch mal.«

Diese Euphorie, die ich ersehne, rast durch mich hindurch. Meine inneren Muskeln krampfen heftig, und ich erreiche den Gipfel ein drittes Mal.

»Oh Scheiße, ja. So wunderschön.« Seine Stimme ist so rau und sexy, dass mein Orgasmus nicht erlischt; er wird sogar noch stärker. Ich hebe ab. Fliege hoch in jenem Nirgendland aus Wärme und unvergleichlicher Ekstase und wünsche, dass es ewig andauert, als sein nächster Satz mich so gewaltsam zurück auf die Erde reißt, dass ich den dumpfen Aufprall in meinen Knochen spüre.

»Aber ich liebe auch dein gebrochenes Herz und diese ramponierte Seele, die du mit beneidenswerter Kraft schützt, Willow.«

Die Euphorie, die mich getragen hat, kommt mit kreischenden Bremsen zum Stehen.

»Ich liebe diese Sturheit und dieses Rückgrat. Gott, das macht mich total an.«

Seine Bewegungen sind jetzt brutaler, unkontrollierter, und er wächst in mir, was darauf hindeutet, dass sein eigener Orgasmus bald durch ihn hindurchrasen wird. Doch ich kann mich nur darauf konzentrieren, wie mein Herz hämmert, als er immer wieder dieses Wort gebraucht.

Liebe.

»Ich liebe deine Sirenenstimme und deine geheimnisvollen Augen. Ich liebe deinen Charakter, deinen Spott, die Macht, die du über mich hast, obwohl du nicht daran glaubst.«

Echte glühende Panik breitet sich in mir aus, bis alle Luft aus meiner Lunge entwichen zu sein scheint. Ich dachte, ich sei dazu bereit. Ich dachte, ich wollte, dass er das Risiko eingeht. So war es auch, vor Tagen, aber jetzt … jetzt habe ich eine Scheißangst. Ich bin nicht bereit.

Sein Gesicht verzerrt sich. Gleich kommt er. Doch das hält ihn nicht vom Reden ab. »Ich liebe –«

Das war's. Ich drücke meinen Mund fest auf seinen und bringe ihn zum Schweigen. Verschlucke seine Worte, bis sie fort sind. Der Geschmack des Bedauerns darüber kleidet meinen Mund aus, doch ich höre trotzdem nicht auf. Er versucht, sich von mir zu lösen, doch ich lasse ihn nicht. Ich lege die Hände um seinen Kiefer und halte ihn fest, verflechte meine Zunge mit seiner. Ich reibe mein Becken an seinem, spanne meine Muskeln mit aller Kraft an, bis ich ihm ein kehliges Stöhnen entlocke, das primitiv und krude ist, bis seine Finger sich schmerzhaft in meine Seiten bohren.

»Komm in mir«, flüstere ich an seinen Lippen. »Ich will nach dir riechen. Spüren, wie dein Samen an meinen Schenkeln herunterläuft, wenn ich morgens aufstehe.«

»Himmel Herrgott, Willow.«

Und mehr braucht es nicht. Ein paar gut platzierte, anzügliche Worte, um einen dominanten Mann in ein archaisches

Wesen mit einem einzigen Ziel zu verwandeln: das Bedürfnis, seinen Anspruch geltend zu machen, zu markieren, zu brandmarken, was ihm gehört.

Er zieht sich zurück und dreht mich auf alle viere. Mein Plaid ist mir schon lange abhandengekommen, doch ich spüre die kalte Luft nicht, als er meine Pobacken spreizt und grob von hinten in mich eindringt. Ich spüre nicht, wie seine Finger sich in meine Haut bohren, während er mich festhält und mich mit unverstellter Leidenschaft nimmt, damit ich seine Worte spüren kann, statt sie nur zu hören. Ich nehme das taube Gefühl nicht wahr, das sich in meinen Knien ausbreitet, während er mich daran erinnert, dass ihm jeder Zentimeter von mir gehört, innen und außen, selbst das Organ, das jetzt wie wild für ihn schlägt.

Doch was ich spüre, ist seine intensive Lust, als er sich über den Rand der Glückseligkeit katapultiert und mein Innerstes mit seiner Männlichkeit verbrüht, genau wie ich es erfleht hatte. Ich spüre die Liebe, die er mir gestehen wollte, als er mich hochnimmt und mich durchs Haus zurück in sein Bett trägt. Und ich spüre todsicher seine Enttäuschung, als er sich in der Löffelchenstellung an mich schmiegt und mir barsch zu schlafen befiehlt.

Ja. *Diesen* Schmerz spüre ich intensiv.

11. KAPITEL

Shaw

Ich lese das Gutachten für eine Erweiterung unseres Wissenszentrums in Indien jetzt schon zum dritten Mal. Ich versuche, mir die Erkenntnisse einzuprägen, die ein Analyst in stundenlanger Recherche gewonnen hat. Ich versuche, die Investitionskosten im großen Zusammenhang zu sehen und abzuschätzen, wie viele zusätzliche Experten wir für unsere Risikomanagement-Abteilung einstellen müssten, und rechne das mit dem Mehrwert gegen, den das Projekt Wildemer und seinen Investoren bringen würde. Ich versuche, meine Arbeit als Co-CEO der Firma zu machen, die meine Familie vor neunzig Jahren gegründet hat.

Meine Versuche sind vergeblich.

Und das alles nur, weil ich von einer langbeinigen Blondine mit fesselnden Augen von der Farbe eines frischen Sommerregens abgelenkt bin, die ihr Herz mit einem fünf Zentimeter breiten Stahldamm gesichert hat, in dem ich einen einzigen Riss zu finden versuche.

Ich muss nicht nur mit Arschgesicht Reid Mergen um sie kämpfen, sondern auch mit ihr. Das ist anstrengend.

Dabei dachte ich, *ich* sei derjenige mit der Scheißangst. Ich kann ihr nicht das Wasser reichen.

Frustriert werfe ich das zweiundfünfzigseitige Gutachten auf meinen Schreibtisch und drehe mich zur Fensterfront hinter mir. Ich denke an gestern Nacht, als allein schon Willows Anblick, wie sie dort in der offenen Tür stand, die schreckliche Spannung, die in mir brodelte, gelindert hat. Sobald sie sich auf meinen Schoß gesetzt und den Kopf an meine Schulter gelegt hatte, hatte sich die Spannung ganz aufgelöst. Und als ich dann in ihre enge feuchte Hitze eingetaucht war, habe ich mich in ihr wiedergefunden, genau wie ich es ihr gestanden hatte.

Das Geständnis war mir leicht über die Lippen gekommen. Ich bin mehr und mehr davon überzeugt, dass die Gründe, die ich vorschob, um mich nicht auf sie einzulassen, haltlos sind. Ich muss ihr das nur beweisen. Deshalb sollte sie genau wissen, wie sehr ich ihr verfallen bin und dass es keine Hoffnung auf Entkommen gibt. Ihre Essenz ist so tief in mich eingedrungen, dass ich nie mehr derselbe sein werde.

Aber sie hat Angst. Ich verstehe das besser, als sie glaubt, aber wenn sie sich einbildet, dass ich sie aufgebe, ist sie auf dem Holzweg. Willow Blackwell hat meine ganze Welt, wie ich sie kenne, in die Luft gesprengt. Jetzt, wo sich der Staub gelegt hat und die Trümmer um mich herum verstreut liegen, sehe ich nur noch sie. Dabei spielt auch meine Perspektive keine Rolle mehr. Ob von oben, von unten oder verkehrt herum. Alles, was vor ihr existierte, ist nichtssagend, leer. Alles, was nach ihr kommt, ist Leben.

»Mr Mercer«, quäkt Danes Stimme durch den Lautsprecher.

Eine halbe Sekunde lang erwäge ich, ihm nicht zu antworten. Ich muss dieses Rätsel Willow lösen. Ich muss alle Trümmer wieder richtig ordnen und mit Sekundenkleber neu zusammensetzen, um mir eine Zukunft zu sichern, die jetzt ohne sie farblos aussieht. Doch als ich mich daran erinnere, dass ich in letzter Zeit aufgrund der Ablenkung einer eins fünfundsechzig großen, sündhaft erotischen Frau meine Pflichten vernachlässigt habe, drehe ich mich zum Schreibtisch zurück und tippe einen Tick zu fest auf den Knopf, der an meinem Telefon aufleuchtet.

»Was gibt's, Dane?«

»Ich habe Jack Hancock von Aurora Pharmaceuticals auf Leitung zwei.«

»Wird aber auch Zeit«, murmele ich. Ich habe Jack Hancock in den letzten zwei Tagen drei Nachrichten auf der Mailbox hinterlassen, die immer angepisster klangen. Ich bin bei meinen Bemühungen, Mergens Drohungen zu entschärfen, immer wieder an Grenzen gestoßen, und die Last des ständigen Misserfolgs wird langsam zu schwer. Ich brauche zumindest einen verdammten Erfolg. Ich nehme den Telefonhörer ab und drücke auf den Knopf für Leitung zwei.

»Jack, wie nett von Ihnen, dass Sie mich zurückrufen.«

Der Mistkerl lacht in sich hinein. »Sarkasmus steht Ihnen nicht, Mercer.«

»Wirklich? Dabei war er mir auf den Leib geschneidert.«

Immer noch lachend sagt er: »Was kann ich heute für *den* Shaw Mercer tun?«

»Charles Blackwell.«

Er zögert kurz, bevor er antwortet: »Was ist mit ihm?«

»Ich will eine Kopie seiner gesamten Personalakte und alle Versicherungspolicen, die mit seiner Altersversorgung zu tun haben. Pensionspläne. Bonuspläne. Lebensversicherungsverträge. Alles.«

Schweigen.

Jack ist ein Kunde von Wildemer. Ein wichtiger, für den ich mir höchstpersönlich den Arsch aufgerissen habe, um ihn für uns zu gewinnen. Er ist das Risiko eingegangen, als wir unsere spezialisierte Beratungsfirma aufgebaut haben. *Er* ist derjenige, der Ansprüche stellt, nicht andersherum.

Deshalb ist dieser Schritt von mir riskant. Jack Hancock ist jähzornig. Er mag es nicht, wenn man ihm etwas *befiehlt*, auch wenn es in unseren Kreisen nicht viele Leute gibt, die das tun würden. Aber ich bin auch erfolgreich, weil ich versiert darin bin, Menschen dahin zu lenken, wo sie sein sollen. Wo ich sie haben will.

Und auch wenn ich all meine Erfahrung und Raffinesse besser hätte einsetzen können, um herauszufinden, ob Aurora Pharmaceuticals die Familie Blackwell aufs Kreuz gelegt hat, habe ich eins über mich gelernt: Wenn es um Willow geht, verliere ich total den Kopf.

»Jack?«, hake ich ungeduldig nach.

Ich ziehe durchaus in Betracht, dass er mir sagt, ich solle mich zum Teufel scheren. Das sollte er wahrscheinlich auch tun. Immerhin bitte ich ihn um Dokumente, die mich nichts angehen. Doch wenn er mir den Zugang verwehrt, wird es hässlich werden. Und zwar schnell. Und dann steht all die Arbeit, die ich in den letzten Jahren in die Erweiterung unseres Pharmaberatungs-Sektors gesteckt habe, auf dem Spiel. Aurora Pharmaceuticals ist der wichtigste Klient in diesem Sektor. Wenn wir sie verlieren, bekommt nicht nur unser Nettoprofit einen gewaltigen Knacks, sondern auch unser Ruf.

Unsere Aktionäre werden meinen Kopf fordern. Verdammt, Noah wird ihn ihnen auf dem Silbertablett servieren.

Trotzdem zucke ich nicht mal mit der Wimper. Willow ist das Risiko wert. Sie hat in meinem Leben ganz leise die erste Stelle eingenommen, und daran will ich auch nichts ändern.

Jack räuspert sich. Seine Stimme klingt jetzt tief und besorgniserregend. »Worum geht es, Shaw?«

»Um Gerechtigkeit.«

»Gerechtigkeit?«

»Genau das habe ich gesagt.«

»Gerechtigkeit für wen?«

»Für seine Familie.«

Wieder schweigt er. »Tut mir leid, Shaw. Ich kann Ihnen nicht folgen. Das ist Schnee von gestern. Der Tod meines Spitzenwissenschaftlers hat diese Firma fast zerstört. Das wissen Sie.«

»Allerdings.«

»Warum sprechen wir dann darüber?«

Ich überlege, ob ich ablenken soll, aber dass ich mit Willow zusammen bin, ist der Öffentlichkeit bekannt. Wir waren in der Zeitung abgebildet. Zweimal. Ich betrachte sogar im Moment ein Foto, das letzte Woche von uns gemacht wurde, als wir ein gemütliches italienisches Restaurant verließen; es ist auf der Gesellschaftsseite des *World Herald*. Der Ausdruck in ihren Augen, während sie zu mir aufsieht, ist strahlend, selbst in Schwarzweiß.

»Ich bin mit seiner Tochter zusammen.«

»Sie ... die Frau aus der Zeitung? *Das* ist seine Tochter?«

»Ja.«

»Himmel«, flüstert er.

Ich schweige und lasse ihm Zeit, die Neuigkeit zu verdauen. Willow gehört mir. Jack und ich sind zwar nur Geschäftspartner, kennen uns aber jetzt schon seit vielen Jahren, und er weiß, dass ich rabiat werde, wenn ich meinen Besitz beschützen will.

»Diese Akten sind vertraulich, Shaw.«

»Verscheißern Sie mich nicht, Jack. Ich werde nicht noch einmal fragen.«

Jacks Stimme ist härter, als er erwidert: »Ich glaube, Sie verwechseln unsere Rollen, Mercer.«

Ich bin überzeugt, dass mein Spott durch die Telefonleitung

perfekt bei ihm ankommt. »Meine Rolle im Leben war noch nie klarer.«

Diesmal ist das Schweigen endlos. Wir befinden uns in einer Pattsituation, und keiner von uns will als Erster blinzeln. Ich könnte glauben, dass er aufgelegt hat, doch das leuchtende gelbe Licht auf Leitung zwei lässt etwas anderes erkennen.

»Wonach suchen Sie?«, fragt er schließlich mit einem schweren Seufzer.

Muskeln, von denen ich nicht registriert hatte, dass sie verkrampft waren, fangen an, sich zu entspannen. Ich lehne mich auf meinem Stuhl zurück und drehe mich wieder, um durch die Glaswand nach draußen zu sehen. Ich senke den Blick auf das Fenster auf der anderen Straßenseite, ein Stockwerk tiefer. Ein Mann erhebt sich von seinem Schreibtisch, als eine rothaarige Klassefrau sein Büro betritt und die Tür hinter sich schließt. Ich kann ihre Lippenbewegungen von hier aus deutlich sehen. Frech. Provozierend. Sie knöpft ihre Bluse auf, während er rasch die Jalousien zum Rest des Büros hin schließt und die zu mir wie immer offen lässt.

»Ich bin …« Ich hole tief Luft, um sicherzugehen, dass das, was ich sagen will, nicht missverstanden wird.

Glaube ich, dass Aurora Charles Blackwells Frau und Tochter beschissen hat? Ich hoffe bei Gott, dass es nicht so war, sonst sorge ich dafür, dass Jack Hancock, ob er unser wichtigster Klient ist oder nicht, eine Klage an den Hals bekommt, die sein Schiff zum Sinken bringen wird, bevor es den Hafen überhaupt verlassen hat.

»Habe ich in der langen Zeit, die wir uns kennen, schon einmal falschgelegen?«

»Nein«, antwortet Jack ruhig.

»Dann vertrauen Sie mir. Ich bin nicht darauf aus, Ihnen oder Aurora zu schaden. Sie sind ein wichtiger Klient.«

»Warum habe ich das Gefühl, dass ich in den Arsch gefickt werde, wenn ich nicht zustimme?«

»Weil Sie genau wie ich Ihren Instinkten trauen.«

Es folgt ein langes Schweigen. »Das ist sehr ungewöhnlich.«

»Das verstehe ich, Jack. Ich werde es mit höchster Diskretion und Vertraulichkeit behandeln.«

»Ich will, dass Sie eine Vertraulichkeitsvereinbarung unterzeichnen.«

»Das ist vollkommen unnötig, aber wenn Sie sich dann besser fühlen, kein Problem.«

Der Seufzer, der an meine Ohren dringt, ist lang und resigniert. »Die Vizepräsidentin meiner Personalabteilung wird meinen Kopf fordern.«

»Ich weiß Ihr Vertrauen in mich zu schätzen«, sage ich und versuche ihm das Gefühl zu vermitteln, dass ich ihm nicht an den Kragen will. Und das will ich auch nicht. Ich will nur, dass Willow bekommt, was ihr zusteht.

»Vertrauen beruht auf Gegenseitigkeit. Ich vertraue darauf, dass ich als Erster erfahre, wenn Sie das finden, wonach Sie suchen.«

»Und ich vertraue darauf, dass Sie Ihren Verpflichtungen nachkommen, falls ich herausfinde, dass etwas nicht stimmt.«

Es klopft nur eine Sekunde, bevor die Tür aufgeht. Normalerweise kommt hier nur ein Mensch ohne meine Erlaubnis rein. Als ich mich vom Anblick der Frau auf der anderen Straßenseite losreiße, die jetzt vor Lust dahinschmilzt, fällt mein Blick auf Noah, der mit großen Schritten über die Schwelle tritt.

»Charles Blackwell war nicht nur ein Vorreiter auf seinem Forschungsgebiet, Shaw, sondern ich habe ihn auch als Freund betrachtet. Aufgrund Ihrer Bitte kann ich nur davon ausgehen, dass Sie nach irgendeiner Abfindung suchen, die noch nicht ausbezahlt wurde, doch ich versichere Ihnen, dass ich meiner Personalabteilung bedingungslos vertraue. Dort werden solche Fehler nicht begangen.«

Ich spüre, wie Noah neben mir stehen bleibt und sein Blick meinem folgt. Er flucht leise.

»Manchmal sind Fehler einfach nur Fehler. Ohne jede schändliche Absicht, da bin ich mir sicher. Ein zweites Paar Augen kann da nichts schaden.«

»Ich kann Sandra mit einer Überprüfung beauftragen.« Sandra ist die Vizepräsidentin seiner Personalabteilung, nehme ich an.

»Das können Sie. Aber wenn es Ihnen nichts ausmacht, hätte ich die Dokumente trotzdem gern so schnell wie möglich per Kurier hier bei mir.«

»Sie bekommen die Vertraulichkeitsvereinbarung noch heute. Unterschreiben Sie sie, und sie gehören Ihnen.«

Noah geht um mich herum, um einen besseren Blick auf die Darbietung auf der anderen Straßenseite zu bekommen. Er lehnt sich mit der Hüfte an die Glasscheibe, den Blick fest auf das exhibitionistische Paar gerichtet.

»Danke.«

»Wie wäre es nächste Woche mit Golf?«

Das ist ein gutes Zeichen. Ich scheine es nicht allzu sehr verkackt zu haben. »Klingt großartig. Lassen Sie uns von Dane und Peggy einbuchen. Wir hören bald voneinander.« Ich erhebe mich und lege den Hörer auf.

»War das Jack?«, fragt Noah geistesabwesend.

»Ja«, antworte ich und stelle mich rechts neben ihn. Ich vergrabe die Hände in den Hosentaschen, stelle mich etwas breitbeiniger hin und wippe auf den Zehen.

»Hat er dir sehr zugesetzt?«

»Nichts, womit ich nicht klarkäme.«

»Ich bin grün vor Neid, weil du hier jede Woche einen Platz in der ersten Reihe hast.«

Ich sehe die Frau an, deren Augen uns anflehen, bei ihrem Spaß und Spiel mitzumachen, so wie sie es immer tut. Ihre Haut ist blass. Ihre Brüste sind keck. Sie ist wunderschön und verführerisch. Aber mich verlockt sie überhaupt nicht. Sie ist nicht Willow. Ich drücke auf den Knopf, der meine Jalousien schließt, während Ekstase Rotschopfs Gesicht überflutet.

»Die Show ist vorbei. Ich muss arbeiten«, blaffe ich. Ich lasse mich auf meinen Lederstuhl fallen und nehme das Gutachten, das ich vergeblich zu studieren versucht habe. Ich zwinge mich, mir nicht das Handy zu schnappen, das auf der Ecke meines Schreibtischs liegt und mich verhöhnt. Drei schnelle Bewegungen meines Fingers und ein paar gut getimte Befehle sind alles, was es bräuchte, um Willow hierher zu kriegen. Nach vorn gebeugt. Mit ihrem herzförmigen Po in der Luft. Mit vor Erregung geschwollener und nasser Pussy.

Es kostet mich jedes Fitzelchen Zurückhaltung, sie nicht anzurufen.

»Zwei Sachen«, sagt Noah, dessen Miene jetzt ernst ist. Er setzt sich und schlägt die Beine übereinander.

Ich lasse die Papiere in meiner Hand fallen. Meine Aufmerksamkeit ist jetzt nicht mehr auf mein unstillbares Verlangen nach Willow gerichtet, sondern auf meinen besten Freund. »Hast du was gehört?«

Er zieht die Mundwinkel nach unten. »Nicht direkt, aber ich habe einen Hinweis.«

»Worauf?«

»Auf Bluebelles verschwundene Freundin.«

Ich verenge die Augen. »Die weggezogen ist?« Die Einzige, die wir nicht finden konnten.

»Ja. Sie lebt in einer Kleinstadt ein paar Stunden von Charlotte entfernt. Ich dachte, wir könnten einen Ausflug dorthin machen. Ihr einen Besuch abstatten.«

»Einen Ausflug?«

»Ja, du weißt schon«, sagt er grinsend. »Mit dem Firmenflieger. Dann sind wir in vierundzwanzig Stunden wieder da.«

Ich überlege kurz. Wir müssen das machen. Herausfinden, ob sie etwas über diese Nacht weiß. Aber vierundzwanzig Stunden ohne Willow? Auf keinen Fall. Wenn Mergen spitzkriegt, dass ich verreist bin, wird er an ihr kleben wie eine Klette und sie mit seinen Lügen überhäufen. Sie gegen mich aufhetzen.

Vielleicht kann ich Willow mitnehmen? Wir könnten im Ritz absteigen. Dann buche ich ein Wellness-Paket für sie, damit sie sich verwöhnen lassen kann, während ich hoffentlich von dem Mädchen erfahre, was ich wissen muss, um diesen ganzen Mist zu widerlegen, und dann feiern wir die ganze Nacht auf unsere Weise.

Ja. So könnte es gehen.

»Machen wir's. Je früher, desto besser.«

Noah nickt. »Ich organisiere das. Passt dir Samstag?«

»Gut.«

Ich will ihn gerade nach dem zweiten Grund fragen, warum er hier ist, als ich Danes quäkende Stimme wieder höre. »Mr Mercer, Mr Wilder, Sie werden im Sitzungssaal erwartet.«

Als ich den Blick zu Noahs noch nicht ganz in sich zusammengefallenen Ständer gleiten lasse, muss ich grinsen. Es ist an der Zeit, unsere vierteljährliche Rede zur »Lage der Nation« an die Partner von Wildemer aufzunehmen, und er trägt heute einen schmal geschnittenen dunkelgrauen Anzug. Wenn er in seinem jetzigen Zustand gefilmt wird, interessiert es niemanden, dass wir den Gewinn gegenüber dem Vorquartal um elf Prozent gesteigert haben. Alle würden sich nur für eins interessieren, und für sonst nichts.

»Sieh zu, wie du den Ständer loswirst, sonst denken die Leute noch, du fühlst dich plötzlich zu mir hingezogen.« Ich schnappe mir eine Aktenmappe, damit ich mich auf dem Weg wieder aufs Geschäft konzentrieren kann.

Lachend spannt er die Muskeln seiner Oberschenkel an, um aufzustehen. »Nee. Das vergrößert nur die geheimnisvolle Anziehungskraft, die ich besitze.«

Ich muss lachen. Er hat recht. Noah Wilder ist ein Rätsel, das die meisten Frauen unbedingt lösen wollen, wobei ich mir nicht so sicher bin, ob das je einer gelingen wird.

»Und was ist das Zweite, was du wolltest?«, frage ich, während wir aus meinem Büro treten und über den Flur laufen.

Als wir am Schreibtisch seiner Sekretärin vorbeikommen, springt sie auf und zwängt sich um die kurze Trennwand, rennt praktisch hinter ihm her, um mit seinen großen Schritten mitzuhalten. Sie reicht ihm drei kleine rosa Zettel, die er rasch durchblättert und in seinen in Leder gebundenen Terminkalender steckt, während sie schmollend zurückbleibt.

»Ist es *wirklich* nötig, zu dieser Benefizveranstaltung am Freitagabend eine weibliche Begleitung mitzubringen?«

Ich seufze. Diese Diskussion führen wir jedes Jahr. Und jedes Jahr kreuzt Noah zur Angels-Among-Us-Benefizveranstaltung allein auf und meckert am Ende des Abends darüber, dass zu wenig willige Frauen anwesend sind. »Mach, was du willst, aber immer wieder dasselbe zu tun und ein anderes Resultat zu erwarten, ist die Definition von Dummheit. Und ich weiß, dass du nicht dumm bist.«

»Warum tust du mir das an? Jedes verdammte Jahr?«, zischt er.

Was soll's. Er wird rummeckern, trotzdem aufkreuzen und eine stolze Summe zur Unterstützung von Familien von Kindern spenden, die einen Krieg gegen wirklich wichtige Dinge führen, wie lebensbedrohende Krebserkrankungen, und dann wird er nach Hause gehen, eine Frau aus dem Dutzend anrufen, die er auf Kurzwahl gespeichert hat, und ich werde bis zum nächsten Jahr nichts mehr darüber hören.

Wir biegen nach rechts ab, und ich nicke im Vorbeigehen lächelnd diversen Leuten zu. »Du hast eine Schar Frauen an der Hand, Wildman. Du wirst doch sicher eine finden, die außerhalb des Schlafzimmers ein paar Stunden mit dir verbringen will.«

Seite an Seite betreten wir den Sitzungssaal, wo es schon hektisch zugeht. Beleuchtung, Maskenbildner, Filmcrew. In den nächsten paar Stunden, in denen wir den Menschen, die Wildemer zu dem gemacht haben, was es heute ist, einen Bericht über ein ernstes Thema geben, sind wir immer mit ziemlich viel Spaß und lockerem Geplänkel dabei. Noah und ich ergänzen einander perfekt. Unsere Leidenschaft für den Job und für unsere Firma stimmt ebenso überein wie unsere spielerische Herangehensweise.

»Das ist genau der Punkt. Das habe ich nämlich nicht«, sagt er zu mir, während er Carly anlächelt, bevor er sich setzt, um von ihr geschminkt zu werden.

Ich warte auf sein leises Lachen, das jedoch ausbleibt. Als ich misstrauisch die Augen zusammenkneife, sehe ich, dass er es ernst meint. Auf einmal frage ich mich, ob Noah unser Bäumchen-wechsel-dich-Spiel nicht genauso satt hat wie ich, aber Angst davor hat, es sich einzugestehen. Wir haben nichts anderes getan. In den letzten achtzehn Jahren nichts anderes gekannt.

Mir kommt eine Idee, und je mehr ich darüber nachdenke, desto besser gefällt sie mir. Ich klopfe ihm auf die Schulter und sage vage zu ihm »Es wird sich alles finden«, bevor ich ebenfalls Platz nehme.

Doch wie er das versteht und was ich wirklich meine, sind zwei verschiedene Dinge. Bisher habe ich mich noch nie an Kuppelei versucht, und das könnte genauso gut ins Auge gehen, aber was soll's? Wenigstens wird es mir einen Abend lang gute Unterhaltung bieten.

12. KAPITEL

Willow

Mir stellen sich die Nackenhaare auf. Beklommen suche ich den Raum noch einmal ab und frage mich, wer mich beobachtet. Aber ich sehe niemanden. Dieses Gefühl habe ich schon, seit ich vor zwei Stunden den großen Festsaal des Sheraton betreten habe.

Zuerst dachte ich, es sei vielleicht Paul Graber. Es schnürte mir die Kehle zu, als ich ihn dort sah. Er starrte mich ziemlich lange an und nahm offenbar zur Kenntnis, dass ich mit Shaw dort war, bevor er wieder in der Menschenmenge verschwand. Shaw fiel auf, dass ich nervös war, doch ich habe ihm nie von Paul Graber erzählt und will es auch nicht, deshalb sagte ich, ich hätte heute zu viel Koffein getrunken.

Doch dann ging Graber. Ich habe ihn mit einer Rothaarigen, die größer war als er, zur Tür hinausgehen sehen. Das war vor einer Stunde gewesen, doch das unheimliche Gefühl, gestalkt zu werden, hat sich nicht verflüchtigt.

»Sie scheinen sich recht gut zu verstehen.« Shaws Lippen streifen meine Ohrmuschel, woraufhin mir ein lustvoller Schauer über den Rücken läuft. Die Liveband heute Abend spielt eine tolle Version von Michael Bublés »Home«, und mit Shaws Körper, der an meinen gepresst ist, und seinen Armen, die mich von hinten umschließen, habe ich mich ehrlich niemals glücklicher gefühlt.

Noch einmal sehe ich mich rasch um und beschließe, als ich nichts entdecke, dass ich übertrieben paranoid bin. Einen ehemaligen Kunden zu sehen, insbesondere *diesen*, hat mich verunsichert. Stattdessen konzentriere ich mich auf unsere zwei besten Freunde am anderen Ende des überfüllten Saales und lache. »Wirklich? Woran erkennst du das?«

Sierra hat die Hände zu Fäusten geballt, ihre Krallen nur mit Mühe eingefahren, und steht neben Noah, der den Arm fest um ihre nackte Taille geschlungen hat. Sie unterhalten sich mit einem älteren Paar. Im Grunde spricht Noah die meiste Zeit; Sierras Lippen sind zu einem dünnen, angespannten Lächeln verzogen.

Es ist urkomisch, Noah dabei zu beobachten, wie er sie, die Hand in ihrem Kreuz, herumzeigt wie einen wertvollen Shih Tzu auf einer Hundeausstellung. Er hat sie den ganzen Abend über kaum losgelassen. Ich kann immer noch nicht glauben, dass Shaw sie beschwatzt hat, mit zu dieser spießigen Veranstaltung zu kommen. Und sich nicht nur in ein Ballkleid und wacklige Slingbacks zu werfen, sondern auch noch Noahs Date zu sein. Sein *Date.*

»Na ja, ich sehe weder Blut unter ihren Fingernägeln noch Kratzer an seinen Armen«, scherzt er.

Wir rücken ein paar Meter in der Cocktailschlange vor, in der wir seit zehn Minuten warten. Mir scheint, als hätten alle zur gleichen Zeit die gleiche Idee gehabt. »Noch nicht.«

Ich spüre seinen warmen Atem, kurz bevor seine Lippen auf meiner Schläfe landen. Sie sind weich und beruhigend und verweilen dort. Auf meinem Gesicht macht sich ein Lächeln breit.

»Ich wäre total gern von Kratzern übersät«, murmelt er nur für meine Ohren.

Mir wird ganz heiß, und mein gesamter Körper kribbelt. All

die diabolischen Methoden, die er einsetzt, um meinen Körper zu beherrschen, schießen mir durch den Kopf, und ich krächze: »Ja?«

»Oh ja.« Er lacht leise. Es klingt schamlos und sexy und nach unendlich vielen Möglichkeiten.

Er hebt mit einem Finger sanft mein Kinn an, bis ich gezwungen bin, mich umzudrehen und zu ihm aufzusehen, und, *oh Gott*, die Hingabe, unverhüllte Begierde und bedingungslose Liebe, die ich in seinen dunkelblauen Tiefen sehe, machen mich atemlos. Diese verrückten Gefühle, die ich für ihn habe, werden alle auf einmal abgefeuert.

»Shaw …« In seinem Namen liegt so viel Bedeutungsschweres. Beispielloses Verlangen. Die Bitte, mich nicht zu zerbrechen. Angst, dass er es trotzdem tun wird.

»Ich weiß, Willow.« Er drückt seine Lippen zärtlich auf meine und murmelt: »Ich weiß.«

Er dreht mich um und legt eine Hand an meine Taille, während er mit der anderen meinen Kopf umfasst und mich an sich drückt, meine Wange an seiner Brust. Ich streiche mit den Handflächen über seinen Rücken und kralle mich in den glatten Stoff seiner teuren Anzugjacke. Ich bin nur einen mikroskopisch kleinen Schritt davon entfernt, ihm alles, was ich bin, auszuliefern und auf alle Vorbehalte zu pfeifen.

»Großer Gott, ich brauche zwei Sekunden Pause von diesem prätentiösen Mist.«

Shaw stößt einen Laut aus, der verdächtig nach einem Grunzen klingt, bevor er mich loslässt. Bevor ich mich Sierra zuwende, hebt Shaw mein Gesicht an und lächelt ein träges Lächeln, das ich genauso erwidere. »Falls ich es dir noch nicht gesagt habe, du bist heute Abend überwältigend schön.«

Mein Lächeln wird breiter. Er hat mir das bestimmt schon ein Dutzend Mal gesagt. Er gibt mir das Gefühl, schön zu sein, begehrenswert, und bringt mich dazu zu glauben, dass jedes Wort, das er sagt, wahr ist.

Dann hör auf, an ihm zu zweifeln, Willow.

»Bla, bla, bla«, beschwert sich Sierra hinter mir. Sie kneift mich in den Oberarm und zupft an mir. »Du kannst deinen Schwanz doch fünf Minuten selbst streicheln, oder, Mercer?« Sie zieht mich mit sich, bleibt jedoch kurz stehen und blafft Noah an: »Einen erstklassigen Whiskey. Den besten, den sie haben. Doppelt. Unverdünnt. Und zwar pronto. Ich will ihn hier, wenn ich zurück bin.«

Noah starrt sie mit ehrfurchtsvoller Faszination an, bevor er den Mund zu seinem Ladykiller-Lächeln verzieht. »Wie Sie wünschen, Milady.«

Sierra schnaubt verächtlich und verdreht die Augen so weit nach hinten, dass sie Gefahr laufen, dort steckenzubleiben. Noah lacht laut, während wir uns durch das Gewühl zum hinteren Ende des Festsaals schlängeln.

»Noah scheint von dir bezaubert zu sein«, sage ich, während wir uns durch die Menschenmenge schieben und auf die Damentoilette zusteuern.

Der Laut, den sie ausstößt, ist ein Zwischending aus einem Prusten und einem weiteren verächtlichen Schnauben. »Ich habe noch nie im Leben so viele Oberarschlöcher in einem Raum gesehen«, sagt Sierra verächtlich, während sie die Tür zur Damentoilette so fest aufstößt, dass sie gegen die Wand knallt.

Ich lache nervös und vergewissere mich, dass wir allein sind. Ihr mag es egal sein, aber mir nicht. Laut Shaw haben besagte Oberarschlöcher heute Abend einen Riesenhaufen Geld gespendet. Zum Glück sehe ich an der Waschbeckenreihe niemanden.

»Du hast meine Frage nicht beantwortet.«

»Ich habe kein Fragezeichen gehört.«

»Magst du ihn?«, bedränge ich sie.

Sie knallt die kleine goldene Handtasche, die sie sich unter den Arm geklemmt hat, hin, öffnet sie schwungvoll und holt einen tiefroten Lippenkonturenstift heraus.

»Ihn mögen? Er ist ein Egomane und eine Hure.«

Sie mag ihn. Noah Wilder passt zwar nicht in Sierra Wisemans Beuteschema, aber ihre Augen lügen nicht. Und was gibt's an ihm nicht zu mögen? Er ist sexy, charmant und zuvorkommend. Und nicht auf anbiedernde unseriöse Art, sondern auf authentische Weise, die ihn einem mit jedem seiner Atemzüge sympathischer macht. Er ist ein Frauenheld, klar, aber hinter seinem coolen Auftreten verbirgt sich noch mehr. Wenn ich raten sollte, würde ich es Einsamkeit nennen, obwohl ich mir sicher bin, dass er das nie zugeben würde.

Sie nimmt den Verschluss ab und fängt an, ihre vollen Lippen sorgfältig nachzuziehen. Als sie innehält, fängt sie meinen Blick im Spiegel auf. »Warum habe ich mich noch mal auf das hier eingelassen?«

Inzwischen ernster, sage ich leise zu ihr: »Du weißt warum.«

Unsere Freundschaft mag unkonventionell sein, doch uns verbindet ein unzerstörbares Band, das Freundinnen nicht verbinden sollte. Wir haben beide eine Schwester verloren. Ich meine an eine Überdosis, sie ihre an Krebs im Kindesalter. Nur dass sie nicht über Sammy spricht, genauso wenig wie über alles andere. Sie ist wie ich ein regelrechtes Fass aus innerem Schmerz. Und mir gefällt nicht mehr, wie das auf mich abfärbt.

Sie ignoriert mich, holt tief Luft und schminkt weiter ihre Lippen in der Farbe, bei der Männer sich fragen, wie sie auf ihren Schwänzen aussehen würde. Als sie mit ihrem Werk zufrieden ist, wirft sie den Lippenstift zurück in ihre Clutch und lässt sie zuschnappen. Dann steht sie da, die Hände auf die

Waschtischplatte gestützt, und scheint ihr Spiegelbild zu betrachten. Doch das tut sie nicht. Sie ist weit weg. Ich weiß, dass das schwer für sie ist. Es tut mir im Herzen weh, weil ich mich sehr gut in sie hineinversetzen kann.

Ich drücke ihre Hand. »Danke, dass du mitgekommen bist. Ich weiß, das ist schwer für dich.«

Unsere Blicke treffen sich im Spiegel. Der Ausdruck in ihren Augen wird wieder klarer, dann hart. Sie hat ihre Gefühle wieder im Griff. Das Gespräch unter Frauen ist beendet.

»Ich habe deinem Lustknaben das Versprechen abgerungen, eine Spende abzudrücken, die so groß ist, dass er davon Hämorrhoiden bekommt.«

Meine Mundwinkel zucken belustigt, doch ich verkneife mir ein Lächeln. Irgendwie bezweifele ich, dass dieses »Date«, das Shaw eingefädelt hat, irgendwas mit einer Spende zu tun hat. Er sitzt im Vorstand des Kinderkrankenhauses und hat eine Schwäche für Kinder. Deshalb hatte er wahrscheinlich schon längst einen fetten Scheck ausgestellt, bevor er sie überhaupt gefragt hat. Nein. Das ist etwas ganz anderes. Ein Kuppelversuch. Und angesichts der unbeirrten Aufmerksamkeit, die Noah Sierra den ganzen Abend über geschenkt hat, würde ich sagen, dass sich zwischen ihnen etwas Unwahrscheinliches anbahnen könnte.

»Das überrascht mich nicht. Du bist gut im Verhandeln, Ser.«

Ich mache auf dem Absatz kehrt und gehe zu einer Toilettenkabine, während sich das Lächeln, das ich mir verkniffen habe, Bahn bricht.

»Ich will einen Beweis«, schwebt ihre Stimme in die Kabine, als ich die Tür hinter mir schließe.

»Wenn er etwas versprochen hat, hält er es auch. Wenn ich eins über Shaw Mercer gelernt habe, dann dass er sein Wort hält.«

Ich raffe meinen knöchellangen zartrosa Plisseerock hoch und ziehe meinen kaum vorhandenen hautfarbenen Tanga herunter, von dem ich weiß, dass er Shaw später verrückt machen wird.

»Das sollte er auch besser. Wenn nicht, schneide ich ihm sein linkes Ei ab.«

»Wow. Nur das linke? Das ist großzügig von dir.« Ich wickele etwas Toilettenpapier ab und knülle es in meiner Hand zusammen.

»Ich finde, ich sollte dir eine Chance auf das imaginäre Baby lassen, von dem du gesprochen hast.«

Gott. Das durchfährt mich wie ein Stromstoß.

Das Quietschen der Türangeln dringt an mein Ohr und signalisiert, dass jemand in unseren Bereich eingedrungen ist. Sierra ruft: »Wir treffen uns draußen. Ich brauche dringend was zu trinken, wenn ich es noch eine weitere Stunde in diesen mittelalterlichen Foltergeräten aushalten soll, die irgendein Scheißkerl entworfen hat, weil er dachte, dann würde er flachgelegt.«

»Ha! Ganz deiner Meinung.« Auch meine Füße winseln um Gnade. Doch Shaws Augen wurden beim Anblick dieser fantastischen Silberschuhe mit verführerischen Riemchen, die mehrfach um meine Fußknöchel geschlungen sind, groß wie Untertassen. Und als er mir zuflüsterte, dass er es nicht erwarten könne, sie an seinen Ohren zu spüren, wenn er mich später verschlingen würde, wusste ich, dass ich jeden Schmerz ertragen würde, um diese Lust zu erleben.

Als ich fertig bin, wasche ich mir die Hände und grabe meinen See-Sheer-Lippenstift von MAC aus meiner Handtasche, um mich nachzuschminken.

Ich ertappe mich dabei, wie ich über die Worte nachdenke, die ich gerade zu Sierra gesagt habe. Dass Shaw seine Versprechen hält. Er hat mich noch nie belogen. Kein einziges Mal. Er ist ein ehrenhafter Mann. Aufrecht und loyal. Bei ihm fühle ich mich wohl und verstanden, und wünscht sich das nicht jeder Mensch? Die Freiheit, man selbst zu sein? So angenommen zu werden, wie man ist, nicht wie man sich manchmal geben muss? Jemanden zu haben, der einem durch seine bloße Gegenwart Kraft gibt?

Solche Menschen sind rar gesät. Viele von uns finden diesen Menschen nie.

Plötzlich fällt all meine Angst davor, Shaw zu sagen, dass ich ihn liebe, und zu hören, wie er es erwidert, von mir ab. *Ich* habe diesen Menschen gefunden. Den, der mich stärker macht. Die Anomalie, von der ich nicht glaubte, dass sie existierte, die es aber gibt, und ich wäre ein Dummkopf, ihn weiterhin auf Abstand zu halten.

Ich habe in meinem Leben nie etwas riskiert. Ich habe mit Reid nichts riskiert. Ich habe alles zurückgehalten, aus Angst. Ich will keine Angst mehr haben. Ich habe es satt, von der Angst beherrscht zu werden. Ich habe es satt, von anderen beherrscht zu werden. Ausnahmsweise einmal will *ich* über mich herrschen. Ich will alles riskieren, auch wenn ich weiß, dass am Ende vielleicht Schmerz auf mich wartet.

Während Aufregung und eine gesunde Dosis Nervosität durch meine Adern pumpt, verlasse ich die Damentoilette mit der vollen Absicht, schnurstracks zu Shaw zu gehen und ihm meine Liebe zu gestehen. Als ich mein Make-up wieder in meine Handtasche werfen will, verfehle ich sie, und der Lippenstift fällt leise auf den mit Teppich belegten Boden. Ich gehe elegant in die Knie, hebe das Teil wieder auf und schaffe es beim zweiten Mal, es in die Tasche zu kriegen.

Erst als ich mich wieder aufrichte und einen Schritt nach vorne mache, fällt mein Blick auf *sie*.

Voodoo-Auge.

Die wunderschöne Brünette von der Benefizveranstaltung, die ich vor ein paar Monaten mit Paul Graber besucht habe, die mich die ganze Zeit über anstarrte. Dieselbe, die ich mehrfach an Shaws Arm auf Fotos gesehen habe, bevor er mit mir zusammenkam.

Wieder stellen sich mir die Nackenhaare auf.

Sie war diejenige, die mich den ganzen Abend beobachtet hat.

Ich will einfach weitergehen, doch aus irgendeinem Grund bin ich wie erstarrt. Sie sieht mich intensiv an. Mustert mich von oben bis unten, langsam und bewusst. Sie hat immer noch kein Wort gesagt. Genauso wenig wie ich.

Ich fange mich wieder und will meinen Weg fortsetzen, doch ihre Provokation lähmt mich.

»Sie sind also derzeit angesagt, hm?«

Ich reagiere nicht. Ich habe nicht vor, mich auf einen Zickenkrieg mit einer verschmähten Geliebten einzulassen. Ich befehle meinen Füßen, weiterzugehen. Sie gehorchen. Ich bin etwa auf einer Höhe mit ihr, als sie mich erneut verspottet.

»Nur ein kleiner Tipp. Fallen Sie nicht auf seine selbstlosen Gesten und Schmeicheleien herein. Er wird Sie benutzen, bis er genug von Ihnen hat, und Ihnen dann das Herz mit einem Löffel aus der Brust schneiden. Er wird Sie verliebt in ihn machen und Sie dann verlassen, während Sie sich fragen, was zum Teufel gerade passiert ist. Denn Shaw Mercer ist nicht für die Liebe geschaffen.« Bei den letzten drei Worten malt sie mit den Fingern Gänsefüßchen in die Luft.

Ich sage nichts, während sie mich mustert, lasse meine Maske keine Sekunde lang fallen. Doch in meinem Mund hat sich Speichel angesammelt, und das Herz schlägt mir bis zum Hals. Meine Haut hat sich angespannt, und ich schwitze.

Sie sucht nach einer äußerlichen Reaktion, die ich ihr verweigere. Meine jahrelange Schauspielerfahrung kam mir noch nie so gelegen.

»Klingt verdächtig nach einer verschmähten Geliebten.«

Ihre kühlen grünen Augen huschen über meinen Körper, bevor sie meinen Blick erneut erwidern. Sie lächelt. Kein »Lassen wir uns nächste Woche zusammen die Nägel machen«-Lächeln, sondern eins, das mich wissen lässt, dass sie mich für so weltfremd hält wie Laura Ingalls Wilder.

»Haben sie sich Sie schon geteilt?«

»Wie bitte?«, fauche ich ungläubig und fahre zu ihr herum. Zwei Frauen huschen an uns vorbei, weil sie merken, dass dies kein Wiedersehen längst verloren geglaubter Freundinnen ist.

Ihr arrogantes Lächeln verrutscht ein wenig. Wenn ich mich nicht irre, sehe ich einen Tick Mitgefühl in ihrem hasserfüllten Blick. »Sie sind so naiv, dass Sie mir fast leidtun. Shaw Mercer und Noah Wilder sind als die berühmten Wunderzwillinge bekannt, oder sind Sie in dieses kleine Geheimnis noch nicht eingeweiht?«

Wut brennt in meinem Bauch, deren Rauch aufsteigt und sich verdichtet, bis er in bitteren Wellen meine Speiseröhre hinaufsteigt. Ich zwinge mich, trotz ihrer Aufstachelungsversuche cool und ungerührt zu bleiben, doch wie es in mir drin aussieht, ist eine ganz andere Geschichte.

»Ich habe keine Ahnung, wovon Sie sprechen.«

»Ausschweifung, meine Liebe.«

Ich weiß, dass ich vollkommen verwirrt aussehe, und in etwa fünf Sekunden werde ich mir wünschen, einfach mitgespielt zu haben oder weggegangen zu sein, denn das Nächste, was sie sagt, verschlägt mir den Atem.

Sie seufzt und verdreht die Augen. »Flotte Dreier. Orgien. Darin sind sie sehr *geübt*. Es ist ihre Spezialität. Sie machen das schon seit der Uni, habe ich gehört. Sehen Sie« – sie verschränkt die Arme und tippt mit ihren hexenartigen Nägeln in einem wirkungsvollen, irritierenden Rhythmus auf ihre Bizepse –, »Shaw lockt einen an. Überzeugt einen, dass es *dein* Traum ist, der wahr wird. Welche Frau hat nicht schon Fantasien von zwei fantastischen Männern gehabt, die sie gleichzeitig verwöhnen? Und das tun Shaw und Noah nicht nur, sondern sie tun es sehr, *sehr* gut. Doch der Haken ist … wenn Noah Wilder den Fuß ins Schlafzimmer setzt, bedeutet das für Sie den Todesstoß. Wenn er in Sie hineingleitet, während Shaw zusieht und ihn anfeuert, sind Sie schon eine verblassende Erinnerung.«

Meine Lunge zieht sich zusammen. Ich glaube nicht, dass ich blinzele. Ich bin mir sicher, dass ich auch nicht atme.

Stimmt das, was sie sagt? Angesichts ihrer geröteten Haut und ihrer beschleunigten Atmung würde ich Ja sagen. Zudem war sie sehr … *anschaulich*.

Himmel Herrgott. Morgen steige ich mit Shaw und Noah in ein Privatflugzeug. Shaw hat gesagt, sie hätten kurz geschäftlich in North Carolina zu tun und dass er nicht einmal einen Tag von mir getrennt sein will. Er sagte, wir würden uns ein Hotelzimmer nehmen, und er würde Dinge mit mir anstellen, von denen ich mir nie vorgestellt hätte, dass ich sie mir wünsche.

Meinte er etwa *das* damit? Einen Dreier mit Noah? War das alles nur ein Spiel? Ist er verärgert wegen neulich Abend? Noah ist die Fantasie einer jeden Frau, aber nicht meine. Ich weiß, ich habe eine Menge Mauern um mich herum, und wenn Shaw eine niederreißt, ziehe ich eine neue hoch. Ich weiß, dass ich ihm noch nicht einmal von meinem schmerzlichsten Verlust erzählt habe: von meiner Schwester. Aber wird er auf *diese* Art mit uns Schluss machen?

Übelkeit wühlt all die Zweifel und Ängste auf, von denen

ich glaubte, sie begraben zu haben. Mir zittern die Knie unter meinem Rock, und mir schnürt sich die Kehle zu. Für einen Moment besiegt Schwäche Stärke, und ich stütze mich mit zwei Fingerspitzen an der Armlehne eines Stuhls ab, der in der Nähe steht. Wenn ich daran denke, dass ich kurz davor war, mich ihm in die Arme zu werfen und ihm zu sagen, dass ich mich in ihn verliebt habe und mir ein Leben ohne ihn nicht mehr vorstellen kann!

Das Lächeln, das sie mir jetzt schenkt, ist aufrichtig traurig und kummervoll.

»Unter uns Frauen, steigen Sie aus, bevor es zu spät ist. Suchen Sie sich einen Mann, der in der Lage ist, jemand anderen zu lieben als sich selbst, seine Familie und seinen verdorbenen Komplizen. Shaw Mercer geht keine feste Bindung ein. Er ist wie der Wind. Er lässt sich nicht einfangen.«

Er lässt sich nicht einfangen. Das dachte ich schon die ganze Zeit.

Mein Herz fühlt sich schwerfällig und schwach an, während eine unglaubliche Traurigkeit mich hinunterzuziehen versucht. Einige Augenblicke taxieren wir uns schweigend. Sie wartet auf eine Reaktion, Widerspruch, eine naive Zurückweisung vielleicht. Aber welchen Sinn hätte das? Ich glaube, dass jedes Wort, das sie sagt, wahr ist, und das bringt mich um.

Nachdem ich mir einen Moment Zeit genommen habe, um wieder zu Atem zu kommen, tue ich das Einzige, was ich kann. Worin ich glänze. Ich schlüpfe wieder in Summers Haut und werde zu einer anderen. Es ist die einzige Möglichkeit, hier herauszukommen, ohne zusammenzubrechen. Oder dem Miststück die Augen auszukratzen. »Nun, dann ist es wahrscheinlich gut, dass ich nach einem tollen Fick suche und nicht nach der ewigen Liebe. Ewige Liebe ist was für Trottel und für Liebesromane.«

Ich würdige sie keines Blickes mehr, als ich auf dem Absatz kehrtmache und fliehe. Mit unsicheren Schritten zurück zu Shaw, obwohl ich spüre, wie ihre Augen Löcher in meinen Rücken bohren. Ich halte den Kopf hoch und begrabe meinen Kummer in einem Abgrund, der bodenlos zu sein scheint. Das falsche Lächeln ist wieder an seinem Platz, als ich mich in Shaws starke Arme schmiege und mich doppelt anstrenge, um nicht vor Verzweiflung am ganzen Körper zu zittern.

Normalerweise bin ich eine Meisterin im Verstellen. Das ist für mich so normal geworden, wie zu atmen. Doch diesmal, als Shaw mir leise »Alles in Ordnung?« ins Ohr flüstert, frage ich mich aufrichtig, wie ich es schaffen soll, die schwerste Rolle meines Lebens zu spielen.

Wie kann ich so tun, als sei nichts geschehen, während ich das Gefühl habe, dass sich direkt unter meinen Füßen ein Abgrund aufgetan hat?

13. KAPITEL

Shaw

Ich sehe wieder zu ihr hinüber, wo sie, scheinbar in ein Taschenbuch vertieft, sitzt, und frage mich, was zum Teufel mit ihr los ist. Seit sie gestern Abend von der Toilette zurückkam, ist sie still und distanziert.

Klar, sie hat sich anstandslos von mir in die Arme nehmen lassen und meinen Kuss erwidert. Sie hat sogar mit mir getanzt, bevor ich sie mit zu mir nach Hause nahm und sie liebte, bis sie mich anflehte, sie schlafen zu lassen.

Doch sie ist kein einziges Mal meinetwegen dahingeschmolzen. Ihr Körper war nicht weich und nachgiebig. Sie stöhnte zwar lustvoll, aber nicht mit derselben Hingabe wie sonst, wenn sie mit mir in sich kommt. Es war, als würde sie sich ganz besonders anstrengen, um all ihre Gefühle in diesem Tresorraum zu behalten, den sie wasserdicht versiegelt. Sie war in Gedanken nicht bei mir und den Gefühlen, die ich in ihr auslöste. Das pisst mich an und macht mir gleichzeitig eine Wahnsinnsangst.

»Ist es gut?«, frage ich, woraufhin sie unbeteiligt zu mir aufblickt.

»Ist was gut?« Sie stellt ihre übergeschlagenen Beine nebeneinander und klemmt dann den nackten Fuß unter den gegenüberliegenden Schenkel. In dem Moment, als wir das Flugzeug betraten, hat sie ihre Schuhe von sich getreten, sich das verdammte Buch geschnappt und seitdem keine fünf Worte gesagt. Ihr anderer Fuß schwingt vor und zurück, und ihr knallrosa Nagellack löst in mir den Wunsch aus, vor ihr auf die Knie zu gehen, um sie anzubeten.

Ich werfe einen Blick zu Noah, der auf der anderen Seite des Ganges sitzt und den Finanzteil der *New York Times* liest. Ich wünschte fast, er wäre nicht hier, dann könnte ich in den nächsten Stunden die Wahrheit aus ihr herausquetschen.

Ich deute mit einem Nicken auf ihre Lektüre. »Dein Buch. Ist es gut?« Wahrscheinlich nicht. In den letzten zehn Minuten habe ich sie keine Seite umblättern sehen.

»Sehr.« Sie ist einsilbig. Kurz angebunden. Es grenzt schon an Feindseligkeit. Es ist irritierend. *Verdammt* irritierend.

»Jetzt reicht's«, blaffe ich. Ich werfe die Papiere, die ich gerade durchgehe, auf den leeren Sitz neben mir und öffne meinen Sicherheitsgurt. Ich rutsche nach vorn, stütze mich mit den Ellbogen auf die Knie und falte die Hände. Wenn ich das nicht täte, würde ich Willow wahrscheinlich zu mir herüberzerren und ihr den Hintern versohlen, bis er rot ist und sie alles ausplaudert, was sich in ihr angestaut hat.

Vielleicht habe ich die ganze Zeit die falsche Taktik verfolgt. Vielleicht braucht sie eine starke Hand, um diese verdammte Mauer zu durchbrechen, statt Verhätschelung und Geduld. Die mir langsam ausgeht.

In der letzten Stunde habe ich diskret alle Dokumente studiert, die Jack Hancock mir gestern per Kurier geschickt hat, und die Nadel im Heuhaufen zu finden versucht, die ihr und ihrer Mutter zu ihrem Recht verhelfen wird. Doch das ist jetzt Nebensache, denn diese Frau provoziert mich mit ihrer scharfen sarkastischen Zunge, und es ist an der Zeit, es ihr mit gleicher Münze heimzuzahlen.

Sie beäugt mich misstrauisch.

»Was ist?« Sie stößt das Wort »ist« hervor, als würde sie gegen einen Sandsack schlagen, und hält jetzt das verdammte Buch wie einen Schutzschild. Als bräuchte sie noch mehr, um mich auf Distanz zu halten. Ich nehme es ihr aus der Hand und werfe es zu den Papieren neben mir.

»Ich will, dass du mir sagst, was los ist.« Ihr Blick huscht zu Noah, dann wieder zu mir. Ich bin mir voll bewusst, dass Noahs Aufmerksamkeit zu einhundert Prozent uns gilt, obwohl er so tut, als würde er den Börsenbericht lesen. »Sieh nicht ihn an, sondern mich. Ich habe dir eine Frage gestellt und warte auf eine Antwort.«

Diese Augen. Diese wunderschönen verdammten Augen, die Nationen zu Fall bringen könnten, werden hart und unnachgiebig.

Sie ist stinksauer.

Gut. Das ist wenigstens eine Reaktion. Besser als dieses beschissene Schweigen in den letzten fünfzehn Stunden.

Sie spannt ein paarmal den Kiefer an, bevor sie mich anfaucht: »Zum Glück befinden wir uns in neuntausend Meter Höhe, Verkehrsrowdy.«

Ich stoße ein bellendes Lachen aus. »Zum Glück sind wir nicht allein, Goldlöckchen. Sonst stünde dein Arsch schon in Flammen.«

Sie schnappt nach Luft und sieht peinlich berührt zu Noah. Lässt ihren Blick auf ihm ruhen. Ob er den Blick erwidert, kann ich nicht sagen, aber das ist mir sowieso scheißegal. Ich bin fertig mit diesen Spielchen. Ich bin fertig damit, sie mit Samthandschuhen anzufassen. Sie wird mir jetzt antworten. Ich starre sie an, bis sie mir wieder in die Augen sieht.

In ihrem Blick liegen Feuer und Eis.

Das ist verdammt antörnend.

»Ich weiß nicht, warum du dich zurückhältst. Ist das nicht

genau dein Ding?« Ihre Stimme ist ungehalten, und sie neigt den Kopf auf diese herausfordernde Weise, die mich steinhart macht.

Ich verenge die Augen, während ich mir ihren kryptischen Kommentar durch den Kopf gehen lasse. Ich habe keine Ahnung, worüber sie spricht, doch was es auch sein mag, es ist der Grund dafür, warum sie sich mir gegenüber plötzlich so kalt gibt. Sie wird dieses Flugzeug nicht verlassen, bevor wir der Sache auf den Grund gegangen sind. Dieser Beziehungskram mag neu für mich sein, aber eins weiß ich: Wenn wir nicht kommunizieren, können wir genauso gut gleich die weiße Flagge hissen.

»Ist das die Stelle, an der du mir irgendeine vage weibliche Rhetorik hinwirfst, die ich entschlüsseln muss? Denn wenn das so ist, muss ich dir sagen, Süße, dass ich zwar in Vielem gut bin, Gedankenlesen jedoch *nicht* dazugehört, und ich habe kein Problem damit, das zuzugeben. Passiv-aggressiv ist nicht dein Stil, warum sagst du mir also nicht einfach, was du sagen willst, damit wir das klären können.«

Sie zieht die Unterlippe in ihren Mund und sieht weg. Diesmal starrt sie aus dem kleinen runden Fenster, und ich weiß, dass es an der Zeit ist, mich zurückzuhalten. Ich habe erreicht, was ich wollte. Sie wütend zu machen. Sie zum Nachdenken zu bringen. Ihr klarzumachen, dass ich nirgendwo hingehe, wohin sie nicht auch geht.

Dann ist es an mir, nach Luft zu schnappen, als sie, ohne mich eines Blickes zu würdigen, sagt: »Gestern Abend habe ich auf dem Weg von der Damentoilette eine der Eroberungen getroffen, die du und Noah euch geteilt habt.«

»Scheiße«, höre ich Noah murmeln.

Ja. Ganz meine Meinung. Vermutlich ist das die Antwort auf meine Frage, warum sie komplett dichtgemacht hat.

Natürlich musste sie irgendwann von Noah und mir erfahren. Schließlich war das der Grund, warum ich sie überhaupt engagiert habe. Zu glauben, dass sie es nicht herausfinden würde, war dumm von mir, doch dass sie es aus dem Mund irgendeiner verschmähten Liebhaberin erfährt, die mehr wollte, als wir ihr geben konnten, war nicht geplant. Nicht, dass ich überhaupt einen Plan gehabt hätte.

Ich wäge meine Optionen ab. Ich könnte Unwissenheit vortäuschen, aber das würde sie nur herabsetzen, und sie hat viel mehr verdient als kleinliche Lügen. Zudem ist das alles sowieso Vergangenheit. Bedeutungslos. Deshalb entscheide ich mich für Aufrichtigkeit.

»Wen?«, frage ich, doch meine Stimme klingt gequält und reuig. Zuerst Annabelle, jetzt Willow. Ich wünsche mir mehr und mehr, all meine bisherigen Torheiten mit Noah ungeschehen machen zu können, auch wenn alles stets einvernehmlich geschah und das alles vor ihrer Zeit war.

Willow dreht sich zu Noah – zu Noah, nicht zu mir –, woraufhin ein Gefühl, das ich nicht einmal beschreiben kann, auf mich eindrischt. Ich bin so wahnsinnig und irrational eifersüchtig, dass ich nicht mehr klar denken kann.

Ist es *das*, was sie will? Ihn? Und wenn ja? Würde ich ihr das zugestehen? *Könnte* ich das?

Nein. Verdammt noch mal nein. Er wird sie nicht anrühren. Gott, mir ist kotzübel. Ich schlucke die bittere Galle, die mir hochkommt.

»Voodoo-Auge«, antwortet sie leise, wieder nicht an mich gerichtet, sondern an Noah. Wenn ich nicht wüsste, dass wir alle durch den Unterdruck nach draußen gezogen und in den Tod stürzen würden, würde ich gewaltsam den Notausgang öffnen und ihn rauswerfen. Der einzige Mensch, auf den sie sich konzentrieren soll, bin ich.

»Wer zum Teufel ist –«

»Lianna«, antwortet Noah, bevor ich meine Frage ganz hervorstoßen kann.

Jetzt bin ich es, der flucht. Ich lasse den Kopf hängen und kneife die Augen zu. Was für eine total beschissene Situation. »Wusstest du, dass sie gestern Abend dort war?«, frage ich Noah.

»Ja, ich habe sie kurz gesehen.«

Ich fahre zu ihm herum. »Warum hast du mir nichts gesagt, Arschloch?«

Noah hebt beschwichtigend die Hände. »Himmel, Merc. Weil sie keine Wellen gemacht hat und es mir nicht wichtig erschien. Sie verkehrt in unseren Kreisen, Mann. Eines Tages musste sie dich zusammen mit Willow sehen. Sie weiß es sowieso bestimmt schon aus den Zeitungen. Dieses Aufeinandertreffen war unausweichlich.«

»Aber dann hätte ich wenigstens verhindern können, dass die Situation sich zum Chaos des Monats entwickelt. Ich hätte mit ihr reden und Willow darauf vorbereiten können.«

Er lächelt ironisch. »Klar. Das hätte bestimmt funktioniert.«

»Fick dich, Wildman.«

»Ich bin auch noch hier«, sagt Willow, deren Stimme vor Schmerz ganz rau ist. Ich bin am Boden zerstört. Vollkommen am Boden zerstört. Ich kann nur erahnen, welchen Blödsinn Lianna ihr in den Kopf gesetzt hat.

»Sie hat mir nichts bedeutet«, erkläre ich Willow entschieden und sehe tief in ihre glänzenden Augen, ihre schmerzende Seele. Gott, ich hasse mich. Ich will ihr den Schmerz nehmen, statt ihn noch zu vergrößern.

Ihr Blick huscht zwischen Noah und mir hin und her. All ihre Ängste sind an die Oberfläche gekommen. Sie ist so leicht zu durchschauen. »Ja. Daran hat sie keinen Zweifel gelassen.«

Lianna. Das verdammte Miststück. Ich male mir die vielen Möglichkeiten aus, wie ich sie erledigen kann, doch nichts davon spielt eine Rolle, wenn ich zum Schluss ohne Willow dastehe. Ich sehe niemanden vor Willow, und nach ihr auch nichts mehr.

Blitzschnell knie ich vor ihr auf dem Teppich, ihr Gesicht in meinen Händen, meine Lippen auf ihren. Schiebe meine Entschuldigungen mit jeder Bewegung meiner Zunge in sie hinein.

Ihre winzigen Hände landen auf meiner Brust. Sie schiebt mich weg. Widerwillig breche ich unseren Kuss ab, lehne jedoch keuchend die Stirn an ihre, hoffe auf eine Chance, bete für ein Leben mit ihr. Warum versuchen alle, mir auf Schritt und Tritt die einzige Frau zu entreißen, die ich jemals begehrt habe?

»Du bist nicht sie, Willow.«

Eine Träne kullert über meinen Daumen. Ich muss mich total zusammenreißen, um nicht zu weinen wie ein Baby. Ihr Schmerz ist meiner. Hundertfach.

»Du bist einzigartig. Du hast mich verändert. Du gehörst mir *ganz*, verstehst du das? Mit Haut und Haaren. Sag, dass du mir glaubst.«

Glaubst, dass ich nie zulassen würde, dass Noah dich anrührt oder gar hört, wie dein Atem stockt, wenn du in Ekstase gerätst.

»Ich versuche es ja«, flüstert sie. Sie legt jetzt die Hände auf meine Unterarme und hält sich an ihnen fest. »Wirklich.«

»Wir sind stärker als jede Macht, die darauf aus ist, uns auseinanderzureißen, Willow. Wir sind unverwüstlich.«

Mergen. Lianna. Das Schicksal.

Ich scheiß auf sie alle.

Wir sind unzertrennlich. Ich *muss* daran glauben. Wie kann ich sie überzeugen, wenn ich es nicht tue?

Als sie nickt, ziehe ich mich zurück. Nach ein paar Sekunden blicken ihre Augen – voll unvergossener Tränen und Zweifel – endlich in meine, doch ich schlucke mein Liebesgeständnis hinunter. Was würde es bedeuten, wenn ich ihr jetzt meine Liebe erklärte? Würde sie mir glauben?

Wieder ärgert es mich, dass diese drei wichtigen Worte abgedroschen klingen würden, wenn ich sie jetzt sagte. Genau wie nach ihrem trauten Lunch mit Mergen. Doch ich schiebe den Ärger beiseite, weil ich mich nur darauf konzentrieren will, Willow das Gefühl zu vermitteln, geliebt zu werden und etwas Besonderes zu sein. Wenn ich es ihr jetzt noch nicht sagen kann, werde ich es ihr eben zeigen. Taten sagen sowieso mehr als Worte, und irgendwann wird der richtige Zeitpunkt gekommen sein.

Da ich ihre Nähe spüren will, schnalle ich sie ab, setze mich wieder hin und ziehe sie, froh, dass sie sich ausnahmsweise nicht gegen mich wehrt, auf meinen Schoß. Die Sitze in unserem Gulfstream sind nicht sehr breit, doch Willow ist zierlich und windet sich so lange, bis ihr Körper sich perfekt an meinen anpasst.

Ich schiebe den Finger unter ihr Kinn und hebe ihr Gesicht an. Die Tränen sind versiegt, aber noch nicht getrocknet.

Ich liebe dich, sage ich ihr stumm. *So wahnsinnig.*

Ich versuche dir zu glauben, antwortet sie ganz sicher.

Glaub es, versichere ich ihr. *Bitte glaub an mich.*

Ich lächele. Sie ringt sich auch ein Lächeln ab. Noch nie im Leben war ich mir so unschlüssig, was ich tun soll. Ich bin auf dem Weg in ein Kaff am Ende der Welt, um eine verängstigte, genesende Drogenabhängige aufzuspüren, in der Hoffnung, dass sie mir hilft, eine Bedrohung aus dem Weg zu räumen, während gleich die nächste aus dem Boden schießt.

Die Worte, die mir auf der Zunge liegen, sollten eigentlich unter vier Augen gesagt werden, nicht vor Noah oder sonst wem, aber wir landen erst in zwei Stunden. So lange kann ich nicht warten. Deshalb senke ich die Stimme und murmele: »Vertrau darauf, dass unsere Beziehung anders ist als alles, was ich zuvor hatte, Willow. Egal mit wem.« Als ich sehe, dass sie mir zuhört – mir *richtig* zuhört –, rede ich weiter. »Ich habe mich mein ganzes Leben lang auf dich zubewegt. Ich wusste es nur nicht.«

Diese Tränen – jede wie ein winziger rasiermesserscharfer Splitter, der sich in mich bohrt – blitzen wieder auf. Sie legt die Hand an meine Wange. Sie ist weich und warm wie ihre Lippen, die sie zärtlich auf meine drückt, während sie meinen Namen seufzt.

»Hier drin ist niemand außer dir.« Ich nehme ihre Hand und lege sie auf mein Herz. Es rast. Schlägt für sie. »Niemand sonst war je darin. Und niemand wird es je wieder sein.« Mir war nicht klar gewesen, dass dieser Raum von erdrückender Einsamkeit eingenommen gewesen war, die jetzt jedoch spürbar verschwunden ist und durch die einzige Frau ersetzt wurde, die mir Leben einhauchen kann.

Ihr Lächeln ist unsicher. Sie braucht Bestätigung, die ich ihr gerne gebe.

»Du und ich. Das ist alles. Das ist alles, was es *jemals* geben wird, Goldlöckchen. Nur dich und mich.« Und damit meine ich nicht nur, dass kein anderer Mann sie jemals anrühren wird, einschließlich Noah. Damit meine ich auch, dass ich ihr, und ihr allein, alles anvertrauen will, was ich bin. Die Verzweiflung, mit der ich sie an mich binden will, erstaunt mich. Sie zu meiner Frau machen will. Sie bitten will, meinen Namen anzunehmen, mein Herz, meine Kinder.

Himmel Herrgott, ich bin an sie verloren.

»Danke«, formt sie so verdammt süß mit den Lippen, dass ich sie am liebsten ins Schlafzimmer tragen und ihr stundenlang Lust bereiten will. Ich ziehe es in Betracht. Ein paar Sekunden lang ist es sogar *alles*, woran ich denken kann, doch die Vorstellung, dass Noah auch nur einen ihrer sexy Laute hört, reduziert die Schwellung in meiner Anzughose.

»Du siehst müde aus.« Als ich sie heute am frühen Morgen abholte, war mir aufgefallen, dass das Weiße in ihren Augen blutunterlaufen war. Sie sagte, sie hätte nicht gut geschlafen, und das ist ganz und gar meine Schuld. Ich kann mir nicht vorstellen, was ihr seit ihrer Begegnung mit Lianna durch den Kopf gegangen sein muss.

»Bin ich auch ein bisschen.« Ihre Lider senken sich, als sei es plötzlich zu schwer für sie, sie offen zu halten.

Ich lege sanft ihren Kopf an meine Schulter und sage zu ihr: »Schließ die Augen, meine Schöne. Ich gehe nicht weg.« *Niemals.*

Ich streichele ihre Haare, bis sich ihre Muskeln lockern. Innerhalb von Minuten ist sie in meinen Armen fest eingeschlafen, und auch ich kann mich endlich entspannen. Ich atme tief durch und lehne den Kopf an die Kopfstütze, während ich mich frage, was mir die nächsten Stunden bringen werden. Antworten? Noch mehr Fragen? Erleichterung, oder einen Absturz in eine Hölle, die meine Schwester verschuldet hat?

Ich wünschte, ich wüsste, womit ich am Schluss nach Hause gehe. Ich will, dass es Willow ist. Es *muss* sie sein. Aber es muss auch Annabelle sein.

Allmächtiger.

Aus dem Augenwinkel sehe ich, dass Noah uns beobachtet. Ich drehe den Kopf und sehe zu ihm, doch sein Blick ruht auf Willow. Instinktiv halte ich sie fester. Sie kuschelt sich an mich und seufzt zufrieden, selbst im Schlaf. Es ist, als wüsste sie, dass ihr Platz bei mir ist. Ich beobachte, wie er sie beobachtet, mit dieser unergründlichen Miene, doch schließlich, als sich unsere Blicke treffen, erhellt sich sein ganzes Gesicht und seine Mundwinkel heben sich ein wenig. »Alles wird gut.«

»Diese ganze Sache ist beschissen«, antworte ich leise. »Mergen. Annabelle. Jetzt Lianna. Himmel, ich scheine einfach kein Glück zu haben.« Ich lasse den Blick über Willows wunderschönes Gesicht gleiten, das im Schlaf frisch und unschuldig aussieht. Ihre Augen bewegen sich schnell hinter ihren geschlossenen Lidern, als würde sie träumen. Ich kann nicht anders, als meine Lippen zärtlich auf ihre Stirn zu drücken, bevor ich wieder Noah meine Aufmerksamkeit schenke. »In meinem ganzen Leben habe ich nie etwas so sehr gewollt, Noah.«

Er schürzt die Lippen und nickt mir knapp zu. »Sie geht nicht weg, Shaw.« Er spricht mit einer Überzeugung, die mir fehlt. Ich bin froh, dass wenigstens einer von uns daran glaubt.

»Ich hoffe, du hast recht.«

Ihre Sorge, wie jede andere Frau vor ihr zu enden – nackt zwischen meinem besten Freund und mir –, wäre berechtigt, wenn sie jemand anders wäre. Es wird mich Anstrengung kosten, sie vom Gegenteil zu überzeugen, doch diese Anstrengung will ich gern auf mich nehmen. Das bereitet mir nicht die geringste Sorge, weil es *niemals* geschehen wird.

Nein … es gibt ein viel größeres Problem, das mir noch ein Magengeschwür beschert.

Wenn dieses kleine Treffen mit Lia Melbourne heute in die Binsen geht, habe ich keinen Schimmer, wie es mit uns weitergehen wird. Oder ob es überhaupt noch ein »uns« geben wird.

14. KAPITEL

Willow

Dieser Traum.

Noah, wie er geduldig wartet.

Schwer atmend.

Mit hartem Schwanz.

Lebhafte haselnussbraune Augen, die so erhitzt sind, dass ich davon Brandblasen bekommen könnte.

Ein sanftes Streicheln seines Daumens über meine Stirn, das mich wortlos beruhigen soll.

Shaw, der grunzt: »Ich will dabei zusehen, wie du seinen Schwanz schluckst.«

Ich, die ihn fragt: »Würde dich das anmachen?«

Er, der antwortet: »Wäre es falsch, wenn es so wäre?«

Es war …

Gütiger Gott, wie war es eigentlich?

Antörnend? Abstoßend? Vielleicht ein wenig von beidem?

Im Flieger, in der Geborgenheit von Shaws Armen, fiel ich in einen unruhigen, hedonistischen Schlaf und träumte von Las Vegas und festlichen Bällen und davon, wie ich mit Noahs Zunge, die mich zum Orgasmus peitschte, das neue Jahr einläutete. Stunden später mögen die meisten Details verblasst sein, doch deutliche Überreste halten sich noch.

Ein Teil von mir wusste, dass es merkwürdig war, nicht wirklich real, die ganze Zeit über, in der ich die Hauptrolle in einer

Fantasie spielte, die von Anfang an nicht meine gewesen war, sondern mir von einer liebeskranken Ex, die mir wehtun wollte, ins Unterbewusstsein eingepflanzt wurde. Egal, was Voodoo-Auge gesagt hat, sie hat dem weiblichen Geschlecht keinen Gefallen getan, indem sie mich »warnte«. Sie hat mir einen rostigen gezackten Dolch in die Brust gestoßen, ihn umgedreht und sich an meinem Schmerz geweidet, während sie die Flammen der Eifersucht schürte, die unübersehbar in ihren schwarzen Augen brannten.

Shaw will mich nicht mit Noah teilen. Das hat er im Flieger klargestellt. *Du und ich. Das ist alles. Das ist alles, was es jemals geben wird, Goldlöckchen. Nur dich und mich.*

Ich glaube ihm. Aber was, wenn …

Ja. Was, wenn, flüstert dieser kleine, unsichere Teil von mir. Was, wenn.

Was, wenn all das vergänglich ist?

Was, wenn ich ihn nicht ganz an mich ranlassen kann?

Was, wenn er es sich anders überlegt?

Was, wenn er beschließt, dass er sich nicht festlegen kann?

Was, wenn er dieses verdorbene Treiben mit Noah nötiger hat, als er glaubt?

Was ist dann?

Ich gebe zu, dass ich eine Sekunde lang erwogen habe, wegzulaufen. Vor dem Vertrag. Vor dem Geld. Vor meiner Verpflichtung. Vor *ihm*. Vor allem. Eine einzige Sekunde lang wollte ich vergessen, dass ich den Mann, durch den ich wieder vor Leben brenne, je getroffen habe.

Doch diese Sekunde ging vorbei.

Die schlichte Tatsache lautet, dass ich es, obwohl ich genau das tun sollte, nicht tun *will*. Törichterweise habe ich mich hoffnungslos und unwiderruflich in den milliardenschweren Playboy aus Seattle, der noch nie in seinem Leben in eine Frau verliebt war, verliebt. Selbst wenn er wirklich wie der Wind ist – wild und unkontrollierbar –, ist Shaw Mercer eine Naturgewalt, der man sich nicht entziehen kann.

Er hat meine Seele geküsst und dort unauslöschliche Spuren hinterlassen.

Ich gehöre ihm.

Mir ist vollkommen klar, dass ich wie Voodoo-Auge und jede andere seiner Beziehungen enden könnte. Vielleicht werde ich das auch. Es ist durchaus möglich. Aber vielleicht auch nicht. Vielleicht bin ich auch seine Anomalie. Vielleicht riskiert er genauso viel, indem er mich liebt, wie ich es tue, indem ich ihn liebe.

Tief durchatmend lasse ich das heiße Spritzwasser der Dusche auf meinen Rücken trommeln und wünschte, meine Unsicherheiten ließen sich abwaschen und in den Abguss spülen.

Shaw und Noah haben mich vor ein paar Stunden am Ritz abgesetzt, bevor sie mit einem Wagen samt Chauffeur zu ihrem Treffen fuhren. Shaw sagte, sie seien zum Abendessen wieder zurück, und überraschte mich mit einem Tag voller Wellness-Behandlungen. Das ganze Programm. Maniküre, Pediküre, Gesichtsbehandlung, Ganzkörperpackung, Massage. Haare und Make-up ließ ich aus, weil ich das Verwöhnprogramm nach fünf genusssüchtigen Stunden satthatte.

Auf meiner Haut bilden sich Tropfen, weil die Körperöle wasserabweisend wirken. Ich schäume einen Waschlappen mit nach Vanille duftender Duschlotion ein und fange an, mich zu waschen. Minuten später, als ich sauber bin, die Haare gewaschen und mit einer Spülung gepflegt sind und ein Rasierer die wichtigen Körperteile geglättet hat, fühle ich mich etwas besser, bleibe jedoch länger als sonst in der Dusche und versuche meine Gedanken zu ordnen. Mich davon zu überzeugen, dass das, was ich gestern Abend über Shaw und Noah erfahren habe, trotz meines verstörenden Traums Schnee von gestern ist.

Jetzt ergibt es totalen Sinn, dass er eine falsche Freundin brauchte. Und das muss auch der Grund sein, warum Reid versucht hat, Shaw in ein schlechtes Licht zu rücken. Natürlich weiß er davon. Noah und Shaw haben eine gemeinsame schmutzige Vergangenheit, und wahrscheinlich würde es für Prestons Wahlkampagne nichts Gutes bedeuten, wenn einige ihrer Eskapaden an die Presse durchsickern würden.

Aber das ist noch nicht alles. Das sagt mir mein Bauchgefühl. Genau wie ich Shaw nicht ganz an mich herangelassen habe, hat er mich auch nicht an sich herangelassen. Ich weiß, dass in seiner Familie noch andere Dynamiken eine Rolle spielen. Annabelle steht permanent kurz davor, Schlagzeilen zu produzieren. Die Beziehung zwischen Gemma und ihrem Mann scheint angespannt zu sein. Und sein Bruder Lincoln? Ich kenne seine Vorgeschichte nicht, aber ich würde Geld darauf verwetten, dass Shaw auch ihn vor etwas zu beschützen versucht, denn so tickt er eben.

Als meine Finger schrumpelig werden, drehe ich das Wasser ab. Ich trockne mich rasch mit einem überdimensionalen flauschigen Handtuch ab, wobei ich darauf achte, die überschüssige Feuchtigkeit aus meinen Haaren zu drücken. Ich kämme sie so gut ich kann mit den Fingern und nehme mir vor, mich nach dem Anziehen ordentlich zu frisieren.

Ich schnappe mir einen dicken weißen Morgenrock von einem Haken an der Wand, schiebe meine Arme hinein und binde ihn an der Taille fest zu, während ich ins Schlafzimmer tapse, um meine Kulturtasche zu holen.

Erst in dem Moment fällt mir auf, dass auf der Steppdecke ein Kleid in der Farbe frischen Winterschnees liegt. Abgesehen von ein paar gut platzierten Pailletten passt es sich optisch der Farbe der Decke an, weshalb ich es auch übersehen haben muss, als ich vor einer Weile aus dem Wellness-Bereich zurückkam.

Shaw. Gott, dieser Mann.

Voodoo-Auges drohende Stimme flüstert mir warnend zu, dass er mich mit Geschenken einlullen wird, nur um mir später das Herz zu brechen, doch ich ignoriere sie und renne hin, um mir den Seidenstoff genauer anzusehen.

Als ich das Kleid hochnehme, entdecke ich einen Briefumschlag aus vanillefarbenem Leinenpapier, auf dem mein Name steht. Mit zitternden Händen öffne ich ihn und lese die ordentlich in seiner Handschrift geschriebene Nachricht. Als ich damit fertig bin, ist mein Herz von so viel Liebe angeschwollen, dass es zu platzen droht.

Willow,
irgendwie ist dir das Unmögliche gelungen.
Du hast jeden Zentimeter meines Herzens eingenommen, jeden Teil meines Verstandes, jedes Stückchen meiner Seele. Alles, was ich bin, gehört dir.
Dein Shaw

Ich bekomme am ganzen Körper Gänsehaut. Ich ertappe mich bei einem albernen Lächeln, wie eine Teenagerin, deren Freund ihr zum ersten Mal gesagt hat, dass er sie liebt. Und in gewisser Weise hat er das wohl gerade getan.

Ich widme mich wieder dem Geschenk. Ich streiche von oben bis unten mit den Fingern darüber. Es ist kurz. Sexy. Durchsichtig. Gewagt. *Zu* gewagt, um es auswärts zu tragen. Der durchsichtige Stoff ist in der Mitte der Körbchen, die aus strukturierter Spitze gefertigt sind, nicht einmal geschlossen, sodass er mich bis hinab zur Scham entblößt. Erst jetzt merke ich, dass es gar kein Kleid ist, sondern ein Negligee mit einem raffinierten passenden Höschen.

Es ist exquisit und geradezu sündhaft. Ich reibe den seidigen Stoff zwischen meinen Fingern und freue mich darauf, ihn auf meiner Haut zu spüren, bevor er mir hoffentlich in Sekundenschnelle vom Leib gerissen wird.

Obwohl ich weiß, dass ich auf Shaw warten sollte, lasse ich den Morgenrock auf den Boden fallen und ziehe mir das filigrane Negligee über den Kopf. Der Stoff gleitet an meiner feuchten Haut hinab und kitzelt mich am Bauch. Ich verzichte auf das Höschen und stelle mich vor den Ganzkörperspiegel, um mich zu betrachten. Ich drehe mich und betrachte mich aus verschiedenen Blickwinkeln. Dann rücke ich meine Brüste für den maximalen Push-up-Effekt zurecht.

Die Farbe, die er ausgewählt hat, lässt mich jungfräulich aussehen. In dem weißen Negligee, das meine getrimmte Scham einrahmt, wirke ich wie ein tugendhaftes Opfer. Wie eine Opfergabe für seine Launen, für seinen Gebrauch. Wie sein Besitz. Punkt.

Eine Fantasie, wie er in die Suite zurückkommt, wo ich ihn ohne das Höschen auf dem Stutzflügel liegend erwarte, lässt ein sehnsüchtiges Kribbeln über meine Brustwarzen geistern. Ich werde uns Champagner und mit Schokolade überzogene Erdbeeren bestellen. Gedämpfte Musik auflegen. Wir werden den ganzen Abend hier im Hotelzimmer bleiben, wo er sich an jedem Teil von mir gütlich tun kann, bis wir vor Erschöpfung ohnmächtig werden.

Eigentlich wollten wir zu einem eleganten Abendessen ausgehen. Ich habe mir für unsere Reservierung um acht extra ein neues kleines Schwarzes gekauft, doch jetzt träume ich davon, dass wir uns in diesen kleinen Winkel der Welt zurückziehen, wo ich ihn ganz für mich haben kann.

Mir wäre nichts lieber, als auf zerwühlten Laken rumzuhängen und Junkfood zu futtern, bis Krümel an der Hinterseite unserer Schenkel kleben. Ich will knutschen, fummeln, kuscheln. Normal sein. Langweilig. Nur wir zwei. Ich muss die Bindung zwischen uns festigen. Sie ist von Vorbehalten belastet, die uns zu zerbrechen drohen.

Hoffentlich verzeiht er mir die plötzliche Planänderung, wenn er mich in seinem Geschenk sieht. Ich husche über den Flur zum Wohnbereich der weitläufigen Suite, die Shaw für uns reserviert hat. Für nur zwei Personen ist sie absurd groß und mit ihren zweihundertsiebzig Quadratmetern größer als die Häuser vieler Menschen, meins eingeschlossen.

Ich will mir mein Handy schnappen, um ihn anzurufen, erschrecke mich jedoch zu Tode, als ich eine breite Gestalt sehe, die zusammengesackt auf einem der Samtsessel sitzt, der in meine Richtung gedreht ist.

»Himmel Herrgott«, quietsche ich halb, halb schreie ich es.

Mein Gehirn braucht ein paar Sekunden, um mein sprintendes Herz einzuholen. Als das Adrenalin, das meine Blutbahn überflutet hat, abflaut, krächze ich: »Shaw? Was tust du hier? Du hast mich zu Tode erschreckt.«

War er schon hier, als ich hereinkam? Nein, der Raum war dunkel. Warum hat er mir nicht Bescheid gegeben, als er zurück war? Meine Fragen schlagen sofort in Befürchtungen um, weil mir sein Anblick seltsam vorkommt. *Sehr* seltsam.

»Tut mir leid«, sagt er tonlos. Abgekoppelt vom Hier und Jetzt. Sein Körper ist zwar anwesend, doch mit den Gedanken ist er woanders.

Ich gehe einen Schritt vorwärts, während sich meine Augen an das schlechte Licht gewöhnen. Er sieht vollkommen derangiert aus. Eine Hundertachtzig-Grad-Abkehr von seinem sonst so gepflegten Äußeren.

Sein Button-down-Hemd ist nachlässig aus seiner Anzughose gezogen; die oberen zwei Knöpfe stehen offen. Seine aufgeknotete Krawatte hängt schief und unordentlich herab, was jetzt, wo ich ihn mir genauer ansehen kann, zu seinen wirren Haaren passt. Sie sehen aus, als hätte er sie sich mehrfach gerauft. Unter normalen Umständen wäre es wahnsinnig sexy, doch jetzt ist es verstörend.

Er hält gefährlich lose ein Becherglas in der Hand, in dem eine kleine Menge braune Flüssigkeit schwappt. Also ist er immerhin schon so lange hier, dass er sich einen Drink einschenken konnte. Er beobachtet, wie mein Blick darauf fällt. Als ich wieder zu ihm aufsehe, sind seine Augen dunkel, ernst, so intensiv, dass ich unbehaglich mein Körpergewicht auf den anderen Fuß verlagere.

»Was ist los? Ist dein Meeting schlecht verlaufen?«

Statt mir zu antworten, führt er das Glas an seine Lippen und leert es mit einem einzigen Schluck. Er stellt es so leise auf dem Tisch neben ihm ab, dass kein Laut zu hören ist. Als er mir wieder in die Augen sieht, gefriert die Luft in meiner Lunge.

Er sieht … *verzweifelt* aus.

Meine Handflächen fangen an zu schwitzen. Warum, weiß ich nicht, doch jede Zelle meines Körpers schreit, dass er wegen uns in dieser Verfassung ist, nicht wegen seines Geschäftstermins. Was verrückt ist. *Oder?*

Ich vergesse, dass ich nur notdürftig bekleidet bin, und gehe zielstrebig auf ihn zu. »Shaw, sag mir, was passiert ist.«

Ich bleibe zwischen seinen gespreizten Beinen stehen und lasse mich auf die Knie fallen. Der weiche Teppich federt meine abrupte Bewegung ab. Ich lege die Hände auf seine Schenkel und blicke zu ihm auf, innerlich feige, während ich äußerlich versuche, stoisch zu wirken. Ich habe das deutliche Gefühl, dass er das jetzt mehr von mir braucht als alles andere.

Unbewusst lasse ich meine Finger langsam nach oben gleiten und ziehe den weichen Stoff mit mir, bis er meine Hände festhält. In dem Moment bin ich mir sicher, dass mir das Herz aus der Brust springen wird.

Er *zittert*.

Angst ist ein lebendiges Wesen, das die Macht über mich übernimmt. Ich bin *nicht* verrückt. Was zum Teufel ist heute vorgefallen?

»Bitte, Shaw. Du machst mir Angst.«

Den Blick auf seinen Schoß gesenkt, nimmt er sanft meine Hände und führt eine an seine Wange. Mit geschlossenen Lidern reibt er sie hin und her. Tagealte, raue Bartstoppeln scheuern die dünne Haut wund.

Es ist eine zärtliche, süße Geste von solcher Intimität, dass ich kaum atmen kann.

Ich knie in dem Hauch von Seide, der meine Nacktheit bedeckt, zu den Füßen des Mannes, den ich liebe, doch momentan braucht er nicht meinen Körper.

»Sprich mit mir.«

Seine Augen sind immer noch geschlossen. Er kneift sie so fest zu, dass es schmerzhaft aussieht. Er drückt die Lippen auf meine Handfläche und flüstert gebrochen: »Kein Mensch auf der Welt ist mir wichtiger als du.«

Dieser Satz lässt mich mehr um Atem ringen als der Körperkontakt, doch ich werde nicht leugnen, dass Elektrizität über meinen Arm prickelt, als er seine Lippen zu meinem Handgelenk gleiten lässt. »Wie ist das gekommen?«

Ich bin mir ziemlich sicher, dass seine Frage rhetorisch gemeint war, murmele aber trotzdem »Ich weiß nicht«. Und das ist die reine Wahrheit. Keiner von uns hat damit gerechnet; das Geschäftliche ist so persönlich geworden, dass wir beide vor unbehaglichen, unerforschten Gefühlen Schmerzen leiden.

Er fixiert mich mit seinem düsteren durchdringenden Blick. »Ich würde alles tun, um dich zu behalten, Willow. Dich zu meiner Frau zu machen. Himmel, ich wünsche mir mehr, dass du mein bist, als ich mir je etwas gewünscht habe.«

Ich bin total verwirrt, was die Geschehnisse der vergangenen Stunden betrifft. Er hat mir eine Nachricht hinterlassen, in der er mir sagt, dass ich für ihn von wesentlicher Bedeutung sei. Das sagt er mir schon seit Tagen. Doch jetzt liegt in seiner Stimme ein Anflug von Furcht, den ich nicht verstehe. »Ich gehöre doch dir, Shaw.«

»Wirklich?«

»Ja«, bestätige ich ihm mit jedem Fünkchen Entschlossenheit, das ich aufbringen kann. »Nichts wird daran etwas ändern.« *Es sei denn, du willst es.*

»Gott, wie ich mir wünsche, dass das wahr ist.«

Das war nur gemurmelt, doch ich habe es trotzdem deutlich gehört. Noch vor wenigen Wochen hat er mich auf das Ende vorbereitet. Jetzt klingt er, als könnte er ohne mich nicht mehr weiterleben.

Furchtbare Angst, wie ich sie noch nie gespürt habe, brennt sich einen Weg von meinem Bauch zu meinem Brustkorb. Unsichtbare Fäden, die sich eher wie knöchrige Finger drohenden Unheils anfühlen, krallen sich in meine Brust und drücken zu.

Bis ich diesen Mann traf, habe ich nie die Tiefe wahrer Liebe verstanden. Wie sie dein ganzes Wesen einnimmt. Deine Seele verzehrt. In deine Knochen übergeht, in dein Mark, bis sich deine DNA verändert, um sich seiner anzupassen. Solange ich lebe, werde ich nie mehr etwas wie das erleben.

Und irgendetwas bedroht es. Ich spüre es in jedem Molekül meines Körpers.

Dies ist ein entscheidender Moment für mich. Jetzt. In dieser Sekunde.

Ich könnte mich zurückziehen. Mich wieder zu meiner schützenden kleinen Kugel einrollen und die nächsten paar Wochen mit der routinierten Fassade, die ich in den vergangenen fünfzehn Jahren perfektioniert habe, auslaufen lassen. Ich könnte diese verrückte Liebe, die ich für ihn empfinde, hinter einer Festung aus Angst und Unwürdigkeit verbergen.

Oder ich kann mir diese Gefühle zunutze machen. Die Energie, die ich für meinen Selbstschutz aufwende, nutzen, um mich zu häuten, bis ich nackt und entblößt bin, und dabei frühere Wunden ausbrennen.

Könnte ich verletzt werden? Keine Frage, die Antwort lautet ja.

Aber ist er es wert? Millionenfach.

Das war's dann. Die Entscheidung ist gefallen.

»Du bist drin.«

»Hm?«, fragt er geistesabwesend.

Du bist drin, du bist drin. Du wolltest rein und jetzt bist du drin.

Gott, ich habe Bauchschmerzen.

»Ich bin in dich verliebt«, sage ich leise zu ihm. Es war sogar so leise, dass ich mir nicht einmal sicher bin, ob er es gehört hat. Ich bin mir nicht einmal sicher, ob ich es laut gesagt habe, doch als er den Blick, der auf unsere verschlungenen Hände gerichtet gewesen war, wieder zu mir hebt, weiß ich, dass es so war, weil die Mimikfalten in seinen Wangen plötzlich ausgeprägter sind. Seine Nasenlöcher weiten sich, während er tief Luft holt. Er öffnet ein wenig seine vollen roten Lippen, als wolle er dasselbe zu mir sagen. Doch er tut es nicht. Er schließt den Mund wieder und schluckt.

Ich schenke ihm ein kleines Lächeln, obwohl meine Lippen vor Nervosität zittern. Er lächelt nicht zurück, sondern sieht mich nur weiter an. Blickt in den abgeriegelten Ort, den ich nur für ihn aufgerissen habe. Selbst als ich Reid zum ersten Mal meine Liebe gestand, hat es sich nicht so angefühlt.

Er schweigt so lange, dass ich plötzlich rede wie ein Wasserfall, um mich zu verteidigen, falls es nicht das war, was er wollte. »Ich weiß, dass das nicht passieren sollte. Ich weiß, dass das nur ein Job ist und dass es bald vorbei sein wird, aber –« Er schneidet mir das Wort ab, indem er seinen Daumen fest auf meinen Mund presst.

»Hör auf«, knurrt er.

Ach du Scheiße. Mist. Habe ich alles, was in den letzten Tagen passiert ist, missverstanden? Vielleicht habe ich die Hinweise falsch gedeutet, die Worte, die er mir geschrieben hat, so verdreht, wie ich sie verstehen wollte.

Panik erfasst mich. Mein Gesicht wird heiß. Meine Lippen fühlen sich staubtrocken an, und obwohl sein Finger immer noch dort liegt, lasse ich die Zunge hervorschnellen, um sie zu befeuchten. Dabei komme ich nicht umhin, ihn zu schmecken. Er zuckt zusammen, und sein Blick wird noch verschleierter.

»Sag das noch mal.« Das ist ein Befehl. Er klingt dunkel und harsch. Nach reinem Verlangen. Purem Sex. Er *befiehlt* mir, ihm noch einmal zu sagen, dass ich ihn liebe, und ich schließe vor süßer Erleichterung darüber, dass ich mich nicht geirrt habe, die Augen.

Ich atme tief durch die Nase ein, um mir Mut zu machen, und flüstere: »Ich liebe dich«, während ich die Luft wieder ausstoße.

Dann ist mein Gesicht zwischen seinen starken Händen. Er zieht mich zu sich und sieht dabei wild und brutal aus und so wahnsinnig schön, dass ich am liebsten weinen würde. »Alles. Sag all die Worte noch einmal, Willow. Jedes einzelne.«

Alle Worte. Okay. Das kriege ich hin.

»Ich bin in dich verliebt, Shaw Mercer.«

Er lässt mich nicht aus den Augen.

»Scheiße.« Er blinzelt langsam. Atmet tief durch. »Noch mal.«

Ich muss über seine herrische Art lächeln. Die nervöse Anspannung in meinem Bauch löst sich. Ich hebe die Hände und lege sie auf seine, lege meine kleinen Finger zwischen seine größeren. »Ich bin in dich verliebt, Shaw Andrew Mercer.«

Ich will wieder aufstehen, bleibe aber gebückt, weil er mein Gesicht festhält. Ich klettere auf seinen Schoß und setze mich rittlings auf seine Schenkel. Er bewegt sich die ganze Zeit mit mir, lehnt sich zurück, wenn ich mich vorbeuge, lässt mich aber nie los, lockert nicht einmal seinen Griff um mich.

»Ich bin in dich verliebt.« Diesmal ist meine Stimme butterweich, aber ich betone jede Silbe.

Ich senke den Kopf, um ihn zu küssen. Wir stöhnen beide bei unserer ersten Berührung. Er schmeckt nach Macht, rauchigem Whiskey und reiner Ehrfurcht, wenn sie einen Geschmack hätte.

Mein Kuss ist sanft. Anders als die Küsse zuvor. Er ist vollgepackt mit allen nackten Emotionen, von denen ich jetzt will, dass er sie spürt. Zum ersten Mal, seit ich ein kleines Mädchen war, bin ich vollkommen durchschaubar.

Wir reiben uns träge aneinander. Ausnahmsweise einmal überlässt er mir die Führung. Ich knabbere und necke ihn, unterbreche unsere Küsse oft, um an einer anderen Stelle weiterzumachen. Immer wieder flüstere ich »Ich liebe dich« und fühle mich von Mal zu Mal stärker und sicherer. Als ich es das letzte Mal sage, halte ich inne und warte, bis er die Augen öffnet, damit er versteht, wie ernst ich es meine.

Er sieht es. Seine Kiefermuskeln zucken. Seine Finger drücken kurz meine Wangen, bevor sie zurückgleiten, um durch meine immer noch feuchten Haare zu fahren. Als ich den Kopf neige, zieht er mich wieder an sich. Er vertieft unsere Verbindung, übernimmt jedoch nicht die Führung, während unsere Zungen langsam umeinander tanzen und unsere Seelen sich zu einer vereinigen.

Am liebsten würde ich ihn ausziehen und mich auf ihn herabsinken lassen. Ich will ihm die ganze Zeit in die Augen sehen, während er sich in mir bewegt, damit er sich über alles klar wird, was da ist. Das Gute, die Fehler, die Ängste, die Schuldgefühle, die Vergangenheit. Das alles gehört jetzt ihm. Ungeschminkt.

Doch tiefsitzende Gewohnheiten sind nicht totzukriegen. Ich bin unsicher und habe Shaw soeben zum ersten Mal gesagt, dass ich ihn liebe. Was heißt das jetzt für uns? Ich wünsche mir verzweifelt, dass er mir das Gleiche sagt, doch ich will, dass er es sagt, weil er es ernst meint, und nicht weil er das Gefühl hat, es tun zu müssen. Leise keuchend löse ich mich von ihm, lege die Stirn an seine und eröffne ihm einen Ausweg.

»Ich weiß, dass du gesagt hast, dass deine Gefühle für mich für dich etwas Neues sind, und ich weiß, dass du keine Beziehungen führst –«

Er grunzt und legt die Lippen wieder auf meine, um mich zum Schweigen zu bringen. Diesmal fließt der Kuss von Leidenschaft über. Er ergreift von ihm Besitz und kontrolliert mich. Sein Schwanz wird unter mir hart, während Shaw mich besinnungslos küsst, und als er an meinem feuchten Mund leise sagt: »Es ist Wahnsinn, wie sehr ich dich liebe, Willow Blackwell«, kann ich mein Schluchzen nicht zurückhalten. »Der totale Wahnsinn.«

»Du liebst mich?«, murmele ich und versuche krampfhaft, mich zusammenzureißen.

»Das weißt du doch.« Er blickt unter schweren Lidern zu mir auf. Seine blauen Augen werden weich und klar. Sein Blick huscht über mein Gesicht, zu meinen feuchten Augen, meinen geschwollenen Lippen, den Wangen, die sicherlich knallrot sind. »Ich habe noch nie so etwas empfunden. Ich wusste nicht, dass es möglich war.«

»Ich auch nicht«, gestehe ich ihm mit belegter Stimme.

Er zieht einen Mundwinkel nach oben. »Ja?«

Ich nicke und bin vor Rührung plötzlich sprachlos. Hinter seiner charmanten Unsicherheit habe ich die eigentliche Frage gehört. Ich muss ihm von Reid erzählen. Dass wir verlobt waren, so gut wie verheiratet. Dass ich ihn verlassen habe. Ich muss ihm sogar viel erzählen, aber nicht jetzt. Reid gehört nicht in diesen intimen Moment.

»Willst du mir nicht erzählen, was heute los war?«, frage ich und ziehe die Linie seiner kräftigen Augenbraue mit dem Daumen nach. Die Erleichterung in seinem Gesicht wird sofort durch scharfe Züge und einen harten Blick ersetzt.

»Nein«, blafft er mich an.

Ich bin bestürzt. Seine schroffe Weigerung schmerzt wie eine Ohrfeige. »Warum nicht? Irgendetwas hat dich mitgenommen.«

»Willow, ich …« Er seufzt nicht nur einmal, sondern zweimal. Er wählt seine Worte sorgfältig, das merke ich. »Ich will im Moment nicht darüber reden. Bitte.«

»Du kannst mir vertrauen.« Ich klinge verdrießlich. Ich bin es auch.

»Ich weiß.« Ein leises Lächeln umspielt diesen wahnsinnig sexy Mund. Mein Körper schmiegt sich wieder an ihn. Hol ihn der Teufel. Wie kann er mir das antun? »Du hast keine Ahnung, wie viel Vertrauen ich schon in dich gesetzt habe, Goldlöckchen.«

»Ach wirklich?« Mein Sarkasmus erwischt ihn wie ein nasses Handtuch.

»Bitte, Willow. Bitte lass es dabei bewenden. Vorerst«, fügt er rasch hinzu.

Ich will es nicht dabei bewenden lassen. Ich will ihn bedrängen. Die Wahrheit aus ihm herauszerren, erfahren, warum er in einem Zustand ist, in dem ich ihn noch nie erlebt habe. Er war geradezu verzweifelt, als ich vor nicht einmal zwanzig Minuten den Raum betrat. Doch er scheint sich genauso verzweifelt zu wünschen, dass ich nicht weiter nachbohre, und ich will mich nicht mit ihm streiten. Deshalb werde ich es vorerst auf sich beruhen lassen. Widerstrebend.

»Okay.« Ich lege meine Hände um seinen Hals und verschränke meine Finger. »Aber wir sind mit dem Thema noch nicht durch.«

Er nickt brüsk und entspannt sich zusehends. Sekunden vergehen, und die Stimmung im Raum verändert sich noch einmal, als er endlich bemerkt, was ich anhabe.

»Heilige Scheiße«, haucht er. Er legt beide Hände auf meine Hüften und schiebt mich ein Stück zurück, um sich sattzusehen.

Er lässt langsam den Blick über mich wandern. Zielgerichtet. An meinem Hals beginnend liebkost er jeden entblößten Zentimeter meines Schlüsselbeins und küsst die Schwellung meiner Brüste. Als er schließlich bemerkt, dass ich das Geschenk trage, das er mir dagelassen hat, beginnen seine Augen zu lodern und das darin schwelende Feuer erwacht bullernd zum Leben.

»Gott, bist du sexy«, sagt er zu mir und klingt überwältigt.

Er legt den Zeigefinger auf meine Schulter und zeichnet den dünnen Träger bis hin zu dem Push-up-Körbchen nach. Dann streicht er über den Rand des Stoffes von einer Brust zur anderen und taucht schließlich hinein. Ein tiefes Grollen steigt aus seiner Kehle, als er registriert, dass meine Nippel so hart sind wie Edelsteine. Ich spüre, wie sein Blick noch tiefer zielt, und als er sieht, dass ich kein Höschen trage, stößt er eine lange Reihe kreativer Flüche aus.

»Steh auf«, gebietet er. Es klingt animalisch und lässt keinen Platz für meine übliche gespielte Renitenz.

Ich spanne meine Oberschenkelmuskeln an und rutsche von seinem Schoß. Ich kralle meine Zehen in den Teppich, erhebe mich auf wackligen Beinen und präsentiere mich ihm. Meine Brust hebt und senkt sich. Mein Herz hämmert an mein Brustbein. Die Innenseiten meiner Schenkel sind vor sichtbarer Lust glitschig.

»Dreh dich um.«

Ich kann mich kaum bewegen, so intensiv sieht er mich an, doch es gelingt mir, mich einmal im Kreis zu drehen, ohne hinzufallen.

»Du bist eine göttliche Gnade, Willow«, sagt er, als ich ihm wieder zugewandt bin. Seine Hände legen sich um meine schlanken Hüften, und seine kurzen Nägel schneiden mir in die Haut. Es brennt. Es schmerzt. Es fühlt sich verdammt fantastisch an. »Eine Göttin, derer ich nicht würdig bin.«

Er rutscht vor, bis er auf der Stuhlkante balanciert. Er zieht mich zwischen seine gespreizten Beine, bis meine Knie das Leder berühren. Sein Blick wandert wieder an mir hinauf. Ich lasse ihn mich begierig in sich aufnehmen, in unserem gegenseitigen Verlangen schwelgen.

»Bitte fass mich an«, dränge ich ihn.

Nur eine halbe Sekunde, bevor sich sein heißer Mund knapp über dem Schambein auf meinen Unterleib drückt, werde ich von warmen Atemzügen überspült. Während er mir in die Augen sieht, flüstert er: »Ich liebe dich, Willow. Ich bin wahnsinnig, zutiefst, unwiderruflich in dich verliebt.«

Oh Gott. Ich bekomme eine Gänsehaut.

»Weißt du, zu wie vielen Frauen ich das schon gesagt habe?«

Meine Beine geben ein wenig nach. Ich halte mich an seinen Schultern fest, lecke mir die trockenen Lippen und schüttele den Kopf. In meinem Herzen jedoch weiß ich es. *Ich weiß es.*

Sein Mund beginnt sich zu bewegen und verteilt winzige Küsse an einer imaginären Sliplinie entlang. Seine Hände wandern über meinen Hintern. Ein Finger fährt durch meine Ritze. Er taucht in mich hinein, findet mühelos seinen Weg; dann wandert er dorthin zurück, woher er gekommen ist. Er umrandet meine Rosette. Beobachtet meine Reaktion. Ich kann den Kopf nicht länger hochhalten; er fällt in meinen Nacken, weil er sich so verdammt schwer anfühlt.

Dann werde ich hochgehoben. Ich liege in seinen Armen. Ein Schock aus Kälte trifft auf meinen Po, als er mich auf den Rand des Stutzflügels setzt, dessen Deckel geschlossen ist. Er spreizt meine Knie und legt mich zurück. Er fährt von vorn nach hinten mit dem Finger durch mich, kurz bevor sich sein Mund über mir schließt.

Mein Rücken wölbt sich.

Meine Pussy brennt.

Meine Hände packen seine kurzen Haarsträhnen und zerren daran, während er mich leckt und dieses sündhafte Stöhnen von sich gibt, das anders ist als alles, was ich je von ihm gehört habe.

»Zu keiner«, knurrt er, bevor er seine Zunge in mich schiebt. Ich triefe. Stehe in Flammen. Meine Beine schlingen sich um seinen Hals. Er greift unter meine Schenkel, neigt mein Becken nach oben und fährt tiefer hinein.

Er ist erbarmungslos. Manisch. Ausgehungert. Ich sterbe. *Heilige Scheiße*, ich kann nicht mehr denken.

Ich taumele, mein ganzer Körper krampft vor gespannter Erwartung, als der Mistkerl einfach aufhört und mich am süßen Rand des Orgasmus schwanken lässt.

»Nein«, wimmere ich, so angespannt, dass es körperlich schmerzt. Ich würde ja meine Beine aneinander reiben, um mich selbst zu erlösen, doch er hält sie ungerührt auseinander.

»Sieh mich an.« Das ist keine Bitte.

Es gelingt mir, meine Lider zu öffnen, jedoch nur zur Hälfte. Ich keuche. Ich balle die Fäuste, während er über mir steht und dabei ganz exotisch, wild und fiebrig aussieht. »Abgesehen von meiner Familie keiner einzigen Frau, Goldlöckchen. Du bist es. Du allein wirst es *immer* sein.«

»Shaw«, seufze ich, während sich ein fantastisches Gefühl in meiner Brust ausbreitet. Der Schmerz der versagten Erlösung lässt nach, und ich greife nach ihm, doch er schnappt sich meine Hand und drückt sie flach auf meinen Bauch. Er schiebt sie hinab, bis meine Finger meine Klitoris berühren, die hart ist und meuternd pulsiert.

»Berühr dich selbst, während ich dich fingere. Ich will, dass wir dich zusammen zum Orgasmus bringen.«

Oh Gott, dieser obszöne Kerl.

Einer seiner Mundwinkel verzieht sich nach oben, als hätte er gehört, was ich denke. Immer noch verschmitzt lächelnd, lässt er zwei Finger durch meine Schamlippen gleiten und stößt sie dann in mich hinein. Er krümmt die Finger präzise und berührt mit ihnen die geheime Stelle, die nur er zu finden scheint.

Ich keuche: »Oh Scheiße.« Ich hebe das Kinn und sehe zur Decke, als er sie liebkost. Ich bewege die Hüften, auf der Suche nach mehr. Bei jedem Hineintauchen hebe ich sie ihm entgegen, weil ich mehr brauche.

»Du erfüllst deinen Teil nicht.« Ich höre ihm an, dass er grinst, und er verlangsamt seinen Rhythmus beträchtlich, bis ich gezwungen bin, mein Kinn wieder zu senken. Ich stelle fest, dass meine Finger genau dort liegen, wo er sie hingelegt hat, sich jedoch nicht bewegen. »Sieh uns zu. Sieh zu, wie gut wir zusammen sind, Willow.«

Ich will nicht gehorchen. Ich will, dass er tief in die Seele blickt, die ich gerade für ihn aufgeschnitten habe, und ihn herausfordern, wie ich es immer tue, aber es ist eine so erregende Anweisung, dass ich mich fügen muss.

Meine Beine sind gespreizt, die Fersen stehen auf der geschlossenen Klaviaturklappe, ich liege auf dem Rand des Deckels. Ich drücke mich hoch, bis ich aufrecht sitze. Er hat einen Arm um mich gelegt und hält mich fest.

Während ich meine Klitoris umkreise, sehe ich uns zu. Ich fange langsam an, erhöhe das Tempo jedoch fast augenblicklich. Meine Erregung benetzt seine Hand. Es ist vielleicht das Erotischste, was ich je gesehen habe: wie seine glänzenden Finger wieder und wieder in mir verschwinden.

»Gott, sieh dich nur an.«

»Ich sehe doch hin«, flüstere ich. Meine entblößten Falten sind geschwollen und rosa, die inneren Lippen zwei Schattierungen dunkler. Die Adern an seinem Handgelenk treten hervor, und ich reibe mich an seiner Hand, während ich meine Klitoris immer schneller bearbeite. Es ist genusssüchtig und …

»So feucht. So gierig. Ich habe noch nie etwas Schärferes gesehen, Willow. Verdammt noch mal nie.«

Ich auch nicht.

Mit dem Daumen und Zeigefinger seiner freien Hand hält er meine äußeren Lippen offen, sodass jede sündhafte Bewegung noch besser zu sehen ist. »Diese Pussy gehört mir. Dieser Orgasmus gehört mir. *Du* gehörst mir.«

Mist, ich zittere. Hitze baut sich auf, deren Intensität sich so schnell vervielfältigt, dass mir davon schwindlig wird. Meine Finger fliegen. Genau wie seine.

»Oh ja, das ist es, meine Schöne«, schmeichelt mir Shaw. »Gleich.«

Erst in dem Augenblick reiße ich mich von unserem Anblick los. Genau wie Shaw. Unsere Blicke treffen sich. Unsere Seelen richten sich aufeinander aus. Und nur Sekunden später hebe ich ab. Ich kneife die Augen zu. Elektrische Ströme schießen durch mich hindurch, einer nach dem anderen. Mein Körper erbebt und zuckt aufgrund ihrer Wucht. Ich mache den Mund auf, um zu schreien, doch es kommt nur ein Durcheinander aus leisen *Jas* heraus. Ich umklammere Shaws Handgelenk und halte ihn in mir fest, damit ich jede Sekunde meines Orgasmus auskosten kann, bis er vorbei ist.

Keuchend sinke ich an seine Brust. Erschöpft und glücklich, weine ich leise.

Shaw Mercer liebt mich. *Mich*. Ich kann ehrlich sagen, dass ich noch nie jemandem mein Herz so anvertraut habe wie diesem Mann, der mich gerade in die Arme nimmt und mir ins Ohr flüstert, dass er mich auf ewig lieben wird. Und vielleicht sollte mich das beunruhigen, aber das tut es nicht.

Ich glaube, er würde alles für mich tun.

Absolut alles, außer mir das Herz zu brechen.

15. KAPITEL

Shaw

Was zum Teufel tust du, Merc?

Ich habe Willow aufs Bett gelegt wie etwas Zerbrechliches, etwas, das man nur selten zu sehen bekommt. Ich habe ihr diesen sexy Stofffetzen aus Seide vom Körper geschält, als sei sie eine reife Frucht, in die hineinzubeißen ich nicht abwarten kann. Ich habe meine Kleider abgestreift und mich ihrer bemächtigt, als sei der Gedanke, in ihre Wärme zu tauchen, einzigartig und unerlässlich für meinen nächsten Atemzug.

Sie liebt mich.

Ich hatte es gehofft. Wie ein Weichei hatte ich sogar dafür gebetet. Aber es wirklich von ihr zu *hören?* Diese Wahrheit bebte so tief in mir, dass ich spürte, wie sich der Boden auftat. Statt der Gleichgültigkeit, die ich empfand, wenn andere Frauen es mir sagten, verspürte ich reine, unverfälschte Euphorie. Als wäre ich hellwach, neugeboren.

Und ich liebe sie so sehr, dass ich über jeden Tadel erhaben bin. Wenn ich es nicht täte, hätte ich sie gehen lassen. Ich hätte ihr jetzt wehgetan, um sie später zu retten. Ich hätte hinter den Kulissen alles getan, um sie zu beschützen, um ihre finanzielle Zukunft zu sichern, und sie in Ruhe gelassen.

Ich hätte es tun sollen. Ich war vor ihr in der Suite und hörte, wie sie hereinkam. Ich sah zu, wie sie, ohne mich zu bemerken, ins Schlafzimmer ging. Ich hörte, wie sie duschte. Ich habe auf sie gewartet, alle Lügen parat. *Danke für deine Hilfe, aber ich brauche deine Dienste nicht mehr*. Während ich im Dunkeln saß, übte ich es immer und immer wieder, bis ich dachte, ich könnte es sagen, ohne daran zu ersticken. Ich dachte sogar kurz daran, Noah in unsere Suite und in unser Bett einzuladen, Scheißkerl, der ich bin.

Doch dann war sie da, und ihre Gegenwart umfing mich. Sie brachte uneingeschränkten Frieden und Gelassenheit mit in den Raum, ohne sich auch nur anzustrengen. Und das zerriss mich. Mein Kummer brach sich Bahn. Die Lügen verflüchtigten sich. Ich erinnere mich nicht einmal mehr, was ich sagte, als sie sich vor mich kniete, mit ihren strahlenden Augen zu mir aufblickte und mir sagte, dass sie mich liebt.

Als sie mich neulich Abend ganz bewusst davon abgehalten hatte, ihr meine Liebe zu gestehen, war ich wütend, vor allem aber verletzt. Doch nach dem heutigen Tag hatte ich gedacht, dass es vielleicht Schicksal war. Vielleicht hatte sie niemals erfahren sollen, wie tief meine Gefühle für sie sind, oder dass ich den Gedanken nicht ertragen kann, je wieder eine andere Frau als sie anzufassen. Doch als sie mir dann sagte, dass ich drin sei, war es das. Das Spiel war aus. Die idiotische Idee, sie von mir fortzustoßen, verflüchtigte sich. Jetzt gehörte sie mir.

Doch die Tatsache bleibt, dass unsere gegenseitig erklärte Liebe nur neue Ebenen der Komplexität zu diesem sowieso schon komplizierten Schlamassel hinzufügt, und ausnahmsweise einmal weiß ich nicht, was ich dagegen tun soll. Ich hatte gehofft, dass ich mit dem heutigen Tag Annabelle entlasten könnte, aber … scheiße. *Scheiße*.

Das kann ich nicht.

Wenn ich Lia Melbourne Glauben schenken kann, war Annabelle vor Ort. Sie waren *alle* dort. Verdammt, meiner Meinung nach sind sie alle so schuldig wie Annabelle, und dennoch hat sich keine gemeldet oder irgendwas unternommen. Aber es war meine kleine Schwester, die …

Shit. Ich fahre mir mit der Hand durch die Haare und denke an vorhin, als ich ohne eine einzige Barriere in Willow hineinglitt – kein Latex, keine Heuchelei und auch keine der Barrikaden, die sie immer um sich hochzieht.

»Wo bist du?«, fragt Willow leise und streicht mit ihren winzigen Händen über meine Wangen.

Diese zärtliche Geste holt mich jäh zurück zu ihr, und mir wird bewusst, dass ich über ihr zögere, verloren in der Hölle, in der ich mich wiedergefunden habe. Wie soll ich mein Leben ohne sie weiterleben?

Unvorstellbar.

Sie wartet mit solcher Sehnsucht in ihrem schönen Gesicht auf mich, dass mein Schwanz randaliert. »Ich bin zu Hause«, sprudelt es wahrheitsgemäß aus mir heraus, während ich meine Wange an ihre lege. Ich drücke sie fest an mich, drücke mein Gesicht in ihren Nacken und atme ihren Duft ein.

»Shaw«, haucht sie. »Ich liebe dich.«

Himmel. Warum nennt man das »sich verlieben«, wenn es sich anfühlt, als sei man ohne Fallschirm kopfüber aus einem Flugzeug gesprungen? »Unmöglich mehr, als ich dich liebe, Willow.« Das geht gar nicht.

Ich begehrte sie mit einer Verzweiflung, die an Ungebärdigkeit grenzte. Deshalb schob ich die abscheulichen Neuigkeiten weg, positionierte mich und versank tief in ihr, liebte sie langsam, bis wir verschwitzt waren und unsere Lippen vom Küssen schmerzten. Ich empfand jede Sekunde mit ihr, als sei sie meine letzte. Ich fürchtete, dass sie es sein könnte.

Wir ließen uns Essen in die Suite bringen, aßen nackt im Bett, unterhielten, küssten und berührten uns. Wir liebten uns unzählige Male. Ich tat alles, worum sie mich bat. Jede Perversität, die sie sich wünschte. Überredete sie zu ein paar eigenen. Es war die wunderbarste Nacht, die ich je mit jemandem verbracht habe.

Ich streiche sanft mit den Fingerspitzen über ihren Arm, um sie nicht zu wecken. Sie schläft schon seit Stunden, doch ich liege hier, unfähig, die Augen zu schließen, und wünschte, wir könnten uns zu diesem Zeitpunkt an diesem Ort einfrieren lassen, während sich die Welt ohne uns weiterdreht.

Sonnenstrahlen, die mir sonst willkommen sind, ergießen sich um die Vorhänge. Ich liebe den Sonnenaufgang. Den Anbruch eines neuen Tages, der neue Möglichkeiten bringt. Doch heute verfluche ich Mutter Natur, während sich in mir eine unheimliche Panik verdichtet und vervielfacht. Der morgige Tag ist fast da und bringt eine Million Fragen mit sich, auf die ich noch keine Antworten weiß.

Was zum Teufel soll ich tun?

Wie soll ich uns alle unversehrt aus diesem Schlamassel herausbringen?

Ist das überhaupt möglich?

Ehrlich gesagt lautet die Antwort nein. Wir werden alle verlieren.

»Verdammt, Annabelle. Was hast du getan?«, murmele ich in den stillen Raum hinein.

Ich habe einen Kloß im Hals. Ich kann mich dem noch nicht stellen. Stattdessen konzentriere ich mich auf Willow. Ich lausche ihren leichten Atemzügen, ertrinke im perfekten Klang ihrer Ruhe. Ich lasse die Wärme ihres Körpers, der an mich geschmiegt ist, so tief in mich einsickern, dass ich sie ein ganzes Leben lang spüren werde. Ich präge mir das Gefühl, wie ihre Finger an meiner Brust zucken, und ihren einzigartigen Duft ein, den ich mit jedem Atemzug tief einatme.

Zum ersten Mal im Leben fühle ich mich schwer und verwundbar. Der berühmt-berüchtigte Shaw Mercer ist gar nicht unbesiegbar oder unzugänglich. Der Beweis dafür liegt nah bei mir, ihre heiße Mitte eng an mein Bein gepresst, ihr Knie etwas zu nah an meinem schon wieder erregten Schwanz. Bei dem Gedanken, das alles nicht mehr zu haben, bekomme ich sogar feuchte Augen. Sie nicht behalten zu können oder nicht mehr mit dem Gefühl aufzuwachen, endlich meinen Platz im Leben gefunden zu haben.

Ich drücke meine Lippen auf den Scheitel ihrer vom Sex und vom Schlaf zerzausten Haare und lasse sie dort. Als ich auch den anderen Arm um sie schlinge, sind meine Lider plötzlich so schwer, dass ich die Augen nicht mehr offen halten kann.

Nur einen Moment, denke ich. Ich werde meine Augen nur einen Moment ausruhen, weil ich keine Sekunde, die ich noch mit ihr habe, im Nebelschleier des Schlafs vergeuden darf.

Ich wache von lautem Klopfen auf.

Als ich mit Mühe die Augen aufschlage, ist es im Schlafzimmer unseres Hotels taghell. Ein Blick auf die Digitaluhr auf dem Nachttisch rechts von mir sagt mir, dass es nach neun ist. Scheiße. Ich habe mehr getan, als nur die Augen auszuruhen. Ich habe tief und fest geschlafen.

Klopf, klopf, klopf.

Das dumpfe Geräusch kommt von der Tür zu unserer Suite. Ich bin verärgert. Ich bin mir sicher, dass ich gestern Abend das »Bitte nicht stören«-Schild rausgehängt habe, um genau das zu verhindern.

Vorsichtig befreie ich mich von Willow, die immer noch tief schläft, und schnappe mir meine Anzughose vom Fußboden. Ich steige erst mit einem Bein hinein, dann mit dem anderen, ziehe den Reißverschluss zu, lasse aber den Knopf offen. Das

Klopfen geht weiter, doch ich halte inne und betrachte die Liebe meines Lebens. So süß und unschuldig, wenn sie sich nicht verbal mit mir anlegt.

Den Rest des Abends hat sie mich nicht mehr wegen meiner Laune bedrängt, doch das ist nur vorübergehend. Das wird sie, wahrscheinlich ab der Sekunde, in der sie die Augen aufschlägt. Und dann was? Wie werde ich sie diesmal ablenken, ohne sie glatt anzulügen? Denn das kann ich einfach nicht tun. Eine Lüge wird dieses fragile Vertrauen, das sie in mich gesetzt hat, beschädigen, und das werde ich nicht zulassen, egal wie verlockend es sein mag.

Mit einem Seufzer reiße ich mich widerstrebend von ihr los und schaffe es gerade zur Tür, als das laute Klopfen wieder anfängt. Ich reiße sie auf, ohne mir die Mühe zu machen, durch den Spion zu sehen, da ich mir sicher bin, dass es jemand vom Zimmerservice ist. Ich mache mich bereit, einem unschuldigen Opfer den Kopf abzureißen, als ich das Gesicht meines besten Freundes vor mir sehe.

»Was soll das? Wir reisen doch erst gegen Mittag ab.«

»Das konnte nicht warten.« Er hastet ungebeten an mir vorbei. Arschloch.

Ich will mich jetzt nicht mit Noah auseinandersetzen. Ich will mich auch nicht damit auseinandersetzen, was mich in Seattle erwartet. Am liebsten würde ich wieder zu Willow ins Bett kriechen, die Laken zurückziehen, die sie zudecken, und mit der Zunge über ihre perfekten Rundungen fahren, bis ich ihre Mitte erreiche. Ich will, dass sie keuchend erwacht, sich in meine Haare krallt und mich anfleht, sie kommen zu lassen. Ich will nicht abreisen, und ein großer Teil von mir wünscht sich, wir seien gar nicht erst hergekommen, denn dann könnte ich mich noch ein Weilchen länger hinter einem Mantel aus Verleugnung verstecken.

Ich schließe leise die Tür hinter mir und folge Noah ins Wohnzimmer meiner Suite. »Du hättest anrufen können.«

Er wirft mir einen verärgerten Blick zu. »Ich habe es ein Dutzend Mal auf deinem Handy versucht. Du bist nicht drangegangen. Glaubst du etwa, *ich* wollte meinen Arsch so früh aus dem Bett schwingen?« Noah ist Frühaufsteher. Ihn hält es nur dann länger als bis sechs Uhr im Bett, wenn sich eine nackte Schönheit in den Laken räkelt. »Wollte ich nicht.«

Ich grinse. Klar, ich hatte recht.

Als ich den Raum durchquere, entdecke ich mein Handy auf dem Beistelltisch, lasse es aber liegen. »Warum hast du es dann getan?«, frage ich und lasse mich in denselben Sessel sinken, in dem ich gestern Abend saß, als Willow mir ihre Liebe gestand.

Noah sieht sich im Raum um, bevor er mir ein Tablet reicht. »Weil du das hier sehen musst.«

»Was denn?« Ich schnappe mir das Gerät und wische darüber, um den Bildschirm zum Leben zu erwecken, und in weniger als einer Sekunde wünschte ich, ich hätte die Tür nie aufgemacht. Mein Blick fällt zuerst auf das körnige Foto, und auch wenn es nicht scharf ist, ist unverkennbar, was darauf passiert. »Was zur Hölle soll das?«

Als ich zu Noah aufblicke, sind seine Augen hart wie Stahl. »Es tut mir leid.« Seine Stimme ist voller Reue. Der Abend, an dem dieses Foto aufgenommen wurde, blitzt vor meinem inneren Auge auf. Ich wusste es. Ich wusste *verdammt noch mal*, dass sich das noch rächen würde.

Ich schlucke die Galle herunter, die in meiner Kehle wie ein Höllenfeuer brennt, und richte meine Aufmerksamkeit wieder auf den kurzen Artikel, der in der heutigen Morgenausgabe der *7-Day* erschienen ist. Und der Tritt in die Eier ist, dass er direkt unter einem Foto meines Vaters abgedruckt ist, auf dem er

Kindern aus einer Vorschulklasse etwas vorliest. Eine bewusste Provokation, ganz offensichtlich.

Diese Wichser. Ich koche vor Wut.

»›Wird Monogamie überbewertet‹?«, fauche ich, während ich den Blick über die schwarzen Lettern gleiten lasse, die mich verhöhnen. Ich brauche weniger als drei Minuten, um die idiotische Enthüllungsstory fertig zu lesen, die aus nichts als Lügen und Spekulationen besteht. »Was ist das?« Ich werfe das Tablet angeekelt aufs Sofa. »Eine gottverdammte Hexenjagd?«

»Scheint so«, antwortet Noah mit rauer Stimme.

Die Kernaussage der kurzen Schwachsinnsstory lautet, dass ich Willow betrogen habe. Und das Bild, das ihnen irgendwie in die Hände gefallen ist, ist sicherlich belastend.

Es zeigt Gina, die hübsche Kellnerin, die Noah und mich an jenem Abend bedient hat, mit zugekniffenen Augen und unverkennbar ekstatischem Gesichtsausdruck. Sie krallt sich an meinem Hemd fest, auf ihrer Hüfte liegen Noahs lange Finger, sonst sieht man nichts von ihm.

Dafür sieht man mich glasklar. Und das Schlimmste daran? Meine Finger halten ihr Kinn fest, und meine Lippen berühren ihre in einem zärtlichen Kuss, während sie ihren Orgasmus hat.

Schei-ße.

Ich habe in jener Nacht außer bei diesem schlichten, unschuldigen Kuss bei rein gar nichts mitgemacht, doch wenn ich die Wahrheit nicht kennen würde, würde ich diesen Unsinn vielleicht sogar glauben.

Willow glaubt ihn aufgrund der Lügen – selbst wenn das Foto echt ist – vielleicht auch. Und das wäre das erhoffte Resultat, oder?

Ich habe so viele Fragen, doch die einzige Frage von Bedeutung lautet: »Wer ist dafür verantwortlich?«

Ich will denjenigen finden und vernichten. Mich so mit einer anderen Frau zu sehen, wird Willow umbringen. Vor allem nach dem Vorfall mit Lianna neulich Abend auf der Party. Unser Verhältnis ist immer noch zerbrechlich. Es muss gehegt und gepflegt werden. Es braucht Zeit, um zu wachsen und Wurzeln zu schlagen, und das hier … *Scheiße*. Das hier könnte das, was wir aufbauen, in Stücke sprengen, wenn wir es zulassen, und das sogar noch vor der Verheerung durch die anderen Neuigkeiten, die ich ihr irgendwann beibringen muss.

Warum kommt es mir so vor, als hätte sich das ganze Universum gegen uns verschworen?

Noah lässt sich auf die Couch plumpsen und wirft einen Arm über die Rückenlehne. »Da gibt es eine Menge Kandidaten.«

Allerdings.

Ruhelos stemme ich mich aus dem Sessel und laufe auf und ab. Mir fällt sofort Mergen ein. Er weiß, dass mich das aufs Schlimmste treffen wird, doch es wird nicht nur Willow verletzen, sondern könnte womöglich auch der Kampagne meines Vaters schaden. Würde er das tun, weil es seinem eigenen Ziel nützt? Ich würde es dem Mistkerl zutrauen.

Dann wäre da noch Lianna. Was gibt es Schlimmeres als eine verschmähte Frau? Meiner Erfahrung nach nicht viel. Aber wie hätte sie an das Foto herankommen sollen? Wenn sie an jenem Abend dort gewesen wäre, hätte ich sie gesehen. Es ist, gelinde gesagt, vorteilhaftes Timing.

Und natürlich darf ich die Konkurrenten meines Vaters nicht vergessen. Verdammt, *jeder* hätte dieses Foto machen und für ein Vermögen an die *7-Day* verkaufen können. Es könnte sogar sein, dass Gina selbst uns eine Falle gestellt hat, aber warum?

Scheiße, scheiße, scheiße. Mein Vater hatte von Anfang an Angst, dass so etwas passieren könnte, und ich habe Harrington ohne Not scharfe Munition geliefert. Ich hätte die Granate genauso gut mit dem Sicherungsstift zwischen den Zähnen persönlich übergeben können.

Plötzlich erhellt sich das Display meines Handys. Ich hatte es gestern Abend auf stumm geschaltet, weil ich nach dem Treffen mit Annabelles Freundin den Gedanken nicht ertragen konnte, mit jemandem zu sprechen. Noah greift hinüber und nimmt es in die Hand, während er mir einen fragenden Blick zuwirft. »Dein Vater.«

Natürlich. Ich frage mich, wie oft er schon angerufen hat. Als ich den Kopf schüttele, legt er es achselzuckend wieder weg. »Irgendwann wirst du dich mit ihm auseinandersetzen müssen, Merc.«

Ich ignoriere den Klugscheißer und schalte sofort auf Problemlösungsmodus. Das Foto ist veröffentlicht. Daran kann ich nichts mehr ändern, so gern ich mir das Gegenteil einreden will.

»Wir müssen Schadensbegrenzung betreiben.« Wobei der erste Schritt wäre: Wie bringe ich es Willow bei? Wenn ich der Meinung wäre, dass es einen Weg gäbe, die Sache unter den Teppich zu kehren, sodass sie nie davon erfahren würde, würde ich es tun. Aber so blöd bin ich nicht. Mergen wird hinter ihr her sein wie eine Scheißhausfliege und hoffen, dass uns das entzweit, damit er sie mir ausspannen kann.

»Schadensbegrenzung wofür?«, fragt eine leise Stimme, die *nicht* Noah gehört.

Natürlich.

»Oh-oh«, murmelt Noah. Ich folge seinem Blick und versteife mich, als ich Willow in ihrer Aufmachung sehe. Ihre goldenen Haare sind immer noch zerzaust, und auf ihrem atemberaubenden Gesicht liegt ein befriedigter, verschlafener

Ausdruck. Ein flauschiger weißer Morgenmantel, an der Taille fest zusammengebunden, umhüllt ihren zierlichen Körper, und ich weiß, dass sie darunter splitternackt ist.

In meinem Kopf herrscht Leere.

»Ich dachte, du schläfst noch«, ist alles, was mir einfällt.

Sie lächelt. Es haut mich genauso um wie sonst immer. »Ich habe Stimmen gehört.« Dann kommt sie auf mich zu. Ihr Gang ist langsam und sexy, doch in meinem Kopf könnte sie genauso gut für mich strippen. Als sie zu mir tritt, schlingt sie den Arm um meine Taille, und ich stoße einen erleichterten Seufzer aus, weil ich sie an meiner Seite habe. Das hält so lange an, wie sie dafür braucht, um noch einmal zu fragen: »Schadensbegrenzung wofür?«

Ich sehe zu Noah, woraufhin wir beide auf das iPad schauen. Da Willow ist, wie sie ist, entgeht ihr nichts. Sie tritt aus meiner Umarmung und zieht die Aufschläge ihres Morgenmantels fest um ihr Kinn. Dieser dämliche Morgenmantel ist kein bisschen sexy, doch weil sie ihn trägt, ist er ein Kunstwerk.

»Was ist los?«, fragt sie in dem Ton, der signalisiert, dass sie sich für den Kampf rüstet. Selbst ihre hochgezogenen Augenbrauen unterstreichen den Ernst der Lage. »Und diesmal entkommst du mir nicht ohne eine Antwort.«

»Es ist wohl besser, wenn ich gehe«, verkündet Noah und springt auf.

»Feigling«, murmele ich halblaut. Obwohl ich es ihm nicht verübeln kann, dass er lieber von hier abhauen will. Ich will die Bestürzung und die Vorwürfe in Willows Gesicht auch nicht sehen.

Auf dem Weg zur Tür schlägt Noah einen Bogen und bleibt direkt vor Willow stehen. Er wirft mir einen merkwürdigen Blick zu, fast als wollte er mich stumm um Erlaubnis bitten, bevor er die Hände auf ihre Schultern legt.

Die sowieso schon angespannte Atmosphäre verschlechtert sich noch, als Noah diesen unverfrorenen Schritt unternimmt und sie vor meinen Augen auf diese Art berührt ... vor allem da ich weiß, dass ein kleines Fingerschnipsen die zwei Mantelhälften öffnen wird, die ihre makellose Perfektion verbergen.

Willow stellt sich aufrecht hin und neigt den Kopf zu mir. Als sie sieht, dass ich keine Anstalten mache, Noah die Finger zu brechen, weiß sie, dass es ernst ist. Sie presst die Lippen zu einer dünnen Linie zusammen, die vor Sorge gerunzelte Stirn bringt mich um. Ich will sie beruhigen und ihr versichern, dass alles wieder gut wird, doch dessen bin ich mir nicht sicher. Und das liegt nicht nur an dem Foto. Sondern an allem.

»Hey«, sagt Noah leise, um Willows Aufmerksamkeit wiederzuerlangen. »Glaub kein Wort davon.«

»Wovon?« Sie ist verhalten. Nervös.

Noah antwortet nicht. Er sieht sie lange an, bevor er sie umarmt, und obwohl mich das zur Weißglut bringt, verstehe ich, was er damit beabsichtigt. Es ist seine Art, sich zu entschuldigen. Aber ich gebe nicht ihm die Schuld an jener Nacht oder an dem Foto. Sondern *mir*. Ich hätte ihn aufhalten müssen, sobald er die Hände unter Ginas knappen Rock schob.

Er senkt den Kopf und flüstert Willow etwas ins Ohr. Sie schließt die Augen und drückt ihn fester. Genau wie er sie. Meine aufgestellten Nackenhaare beginnen schon zu zittern, als er sie endlich loslässt und verschwindet, bevor ich ihm eine reinhauen kann. Gute Aktion. Meine Geduld war langsam am Ende.

Willow atmet tief durch und dreht sich zu mir. Sie drückt den Rücken durch und legt erwartungsvoll die Arme um ihre schlanke Taille. Sie ist umwerfend. Gott, wie ich sie liebe.

»Sag es mir. Ich kann alles ertragen.«

Das hoffe ich. *Das hoffe ich sehr*, würde ich am liebsten sagen. *Denn wenn du es nicht kannst, haben wir keine Chance, weit schlimmeren Mist zu überstehen, der geduldig auf den richtigen Zeitpunkt wartet, um uns den Garaus zu machen.*

Während sich die Spannung wie ein Schraubstock um alle meine Muskeln legt, nehme ich das Tablet, das Noah dagelassen hat, und reiche es ihr, wobei ich darum bete, dass sie mich in zwei Minuten immer noch mit liebendem Blick ansehen wird statt mit purem Ekel.

16. KAPITEL

Willow

Mir ist schlecht. Kotzübel. Die Früchte, die wir gestern Abend gegessen haben, liegen mir schwer im Magen und drohen, auf sehr unschöne Weise wieder herauszukommen, während ich ungläubig auf etwas starre, das offensichtlich eine sexuelle Eskapade ist, die privat sein sollte, jedoch festgehalten und abgedruckt wurde, sodass die ganze Welt sie sehen und verurteilen kann.

Wie eine Masochistin, die sich im Schmerz aalt, lese ich den Artikel gar nicht. Die Absicht dahinter ist nur allzu klar. Stattdessen studiere ich die Feinheiten des geschmacklosen Fotos und wünschte mir mehr als alles andere, dass ich das Tablet einfach weglegen und das Bild aus meiner Erinnerung löschen könnte. Doch eine Masochistin zieht erklärtermaßen eine gewisse kranke Befriedigung daraus, gedemütigt zu werden, deshalb gaffe ich weiter.

Shaws Augen sind offen. Seine Lider sind schwer, doch sein Blick ist erhitzt und intensiv. Aufmerksam beobachtet er die Reaktion der Frau, wobei seine Lippen die ihren ganz leicht berühren. Die Frau – die nur im Profil zu sehen ist – ist jung und schön und, offensichtlich mitten im Orgasmus, über einen Tisch gebeugt. Sie ist zwar nicht nackt, aber die wichtigen Körperteile sind für ihre Liebhaber zur Schau gestellt. Und auch wenn nur Shaw auf dem Bild zu sehen ist, lassen die fünf langen Männerfinger an ihrer nackten Hüfte keinen Zweifel daran, wer bei diesem öffentlichen Stelldichein der Dritte ist.

Jetzt ergibt Noahs mysteriöses »Es war vor deiner Zeit«, das er mir ins Ohr geflüstert hat, viel mehr Sinn.

Als ich den Raum betrat, war die Besorgnis in ihren Mienen nicht zu übersehen. Die Aufrichtigkeit in Noahs Blick, von der ich jetzt weiß, dass es Reue war, sprach Bände. Die Angst, die mir an Shaws ganzer Körperhaltung auffiel, als er mir diese Bombe überreichte, war mit Händen zu greifen. Deshalb glaube ich Noah und werde auch Shaw glauben, wenn er mir sagt, dass diese Sache nicht passiert ist, während er mit mir zusammen war, auch wenn diese Reporterin wahrscheinlich etwas anderes behauptet.

Trotzdem zeigen alle tiefsitzenden Unsicherheiten, die ich wegen Shaw empfinde – unseretwegen –, wieder ihre hässliche Fratze. Ohne dass es mir bewusst wäre, fällt das teure Gerät in meiner Hand mit einem dumpfen Schlag auf den Teppich. Ich renne ins Badezimmer, wohin ich es nur mit Mühe noch rechtzeitig schaffe, bevor der Inhalt, der in den letzten Minuten in meinem Magen rumort hat, in hohem Bogen aus mir herausbricht.

»Himmel«, knurrt Shaws Stimme düster vor Sorge neben mir. Er hält mir die Haare aus dem Gesicht, während ich mich noch zwei Mal übergebe. Ich will nicht, dass er mich so sieht, kann mich aber nicht dazu überwinden, ihn wegzuschicken.

»Alles okay?«

Ich wische mir den Mund ab, während ich matt mit dem Kopf über der Kloschüssel hänge. Ich schwitze und bin völlig erschöpft. Es gelingt mir, den Arm zu heben und meine Schande wegzuspülen. Dann frage ich ihn heiser: »Kannst du mir einen Schluck Wasser bringen?«

Shaw zögert. Ich merke ihm an, dass er mich nicht allein lassen will, doch als ich noch ein »Bitte« hinzufüge, eilt er davon und ist innerhalb von Sekunden mit einem halbvollen Glas wieder da. Ich trinke es ganz aus. Auf wackligen Beinen trete ich an den Waschtisch und putze mir die Zähne, bis der Geschmack der erbrochenen Erdbeeren fast weg ist. Ekelhaft. Eher friert die Hölle zu, als dass ich je wieder eine Erdbeere anrühre.

Ich trinke vorsichtig ein paar Schlucke und kämpfe mit dem kühlen Wasser, das mir wieder hochkommen will. Ich beuge mich über das Waschbecken und atme langsam gegen den Brechreiz an, gewinne den Kampf nur mit Mühe und frage mich, warum ich so heftig reagiere, obwohl mir das mit den beiden nicht neu ist.

»Himmel, Willow. Du machst mir Angst«, sagt Shaw. Er steht dicht hinter mir, ohne Anstalten zu machen, mich zu berühren, obwohl die Anziehungskraft unserer Körper unwiderstehlich ist.

»Mir geht's gut«, lüge ich. Mir war schon beim Aufwachen nicht besonders gut gewesen, doch jetzt fühle ich mich wie aufgewärmte Scheiße.

»Ist dir immer noch schlecht?«

»Es geht schon vorbei.« Tut es nicht.

Jetzt tritt er noch näher und legt zögernd die Hände auf meine Schultern. Seine Berührung ist ein beruhigender Balsam, den ich jetzt verzweifelt ersehne und brauche, egal ob er derjenige ist, der meinen derzeitigen Zustand überhaupt erst verschuldet hat. Ich hebe den Kopf und erhasche im Spiegel einen Blick auf sein gequältes Gesicht. Es ist voller Sorge, wodurch ich mich etwas besser fühle.

»Du siehst blass aus.«

Ich versuche mich an einem Lächeln. »Das wird schon wieder.«

Das qualvolle Gefühl, deine Lippen auf einer anderen Frau zu sehen, die du dir mit Noah geteilt hast, wird vergehen. Irgendwann. Hoffe ich zumindest.

Auch er versucht sich an einem Lächeln, scheitert jedoch wie ich.

»Es tut mir leid.« Er klingt aufrichtig und zerknirscht. Wie ein Mann, der fürchtet, alles zu verlieren.

Ich lecke mir die Lippen, während mein Magen weiter rebelliert. Ich fahre mit der größten emotionalen Achterbahn der Welt, und ich will runter von dem Scheißding.

»Ich weiß«, erwidere ich schließlich, da ich nicht weiß, was ich sonst sagen soll. *Schon gut* wäre gelogen. *Nichts* ist gut.

Er schließt langsam die Augen. Als er sie nach einer gefühlten Ewigkeit wieder aufschlägt, funktioniert diese für ihn typische Entschlossenheit, in die ich mich verliebt habe, wieder hervorragend, doch es scheuert meine sowieso schon blank liegenden Nerven blutig, als er vehement erklärt: »Nichts davon ist wahr, Willow.«

Ach wirklich? Mir fällt da schon eine Sache ein, die wahr ist.

Der Schmerz und die Demütigung brennen immer noch in meinem Herzen und zermalmen den Brechreiz, gegen den ich angekämpft habe. »Nichts davon?« Ich wirbele zu ihm herum und halte mich an der Waschtischplatte hinter mir fest. Meine Beine sind weich wie gekochte Spaghetti. »Dann war das Foto also auch eine Lüge?«

Er hat den Anstand, beschämt auszusehen. Gut. Das sollte er auch sein.

»Das ist das Einzige, was keine ist«, gesteht er zerknirscht. »Aber das war, bevor wir zusammenkamen. Glaub mir das bitte.«

Zusammenkamen.

Lachhaft. Was für eine Lüge wir sind.

Ich zittere. Gott, das tut weh. Sehr.

»Willow –«

Ich unterbreche ihn. »Wann?«

Er zieht die Augenbrauen zusammen. »Wann was?«

Er glaubt bestimmt, dass ich nach der Frau frage, aber die interessiert mich nicht die Bohne. Ich hinterfrage nicht seine Ehre, sondern seine Neigungen. Ich weiß, dass er gesagt hat, dass er mich liebt, aber Unsicherheit ist ein grausames Miststück, das man manchmal unmöglich im Zaum halten kann, und wenn ich Voodoo-Auge glauben soll, hat er jede Frau vor mir mit Noah geteilt. Warum also *mich* nicht?

»Wann fängst du an, *mich* mit Noah zu teilen?«

Wütend packt er mein Gesicht. Er hält mich in seinem eisernen Griff, während seine Augen, die jetzt heiß wie geschmolzener Stahl sind, sich auf dieselbe Art in mich bohren wie seine verhärtete Stimme. »Ich würde dich niemals mit ihm teilen. Nie.«

Meine Gedanken schweifen zu meinem dummen Traum, in dem Shaw mich teilen *wollte*. Ich weiß, dass es meine blühende Fantasie war, nicht das wahre Leben, doch das Unbehagen, das er in mir hinterlassen hat, ist wieder aufgewühlt worden.

»Warum? Was macht mich so anders als sie?« Jetzt beziehe ich mich doch auf die Frau auf dem Foto, weil sie mich gottverdammt *doch* interessiert. Sie interessiert mich sogar sehr. Meine Eifersucht ist ein wütendes Feuer, das jede meiner Hirnzellen versengt.

Er drückt zu und schüttelt mich leicht. »Willst du mich verarschen, Willow?« Als er sieht, dass dem nicht so ist, wird er verhaltener. »Alles. Alles an dir ist anders, Willow.«

»Das ist dürftig.« Ich blinzele und bin mir vollkommen bewusst, dass ich nach Komplimenten fische, wie er es gern tut, doch in diesem Augenblick brauche ich diese selbstsüchtige

Bestätigung. Mein Ego wurde zerschmettert, und das in aller Öffentlichkeit. Ich verdiene mehr als hohle Phrasen.

Sein Blick hält ewig lang meinen fest, als suchte er nach den richtigen Worten. Ich liebe es, wenn er sich Zeit lässt, statt mit der erstbesten Sache herauszuplatzen, die ihm in den Sinn kommt.

»Du willst wissen, warum du anders bist?«

»Ja.« Meine Stimme ist belegt, während ich an seinen Lippen hänge.

Shaw hält mein Kinn zwischen Daumen und Zeigefinger, neigt meinen Kopf genau im richtigen Winkel und legt seine Lippen auf meine. Seine Augen bleiben die ganze Zeit weit geöffnet, während sein Mund meinen kaum berührt. Der Kuss ist weich und demonstrativ.

Genau wie auf dem Foto.

»Du weißt bereits, was dich anders macht, Goldlöckchen, aber wenn ich es dir erläutern soll, tue ich es.«

Er dreht mich langsam zurück zum Spiegel, zieht an meinem Morgenmantel, bis er mir von beiden Schultern rutscht, und greift herum, um meine langen Haare zur anderen Seite zu streichen. Er fixiert mich, und ich bin von seiner Anziehungskraft gefesselt, bis er beschließt, mich loszubinden.

Er legt den Mund an mein Ohr und legt los. »In den anderen habe ich keine Tiefe gesehen. In dir sehe ich ein vielschichtiges Rätsel, für dessen Lösung ich ein ganzes Leben brauchen werde.«

Als er mich auf den Hals küsst, zittere ich und kann nur mit Mühe ein Stöhnen unterdrücken.

»In den anderen sah ich langweilige Klischees. Aber du –« Er schüttelt den Kopf. »Du, Willow, bist eine faszinierende Frau, die einen unlöschbaren Durst nach Leben hat, aber die Freiheit braucht, es auch zu leben.«

Seine Hände widmen sich dem verknoteten Gürtel meines Morgenmantels, den er mit geschickten Fingern langsam löst, während er fortfährt: »In den anderen habe ich ein Mittel zum Zweck gesehen. In dir sehe ich nur den Anfang. Schon während ich mit ihnen zusammen war, waren sie Vergangenheit, doch seit ich dir bei Randi zum ersten Mal gegenüber saß, kann ich nicht aufhören, mir die Zukunft vorzustellen, und sehe darin nur deine große Klappe, die mich auf Trab hält.«

Als er den Knoten des Gürtels gelöst hat, stehen die zwei Mantelhälften offen und entblößen einen zweieinhalb Zentimeter breiten Streifen Haut. Sein Brustkorb weitet sich und drückt sich gegen mich, als er tief Luft holt. Während er weiterspricht, streicht er träge mit einem Finger von meinem Schlüsselbein nach unten und hinterlässt dabei ein Kribbeln.

»In den anderen konnte ich mich kurze Zeit verlieren, aber in dir, Willow Blackwell, bin ich überhaupt nicht verloren. In dir habe ich endlich den Grund meiner Existenz gefunden. Du verkörperst Anmut, Stärke und stillen Mut. Du bist anders, weil ich in *jeden* Teil, der dich ausmacht, verliebt bin. In den verängstigten, den vernarbten und den *heiligen*. Vielleicht liebe ich den am meisten – den heiligen Teil, den du noch nicht mit mir geteilt hast –, denn ich weiß, wenn du es irgendwann tun wirst, wird er mir sogar noch mehr bedeuten als das außergewöhnliche Geschenk deines Namens.«

Ehrfürchtig schält er das flauschige Kleidungsstück von meinem Körper und lässt es zu Boden fallen, woraufhin ich nackt und entblößt vor ihm stehe und mich nach seiner nächsten Berührung, seinem nächsten Wort sehne.

»In den anderen habe ich absolut nichts gesehen.« Meine Nippel formen Kügelchen, als er mein Ohrläppchen durch seine Zähne zieht und haucht: »Aber in dir, Willow, sehe ich eine leere Seite, die ich mit Farbe und Erinnerungen füllen will, mit

Licht und Lachen. Ich will Seite für Seite mit der Geschichte unseres Lebens vollpacken, und das habe ich noch nie zuvor gewollt.«

Mir kommen die Tränen, während sich auf meinem Körper eine Gänsehaut ausbreitet. Shaw Mercer schwächt jeden Teil von mir und stärkt ihn gleichermaßen.

Er hält inne und lächelt verschmitzt. »Wenn du willst, kann ich noch weitermachen.«

»Ich bin –« Sprachlos. Nur noch ein schluchzendes Etwas. Ich hatte Lobhudeleien über meine Augen oder meine Brüste erwartet, oder vielleicht sogar über unseren explosiven Sex, doch stattdessen hat er das Netz tief und weit ausgeworfen. Er hat gesagt, was ich hören wollte. Ich wische mir rasch ein paar Tränen fort, die aus meinen Augenwinkeln rinnen. »Nein. Das war ziemlich gut.«

Shaw lacht leise, bevor er dazu übergeht, an meiner Schulter zu knabbern. »Noah sieht sich die Radieschen von unten an, bevor er deine weiche Haut berührt.« Zwei Fingerspitzen legen sich leicht auf meine Halsschlagader. »Oder fühlt, wie dein Puls schneller wird wie jetzt.« Er streicht mit dem Daumen über meinen Kiefer. »Oder diesen stockenden Atem hört, kurz bevor du loslässt.«

Seine andere Hand gleitet zwischen meinen Bauch und die Granitplatte des Waschtischs, dann zwischen meine feuchten Falten. Er verteilt meine Erregung, schiebt zwei Finger hinein, beißt mich in die Rundung meiner Kieferpartie und knurrt: »Er wird nie spüren, wie die Wände dieser heißen kleinen Pussy das Leben aus seinem Schwanz herauspressen. Das verspreche ich dir.«

Als er sich zurückzieht, wimmere ich, doch als ich sehe, wie er sich die Hose fast vom Leib reißt, treibe ich ihn zur Eile an. Er gehorcht, und mit einem barschen Befehl, die Hände vor mir aufzustützen – was ich tue –, neigt er meine Hüften und schiebt sich ganz in mich hinein.

»Er bekommt diese Lust nicht zu spüren, Willow. Dieses Wahnsinnsgeschenk, das du mir jedes Mal machst, wenn du mich in deinen Körper lässt.«

Er drückt den Daumen unter mein Kinn und zwingt mich, uns im Spiegel anzusehen. Meine Brüste hüpfen. Meine Haut läuft rot an. Meine Finger krümmen sich, und meine Nägel kratzen über die glatte Fläche, während ich vergebens nach Halt suche, einen Fixpunkt gegen seinen gnadenlosen Angriff. Ich habe mich noch nie im Leben so angebetet und gleichzeitig so verdammt bedürftig gefühlt.

»Er wird nie die salzige Röte deiner Haut schmecken oder den honigsüßen Geschmack deiner Orgasmen.«

Er spielt an meiner Klitoris und treibt mich höher. Bearbeitet mich härter. Er ist erbarmungslos in seinem Bemühen, mir seine Wahrheit zu zeigen.

»Gott, Shaw«, keuche ich. Ich drücke mich an ihn, um ihn tiefer in mir zu spüren, weil ich mehr brauche, alles will.

»Kein Mann außer mir wird dieses Recht haben, meine Schöne. Noah nicht. Mergen nicht. Niemand.«

Seine Kunstfertigkeit ist dahin. Er ist reine Macht. Reines Durchhaltevermögen. Er stößt in mich wie ein Besessener. Und als er meine Klitoris zwischen die Finger nimmt und zudrückt, um sein Argument zu unterstreichen, fange ich Feuer. Ich explodiere, schieße unter seiner Fertigkeit und Hingabe nach oben. Ich schwebe endlos in meinem eigenen Paradies aus Glückseligkeit und Befriedigung und registriere kaum, dass seine Zähne tief in meinem Hals geschlagen sind und seine Finger meine Hüften quetschen, während er ein langes Knurren ausstößt. Er hält kurz still, bevor er wieder blindwütig in mich hineinstößt, um seine eigene Lust in die Länge zu ziehen.

»Es tut mir so leid, dass ich dir wehgetan habe, Willow. Wenn ich es rückgängig machen könnte, würde ich es sofort tun. Vor dir sehe ich nichts. Bitte glaub das.«

Das sagt er mir leise, nachdem wir beide wieder zu Atem gekommen sind. Seine anhaltende Reue trübt die Atmosphäre zwischen uns, ungeachtet dessen, was wir gerade geteilt haben. Er hat sich keinen Zentimeter bewegt, keine Anstalten gemacht, sich zurückzuziehen, sich zu säubern oder mich auf irgendeine Weise zu verlassen. Sein Gesicht ist noch immer an meinem Hals vergraben, sein Schwanz noch weitgehend hart. Er pulsiert alle paar Sekunden von den Nachwirkungen seines Höhepunkts.

Shaw bittet um Verzeihung, aber gibt es da überhaupt etwas zu verzeihen? Wir hatten beide ein Leben, bevor wir uns kennenlernten, und obwohl es zwangsläufig schmerzen muss, wenn mir eine frühere Eroberung unter die Nase gerieben wird, wird er sich nicht genauso fühlen, wenn ich ihm von Reid erzähle? In vielerlei Hinsicht könnte es sogar noch schmerzhafter sein, weil zwischen uns echte Gefühle im Spiel waren, und wenn Shaw etwas für diese Frau empfunden hätte, hätte mich das noch tiefer getroffen als seine körperliche Zurschaustellung von Dominanz.

Ich greife nach hinten nach seinem Kopf und drücke ihn an mich. Um ihn zu beruhigen. Seine Erleichterung umschließt mich wie seine Umarmung, als ich sage: »Ich glaube dir.«

Mir bleibt nichts anderes übrig. Ich stecke schon zu tief drin. Ehrlich gesagt steckte ich schon in dem Moment zu tief drin, als ich ihm meinen richtigen Namen nannte.

17. KAPITEL

Shaw

»Was in Gottes Namen hast du dir dabei gedacht?« Preston Mercers Stimme dröhnt so laut, dass eine Lampe vibriert.

Mein Vater steht mit puterrotem Kopf vor mir und wedelt mit einem Exemplar der *7-Day*-Sonntagsausgabe wie damals mit meinem Schulheft, als ich zu Beginn der achten Klasse eine Drei minus in Algebra mit nach Hause brachte. Auch wenn ich es nicht zugeben wollte, hatte ich mich mehr darauf konzentriert, wie sich Penny Wilmers Lippen stumm bewegten, während sie ihre Matheaufgaben löste, als auf den Unterricht von Mrs Gremer.

Am Montag darauf bat ich darum, mich umsetzen zu dürfen, weg von Penny Wilmer ans andere Ende des Klassenraums, wodurch ich meine Note im restlichen Schuljahr auf eine glatte Eins verbesserte. Das habe ich in Ordnung gebracht, und ich werde auch das hier in Ordnung bringen, auch wenn es viel komplizierter ist, als mir ein paar Schreibpulte Distanz zwischen mir und einer hübschen Rothaarigen zu verschaffen, die mich hart machte, indem sie sich auf die Lippe biss.

»Weißt du, was dein unbedachtes Handeln verursacht hat?« Er wartet nicht einmal auf meine Antwort. »Eine Katastrophe, Shaw. Eine gottverdammte Scheiß-Katastrophe!«

Mannomann. Obszönitäten zuhauf. Mein Vater ist aufgebracht. Ich hab's kapiert. Ich habe die Standpauke verdient und werde seinen Zorn wie ein Mann ertragen. Ich habe Mist gebaut. Ich werde es genauso offen eingestehen wie damals in der achten Klasse.

»Ich regele das«, verkünde ich ruhig.

»Du regelst das? Und wie genau willst du das anstellen?«

Die *7-Day* ist ein politisches Medium, doch im letzten Jahr hat sie sich mehr und mehr zum Klatschblatt entwickelt, weshalb ihre Glaubwürdigkeit langsam infrage gestellt wird. Worüber ich mir mit John Whelan, dem Geschäftsführer von Lock Media, während unseres kurzen Gesprächs gestern erfreulicherweise einig war.

Ich war nicht allzu überrascht darüber, dass er meinen Anruf entgegennahm. Anscheinend war diese Nummer, die die *7-Day* abgezogen hat, noch vor mir bis zu seinem Schreibtisch vorgedrungen. Er sagte zu, dass sie nicht nur einen Widerruf, sondern auch eine Entschuldigung abdrucken würden, und versicherte mir, dass die verantwortliche Reporterin gefeuert würde. Dann beteuerte er, dass Köpfe rollen würden, wenn einer der prominentesten Geschäftsmänner in Seattle noch einmal verleumdet würde. Und als er diese Zusage auch auf meine Geschwister ausdehnte, sagte ich ihm, dass ich auf ein gerichtliches Vorgehen verzichten würde.

»Ich habe es unter Kontrolle, Dad.«

Ich lehne mich auf der Couch zurück und lege das linke Fußgelenk auf mein rechtes Knie. Den Arm lasse ich locker auf der Rückenlehne ruhen, während meine Finger gegen den weichen Stoff klopfen und die blanke Wut verbergen, die in meinen Adern kocht. Und diesmal liegt es nicht daran, dass mein Vater mich behandelt wie einen Vorpubertierenden, der eine schlechte Note bekommen hat, die ihm seine Chancen auf ein Studium an einer Elite-Uni versauen könnte.

Nein … es liegt daran, dass Reid »Arschgesicht« Mergen etwas zu entspannt rechts von mir sitzt. Gerade so weit weg, um nicht erwürgt zu werden. Und es scheinbar genießt, wie ich verbale Prügel beziehe.

Seit der Vorfall vor zwei Tagen bekannt wurde, habe ich nicht mit meinem Vater gesprochen. Ich hatte Wichtigeres zu tun. Zum Beispiel den Schaden zu beheben, den irgendein Volldepp angerichtet hat, und währenddessen Willow in meiner Nähe zu halten und abzulenken. Und von Mergen fernzuhalten. Aber Noah hatte recht. Ich musste mich ihm früher oder später stellen, und da ich wusste, dass es hässlich werden konnte, bestand ich darauf, bei ihm zu Hause mit ihm zu sprechen statt in seinem Büro.

Jetzt bin ich mir nicht so sicher, ob das eine gute Idee war.

»Du hattest in den Umfragen einen geringfügigen Einbruch. Bis zum Ende der Woche hast du den Verlust wieder gutgemacht«, sage ich leichthin.

»Darum geht es mir gar nicht.« Und ob es das tut. »Weißt du, wie deine Mutter reagiert hat, als sie diesen Müll gesehen hat?« Ich zucke zusammen. Meine Eltern wollen sich mich genauso wenig beim Sex vorstellen wie ich mir sie. »Wie zum Teufel konnte das passieren?« Er schreit immer noch. Wedelt wieder mit der verdammten Zeitung.

Ich blicke zum Wahlkampfmanager meines Vaters und spreche in seine Richtung, als ich antworte. Denn mal ehrlich, das ist die primäre Frage, die ich mir schon seit Tagen stelle. »Keine Ahnung«, höhne ich. »Warum fragst du nicht deinen Wahlkampfjungen hier? Ist es nicht *seine* Aufgabe, diesen Mist aus der Presse herauszuhalten?«

Mergens Augen trüben sich vor schwarzem Hass. Wenn er seine Backenzähne noch heftiger aneinander reibt, bricht er sich einen Zahn ab. »Meine *Aufgabe*« – stößt er hervor –

»wäre um ein Vielfaches einfacher, wenn Sie Ihren verdammten Schwanz in Ihrer Hose behalten würden.«

»Wohin ich meinen Schwanz stecke, ist nicht Ihre Sache«, gebe ich nonchalant zurück. »Es aus den Zeitungen rauszuhalten schon.« Außerdem geht es hier gar nicht um meinen Schwanz. Er war nicht mal in der Nähe der Kellnerin. Bis auf die kurze Sekunde, als sie mich über meiner Jeans betastete, woran ich mich kaum erinnere.

Er beugt sich vor. Es soll drohend wirken, und ich würde ihn am liebsten an Ort und Stelle kastrieren. Ich überlege schon, wo ich das stumpfeste Küchenmesser finde, als er mich frontal angreift, ohne dass eine Berührung notwendig wäre. »Und was ist mit Willow? Geht es sie etwas an, wohin Sie Ihren Schwanz stecken, oder planen Sie so weit im Voraus, dass Sie schon vergessen haben, dass sie die Frau ist, in die Sie *angeblich* verliebt sind?«

Die Eier dieses Wichsers gehören mir. Bis Sonnenuntergang werden sie in meinem Trophäenschrank hängen. Ich schieße gleichzeitig mit ihm in die Höhe, und das Einzige, was mich davon abhält, ihm eine reinzuhauen, ist die Tatsache, dass mein Vater als Prellbock zwischen uns getreten ist.

»Nicht in meinem Haus. Setzt euch. Beide.«

Mein Vater ist etwa so groß wie ich, etwa so schwer wie ich, doch mit unserem Altersunterschied von siebenundzwanzig Jahren wäre es für mich ein Leichtes, ihn aus dem Weg zu schubsen, um dieses Arschloch hinter ihm fertigzumachen. Ich ziehe es in Erwägung. Eine glühende Sekunde lang ist der Wunsch danach überwältigend. Mergen würde blutend zu Boden gehen, bevor mein Vater mich davon abhalten könnte.

Es ist verführerisch. So verdammt verführerisch. Doch dann müsste ich mir das ganze nächste Jahr die Vorwürfe meiner

Mutter anhören, und das ist dieses Stück Scheiße nicht wert. Stattdessen steche ich mit dem Finger in Richtung seiner Brust. »Wenn Sie noch einmal ihren Namen sagen, werde ich nicht zögern, Sie niederzuschlagen.«

Sein selbstgefälliges Grinsen lässt den erbitterten Hass auflodern, den ich auf ihn und alles, was er meiner Familie anzutun versucht, habe. Und mein Vater ahnt nichts davon.

»Sie verdienen sie nicht«, stößt Mergen hitzig hervor.

»Gott steh mir bei«, murmelt mein Vater. Er holt sich seinen Drink, den er abgestellt hatte, um mich besser ausschimpfen zu können.

»Sie haben recht«, antworte ich zu seiner Überraschung. Wenn es um Willow geht, bin ich nicht gut genug. Doch aufgrund eines göttlichen Wunders und trotz all meiner Defizite liebt sie mich, und ich nehme es an. »Sind Sie sicher, dass Sie bei diesem kleinen Debakel nicht Ihre schmutzigen Hände im Spiel haben? Es scheint mir ein merkwürdiger Zufall zu sein, wenn man bedenkt, dass Sie keinen Zweifel daran gelassen haben, dass Sie sie zurückwollen.«

Mergen sagt keinen Ton. Er atmet nicht. Er blinzelt nicht einmal. Ein schweres Schweigen legt sich über den Raum. Ich sehe meinen Vater an, der Mergen jetzt mit undurchdringlicher Miene anstarrt. Als würde er zum ersten Mal seit Wochen endlich die wahre Schlange im Gras sehen. Wird auch langsam Zeit.

»Stimmt das?«, fragt er ihn.

Zum ersten Mal, seit ich das Zimmer betreten habe, sieht Mergen unbehaglich aus. Mein Vater mag Willow. Ihm gefällt es, dass wir zusammen sind, und obwohl er so gut weiß wie ich, dass die beiden eine gemeinsame Vergangenheit haben, wette ich, dass er genauso wenig über die Details weiß wie ich. Wenn er glaubt, dass sein Wahlkampfmanager schändliche

Absichten auf die Freundin seines Sohnes hat, was wiederum seiner Kampagne schaden kann, löst Mergen vielleicht seine Fahrkarte zum Verlassen der Stadt. Das kann man nur hoffen. Das wäre für uns alle das Beste.

»Nein«, antwortet er meinem Vater, wobei er es nicht wagt, zu mir zu sehen.

»Nein?« Meine ungläubige Erwiderung verwandelt sich in ein harsches Lachen. Ich verschränke die Arme, stelle mich breitbeinig hin und hole zum entscheidenden Schlag aus. »Dann haben Sie also, als Sie mir bei unserer kleinen Unterhaltung neulich sagten, und ich zitiere: ›Ich bin derjenige, den sie heiraten wird. Derjenige, den sie immer heiraten sollte‹, nur was gemacht? Versucht, mich zu reizen? Mich zu provozieren? Ein Arschloch zu sein? War es das?«

Seine Brust weitet sich langsam. Mir fällt auf, dass er die Hände zu Fäusten geballt hat und seine Kiefermuskeln vor Wut zucken. Ich setze ein großspuriges Grinsen auf.

»Ich habe Sie das noch nicht gefragt, weil ich ehrlich gesagt finde, dass es mich nichts angeht, aber wie genau sah Ihre Beziehung zu der Freundin meines Sohnes aus?« Das Wort Freundin betont mein Vater richtig schön.

Bumm. Los, Dad!

Mergens Blick huscht von mir zu meinem Vater, der jetzt aufrecht und erhobenen Hauptes dasteht und wartet. Mein Vater lässt sich nicht gern auf die Folter spannen.

»Preston –«

Er unterbricht ihn. »Ich habe keine Zeit für Bullshit, Reid. Ich hätte gern eine ehrliche Antwort, wenn ich bitten darf.« Er hält nur kurz inne. »Ich nehme an, Sie waren mehr als nur Schauspielkollegen?«

Schweigen.

So viel Schweigen, dass es mir die Luft abschnürt.

Vielleicht hat er den fast unmerklichen Schritt gespürt, den ich auf ihn zumachte, oder vielleicht lag es an den struppigen angegrauten Augenbrauen meines Vaters, die er bis zu seinen Geheimratsecken hochgezogen hatte. Jedenfalls antwortet er schließlich widerstrebend mit »Ja«.

Mein Magen zieht sich zusammen. Fest. *Du wusstest es schon, Merc. Steh deinen Mann.*

»Und?«, hakt mein Vater sanft nach. Es scheint gegen die Intuition zu sein, doch das ist der angeborene Politiker in ihm. Jeden dazu zu bringen, über alles Mögliche zu reden. Er gibt den Menschen das Gefühl, dass sie sich Dinge von der Seele reden wollen, die sie belasten. Das ist eine Gabe, die ich gern von ihm geerbt hätte. Es würde sich bei Willow als nützlich erweisen, so viel ist sicher.

Mergen dreht sich wieder zu mir, und wenn ich in den nächsten Monaten und Jahren an diesen Abend denken werde, werde ich mich mit makabrer Genauigkeit an jedes Einzelbild erinnern.

Ich werde das schwarze Loch in meinem Magen nicht vergessen, von dem ich glaubte, es würde mich im Ganzen verschlingen. Oder die hasserfüllten Gedanken, die meinen Verstand trübten, als er mit fester Überzeugung die Wahrheit aussprach. Das Stechen in meiner Brust fühlt sich an wie ein flinkes Sägemesser, das mit jeder Silbe dieses einen verdammten Worts tiefer in mich gestoßen wird …

»Ich war ihr Verlobter.«

Verlobter.

War der ganze Mist, der in mir gärte, nicht schon schlimm genug? Was könnte schlimmer sein, als von Angesicht zu Angesicht vor dem Mann zu stehen, dessen Leben vor meinem mit dem meiner Freundin verwoben war?

Ich habe es nicht für möglich gehalten, doch hier ist es.

Was sich mir am meisten einprägen wird, ist nicht, wie *ich* mich fühle, sondern wie *er* sich fühlt. Der offensichtliche Schmerz in seiner Stimme, der nun auch in seinem ernsten Gesicht erkennbar ist, sagt alles. Früher einmal hat er einen Menschen gehabt, der ihm kostbar war, und er ist ihm entglitten. Diesen Menschen wünscht er sich so verzweifelt zurück, dass er alles dafür tun würde. *Alles*. Ohne Rücksicht auf Moral, doch alle Mühe ist vergebens, weil der andere seine Gefühle nicht mehr erwidert. Er gehört jetzt jemand anders.

Es ist ein mir fremdes Gefühl. Eins, das ich, wie ich schwer hoffe, niemals selbst verspüren werde.

Doch angesichts der undurchsichtigen Wendungen, die unser Leben, Jahre bevor wir uns trafen, ohne unser Wissen nahm, angesichts der giftigen Geheimnisse, die ich Willow jetzt vorenthalte, ist meine schlimmste Angst, dass ich genauso enden werde wie Mergen, wenn sie davon erfährt.

Allein und mich bis zu meinem Tod nach der Frau verzehrend, die ich liebe.

18. KAPITEL

Willow

»Hallo, Mama.« Ich küsse sie auf die Wange und mustere sie aufmerksam. Da Millie eine Menge Besorgungen zu erledigen hat, sind meine Mutter und ich heute Nachmittag allein. Zeiten, die ich gleichermaßen genieße und fürchte. »Du siehst heute gut aus.«

»Hallo«, antwortet meine Mutter zögernd und starrt mich an wie eine Fremde.

Es macht mich traurig. Ich vermisse sie so sehr. Mir fehlt, wie sie mich früher in den Schlaf gesungen und verzweifelt versucht hat, mir das Nähen beizubringen. Mir fehlt, mich mit ihr über Gott und die Welt unterhalten zu können. Und nach den letzten Tagen mit Shaw brauche ich meine Mutter mehr denn je. Ich brauche einen neutralen Zuhörer. Jemanden, der sich für mich freut. Jemanden, der mir einfach zuhört, wozu Sierra nicht in der Lage ist. Und meine Freundin Jo würde mich eher ausschimpfen, als gemeinsam mit mir ein Brautjungfernkleid auszusuchen, wenn ich ihr erzählte, dass ich mich in einen Kunden verliebt habe.

Ich tätschele ihr den Arm, der sich kühl anfühlt, nehme das Wasserglas, das neben ihrem Fernsehsessel steht, und gehe damit in die Küche, um es nachzufüllen.

»Wie geht es dir?«, frage ich und stelle das Glas auf den Tisch neben ihr, bevor ich mich aufs Sofa setze.

»Gut, glaube ich.« Sie hält inne und überlegt. »Ja, mir geht es gut.«

»Dir scheint kalt zu sein. Willst du eine Decke?«

Ihre schütteren Augenbrauen ziehen sich zusammen, während sie nachdenkt. »Ja, ich denke, das wäre schön.«

Ich springe auf, hole eine aus dem Weidenkorb, der an den Erkerfenstern steht, und lege sie ihr um die Beine. »Gut so?«

Sie nickt. Ich glaube nicht, dass sie sich sicher ist, bin aber froh, dass sie mitspielt.

»Soll ich dir etwas zu essen holen?«

»Nein, danke«, antwortet sie höflich.

»Möchtest du *Jeopardy!* gucken?«

»Oh ja. Das wäre schön.« Ich lächele über die Freude in ihrer Stimme. Das Einzige, was sich in all dieser Zeit nicht verändert hat, ist, wie sehr sie *Jeopardy!* liebt. Ich schnappe mir die Fernbedienung, schalte den Fernseher an und mache es mir für einen Marathon des schwersten Ratespiels der Welt gemütlich. Sie überrascht mich sogar ein paarmal, indem sie die richtigen Antworten gibt.

Alzheimer ist eine verwirrende Krankheit. Nutzlose Fakten können in Sekundenschnelle abgerufen werden, doch die Gesichter der eigenen Angehörigen sagen einem nichts.

Nach etwa einer Stunde verschlägt es mir fast die Sprache, als sie mich ansieht und völlig unerwartet sagt: »Ich vermisse deinen Vater.«

Ich bekomme feuchte Augen. Sie auch. Ich weiß nicht, ob sie denkt, mit mir zu reden oder mit Violet, doch wenn sie einen klaren Moment hat, ziehe ich vor zu glauben, dass sie mich meint. »Ich auch.« Das fiel mir schwer.

»Was ist passiert?«

»Mit Daddy?«, frage ich mit zittriger Stimme. So traurig es

ist, meist bin ich froh, dass sie sich nicht an den Verlust ihres Ehemannes, mit dem sie zweiunddreißig Jahre verheiratet war, erinnert, denn wenn es ihr einfällt, merke ich ihr an, dass die Wunde noch genauso frisch ist wie an jenem Tag, als es geschah. Auch wenn sich meine Schritte manchmal anfühlen, als würde ich durch Matsch waten, kann ich wenigstens versuchen, vorwärtszugehen. Sie hingegen steckt in einer makabren Zeitschleife fest, in der sie ständig Wasser tritt.

Mit vor Verwirrung zerfurchter Stirn nickt sie langsam. »Ich … Ich weiß, dass er tot ist, aber …«

»Ist schon gut.« Ich nehme ihre Hand, damit sie nicht zu aufgewühlt wird. »Er …« Himmel, ist das schwer. Ich könnte schwören, wenn ich jetzt zur Treppe sehen würde, käme er polternd die Stufen herunter, die Haare zerzaust von stundenlangen sorgfältigen Recherchearbeiten. »Er wurde in einen Autounfall verwickelt«, lüge ich.

Sie wird nie die Wahrheit darüber erfahren, was in jener Nacht geschehen ist. Es würde sie umbringen, so wie es mich umbringt.

Sie presst die Lippen zusammen und senkt den Blick auf ihren Schoß. Sie schweigt so lange, dass ich mir sicher bin, dass sie mir wieder entglitten ist. Doch dann stellt sie dieselbe Frage, die sie immer stellt, wenn wir in der Gegenwartsform über ihn sprechen. »Wurde noch jemand verletzt?«

Sie will Details wissen. Ich habe keine.

Sie will Antworten. Auch die habe ich nicht.

Das allgegenwärtige Schuldgefühl, das mich nie verlässt, zeigt seine hässliche Fratze. Müssen wir beide ohne meinen Vater leben, weil ich zu sehr in meinem eigenen Leben gefangen war und mir etwas entgangen ist? Ich kann die Antwort nicht ertragen.

»Nein. Sonst wurde niemand verletzt.«

Ihre Lippe zittert. »Ich bekomme manchmal Angst. Ich vergesse Sachen. Warum kann ich mich nicht erinnern? Ich verstehe nicht, was mit mir geschieht.«

Ich verstehe es auch nicht.

Ich rutsche vom Sofa und knie mich vor sie, während mir das Herz bis zum Hals schlägt. Ich nehme ihre Hände in meine und gebe ihr all meine Kraft. »Ich weiß, aber ich bin hier. Ich werde *immer* für dich da sein, Mama. Ich verspreche es. Ich hab dich lieb.« *Ich werde dich nie verlassen wie Daddy.*

Sie lächelt mit zitternden Lippen. Sie streichelt meine Wange und kneift mich dort, wo sie am vollsten ist, wie sie es immer tat, als ich noch klein war. Dann blinzelt sie, lässt die Hand sinken, und ich sehe hilflos zu, wie unsere kostbaren gemeinsamen Augenblicke wieder schwinden. Sie sieht mich ausdruckslos an und richtet ihre Aufmerksamkeit wieder auf den Fernseher. Ich gehe ins Bad und nehme mir ein paar Minuten, um mich zu berappeln, bevor ich den restlichen Nachmittag exzessiv *Jeopardy!* schaue, während sie ein Nickerchen macht.

Später am Abend bin ich bei mir zu Hause und koche das Abendessen, als Sierra erscheint. Der Essensduft hat sie aus ihrer Höhle gelockt. Ich schwöre, wenn ich nicht wäre, würde sie verhungern. Ich weiß nicht, wie sie die kurze Zeit überlebt hat, in der ich mit Reid zusammenlebte.

»Wie geht's dem Hot Toddy?«, stichelt sie. Sie nimmt sich einen Stapel Waffeln und lässt sie auf einen der Teller fallen, die ich schon aufgedeckt habe. *Du magst kein Frühstück zum Abendessen? Na klar.*

Es ist fast eine Woche her, seit ich meine Mitbewohnerin das letzte Mal gesehen habe. Ich habe mehr und mehr Zeit bei Shaw verbracht, der heute Abend jedoch seinen Dad besucht. Er bat mich, in seinem Bett auf ihn zu warten, und auch wenn es total verführerisch war, sehnte ich mich aus irgendeinem Grund nach der Gemütlichkeit meines eigenen Zuhauses. Und nach meiner Freundin.

»Dem geht's gut.« Ich reiche ihr den Sirup, den sie sich großzügig darüber gießt, und warte mit angehaltenem Atem. Sierra ist keine große Zeitungsleserin, und ich werde den Artikel in der *7-Day* nicht ansprechen, wenn sie es nicht tut. Ich versuche immer noch, das Bild vor meinem inneren Auge loszuwerden. Das Letzte, was ich tun will, ist, darüber zu reden.

»Wirklich?« Unsere Blicke treffen sich. Sie fordert mich heraus.

Verdammt, sie weiß es.

»Wirklich.« Ich halte die Klappe. Versuche cool zu bleiben.

»Hmmm.« Ich warte, während sie ihre klebrigen Finger ableckt. Die unverfrorene Sierra. »Und … wie war euer Ausflug?«

Ich beobachte sie dabei, wie sie ein perfektes Dreieck in ihre Waffeln schneidet und die Stücke mit ihrer Gabel aufspießt. Sie zieht sie durch den Sirup, der sich auf ihrem Teller verteilt, bevor sie die Gabel an ihren Mund führt und mir wieder in die Augen sieht.

Schauen wir mal: Ich hatte einen hedonistischen Traum von einem Dreier mit Noah und Shaw. Später gab es Liebeserklärungen (ohne Noah), die Veröffentlichung belastender Fotos (mit Noah) und eine lebensverändernde Vereinigung an einem Badezimmerwaschtisch, wo Shaw mir in aller Deutlichkeit sagte, dass es keinen Noah geben würde. Deshalb ja … es war merkwürdig, aufregend und niederschmetternd, alles in einer Zeitspanne von vierundzwanzig Stunden.

»Äh … der war gut.«

Sie mustert mich, während sie den Riesenbissen fertig kaut. »Gut?«

»Ja. Gut.« Ich zucke nonchalant mit den Schultern. Der Waffelberg vor mir reicht aus, um eine ganze Armee zu verpflegen. Ich schalte das Waffeleisen aus. Ich hab's wohl etwas übertrieben.

»Das ist viel ›gut‹«, sagt sie ungerührt.

Lachend stelle ich die Riesenschüssel, die immer noch voller Teig ist, in die Spüle und drehe das Wasser an. »Ja.«

»Hm.«

Es ist noch nicht vorbei. Noch lange nicht. Ich gebe ihr höchstens fünf Sekunden.

Fünf.

Vier.

Drei.

Zw–

»Dann macht dir das Foto, auf dem dein Lustknabe und sein nuttiger Freund die Blondine vögeln, also nichts aus?«

»Himmel Herrgott, Sierra«, schimpfe ich sie. Diese spitze Bemerkung schmerzt und verwundet mich tief.

»Was denn?« Sie zuckt mit den Achseln. Sie kann manchmal schwer von Begriff sein.

»*Was denn?* Das war ein bisschen hart, findest du nicht?«

»Weißt du, heute Morgen habe ich mir gesagt, dass ich ein neues Kapitel aufschlage. Dass ich mal diesen ›Filter‹ testen will, von dem alle glauben, dass er die Welt besser macht, weil man – Gott bewahre – ja die Gefühle anderer verletzen könnte, indem man sagt, was man wirklich denkt, auch wenn es die Wahrheit ist.«

»Tja, dann musst du dir eben noch ein bisschen mehr Mühe geben.«

Sie presst ihre Schmolllippen zusammen, die auch ohne Lippenstift die Farbe reifer Erdbeeren haben. Sie steht auf und kippt ihre nur halb aufgegessenen Waffeln in den Müll. Dann stellt sie ihren Teller in die Spülmaschine. »Geh doch zu deinem heißen Kaffee und dem Flittchen auf dem Foto.«

»Stopp«, sage ich bestimmt, als sie Luft holt. »Es ist nicht so, wie du denkst, Sierra.«

»Nicht, wie ich denke? Er war mit einer anderen Frau zusammen, während er angeblich dein Freund war.«

Aber das war er nicht.

Ich habe mich vorhin dazu gezwungen, den Artikel zu lesen, während meine Mutter ein Nickerchen machte. Er deutete im Wesentlichen an, dass Shaw dabei ertappt worden war, wie er seine »Freundin« mit einer Kellnerin aus einem exklusiven Klub betrog. Es stimmt, der Zeitstempel auf dem Foto sagt, dass es nur wenige Tage nach dem Auffahrunfall war, aber es war, bevor wir offiziell »zusammen waren«. Nur dass die Reporterin es nicht so darstellte, weil wir es ihr während unseres Interviews letzten Monat nicht so erzählt hatten.

Im Grunde haben wir uns mit den Lügen, die wir gesponnen haben, selbst ein Bein gestellt, und auch wenn ich über die ganze Situation nicht glücklich bin, vermute ich, dass diese Reporterin auf verdrehte Art glaubte, mir einen Gefallen zu tun, da sie dachte, Shaw sei fremdgegangen.

»So war es nicht, Sierra. Das ist alles gelogen.«

»Sagt wer? Er?«

Ärger kriecht an mir hoch wie Wanzen. »Sage ich«, schieße ich gereizt zurück. »Das war, bevor wir zusammenkamen.«

Sie schnaubt verächtlich. »Er *bezahlt* dich dafür, dass du seine Freundin bist, Löw.«

Aber jetzt ist alles anders, würde ich am liebsten schreien. Wir lieben uns. Ich bin eine leere Seite, die er mit unserem Leben beschriften will. Doch nichts davon wird für Sierra eine Rolle spielen. Sie sieht nur, was sie will, und ist verdammt stur.

»Während wir zusammen waren, ist nichts mit dieser Frau passiert.«

Wir stehen uns gegenüber, die abgenutzte Küchentheke zwischen uns. Sie verschränkt die Arme vor ihrer üppigen Brust; ihre Schutzhaltung ist fast schon komisch. Ihre unfehlbare Liebe zu mir leuchtet so hell wie ein Diamant. Ihre Herangehensweise ist brutal und direkt, doch ihre Freundschaft ist grenzenlos.

»Aber ich wette, es ist mit vielen anderen passiert. Aus diesem Grund musste er dich überhaupt engagieren. Habe ich recht?«

Volltreffer.

Mir ist schlecht. »Es ist jetzt anders.«

»Wirklich?«, hakt sie mit schief gelegtem Kopf kritisch nach.

»Ja.« Ich nehme die übrig gebliebenen Waffeln und tue sie in eine Ziplock-Tüte. Mir ist der Appetit vergangen.

»Willow.« Sie seufzt. »Ich will nicht die Schwarzseherin vom Dienst sein. Ich mache mir nur Sorgen um dich. Ich mache mir Sorgen, dass er dir wehtun wird.«

Schmollend lege ich die Tüte hin. Mein Herz hämmert. Ich bin wütend auf sie und über den Gesprächsverlauf. Ihre Sorge ist berechtigt, doch je mehr ich darüber nachdenke, umso überzeugter bin ich, dass sie auf dem falschen Dampfer ist.

Ich bin es, die *Shaw* wehtun könnte, und es ist nicht so, als würde ich ihn nicht lieben. Das tue ich von ganzem Herzen. Aber ich enthalte ihm immer noch einen entscheidenden Teil von mir vor. Ich habe gesagt, er sei drin, aber … *ist er das?* Wirklich? Halte ich bestimmte Teile von mir zurück, weil ich mich unbewusst auf das Schlimmste vorbereite, und wenn das passiert, hätte ich ihm zumindest nicht *alles* gegeben, was mich ausmacht? Habe ich Shaw deshalb nichts von Violet oder von meiner Verlobung erzählt? Habe ich mich konditioniert, emotional so verschlossen zu sein, dass ich zu einer richtigen Beziehung vollkommen unfähig bin und es nicht einmal merke?

Unser Verhältnis ist unkonventionell und megakompliziert, doch trotz seiner früheren Frauengeschichten oder der Bäumchen-wechsel-dich-Spielchen mit Noah oder der Tatsache, dass er vor mir noch nie eine Frau geliebt hat, glaube ich nicht, dass er es sein wird, der mir wehtut. Ich glaube, dass *ich* diejenige sein werde, die *ihm* wehtun wird.

Alle Streitlust fällt von mir ab, und ich setze mich auf einen Hocker. Sie rutscht auf den neben mir, und ich starre schweigend geradeaus, während sie mich fragend ansieht.

»Und wenn es andersherum ist, Ser? Wenn ich ihm genauso wehtue wie Reid?«, frage ich und drehe den Kopf zu ihr.

»Dann ist es also zu spät, hm?«

Ich lache, mehr oder weniger. »Der Zug ist abgefahren.« Ich öffne den Verschluss der Plastiktüte und verschließe ihn wieder. »Wenn ich ihn nun nicht so lieben kann, wie er es verdient?« Da. Ich habe es gesagt. Meine tiefste, dunkelste, größte Furcht ausgesprochen.

»Du hast ein großes Herz, Löw. Das halte ich nicht für das Problem.«

»Nein. Ich habe ein vorsichtiges Herz, Sierra. *Das* ist das Problem.«

Sie wackelt mit dem Kopf. Ich glaube, sie merkt es nicht einmal. »Himmel, Mädchen. Du bist der großherzigste Mensch, den ich kenne, und ich will nicht dabei zusehen müssen, wie du wieder in diesem Tal der Verzweiflung versinkst. Du bist endlich glücklich und zufrieden.«

Anscheinend bin ich eine noch bessere Schauspielerin, als mir klar war. Ich habe den einzigen Menschen, der mich seit meinem achten Lebensjahr kennt, getäuscht. Den einzigen Menschen, der mich besser kennt als jeder andere auf der Welt.

Ich bin nicht glücklich.

Ich bin nicht zufrieden.

Ich bin einsam. Und zugeknöpft. Und was am allerschlimmsten ist, ich bin ein riesiger Poser, der alle eingewickelt hat. Außer Shaw. Er ist keine Sekunde auf mein Theater reingefallen. Er hat mich nach unserem ersten Date herausgefordert, als ich behauptete, ich sei mein ganzes Leben auch ohne ihn ziemlich gut zurechtgekommen. Er hat meine Lügen immer durchschaut.

»Aber genau das ist es ja, Sierra. Ich bin erst aus diesem Tal herausgekrochen, als Shaw mir seine Hand reichte. Und jetzt, wo ich sie habe, bin ich mir nicht sicher, ob ich weiß, wie ich sie festhalten soll.«

Sie stößt einen langen stoischen Atemzug aus und sieht mich prüfend an. »Weißt du, was ich denke?«

Meine Mundwinkel heben sich. »Ich glaube, ich kann dich nicht davon abhalten, es mir zu sagen.«

Sie stößt ein bellendes Lachen aus. »Du kennst mich so gut. Es ist eigentlich ganz einfach. Wenn du ihn liebst und glaubst, dass die Sache eine reale Chance hat, halte diese Hand fest, als ob dein Leben davon abhinge. Lass sie einfach nicht los. Egal was passiert.«

Wenn das nur so einfach wäre.

Vielleicht ist es das. Was weiß ich schon?

»Ich habe ihm noch nichts von Violet erzählt. Verdammt, ich habe ihm nicht einmal erzählt, wie ernst es zwischen mir und Reid war. Jedes Mal, wenn ich es tun will, bleiben mir die Worte im Hals stecken.«

Sierra legt ihre Hand auf meine und drückt sie. »Es ist ein schwieriger Prozess, sich jemandem zu öffnen, Löw, selbst wenn man es will.«

Allerdings.

»Es ist furchteinflößend«, stimme ich zu.

»Es muss ja nicht gleich alles auf einmal sein, Süße. Wenn er der Richtige ist, wird er so lange warten, wie du es brauchst. Eins nach dem anderen.«

»Es ist unangenehm.«

»Das ist Neues auszuprobieren meist«, sagt sie, während es an der Tür klingelt.

Wir wechseln wissende Blicke. Ich habe Magenflattern. Der einzige Mensch, der so spät bei uns klingeln würde, wäre – »Dein Freund ist hier«, flötet sie sarkastisch.

Sie drückt sich hoch und umarmt mich rasch. »Wenn du glücklich bist, bin ich es auch. Ehrlich. Ich weiß, dass ich eine Glucke und eine Zynikerin bin, aber –«

»Ich hab's kapiert. Wirklich«, unterbreche ich sie. »Wenn jemand versucht, dir blöd zu kommen, bin ich genauso. Ich weiß das zu schätzen, aber ich möchte, dass du nicht so streng mit ihm bist.« Wieder klingelt es, diesmal zweimal. »Ich liebe ihn, Sierra.«

Ihre Antwort ist schleppend und resigniert und vielleicht ein bisschen traurig. »Ich weiß.« Sie gibt mir einen Kuss auf die Wange und steigt immer zwei Stufen auf einmal die Treppe zu ihrem Zimmer hinauf. Ich bleibe allein zurück, um unseren ungeduldigen Besucher hereinzulassen.

Ich durchquere mit wenigen Schritten unser kleines Wohnzimmer. Meine Haare sehen schlimm aus, und ich laufe in Freizeitkleidung herum. Ich habe heute Abend nicht mit Shaw gerechnet, aber mir ist egal, wie ich aussehe, und ihm sicherlich auch.

Mit jedem Schritt verwandelt sich mein Unbehagen in Aufregung. Als ich den Türknauf drehe, strahle ich übers ganze Gesicht, doch mein Lächeln erstirbt, als mein Blick auf ihn fällt.

»Was ist los?«, frage ich und öffne die Tür weiter, damit er hereinkommen kann.

Doch er tut es nicht. Er steht dort total aufgewühlt, sein Gesicht eine Mischung aus Schock und … *Schmerz?* Nein. Schmerz ist es nicht. Das ist zu schwach. Er ist am Boden zerstört. Wie neulich Abend.

»Shaw?« Ich greife nach ihm. Angst drückt auf meine Brust, als er zurückweicht und die drei Worte sagt, die keine Frau von dem Mann hören will, den sie liebt.

»Wir müssen reden.«

19. KAPITEL

Shaw

Himmel, sie ist wunderschön. So atemberaubend, dass es mein Herz schwach macht.

Ich sehe, wie das Lächeln auf ihren Lippen erstirbt, und fühle mich wie ein Stück Scheiße, weil ich daran schuld bin, obwohl mein einziger Wunsch ist, es ihr auf die Lippen zu zaubern.

Ich bin aufgelöst. Schön, ich gebe es zu. Mir ist klar, dass sie kein offenes Buch ist, und das akzeptiere ich. Jedenfalls dachte ich das bis heute Abend. Der Teil von mir, der in meinen täglichen Geschäftsunternehmungen Vernunft und Logik walten lässt, weiß, dass ich kein Recht habe, aufgewühlt zu sein, weil sie so gut wie verheiratet war und mir nichts davon gesagt hat. Doch der besitzergreifende Mann in mir, der in sie verliebt ist, ist genau *das*.

Es wäre ein Schlag gewesen, es aus ihrem Munde zu hören, doch diese Neuigkeit hätte ich von ihr erfahren müssen und nicht von ihm, und heute Abend brauche ich mehr von ihr als je zuvor. Sie muss sich vollkommen vor mir entblößen. Ich will sie nackt und unverfälscht und offener, als sie es jemals war. Ich brauche das alles, und ich brauche es so dringend wie die Luft zum Atmen.

Man kann seinen Feind nicht schlagen, wenn man ihn nicht kennt, und alles, was ich kenne, ist seine Schwäche, aber das reicht nicht aus. Seine Schwäche ist auch *meine* Schwäche.

Als sie nach mir greift, zucke ich unwillkürlich zurück.

»Wir müssen reden.« Mist, das fühlte sich an wie Säure, die meine Kehle hinaufkriecht.

Ich haste an ihr vorbei. Es zerreißt mich innerlich, sie nicht in die Arme nehmen, besinnungslos küssen und ihr die Sorge nehmen zu können, die ich jetzt in ihren Augen sehe. Ich setze mich in meiner Jacke auf die Couch. Sie bleibt an der offenen Tür stehen und sieht mich lange an.

Wortlos schließt sie die Tür und kommt langsam auf mich zu. Sie setzt sich auf einen Sessel mir direkt gegenüber und hockt schweigend auf der Kante, als würde sie darauf warten, dass die Bombe platzt.

Und ich habe eine Bombe. Ich bin nur noch nicht bereit, sie explodieren zu lassen.

»Erzähl mir von Mergen.« Das ist ein ruppiger Befehl. Suggestiv, aber rappelvoll mit Wissen, das ihr nur entgehen könnte, wenn sie eine Närrin wäre.

Sie ringt die Hände, ohne den Blick von mir zu wenden. Ein Punkt für sie. Aber ich schwöre bei allem, was mir heilig ist, wenn sie um den heißen Brei herumredet, flippe ich aus. Und ich werde es an ihrem Körper auslassen.

»Nun«, fängt sie an – frech, könnte ich hinzufügen – »nach deiner Miene zu urteilen, würde ich sagen, dass du die Antwort auf deine Frage schon kennst.«

Und eine Närrin ist sie nicht.

»Verarsch mich nicht, Willow. Ich bin kurz vorm Ausrasten.«

Sie lässt den Kopf sinken und blickt zu Boden. Ihre Brust weitet sich, bevor sie aufsteht und zum entgegengesetzten Ende des Raumes schreitet. Sie blickt aus einem kleinen Fenster, das zum Vorgarten geht, und ihr erotischer Nasenring blinzelt mir im Licht der Straßenlaterne, das darauf fällt, zu.

Oh, wie gerne ich zu ihr marschieren und sie übers Knie legen würde, ihr den Hintern versohlen würde, bis sie alle Wahrheiten von sich gibt, die sie in sich verschlossen hält. Aber wenn ich das tue … macht sie dicht. Sie muss das aus freien Stücken tun. Es ist ein qualvoller Prozess, ihr dabei zuzuschauen, vor allem wenn man selbst derjenige ist, den es betrifft. Und ich kann nicht mal behaupten, dass ich verstehe, warum sie so ist. Ich muss es einfach akzeptieren, wenn ich mit ihr zusammen sein will. Und das will ich.

»Nichts von dem, was ich dir gesagt habe, ist die Unwahrheit«, sagt sie leise.

Ich beiße mir so fest auf die Zunge, dass sie blutet. Ich versuche, nicht sarkastisch zu werden, aber …

»Außer die Sache mit dem Verlobten. Das hast du der Einfachheit halber weggelassen.«

Okay, dann bin ich eben ein Riesenmistkerl, aber niemand kann mich so reizen wie sie. Niemand. Sie intensiviert jedes meiner Gefühle um das Tausendfache.

Auf meine bissige Bemerkung hin dreht sie den Kopf zu mir, macht jedoch keinerlei Anstalten, sich mir ganz zuzuwenden. Ich erwarte, dass ihre Augen vor Wut brennen und in ihrem Blick das typische Feuer zu sehen, das in ihrer DNA eingebettet ist, doch das Einzige, was ich darin lese, ist Traurigkeit.

Wieder bin ich am Boden zerstört. Ich greife mir an die Brust. Gott, es schmerzt.

»Ja, Reid war mein Verlobter, und ja, ich hätte es dir wahrscheinlich sagen sollen, als er aus heiterem Himmel bei deinem Vater zu Hause auftauchte.« Sie wendet sich mir jetzt ganz zu. »Aber um fair zu sein, Shaw, bis zum letzten Wochenende wusste ich nicht einmal, wie du und ich wirklich zueinander stehen. Unser Vertrag läuft in gut einem Monat aus, und ich …«

Ah. Ihr Misstrauen zeigt wieder sein hässliches Gesicht. Ich frage mich, ob ich noch auf dem Weg ins Grab um jedes kleine Stückchen von ihr kämpfen muss. Ihr Körper gehört mir, und ihr Herz und ihre Seele auch, aber das, was ich mir am meisten wünsche, verdiene ich noch nicht einmal jetzt.

Ihr Vertrauen.

Ich sitze hier und werfe ihr Unehrlichkeit vor, obwohl ich dasselbe getan habe wie sie. Ich habe den wahren Grund, warum ich sie überhaupt engagiert habe, geheim gehalten, und mit den verheerenden Neuigkeiten über Annabelle und ihren Vater tue ich dasselbe.

Ja. Ich bin total mies. Ich weiß.

Doch das hält mich nicht davon ab, sie hier und jetzt für mich zu beanspruchen. Sie gehört mir. Es ist barbarisch und primitiv und in so vielerlei Hinsicht falsch, doch im Moment ist mir das scheißegal.

»Das zwischen uns wird niemals enden. Niemals. Dieses beschissene Stück Papier hat keine Macht über uns, und ehrlich gesagt bin ich mir nicht sicher, ob es das jemals hatte. Aber du hattest sie vom ersten Tag an, Goldlöckchen. Vom ersten Tag an.« Was ich ihr nicht sage, weil sie sich dagegen sperren wird, ist, dass der Vertrag nicht mehr existiert. Nicht mehr gilt. Ich kümmere mich um sie. Um alles, was sie und ihre Mutter brauchen. Geld wird für sie nie wieder ein Problem sein, ob sie mich will oder nicht.

Sie lächelt. Es dauert nicht lange, bis sie wieder ernst wird, doch ihre Muskeln entspannen sich sichtlich vor Erleichterung.

Zufrieden, dass wir das geklärt haben, lasse ich den Blick zum ersten Mal, seit sie mich hereingelassen hat, über ihre üppigen Kurven wandern. Sie trägt Leggings mit einem verrückten bunten Muster und ein locker sitzendes graues Oberteil, das ihr über eine Schulter rutscht. Sie ist barfuß, ihre Zehennägel sind immer noch mit dem Grellrosa von neulich lackiert. Sie ist lässig, aber trotzdem schick. Sie sieht aus wie ein Mitglied des Königshauses.

Mein Blick wandert wieder nach oben und bleibt an ihrem Gesicht hängen. Meine Atmung verlangsamt sich. Wir sehen uns in die Augen, verbunden mit einem unsichtbaren Band, das keiner von uns durchtrennen kann. Ich *muss* daran glauben. Ich sehne mich danach, sie auf meinen Schoß zu ziehen und ihr Gesicht in meine Hände zu nehmen. Ich will sie vernaschen. Ich will sie küssen und sie lieben, bis sie sich warm und gesättigt an mir zusammenrollt. Ich bin mir nicht sicher, ob ich jemals so lange in ihrer Gegenwart war, ohne sie zu berühren.

Ich hasse es.

Sie fährt nervös mit der Zunge über ihre Zähne, bevor sie sich wieder mir gegenübersetzt. Sie holt tief Luft und fängt an.

»Wir haben uns bei einem Theaterstück kennengelernt, in dem wir beide mitgespielt haben.« Das wusste ich. »Er hat mich ein paarmal zu einem Date eingeladen, bis ich schließlich Ja gesagt habe.« Stur. Kommt mir bekannt vor. »Wir waren gut zwei Jahre zusammen, als er mir einen Heiratsantrag machte.« Ich fühle mich nicht besser. »Es war nicht Liebe auf den ersten Blick wie bei …«

Sie verstummt und blickt nervös zu Boden. Ihre Finger, die sie aneinander reibt, wenn sie nervös ist, bewegen sich schnell und hektisch. Als sie errötet, lächele ich, obwohl ich mir diese Horrorstory anhören muss. Ich will hören, was sie mir gestehen wollte. Ich sollte es dabei bewenden lassen …

»Wie bei wem?«, dränge ich sie, den Satz zu beenden. Wie bei *mir?* Ist der Gedanke, dass ich derjenige sein könnte, in den sie sich Hals über Kopf verliebt hat, selbstgefällig? Klar. Stört mich das? Kein bisschen.

Sie legt den Kopf schief und lächelt mich strahlend an. »Du warst wohl länger nicht Komplimente fischen, Verkehrsrowdy?«

Ich lache. Unter diesen Umständen ist eigentlich nichts zum Lachen, außer wenn ich mit ihr zusammen bin. Immer mit ihr.

»Also«, fährt sie fort und umschifft meine Frage, »soll ich weiterreden?«

Ich beiße die Zähne zusammen. Eigentlich nein. Ich will, dass sie mir davon erzählt, wie sie sich sofort in mich verliebt hat, als sie vor meinem Rover stand und mir hochmütig Bruchstücke ihrer Stoßstange in den Schoß plumpsen ließ. Denn wenn ich zurückschaue, war das der Moment für mich.

»Sprich weiter«, knurre ich stattdessen.

Sie lächelt kurz. »Ich wusste, dass er es tun würde. Er war so komisch und nervös gewesen. Er hat meinen Vater auf einen Kaffee eingeladen, weil mein Vater keinen Alkohol trank, und da wusste ich, dass er ihn um die Erlaubnis bitten würde, mich zu heiraten.«

Bei dieser Aussage gibt alles in mir nach, und ein emotionaler Feuersturm nimmt die Leere in mir ein. Mitgefühl. Furcht. Reue. *Hass*. Aber Bedauern übertrumpft wahrscheinlich alles. Ich werde nie die Chance haben, bei ihrem Vater um ihre Hand anzuhalten, weil unsere Leben ohne unser Wissen durch irgendeine kosmische Unmöglichkeit zu einer Tragödie miteinander verwoben sind.

Ein Leben verloren.

Ein Leben gerettet.

Ich stoße einen langen Atemzug aus. Ich falte die Hände, lasse den Kopf hängen und verdaue das alles erst einmal. Ich sehe nicht auf, als sie weiterspricht. Ich kann einfach nicht.

»Reid war – ist – ein toller Typ, Shaw.« Ich schnaube verächtlich. Nichts läge der Wahrheit ferner. Wenn sie nur wüsste, was für ein zwielichtiges Arschloch ihr ehemaliger *Verlobter* ist. »Ich weiß, du willst das nicht hören, aber er hat mich gut behandelt, und er hat mich wirklich geliebt. Ich konnte nur nicht ...« Jetzt blicke ich doch auf. Mir dreht sich der Magen um. »Es hat nur nicht funktioniert.«

Ich kaue auf meiner Lippe, was untypisch für mich ist. Stelle ich die Frage, die mir auf der Zunge brennt, oder schlucke ich sie runter? An jenem Abend im Bad meiner Eltern hat sie mir gesagt, dass nicht er ihr wehgetan hat, sondern sie ihm. Da sie mir jetzt mehr über Mergen erzählt hat als je zuvor, entscheide ich mich dafür. »Was ist zwischen euch passiert? Warum ging es zu Ende?« *Hat er noch eine Chance, dich zurückzugewinnen?*

Das leise Lachen, das sonst bezaubernd klingt, ist heute Abend voller Schmerz. »Nach dem Tod meines Vaters ...« Sie hält inne und schluckt. Ihre Augen werden feucht. Mist. Ich sterbe. Sie räuspert sich und beginnt von vorn. »Nach dem Tod meines Vaters habe ich wie auf Autopilot funktioniert. Ich musste mich um Mutter kümmern und die Beerdigung planen und den Schreibkram erledigen, den ich nicht verstand, weil ich bevollmächtigt war. Ich hatte keine Ahnung von Lebensversicherungen oder Altersvorsorge oder wie man Sterbegeld beim Sozialamt beantragt. Ich erinnere mich ehrlich gesagt nicht einmal mehr an die Monate nach seinem Tod. Ich musste wie immer meinen eigenen Schmerz beiseiteschieben, um dafür zu sorgen, dass alles erledigt wurde.«

Sie schnieft und wischt sich die Tränen weg, die ihr über die erröteten Wangen laufen. Das war's. Ich kann die Finger keine Sekunde mehr von ihr lassen. Ich schnappe mir ein Taschentuch rechts von mir, springe auf und gehe zu ihr. Sie legt den Kopf schief, und die Trauer, die ich immer noch tief in ihrer Seele sehe, zerreißt mich.

Ohne nachzudenken, packe ich sie und setze mich auf ihren Platz. Ich ziehe sie auf meinen Schoß, ihre Beine hängen über der Armlehne des Sessels. Sie hat den Kopf an meine Schulter gelegt und gibt sich große Mühe, gegen ihre Tränen anzukämpfen. Es funktioniert nicht, deshalb halte ich sie einfach, während sie leise schluchzt, und spüre jede Träne, als würde ich ihren Schmerz teilen. Und das tue ich auch. Millionenfach.

»Es tut mir leid«, sagt sie irgendwann später.

»Das braucht es nicht. Es tut mir leid, dass ich dich bedrängt habe.« Ich streichele ihre Haare. Küsse sie auf die Stirn. Bei der Vorstellung, das nicht mehr jeden Tag tun zu können, macht sich Verzweiflung in mir breit.

Mit geröteten Augen, die wie Sternenlicht leuchten, blickt sie zu mir auf. Am liebsten würde ich in sie hineinkriechen und dort bleiben, mich in ihren Strahlen aus Unverdorbenheit aalen. »Das braucht es nicht. Ich hätte es dir früher sagen müssen.«

»Wenn ich dir deinen Schmerz nehmen könnte, Willow, würde ich es sofort tun.« *Wenn ich deinen Vater zurückholen könnte, würde ich mein Leben für seins geben.* Herrgott, was soll ich bloß tun?

»Ich spreche nicht viel über meinen Vater. Es ist schwer.«

»Das verstehe ich.« *Mehr als du denkst.*

Sie hat den Kopf in den Nacken gelegt und erforscht mit glasigen Augen mein Gesicht. Kann sie das Geheimnis sehen, das ich verberge? »Ich habe Reid wenige Wochen vor der Hochzeit verlassen.« Sie verbirgt ihr Gesicht wieder an meiner Halsbeuge. Ich lasse sie und denke über ihre Worte nach. »Wir hatten uns in jener Nacht wieder gestritten. Er wollte, dass ich eine Pflegerin für meine Mutter einstelle, weil es mich zu viel Kraft kostete. Er hatte natürlich recht, aber ich war defensiv und uneinsichtig. Ich habe ihm Egoismus vorgeworfen.

Ich hatte kaum noch Zeit für ihn. Er hat mir vorgeworfen, keine Liebe zuzulassen. Auch damit hatte er recht. In jener Nacht lag ich wach, während er neben mir schlief. Es war vier Uhr morgens, und ich war immer noch wach. Als ich zu ihm hinübersah, bekam ich keine Luft mehr. Alles, wozu ich noch fähig war, war den Schmerz über den Verlust meines Vaters mit ihm zu verknüpfen. Das war falsch und unfair. Er hatte nichts mit seinem Tod zu tun. Aber ich konnte es nicht abschütteln und wusste nur, dass ich ihn nicht heiraten konnte.«

Mein Magen krampft, zieht sich so heftig zusammen, als hätte man mir zehntausend Volt in den Körper gepumpt. Bei dem Gedanken, dass sie bald *mich* mit dem Tod ihres Vaters in Verbindung bringen wird statt ihn, bekomme ich keine Luft mehr.

»Wie ein Feigling habe ich ihm nur einen Zettel und seinen Ring hinterlassen und bin gegangen. Ich habe seine Anrufe weggedrückt. Mich geweigert, ihn zu sehen. Er hat es monatelang versucht und dann aufgegeben. Er ist weggezogen, und ich habe bis zu dem Abend bei deinem Vater nichts mehr von ihm gehört.«

Himmel, mein Schicksal war vorgezeichnet, ein Spiegel des seinen. Außer dass es bei mir gut ausgehen wird.

Ich drücke die Lippen an ihren Haaransatz und lasse sie dort, atme den Duft ihres Shampoos ein. Furcht brennt wie Feuerameisen durch meine Adern. Diese kostbaren gemeinsamen Minuten sind jetzt wie Sand im Stundenglas, der schnell verrinnt.

»Ich glaube, mein Vater würde dich mögen.« Ich sehe zur Decke und schließe fest meine brennenden Augen. »Ich weiß, dass ich das nicht sagen muss« – sie legt den Kopf wieder in den Nacken und durchbohrt mich mit ihren blauen Augen –, »aber ich habe Reid nie so geliebt wie dich.«

Mir Verräter kommen die Tränen. Ich verberge sie nicht. Ich lasse sie sehen, wie schwach ich bin, wenn es um sie geht. Dass nur sie in der Lage ist, mich zum Weinen zu bringen. Ich lege die Hand in ihren Nacken und hebe ihre Lippen an meine. Ich küsse sie langsam und gründlich. Sanft und süß. Ich schmecke das Salz in ihrem Mund. Ich wette, sie schmeckt auch meins.

»Danke«, flüstere ich ehrlich an ihren Lippen. »Danke, dass du mir das anvertraut hast. Ich weiß, wie schwer es für dich war.« *Ich habe es nicht verdient.*

»Ich vertraue dir mehr, als ich jemals jemandem vertraut habe, Shaw.«

Schlag in die Magengrube. Gleich hier.

Ich sollte es jetzt tun. Sie hat mich hingeführt wie ein Pferd zur Tränke. Je länger ich es aufschiebe, umso aufgewühlter wird sie sein und umso unentschuldbarer wird es. Doch da ich solch ein Egoist bin, bin ich noch nicht bereit, sie aufzugeben. Noch nicht. Ich weiß, ich kann einen Weg finden, um jeden einzelnen von uns vor der totalen Zerstörung zu retten. Ich brauche nur ein wenig mehr Zeit.

»Bist du müde?«

»Bleibst du?« Sie lehnt sich zurück und nimmt mein Gesicht in die Hände.

»Versuch nur, mich loszuwerden.« Ich habe nichts dabei und morgen früh um halb sieben ein Frühstücksmeeting, doch das wird mich nicht davon abhalten, sie die ganze Nacht in den Armen zu halten. Wird es unsere letzte sein?

Ihr Lächeln macht mich fertig. Jedes Mal wieder. Ich schiebe meine Arme unter ihre Beine und hinter ihren schlanken Rücken und stehe mühelos mit ihr auf. Ich bringe sie ins Schlafzimmer und lege sie behutsam auf ihr Bett. Wir entkleiden uns schweigend. Sie ist erschöpft. Genau wie ich. Nachdem wir beide im Bad waren, schlüpft sie ins Bett und zieht die Laken zurück, klopft auf die leere Seite. Ihr süßes Lächeln ist mein Verderben.

Ich lege mich neben sie und ziehe sie an mich, bis unsere Körper vereint sein könnten.

»Wirst du weg sein, wenn ich aufwache?«

Ich will nicht. Meine Finger streicheln ihren nackten Arm. »Ja, es sei denn, du stehst vor Sonnenaufgang auf.«

»Das ist eine grausame und ungewöhnliche Bestrafung«, antwortet sie mit einem Lächeln in der Stimme und zwirbelt meine Brusthaare mit ihren Fingern. Ich werde hart.

»Deshalb mache ich eine Menge Kohle.«

Lachend küsst sie mich auf die Brust. Die Muskeln unter ihrem Mund zucken unwillkürlich. »Du hast ein Riesenego, weißt du das?«

Ich brauche sie.

Ich nehme ihre Hand, lasse sie an meinem Bauch hinabgleiten und lege sie um meinen Schwanz, der jetzt bei der Aussicht, von irgendetwas von ihr verwöhnt zu werden, erregt ist. Von ihrer Hand. Ihrem Mund. Ihrer Pussy. Ihren Brüsten. Ihrem Po. So viele Möglichkeiten. Ich will sie alle. Heute Abend. Sie wird keinen Schlaf bekommen. »Im Moment habe ich eine Riesenerektion, Goldlöckchen.«

Ihre Hände drücken gegen den Stoff meiner Boxershorts, was mich stöhnen und zucken lässt. »In der Tat, Verkehrsrowdy.« Sie schiebt das Laken, das uns bedeckt, beiseite, bevor sie an meinem Körper hinabgleitet und sich zwischen meinen Beinen platziert. »Brauchst du Hilfe?«, fragt sie. Ihre Unverfrorenheit ist so einnehmend wie ihr heißer kleiner Mund, der Zentimeter über mir schwebt.

Ohne auf meine Antwort zu warten, schiebt sie ihre Finger unter meinen Hosenbund und zieht meine Unterhose bis zur Hälfte meiner Oberschenkel hinunter. Ich bin splitternackt, während Willow immer noch das knappste erotischste Tanktop seit Menschengedenken und Shorts anhat. Das werde ich nie vergessen.

Sie schwebt über meinem aufgerichteten Schwanz, die Hand um die Wurzel gelegt, während ihre warmen Atemzüge mich bei jedem Ausatmen quälen. Während sie unter dichten schwarzen Wimpern an meinem Körper hinaufschaut, funkeln ihre rätselhaften Augen vor Schalk und reiner Liebe.

Ich greife hinab, um eine ihrer Haarsträhnen durch meine Finger gleiten zu lassen, und präge mir das seidige Gefühl ein. Und frage mich, wie oft ich ihre Haare noch berühren darf.

»Nimm mich in den Mund, Willow.« Das ist mehr als eine Forderung. Es ist ein Flehen, ein Gebet darum, mich von allen Sünden reinzuwaschen. Dieses Geheimnis hat sich in meinem Geist ausgebreitet. Ich muss büßen.

Als sie ihre perfekten vollen Lippen über mich gleiten lässt, haut sie mich um. Zuerst erregt sie mich ganz langsam, dann kommt sie zur Sache und versucht, mich in Rekordzeit zum Orgasmus zu bringen, was die kleine Hexe auch schafft. Kein Frauenmund hat sich um meinen Schwanz herum je so gut angefühlt. Kein anderer wird es je.

Nachdem ich mich revanchiert habe, ziehe ich sie, die jetzt ebenfalls nackt ist, auf mich und sage ihr, dass sie ein Weilchen schlafen soll. Dass sie sofort einnickt, erkenne ich am leichten Zucken ihres Körpers.

Ich liege lange wach und kann nicht abschalten.

Morgen muss ich aufhören, das Unvermeidliche hinauszuzögern, und mir überlegen, wie es weitergehen soll. Morgen muss ich mich mit Annabelle treffen. Morgen muss ich ein ernstes Wort mit Willow reden. Morgen könnte alles, was ich auf dieser Welt liebe, zerstört sein.

Alles.

Noch nie im Leben habe ich mich so hilflos gefühlt.

Furcht sitzt wie Blei in meinem Magen, und ich fange an, inbrünstig zu beten. Mit der Verzweiflung eines Mannes, der die Welt um sich herum zerfallen sieht und weiß, dass er Hilfe braucht. Falls es einen Gott oder eine höhere Macht gibt, die die Schreie der gepeinigten Seelen hört, hoffe ich, dass meine am lautesten sind. Dass meine Gebete als erste erhört werden.

Bitte beschütze meine kleine Schwester.

Bitte lass mich durch irgendein Wunder Willow behalten.

Bittebittebitteverdammtnochmalbittehilfeinem Verzweifelten.

Bitte.

20. KAPITEL

Shaw

»Ich bin überrascht, dich hier zu sehen.«

Als ich aufblicke, steht Noah in der Tür. Ich bin dabei, die letzten Seiten von Charles Blackwells Dokumenten durchzusehen, aber ich tue es auf meinem gemütlichen Sofa statt am Schreibtisch. Ich könnte es heute nicht ertragen, der Rothaarigen dabei zuzusehen, wie sie von hinten gevögelt wird.

Ich werfe die Papiere und den Stift in meiner Hand auf den niedrigen Tisch vor mir.

»Ja, ich, äh« – ich lege die Hand in meinen Nacken und reibe mir die verspannten Muskeln –, »ich konnte es nicht.«

Noah geht zu meiner Glaswand und steht eine Weile schweigend da. Die Richtung seines Blickes verrät mir, wem seine Aufmerksamkeit gilt. Mit einem tiefen Seufzer kommt er zu mir und lässt sich neben mir aufs Sofa plumpsen. Er schwingt die Beine mit seinen eleganten karamellfarbenen Mantellassi-Slippern auf den Tisch und legt einen Fuß über den anderen. Der dicke Absatz schlägt dumpf auf dem Holz auf. »Kann ich verstehen.«

Ich habe mich mit Annabelle zum Mittagessen getroffen. Eigentlich hatte ich uns etwas zu essen in mein Büro liefern lassen, da ich sie an einem relativ sicheren und neutralen Ort über meine Erkenntnisse informieren wollte. Wenn sie ausgerastet wäre, wäre Noah am anderen Ende des Ganges in

Rufweite gewesen, um mir dabei zu helfen, sie zu bändigen. Wenn, nicht falls.

Doch als sie hereinschwebte, sah sie so verdammt glücklich aus, als wäre sie im siebten Himmel und frei von den Dämonen, die sie quälen, wenn auch nur für eine Weile. Und ich brachte es einfach nicht über mich. Ich konnte nicht derjenige sein, der sie schnurstracks in eine Grube aus Selbsthass treibt. Wie kann ich das jemals tun?

»Sie hat mich gefragt, ob ich irgendwas herausgefunden hätte. Ich habe sie angelogen. Ich habe ihr gesagt, es sei alles ein großes Missverständnis.«

Sie hatte keine Ahnung, dass wir uns mit Lia Melbourne treffen wollten. Ich wollte nicht, dass sie sich wegen etwas sorgt, das sich letztlich als nichtig herausstellen würde. »Ich weiß nicht, was ich tun soll, Noah. Du weißt so gut wie ich, dass wir Annabelle verlieren werden, wenn sie erfährt, was geschehen ist.«

Er flucht leise. »Das können wir uns auch noch nach der Wahl überlegen.«

»Genau damit rechnet Mergen. Ich zögere nur das Unvermeidliche hinaus.«

»Vielleicht. Vielleicht auch nicht. Vielleicht wird er dich nie dazu zwingen, Farbe zu bekennen. Aber es würde uns Zeit geben, uns eine Strategie zu überlegen.«

»Er blufft nicht. Er wartet in aller Ruhe ab. Bis diese kleine Bombe den größten Schaden anrichtet.« Das würde ich an seiner Stelle auch tun.

Ich verschränke die Arme, lege den Kopf zurück an die Couchlehne und sehe hinauf an die hohe Decke. Mir schwirrt der Kopf, während ich verzweifelt nach einer Lösung suche. So geht das schon seit Tagen. Mir fällt absolut nichts ein. Absolut. Nichts.

Selbst wenn ich Lia Melbourne eine Lügnerin nennen wollte, könnte ich es nicht. Ich glaube, dass sie die Wahrheit gesagt hat. Selbst eine preisgekrönte Schauspielerin könnte diese Art von Reue, die sie auffrisst, nicht faken.

Sie kannte den Namen Reid Mergen nicht und wusste nicht, wie er es hätte herausfinden sollen, doch zum jetzigen Zeitpunkt spielt sowieso nichts davon eine Rolle. Fakten sind Fakten.

Laut Lia war Annabelle hysterisch und auf der Schultz Bridge hinten aus dem Wagen gesprungen – während der Fahrt. Bis sie angehalten hatten, war sie schon auf den Vorsprung geklettert und dabei zu verkünden, dass ihr Leben nicht lebenswert sei und dass ohne sie alle besser dran wären.

Eines der Mädchen hatte ohnmächtig auf dem Rücksitz gelegen und deshalb nichts mitbekommen, aber Lia und eine andere junge Frau hatten versucht, beruhigend auf Annabelle einzureden, als Rettung in Form eines barmherzigen Samariters kam.

Charles Blackwell.

Charles Blackwell hat sein Leben nur verloren, weil er meine kleine Schwester rettete. Und auch wenn ich Annabelle nicht vorwerfe, dass sie sich nicht erinnert, so hat sich auch keins der anderen Mädchen gemeldet, um der Familie des Opfers unfassbaren Schmerz zu ersparen. Das macht mich krank.

»Außerdem … glaube ich nicht, dass ich weiterleben könnte, wenn ich es Willow nicht sagte.« Ich setze mich auf, beuge mich vor und stütze mich mit den Ellbogen auf meine Schenkel. »Der Gedanke, dass ihr Vater Selbstmord begangen hat, macht sie seit mehr als vier Jahren fertig. Sie hat die Wahrheit verdient.« Jedes hässliche Detail.

Mir ist schlecht. Kotzübel.

Noah nimmt die gleiche Position ein wie ich. »Auch wenn das bedeutet, sie zu verlieren?«

Ich kann die Säure, die in meiner Kehle aufsteigt, nicht schnell genug wieder herunterschlucken. Sie ätzt und schmeckt nach falschen Entscheidungen, die ich gern treffen würde, aber nicht kann.

Dass Mergen das gegen mich in der Hand hat, ist unzumutbar, aber ich will verdammt sein, wenn ich eine Seite aus diesem Buch reißen und sie Willow vorenthalten würde, ungeachtet der Folgen. Dann wäre ich nicht besser als er.

Ich kann nur nicken.

»Weißt du, was paradox ist?«, frage ich fast geistesabwesend. »Annabelle ist heute aufgrund von Charles Blackwells Selbstlosigkeit noch bei uns.« Ich sehe ihn an. »Und Willow leidet aufgrund von Annabelles Selbstsucht ohne ihren Vater. Es ist so beschissen.«

»Sie war verloren, Shaw. Ich weiß, dass es nach allem, was passiert ist, schwer zu verstehen ist, aber du darfst nicht vergessen, wie schlecht es Bluebelle damals ging. Sie war die Selbstzerstörung in Person.«

»Ich weiß.« Ich reibe mir mit der Hand über das Gesicht.

»Es war ein schlimmer Unfall, mehr nicht.« Er seufzt. »Es muss irgendeinen Ausweg geben. Es gibt *immer* einen Weg. Wir müssen ihn nur finden.«

Es gibt keinen Ausweg. Ich weiß seine Freundschaft und seinen Optimismus zu schätzen, aber wir sind allesamt total im Arsch.

»Ich habe vorhin mit Bull gesprochen«, verkündet Noah leise.

Ich versteife mich und fahre zu ihm herum. »Du hast *was?*«

»Beruhig dich. Wir müssen wissen, womit wir es juristisch gesehen zu tun haben.«

Bevor ich noch etwas Unüberlegtes tue, ihm zum Beispiel seine Nase breche, stemme ich mich vom Sofa hoch. Ich entferne mich zehn Schritte und tue lange, langsame Atemzüge, bis der Drang, ihn zu erwürgen, sich wieder legt. Größtenteils. »Hast du ihm gesagt –«

»Er ist nicht blöd«, fällt er mir reuelos ins Wort. Er lehnt sich zurück und legt seine verschränkten Hände hinter seinen Kopf. »Ich habe sie nicht namentlich erwähnt, aber ohne ihm eine kurze Zusammenfassung der Fakten zu geben, konnte ich schließlich keine Antwort von ihm bekommen.«

»Verdammte Scheiße, Noah.«

Eine Furcht, entsprechend der, Willow zu verlieren, ist die, was mit Annabelle geschieht, wenn das alles herauskommt, abgesehen davon, dass sie einen Rückfall erleiden könnte. Ist es gesetzlich vorgeschrieben, dass ein Zeuge eines Unfalltods sich bei der Polizei melden muss? Wird der Bezirksstaatsanwalt Anklage gegen sie erheben, obwohl sie sich an einen Großteil jener Nacht nicht mehr erinnert? Wird *Willow* wollen, dass Anklage gegen meine Schwester und ihre Freundinnen erhoben wird? Und wer könnte es ihr verdenken?

Ich schiebe meine Hände in meine Taschen und stolziere zur Fensterfront, da mein Drang, Blut zu vergießen, jetzt noch größer ist als vor wenigen Sekunden. Die Sonne steht tief am Himmel, eine Pracht aus leuchtendem Orange. Es ist jetzt Mitte Oktober. Die Wahl findet schon in drei Wochen statt.

In drei Wochen.

Ist das die Zeitspanne, die mir noch mit Willow bleibt? Mehr? Weniger?

Wann wird mein Leben kalt und leer? Nicht mehr lebenswert?

Es hätte heute sein sollen, aber ich kann mich genauso wenig zwingen, es Willow zu sagen wie Annabelle. Das weiter hinauszuschieben wird noch mein Verderben sein.

Ich drücke mit den Fingern gegen meinen Nasenrücken und kneife die Augen zu. Ein Migräneanfall ist im Anmarsch, und ich habe seit Tagen nicht mehr ruhig durchatmen können, außer wenn Willow in meinen Armen lag.

»Was hat er gesagt?«, frage ich schließlich. Meine Stimme klingt kratzig, als würden Glasscherben aneinander reiben. Das sind Antworten, die wir brauchen, und ich habe versucht, mich für das Schlimmste zu wappnen. Ich war noch nicht bereit zu erfahren, wie die Zukunft meiner Schwester aussehen wird. Wie meine aussieht, weiß ich schon.

»Tja, *rein hypothetisch*« – ich höre, wie Noah aufsteht – »wenn das Opfer versucht hat, einen Selbstmord zu verhindern und daraufhin ein Unfall passiert ist, der das Leben des Opfers gefordert hat, dann könnten die Zeugen höchstens der Behinderung einer Untersuchung beschuldigt werden. Ein Unfall ist ein Unfall, sagt Bull. Unabhängig von früheren Vorkommnissen oder Vorstrafen.«

Meine Erleichterung ist so stark wie ein Blitzeinschlag, und von genauso kurzer Dauer.

Damit ist nur eine Sorge gebannt. Eine Hürde genommen. Der Rest scheint unüberwindlich.

Mein bester Freund stellt sich neben mich. Doch statt unsere liebste Mittwochnachmittagsvorstellung zu genießen, dreht er den Akteuren den Rücken zu, lehnt sich ans Fensterbrett und sieht mich an. »Es ist ein Klaps auf die Hand, Merc. Strafanzeige wird höchstwahrscheinlich keine erstattet. Bull hat gesagt, wenn es sein Fall wäre, würde er es nicht einmal dem Assistenzstaatsanwalt melden.«

Ich hasse die Emotionslosigkeit seiner Worte, als würde er mit mir über die Handlung einer *CSI*-Folge sprechen, statt über Willows Vater und meine Schwester, die so abgefuckt war, dass sie sich das Leben nehmen wollte.

Herr im Himmel. Wenn mein Vater schon das Foto in der Zeitung für eine Katastrophe gehalten hat, dann hat er keine Ahnung, was noch auf ihn zukommt.

Ich sehe Noah scharf an. »Ich bin sauer, weil du das gemacht hast, ohne mich vorher zu fragen, aber … Danke. Es ist eine Erleichterung zu wissen, dass sie wenigstens nicht ins Gefängnis muss.«

»Ja«, stimmt er zu. »Was willst du jetzt tun?«

»Ich weiß noch nicht. Aber gar nichts zu tun ist keine Option. Es ist nur … das Timing für meine Familie könnte nicht schlechter sein.«

»Ich weiß.«

»Wenn das an die Presse durchsickert, ist mein Vater erledigt. Harrington wird triumphieren und uns alle durch den Dreck ziehen.«

»Allerdings.«

Ich stelle mich neben ihn und lehne mich an die kühle Fensterscheibe. Wir schweigen eine Weile, bevor ich das einzige Gold-Nugget mit ihm teile, das ich während dieses ganzen Desasters gefunden habe. Es ist das Einzige, was mich zum Lächeln gebracht hat, seit ich Willow heute Morgen allein schlafend im Bett zurückgelassen habe.

»CJ hat sich seine Erfindung patentieren lassen.«

Noah sagt nichts. Aber als ich ihn ansehe, hat er dieses alberne Grinsen im Gesicht, und in dem Moment könnte ich nicht dankbarer sein, ihn zum Freund zu haben. Willow ist ihm wichtig, und auch wenn ich sie wahrscheinlich verlieren werde, weiß ich, dass ich darauf zählen kann, dass er sie für mich im Auge behält, damit ich diese ungesunde Obsession, die ich immer für sie haben werde, weiter nähren kann.

Er beäugt mich von der Seite. »Ihr Vermögen wird deins in den Schatten stellen«, sagt er mit einem breiten Grinsen.

Stimmt. Wenn die Arzneimittelzulassungsbehörde ihre endgültige Zustimmung für die Herstellung von Zytin gibt, wird ihre Mutter, und infolgedessen auch Willow, so vermögend sein, dass es ihre Vorstellungskraft übersteigt. Zugegeben, es könnte noch bis zu einem Jahr dauern, doch die finanzielle Sicherheit, die ich ihr bieten wollte, war immer schon gegeben. Sie wusste es nur nicht.

Ich lache leise und fahre mir mit der Hand durch die Haare. »Absolut. Sie hat offensichtlich keine Ahnung.«

»Ich kann mir vorstellen, dass man so etwas leicht übersehen kann, wenn man nicht weiß, wonach man suchen soll.«

»Ich auch.«

»Sonst alles auf dem aufsteigenden Ast?«

Ich nicke. Allerdings habe ich noch eine andere Sache gefunden, die korrigiert werden muss, aber das ist etwas, das ich vorerst noch für mich behalten will. Dafür werde ich noch ein bisschen weiter graben müssen, und ich habe keine Ahnung, welche Schritte ich dafür noch unternehmen muss.

»Ich werde sie verlieren.« Meine Stimme ist belegt, angespannt.

»Hab mehr Vertrauen in sie, Merc. Hab mehr Vertrauen darauf, dass das Fundament, das ihr aufgebaut habt, diesem gottverdammten Erdbeben, das auf euch zukommt, standhalten wird. Denn wenn du es nicht tust, wie kann sie es dann?«

»Ich gebe mir Mühe.«

»Dann gib dir mehr Mühe. Es hat mich große Anstrengungen gekostet, euch beide zusammenzubringen.« Er drückt meine Schulter. »Es war ein unvorstellbarer, unbeabsichtigter, undenkbarer Unfall, aber ihr Vater hat eine Heldentat vollbracht, indem er deine Schwester gerettet hat. Ich glaube, wenn der Schock erst einmal nachlässt, wird sie es genauso sehen wie ich.«

Er richtet sich auf und geht zur Tür. Mit der Hand an der Klinke wirft er noch einen Blick zu mir. »Sag mal, glaubst du, du kannst Sierra beschwatzen, am Samstagabend mit mir zu der Benefizveranstaltung deines Vaters zu gehen?«

Als ich meine Überraschung verdaut habe, fange ich an zu lachen. Richtig laut zu lachen. Ich lache, bis mir die Tränen kommen. Es fühlt sich gut an, meine angestauten Gefühle rauszulassen.

»Irgendein Insider-Witz, den ich nicht kenne?«

Noahs ernstes Gesicht lässt mich noch lauter lachen.

»Was soll das? Hat sie mich *so* sehr gehasst? Hat sie was zu Willow gesagt?« Jetzt hat er die Arme verschränkt und blickt finster drein.

Ich brülle vor Lachen.

»Vergiss es.«

Er wirbelt herum, zeigt mir den Stinkefinger und stapft aus meinem Büro. Irgendwie fühle ich mich jetzt leichter. Stärker. Und ein bisschen optimistischer, dass ich vielleicht, nur vielleicht, das Chaos eindämmen kann, wenn es losbricht, weil ich weiß, dass ich es nicht allein bewältigen muss.

Noah hat recht. Es war ein unvorstellbarer, entsetzlicher Unfall. Aber es war ein Unfall. Ich hoffe nur, dass sowohl Annabelle als auch Willow es irgendwann so sehen werden und wir alle zusammen weiter vorwärts gehen können, mit einem Happy End für alle, die ich liebe.

21. KAPITEL

Willow

»Bist du dir auch sicher, dass alles okay ist?«, frage ich ihn wieder, als der Wagen mit Chauffeur langsam anhält. Er hat sich die ganze Woche über seltsam verhalten. Eigentlich schon seit zwei Wochen. Wir haben die letzten drei Abende bei ihm zu Hause verbracht, und in zwei von den drei Nächten wurde ich wach und sah ihn in dem tabakfarbenen Chesterfield-Sessel sitzen, von wo aus er mir beim Schlafen zusah.

Er hebt unsere verschränkten Hände an seine Lippen. Sie sind warm und weich, als sie meine Handfläche berühren. Es kribbelt. »Solange du bei mir bist, ist es das«, sagt er mit einer stillen Ehrfurcht zu mir, die mich ein bisschen leichter atmen lässt. Er zieht meinen Kopf zu sich, um einen Kuss auf meine rot geschminkten Lippen zu drücken.

»Du kriegst meinen ganzen Lippenstift ab«, ziehe ich ihn auf.

Er hebt knurrend mein Kinn an. »Die Farbe würde heute Abend super auf meinem Schwanz aussehen, findest du nicht?«

Ich werde sofort feucht. »Ich bin mir nicht so sicher, ob es dein Farbton ist.«

»Oh doch, meine Schöne. Glaub mir.« Ich lache, als mein Blick auf die hübsche große Wölbung in seiner eleganten grauen Anzughose fällt.

Ich wünsche mir nichts mehr, als nach Hause zu fahren, ins

Bett zu kriechen und ihn die ganze Nacht zu lieben, doch aufgrund eines lustvollen Quickies an der Wand, bevor wir aufbrachen, sind wir sowieso schon zu spät. »Dein Vater wartet bestimmt schon auf uns.«

»Bestimmt. Ich liebe dich, Willow Blackwell«, flüstert er, wobei seine Lippen meine streifen.

»Ich liebe dich mehr, Shaw Mercer«, versichere ich ihm.

»Das bezweifele ich, Goldlöckchen.«

Mit einem letzten langen Blick, der so viel sagt, mich jedoch gleichzeitig mit einem quälenden Gefühl zurücklässt, steigen wir aus dem Wagen. Er schlingt den Arm um meine Taille und zieht mich nah zu sich, während wir über den Gehsteig zum Four Seasons gehen, wo alles begonnen hat.

Es ist unwirklich. Einer der schlimmsten Abende meines Lebens hat sich als einer der besten erwiesen. Hätte ich Noah an jenem Abend nicht kennengelernt, wäre ich jetzt nicht mit Shaw zusammen.

Minuten später betreten wir den großen Festsaal, wo ich mein »Date« mit Paul Graber hatte. Ich erschauere. Ich hoffe, dass Shaw nie davon erfährt. Ich bin mir sicher, er würde mich gehörig zusammenstauchen, wenn er davon wüsste.

»Shaw!«

Sein Name wird in der Sekunde gerufen, in der wir den überfüllten Saal betreten. Etwa zehn Schritte von uns entfernt steht sein Vater zwischen der hocheleganten Adelle und Reid. Bei ihnen stehen ein paar gut gekleidete ältere Herren, von denen einer aussieht wie … »Ist das der Gouverneur?«, frage ich Shaw flüsternd.

»Höchstpersönlich.« Er strahlt. Er ist so unglaublich stolz auf seinen Vater, dass er von innen leuchtet.

Shaw verschränkt unsere Finger und geht kurzerhand um den Pulk Menschen herum, die anstehen, um Preston Mercer die Hand zu schütteln, bis er an seiner Seite ist. Er tätschelt ihm zweimal den Rücken. »Hallo. Entschuldige die Verspätung, aber ich war in etwas Wichtigem vergraben.«

Er sagt das todernst, während er vorgibt, sich an der Nase zu kratzen, sieht mich jedoch schmunzelnd an. Ich spüre, wie mir die Röte von der Brust über den Hals ins Gesicht steigt, während ich darum kämpfe, mir ein Lächeln zu verkneifen. Er war vergraben, das stimmt. Drei Finger tief. Mit denselben, an denen er jetzt diskret riecht.

Allmächtiger Gott, dieser verdorbene Kerl.

»Alles in Ordnung, Liebes? Sie sind so rot im Gesicht«, flötet Adelles süße Stimme.

»Oh ja, alles gut.« Ich werfe Shaw, dem das nicht das Geringste ausmacht, einen warnenden Blick zu. Sein Schmunzeln hat sich jetzt in ein fettes Grinsen verwandelt. Mistkerl. »Es ist nur ein bisschen … warm hier drin.« Zur Bekräftigung zupfe ich am Ausschnitt meines Kleides.

»Das geht in engen Räumen vielen so«, stimmt sie leichthin zu. Ich höre, wie Shaw leise lacht, als erst seine Mutter, dann Preston mich umarmt. Nachdem ich nicht nur Gouverneur Malcolm Presley, sondern auch dem Vizegouverneur des Staates vorgestellt wurde, stelle ich mich brav neben Shaw, der wieder den Arm um mich legt, während er mühelos Smalltalk macht.

Ich spüre Reids Blick auf mir, der durch die dünne Haut meiner Wange brennt, weigere mich aber, mich umzudrehen. Ich habe ihn nicht einmal begrüßt. In der letzten Woche hat er fünf Mal versucht mich anzurufen. Seit der Artikel erschienen ist. Er hat fünf Nachrichten auf meinem AB hinterlassen und mir drei SMS geschickt. Alle relativ vage, doch mit derselben Aussage, derselben Dringlichkeit: »Ich muss etwas Wichtiges mit dir besprechen.«

Tja, ich will aber nicht mit ihm reden. Ich will nichts von dem hören, was er zu sagen hat. Ich bin sogar ziemlich sauer auf ihn, weil er Shaw von unserer Verlobung erzählt hat, obwohl ich es hätte tun müssen, ungeachtet der Umstände. Shaw hatte jedes Recht, verletzt zu sein, weil ich ihm nichts davon erzählt hatte, aber mir schien der Zeitpunkt nie passend. Ähnlich wie bei diesem Dreier-Ding, das er mir verschwiegen hat, nehme ich an. Aber ich denke, solange wir beide nicht wussten, wie wir zueinander standen, haben wir unsere Geheimnisse für uns behalten.

Aber ich habe immer noch eins. Das bisher schlimmste: *Violet.*

Die Erinnerung an meine Schwester ist mir heilig. Überraschenderweise fällt es mir schwerer, über sie zu sprechen als über den Tod meines Vaters. Aus irgendeinem törichten Grund will ich sie ganz für mich behalten.

Vielleicht liegt es daran, dass ich die Einzige bin, die die Erinnerung an sie in sich trägt. Vielleicht liegt es auch daran, dass ich nicht will, dass sie nach der Art ihres Todes beurteilt wird, denn sobald man das Wort »Überdosis« erwähnt, ist damit ein Stigma verbunden, das Außenstehende nicht mehr den Menschen sehen lässt, der der Tote wirklich war.

Ich brauchte über ein Jahr, um Reid von Violet zu erzählen, und selbst dann tat ich es nicht aus freien Stücken. Er folgte mir eines Tages zum Friedhof, weil er dachte, ich würde ihn betrügen, da ich manchmal stundenlang verschwand und ihm nicht sagen wollte, wohin ich ging.

Ich greife mir unwillkürlich an den Hals. Einen Monat nachdem er mir gefolgt war, schenkte er mir die Kette mit dem abstrakten Silberweide-Anhänger, den er bei einem seiner Freunde in Auftrag gegeben hatte. »Damit deine Schwester immer bei dir ist«, sagte er damals mit verschleiertem Blick zu mir. Ich brach zusammen. Egal wie wir jetzt zueinander stehen, die Kette habe ich stets wie einen Schatz gehütet. Das werde ich immer. Es ist merkwürdig, wahrscheinlich reine Einbildung, aber ich *spüre* sie darin.

Shaws tiefes Lachen reißt mich aus meinen Gedanken. Ich sehe zu ihm auf. Er ist so stark und attraktiv. Ich liebe ihn *so* sehr. Diese letzte Barriere muss fallen. Ich muss es ihm erzählen. Ich *will* es ihm erzählen. Ich plane es für heute Abend. Ich plane auch, diese Gelegenheit zu nutzen, um mit ihm über Annabelle zu sprechen. Um zu sehen, ob er mir etwas über sie anvertraut. Ich weiß nur, dass ich in ihrem Blick dieselbe Getriebenheit sah wie in Violets. Was sie bedeutet, weiß ich erst jetzt, während ich damals keinen Schimmer hatte.

Als hätten meine Gedanken sie herbeigezaubert, erscheint Shaws kleine Schwester zusammen mit einem recht nerdig aussehenden jungen Mann am Arm, der etwa so groß ist wie sie.

»Annabelle«, gurrt Adelle und haucht ihr einen Kuss auf die Wange, bevor sie sie herzlich umarmt. »Du siehst atemberaubend aus, Schatz.«

Und das stimmt auch. In ihrem mintgrünen bodenlangen zweiteiligen Ballkleid ist sie heute Abend eine kultivierte Klassefrau. Das Kleid ist zwar aufgrund seiner Bauchfreiheit etwas gewagt, doch das hochgeschlossene Oberteil und die hohe Taille sorgen für einen insgesamt konservativen Eindruck. Ihre rabenschwarzen Haare sind zu einer schlichten Hochfrisur frisiert, und ihr Make-up ist dezent. Ganz und gar perfekt.

Sie sieht glücklich aus. Diese Schatten, die ich vor ein paar Wochen gesehen zu haben glaubte, sind nicht zu sehen. Vielleicht habe ich mich doch in ihr geirrt?

»Ich hätte dich fast nicht erkannt«, witzelt Shaw und gibt ihr einen Kuss auf die Wange.

Ich umarme sie kurz. »Sie sehen fantastisch aus«, flüstere ich. Sie lächelt und errötet bei meinem Kompliment.

Ich wende mich dem Gouverneur zu, der mich, in seinem dunkelgrauen Anzug lässig-elegant, angesprochen hat. »Sagten Sie, Ihr Nachname lautet Blackwell?«

Speichel sammelt sich in meinem Mund. All die Glücksgefühle, die in mir sprudelten, platzen nacheinander wie Kohlesäurebläschen. Ich nicke und flüstere ein »Ja«.

»Sind Sie mit dem verstorbenen CJ Blackwell verwandt?«

Obwohl ich darauf gefasst war, schnappe ich bei den Worten nach Luft. Shaws Muskeln versteifen sich, und sein Griff um mich verstärkt sich merklich. Mit pochendem Herzen sehe ich Reid an. Sein Blick ist steinhart. Doch er ruht nicht auf mir, und auch nicht auf dem Gouverneur. Sondern auf meinem Freund. Und Shaw erwidert den Blick.

»Ja. Ich bin seine Tochter«, antworte ich mit zittriger Stimme. Ich lehne mich an Shaw, um Halt zu finden.

Seine Mundwinkel verziehen sich mitfühlend nach unten. »Das dachte ich mir. Ich kannte ihn nicht gut, aber wir waren beide Mitglieder im Rainier Klub. Er hat oft und mit Stolz von Ihnen und Ihrer Schwester gesprochen. Ich dachte, es würde Sie freuen, zu hören, dass er hoch angesehen war und sehr vermisst wird.«

Oh Scheiße. Schlimmer noch, als mich auf meinen Vater anzusprechen, ist, dass er meine tote Schwester erwähnt. Vor allem, weil außer Reid niemand hier von ihr weiß.

»Ich wusste nicht, dass Sie eine Schwester haben, Liebes«, sagt Adelle unschuldig.

Mein Blick geht zu ihr. Mir bleibt die Stimme weg. Schweiß steht mir auf der Stirn, und mein Herz schlägt so heftig, dass es schmerzt. Ich bin mir überaus und schmerzlich bewusst, dass alle darauf warten, was ich darauf erwidern werde. »Ich –«

Habe ich nicht. Nicht mehr. Sie ist tot, genau wie mein Vater.

Es klingelt in meinen Ohren, und der Lärm übertönt alles außer den leise gesprochenen Worten, die in verletztem Ton von Shaw kommen. »Ich auch nicht.«

Es tut mir so leid.

»Sie sehen blass aus«, sagt jemand. Es klingt wie aus weiter Ferne. »Geht es Ihnen nicht gut?«

Mir ist schwindlig. Ich schwitze am ganzen Körper.

»Ich –«

Meine Beine sind schwer, meine Knie weich.

»Sie braucht kaltes Wasser im Gesicht.«

Ich glaube, ich falle in Ohnmacht.

Jemand packt mich am Ellbogen und führt mich weg. Außer, dass Shaw mich loslässt, nehme ich nicht viel wahr. Mir ist kalt, ich bin benommen, und es tut mir so wahnsinnig leid, dass Shaw es auf diese Weise erfahren musste.

Ich bewege mich automatisch, setze einen Fuß vor den anderen, jeder Schritt zittrig und ungleichmäßig. Ich weiß nicht, wer mich führt oder wohin wir gehen, doch bald lässt der Lärm nach und ich werde auf eine gepolsterte Bank gedrückt.

Ich starre auf die cremefarbenen Kacheln unter meinen hochhackigen Schuhen. Mein Körper wiegt zwei Tonnen. Ich sehe verschwommen, bis sich jemand mit einem Knäuel aus feuchten Papiertüchern vor mich hinhockt. Das Papier wird an meine Stirn gedrückt. Es fühlt sich angenehm kühl an. Ich greife danach und betupfe mein ganzes Gesicht damit.

Nach einer Weile lässt das Klingeln in meinen Ohren nach, mein Herz schlägt langsamer, und die Enge in meiner Lunge klingt ab. Ich könnte vor Verlegenheit sterben.

»Besser?«

Ich hebe den Blick und sehe in Augen, die ein Spiegel derer ihres Bruders sind.

Ich nicke.

Annabelle atmet erleichtert auf und entspannt sich sichtlich. Ein ironisches Grinsen huscht über ihr hübsches Gesicht. »Eine Sekunde lang dachte ich, Sie würden mir zusammenklappen.«

Ich lache schnaubend. »Ich auch.« Ich fahre mit den feuchten Tüchern über beide Seiten meines Halses und genieße die Kühle.

»So kann man natürlich auch Schlagzeilen machen.«

Ich lächele gezwungen. Ich denke mit jedem Augenblick wieder klarer. »Wenn es um Ihren Bruder geht, braucht es dazu nicht viel.«

»Die Presse liebt ihn eben«, sagt sie mit einer gehörigen Portion Spott.

Ich auch.

Die Tür links von uns wird aufgedrückt, und eine Frau mit einem Handy am Ohr steht im Rahmen. Sie sieht erschöpft aus. Nachdem sie uns gesehen hat, lässt sie den Blick suchend über den restlichen Teil der Lounge der Damentoilette gleiten, dreht sich um und geht wieder. Als sich die Tür schließt, sehe ich Shaw. Bevor sie zufällt, treffen sich kurz unsere Blicke. Er sieht besorgt aus. Und verletzt. Wahnsinnig verletzt.

Mist.

Niedergeschlagen lasse ich den Kopf an die Wand sinken. Ich bin total mies.

»Sie mögen meinen Bruder, hm?«

Ich drehe den Kopf zu Annabelle. Ihre Augen sind groß und blau und sehen ätherisch aus. »Sehr.«

Sie zieht einen Mundwinkel nach oben und beobachtet mich schweigend. Sie wählt ihre Worte genau. Das erinnert mich an Shaw. Vieles an ihr erinnert mich an Shaw. »Er beobachtet Sie mit Argusaugen.«

»Er ist sehr aufmerksam«, stimme ich zu.

»Ich meine nicht Shaw. Ich meine den Wahlkampfmanager meines Vaters.«

Wow. Äääh … was zum Teufel soll ich dazu sagen? Stimme ich zu? Leugne ich es? Stelle ich mich dumm? »Oh, ähm … es ist kompliziert.«

»Er liebt Sie.«

Heiliger Bimbam. Sie kommt direkt zur Sache. »Nun, ich glaube nicht –«

»Shaw. Shaw liebt Sie.« Sie wechselt so schnell die Themen, dass sich mein Nacken verspannt. »Ich meine, der andere Typ auch, aber es ist offensichtlich, dass Sie nur Augen für meinen großen Bruder haben.«

Da ich nicht weiß, was ich sagen soll, halte ich den Mund.

Sie streift ihre hautfarbenen Sandalen ab, zieht die Füße auf das weiche Leder unter uns und drapiert den Stoff ihres langen Rocks über ihre angewinkelten Beine. Sie schlingt die Arme um ihre Knie, legt die Wange darauf und sieht mich an.

Diese Schatten, von denen ich dachte, dass sie fort seien, sind wieder da. Vielleicht waren sie nie verschwunden, und sie hat sie nur verborgen wie eine Expertin. Wie Violet. Wie *ich*. Am liebsten würde ich ihren Kopf auf meinen Schoß ziehen und ihre Haare streicheln. Ihr sagen, dass sie noch ihr ganzes Leben vor sich hat und sie es selbst gestalten kann und dass sie sich den Schatten nicht geschlagen geben soll. Ich will sie anflehen, nicht wie Violet zu enden und jeden, der sie jemals geliebt hat, in unsichtbare Stücke zu zerbrechen, die sie niemals wiederfinden werden.

»Lieben Sie ihn?« Ich versuche noch herauszufinden, welchen *ihn* sie meint, als sie hinzufügt: »Meinen Bruder. Lieben Sie meinen Bruder? Wenn ich raten sollte, würde ich ja sagen, aber ich will mir sicher sein.«

Sie ist eine Miniaturausgabe von Shaw. Ein ausgeprägter Beschützerinstinkt muss ein Mercer-Charakterzug sein.

»Ja«, antworte ich. »Mehr als ich es für möglich gehalten hätte.«

»Werden Sie ihn lieben, egal was kommt?«

Ich schüttele den Kopf über ihre Spanische Inquisition. Es ist süß. »Wir haben alle unsere Fehler, Annabelle. Wenn man jemanden liebt, dann liebt man das Gesamtpaket. Das Gute und das nicht so Gute. Man kann sich nicht aussuchen, welche Teile man will. Man nimmt sie alle.«

Sie senkt das Kinn auf ihre Knie und starrt geradeaus. »Und wenn er das Schlimmste getan hat, was man sich vorstellen kann, aber nur, weil er Sie schützen wollte? Würden Sie ihn dann auch lieben?«

Ich lasse mir ihre merkwürdige Frage durch den Kopf gehen. Weiß sie etwas, das ich nicht weiß, oder versucht sie nur festzustellen, wie tief meine Liebe für ihr eigen Fleisch und Blut ist? »Ich kann mir nicht vorstellen, dass er etwas tun würde, was mich dazu bringen könnte, ihn nicht mehr zu lieben«, antworte ich ihr wahrheitsgemäß. »Aber wenn doch, kann man seine Liebe nicht einfach ausschalten. So funktioniert das nicht.«

»Ich weiß«, murmelt sie, bevor sie verstummt. Zwei Frauen, die aufgeregt darüber plaudern, dass sie den Gouverneur getroffen haben, betreten den Raum und nehmen uns kaum zur Kenntnis, während sie an uns vorbei durch die Pendeltür zu den Toiletten gehen. Diesmal halte ich ganz bewusst nicht nach Shaw Ausschau.

Ich glaube schon, das Fragespiel sei zu Ende, als sie fragt: »Haben Sie je etwas getan, das Sie bereuen?«

Sie kann mein sarkastisches Grinsen nicht sehen, aber es ist da. »Unzählige Male«, gebe ich leise zu. Wie jetzt zum Beispiel. Ich sollte mich wortreich bei dem Mann, den ich liebe, entschuldigen, weil ich ihm einen so großen Teil meines Lebens vorenthalten habe, und trotzdem sitze ich hier und verstecke mich stattdessen wie ein Feigling in der Damentoilette.

»Glauben Sie, dass manche Fehler unverzeihlich sind?« Ihre Frage ist leise, fast unhörbar.

Ich mustere sie. Sie starrt immer noch mit leerem Blick nach vorn, fast ohne zu blinzeln, als sei sie in einem Trancezustand. Mein Bauchgefühl sagt mir, dass es ihr nicht mehr um Shaw geht. »Nichts ist unverzeihlich.«

Sie legt die Wange wieder auf ihr Knie und beäugt mich. »Glauben Sie das wirklich?« Ihr skeptischer Ton sagt mir, dass sie damit nicht gerechnet hat.

»Ja. Das glaube ich wirklich. Was wäre das für eine Welt, wenn wir einander unsere Fehler nicht vergeben würden?« Ihre blauen Augen sehen mich blinzelnd an. Darin liegen Geheimnisse und ein tiefer Brunnen aus Dunkelheit, in den sie mit aller Kraft nicht zu stürzen versucht. »Glauben *Sie* es denn, Annabelle?«

Ich habe noch nicht viel Zeit mit Annabelle verbracht, aber man merkt, dass sie sich große Mühe gibt, alle davon zu überzeugen, dass sie glücklich ist und es ihr gut geht. Ich kenne die Taktik. Doch in diesem Moment kommt sie mir jung und zerbrechlich und unglaublich verletzlich vor. Ich erwäge, ihr ein paar eigene Fragen zu stellen, und frage mich, ob sie mir genug vertrauen würde, um sie mir zu beantworten, doch der Moment ist im Handumdrehen wieder vorbei und die rotzfreche Haltung, die sie wie eine zweite Haut überzieht, ist wieder da.

»Wollen Sie ihn heiraten?«

Ich lache, bevor mir klar wird, dass sie es ernst meint. »Ich –« Ich stocke und überlege, wie ich darauf reagieren soll. Es gibt keine andere Antwort als »Ja«, aber ich will auf keinen Fall, dass Shaw denkt, ich würde in derselben Woche, in der ich ihm meine Liebe gestanden habe, hinter seinem Rücken mit seiner Schwester in der Damentoilette des Four Seasons unsere Hochzeit planen. »Dazu müsste er mich zuerst fragen.«

»Wenn er Sie fragen würde, was würden Sie sagen?«

Das ist wie ein Gespräch mit Sierra. Die beiden würden sich glänzend verstehen. Sie wären die Thelma und Louise von heute.

Ich hole tief Luft und überlege mir meine nächsten Worte sorgfältig. »*Falls* er mich fragen würde, würde ich wahrscheinlich Ja sagen.«

»Wahrscheinlich oder ganz sicher?«

Ich werfe das inzwischen warme zerknautschte Papier in den Abfalleimer neben mir und lache. Shaw hat vergessen zu erwähnen, dass seine Schwester wie ein Rottweiler mit einem Knochen ist. Ich sehe ihr in die Augen und riskiere es. »Ja. Die Antwort wäre Ja.«

Ihr Lächeln erreicht ihre Augen. Sie tätschelt mein Bein. »Gut zu wissen.«

»Habe ich bestanden?«, frage ich, als sie ihre Schuhe wieder anzieht.

»Mit Bravour.«

Sie drückt sich von der Bank hoch, steht auf, dreht sich um und sieht auf mich herab. »Mein Bruder stürmt wahrscheinlich in fünf Sekunden hier herein, um persönlich nach Ihnen zu sehen.«

Ja. Dann werde ich ihm einiges erklären müssen. Wird er mir jemals glauben, dass ich ihm heute Abend von meiner Schwester erzählen wollte? Ich würde es ihm nicht verübeln, wenn er es nicht täte. »Dessen bin ich mir sicher. Können Sie …?«

»Ja. Ich sage ihm, dass Sie noch einen Moment brauchen.«

Sie streckt mir die Hand hin und hilft mir auf. »Danke, Annabelle.«

»Danke, dass Sie meinen Bruder verrückt machen. Es ist …« Sie hält inne, als wolle sie eine bissige Bemerkung herunterschlucken. »Ich bin froh, dass er jemanden hat.«

Ich lächele zaghaft. »Danke.« Als ich in den Toilettenraum gehen will, höre ich, wie jemand leise meinen Namen ruft. »Ja?« Ich drehe mich um.

Annabelle blickt zu Boden und sieht wieder zu mir auf. Sie presst nervös ihre vollen Lippen aufeinander. »Das mit Ihrem Dad tut mir wirklich leid … und was auch immer Ihrer Schwester zugestoßen ist, das Sie so traurig aussehen lässt.«

Ich habe plötzlich einen Kloß im Hals und Nadelstiche hinter meinen Lidern. »Sie erinnern mich an sie«, krächze ich.

Ein merkwürdiger Ausdruck huscht über ihr Gesicht. »Inwiefern?«

Ich schlucke und spiele auf Zeit. Ich will ihr nicht sagen, dass ich dieselben Abgründe sehe wie damals bei Violet und ich Angst habe, dass sie in einen hineinfällt, deshalb sage ich stattdessen: »Sie war musikalisch begabt, wie Sie. Sie war lustig und gesellig und geradeheraus. Spontan und sensibel. Aufmerksam. Missverstanden, glaube ich. Und schlau. Unglaublich schlau.«

Sie wendet den Blick ab, doch ich habe ihre Augen noch glasig werden sehen. Mit einem angespannten Lächeln murmelt sie etwas und lässt mich stehen.

Ich trete vor den Spiegel und betrachte kritisch die Frau, die mir entgegenblickt. Die Farbe ist wieder in ihr Gesicht zurückgekehrt, auch wenn sie immer noch ein bisschen bleich aussieht. Das Weiße in ihren Augen weist ein schwaches Rot auf. Ein Leben voller Trauer zieht ihre Mundwinkel herunter. Sie sieht aus, als würde sie traurig und allein mit dreiundzwanzig Katzen enden und Mützchen für winzige Neugeborene häkeln, wenn sie ihr Leben nicht auf die Reihe bekommt.

Als ich mit Shaw über meinen Vater sprach, war es eine Art Erleichterung. Als ich ihm alles über Reid erzählte, fühlte ich mich genauso. Ich weiß im Grunde nicht, warum ich ihm den prägendsten Verlust meines Lebens vorenthalten habe. Aber sich zu ändern ist schwer, selbst wenn es notwendig ist.

Nach ein paar Minuten, in denen ich mich wieder gefasst habe, trete ich in den Flur. Mein Herz hämmert, als ich Shaw auf und ab gehen und sich mit einer Hand die Haare raufen sehe. Als er mich sieht, erstarrt er. Ein paar Leute gehen zwischen uns vorbei, doch er lässt mich nicht aus den Augen. Er atmet schwer. Seine Lippen sind zu einer festen Linie zusammengepresst.

»Es tut mir so –«

»Jetzt nicht, Willow.« Angesichts seiner Schroffheit würde ich am liebsten weinen. »Mein Vater hält gleich seine Rede.«

»Oh.«

Mit drei Schritten ist er an meiner Seite, nimmt mich sanft am Ellbogen und läuft schnell los. Bei seinen langen Beinen fällt es mir mit meinen hohen Absätzen schwer, mit ihm mitzuhalten, doch ich werde mich nicht beschweren oder ihn bremsen. Wir sind heute Abend hier, zweieinhalb Wochen vor der Wahl, um die letzte Benefizveranstaltung seines Vaters zu unterstützen. Angesichts der neusten Umfragen und der Welle der Unterstützung, die Preston Mercer heute Abend entgegenschlägt, würde ich sagen, dass er das Rennen macht.

Doch im Moment ist mir nur wichtig, die Unstimmigkeiten mit Shaw auszuräumen.

»Es tut mir leid«, sage ich zu ihm, bevor wir den relativ stillen Flur verlassen. Auch wenn er mir gerade gesagt hat, dass er nicht darüber sprechen will, kann ich meine Entschuldigung nicht zurückhalten. »Meine Schwester … es ist, sie ist –«

Er bleibt so abrupt stehen, dass ich in ihn hineinrenne und strauchele. Er packt mich an den Oberarmen und hält mich fest. Als er sich sicher ist, dass ich nicht auf die Nase falle, schiebt er mich rückwärts, bis ich mit dem Rücken an eine raue Wand stoße. Dann baut er sich vor mir auf.

Er legt die Finger in meinen Nacken und die Daumen unter mein Kinn und hält mich in seiner Macht gefangen. Seine blauen Augen fixieren mich. Sein Blick ist intensiv, leicht furchteinflößend. Die dunklen Bartstoppeln, die er auf seiner Kieferpartie hat stehen lassen, tragen dazu bei, dass er noch strenger wirkt. Er ist unwiderstehlich. Ich bin total erregt.

»Sie ist eines dieser Geheimnisse, die zu teilen dir schwerfällt«, sagt er mit einer merkwürdig monotonen Stimme.

Ich atme hastig aus. Schnell blinzelnd nicke ich. Ich habe nicht das Gefühl, sein Verständnis verdient zu haben, bin aber trotzdem froh darüber.

»Ich warte so lange, wie du brauchst, Goldlöckchen. Wenn du so weit bist, sag Bescheid, und ich lasse alles stehen und liegen.«

Erleichtert hauche ich seinen Namen, und die gemischten Gefühle, mit denen ich kämpfe, fangen an, aus ihrem Tresorfach zu sickern. »Ich wollte dir heute Abend von ihr erzählen. Ich schwör's. Nach …« Mein Blick huscht nach rechts in den Saal, wo richtig was los ist.

Er beißt die Zähne zusammen und nickt, auch wenn ich mir nicht sicher bin, ob er mir glaubt. Doch mir bleibt keine Gelegenheit, ihn zu fragen, weil wir im Hintergrund jemanden hören, der Preston Mercer ankündigt, und kurz darauf die Menschenmenge ausflippt, klatscht, jubelt und pfeift.

»Wir müssen gehen.« Er drückt mir einen Kuss auf die Stirn.

»Ich liebe dich«, flüstere ich, bevor er von mir wegtritt.

Er legt den Daumen unter mein Kinn und hebt meinen Kopf an. Seine Entschlossenheit brennt sich in mich. »Ich gehe nicht weg, Willow, okay?«

Ich sacke erleichtert zusammen und lasse mir einen süßen Kuss auf den Mund geben, bevor wir weitergehen.

Als wir uns ganz vorn in der Menge zu Shaws Geschwistern stellen, ist Noah auch da, anscheinend ohne Begleitung. Er mustert uns fragend und umarmt mich kurz. Er fragt mich, ob alles in Ordnung sei. Ich sage Ja.

Es ist so laut, dass ich Lincoln und Gemma, die links von Shaw stehen, nur zuwinken kann. Shaws jüngerer Bruder scheint sich in seiner schicken Weste und der eng geschnittenen Hose unwohl zu fühlen. Er steht neben einem gut gekleideten Mann, der ein paar Zentimeter größer ist als er und ihn mit allen möglichen Aufmerksamkeiten überhäuft. Es scheint, als versuchte Gemma ganz allein drei renitente Kinder zu bändigen, denn ihr Mann ist nirgends zu sehen. Sie übergibt Eli an Annabelle, damit sie Cora hochheben kann, die unnachgiebig an ihrem Rock zerrt. Shaw hebt Nicholas auf seine Schultern, damit er seinen Großvater sehen kann. Er strahlt und fängt an, auf und ab zu federn, bis Shaw ihn ermahnt, stillzusitzen.

Es ist das totale Chaos, und es gefällt mir, ein Teil davon zu sein.

»Danke, dass Sie gekommen sind«, dröhnt eine laute Stimme über das Gedränge.

Ich konzentriere mich auf Shaws Vater, der jetzt auf der Hauptbühne steht, die etwa einen Meter erhöht ist. Er steht lächelnd und winkend hinter einem provisorischen Pult, was seine Unterstützer schier ausflippen lässt. Rechts von ihm steht Adelle, die Hände bescheiden vor sich verschränkt. Als sie zu ihrem Mann blickt, steht ihr zurückgehaltener Stolz im Gesicht geschrieben. Sie weiß, dass es sein Moment ist, um zu glänzen, aber auch, dass sie das unsichtbare Rückgrat hinter dem Erfolg eines großen Mannes ist.

Zur Linken des Bürgermeisters steht Reid. Er klatscht mit den anderen, doch er blickt nicht auf die Menschenmenge oder zu seinem Kandidaten. Sein raubvogelhafter Blick ist auf Shaw gerichtet. Wenn Hass eine Farbe hätte, würde er sie tragen.

Als würde er mich spüren, huscht sein Blick von Shaw zu mir, woraufhin die Luft in meiner Lunge gefriert. Der Hass verschwindet rasch, doch er hat einen Gesichtsausdruck, den ich zunächst nur schwer deuten kann.

Doch dann sehe ich es. Eindeutig. Er will mich zurück. Er hat es mir ja gesagt. Doch jetzt scheint es, als sei es ihm egal, wer davon weiß. Was er tut, ist gefährlich. Es ist nicht nur gefährlich, sondern auch alles andere als angenehm oder angebracht, wenn man seine Position in der Familie Mercer betrachtet. Er soll sie vor Skandalen schützen, nicht selbst welche produzieren.

Der Applaus findet kein Ende. Reid starrt mich weiter an. Pure Entschlossenheit vermengt sich mit unverkennbarer Besitzgier. Eine dreifache Menge an schamlosem Verlangen wird noch zur Mischung dazugegeben. Sie köchelt vor sich hin. Ein giftiger Mix, der kurz davor ist, überzukochen und alle um ihn herum zu verbrühen.

Es wird geschehen. Und zwar schnell. Ohne Vorwarnung. Und wenn es soweit ist, wird sich niemand vor dem Schaden schützen können, den es anrichten wird.

Niemand.

22. KAPITEL

Shaw

»Arroganter Scheißkerl. Wenn ich ihm die Eier rausreißen und sie ihm ins Maul stopfen könnte, ohne dafür ins Gefängnis zu wandern, würden sie ihm schon durch die Kehle rutschen.«

Ich trinke einen Schluck von meinem Lagavulin, doch selbst der rauchige Geschmack des ziemlich teuren alten Scotchs schafft es nicht, den Geschmack der Wut aus meinem Mund zu spülen. Ich lasse den Typen nicht mal für den Bruchteil einer Sekunde aus den Augen. Er steht neben meinem Vater, als gehörte er dorthin. Schüttelt die Hände von Geschäftsleuten, Hausfrauen und den Bewohnern von Seattle, als seien es *seine* Leute. Aufgeblasener Arsch.

»Hast du gesehen, wie er Willow angeschaut hat, als mein Vater seine Rede gehalten hat?«

»Hab ich«, antwortet Noah kurz angebunden. Er ist genauso empört wie ich. »Der Arsch wird immer dreister.«

Mein erbitterter Beschützerinstinkt zündet jede Nervenzelle in mir. Ich suche den Saal nach Willow ab. Meine Mutter hat sie vor gut einer halben Stunde weggezerrt, um sie herumzuzeigen. Mir ist auch nicht entgangen, dass Mergen jede ihrer Bewegungen verfolgt. So wie ich ihn nicht aus den Augen gelassen habe, so hat er den Blick kaum von ihr abgewandt, obwohl er in den letzten Minuten in ein Gespräch mit einem

US-Senator und einem der engsten Freunde meines Vaters vertieft war.

»Sie ist da drüben«, sagt Noah mit seiner tiefen Stimme.

Ich folge seinem Blick und entdecke tatsächlich Willow bei einem Grüppchen der engsten Freundinnen meiner Mutter. Meine Mutter sagt anscheinend etwas, das ihr das Blut ins Gesicht treibt, denn selbst aus dieser Entfernung sehe ich, wie die helle Haut ihrer Wangen sich rötet. Dieser fantastische, freche Mund, den ich so gerne küsse, verzieht sich zu einem verlegenen Lächeln, und sie sieht sich rasch um, als wollte sie nicht, dass jemand ihr Gespräch mitanhört.

Ich frage mich, was mein Mädchen dazu gebracht hat, so wunderschön zu erröten.

»Ihr zwei habt vorhin gestritten.«

Ich sehe kurz Noah an, bevor ich weiter Willow beobachte. Er hat den peinlichen Vorfall von eben nicht mitbekommen. Keine Frage, wer ihn eingeweiht hat. Bluebelle ist auch *seine* kleine Schwester. »Zuerst ein toter Vater, von dem ich nichts wusste, dann ein Verlobter und jetzt eine geheimnisvolle Schwester.«

»Ex-Verlobter«, stellt Noah klar.

»Egal. Ex-Verlobter. Der Punkt ist, dass ich mich langsam frage, ob ich ihr je all ihre Geheimnisse entlocken kann oder ob sie mich weiter aus heiterem Himmel treffen werden.«

»Gehört das nicht zum Spaß dazu?«

»Ja? Manchmal fühlt es sich nicht an wie Spaß.« Schon eher wie Extremsport. Eine brutale Hürde nach der anderen, während ich mich frage, ob ich es jemals bis zur Ziellinie schaffe oder zum Aufgeben gezwungen sein werde. Und so ungeniert wie Mergen seine Gefühle für sie zeigt – öffentlich inzwischen –, glaube ich nicht, dass ich allzu falschliege. Und deshalb behalte ich ihn im Visier.

Meine Zeit ist fast um. Ich spüre es in jeder Faser meines Körpers. Und das heißt, ich muss meinen Zug machen, bevor er es tut. Das heißt, jede Sekunde mit Willow ist wertvoller als die davor.

Das heißt, ich muss es ihr heute Abend sagen. *Mist.*

Noah holt tief Luft und bläst sie laut wieder aus. Er schluckt einen Mundvoll von seinem Rum mit Cola und wendet sich an mich. »Ich weiß nicht, Merc. Manchmal denke ich, ich hätte nichts dagegen, jemanden wie sie zu finden, der mich ganz kirre macht.«

Ich sollte verblüffter sein, doch in Wahrheit habe ich, seit ich mit Willow zusammen bin, an Noah eine Veränderung festgestellt. Zum Guten hin. Ich lächele. »Wirklich? Sollte ich deshalb mit einer gewissen Brünetten sprechen, die nicht lange fackeln würde, dir die kurzen Haare mit einer spitzen Pinzette herauszuzupfen?«

Er zuckt mit den Achseln, doch der Glanz in seinen Augen verrät ihn.

Ich hatte geglaubt, dass es lustig wäre, die beiden zu verkuppeln und dabei zuzusehen, wie die Funken fliegen wie am vierten Juli, doch Noah hat mich überrascht. Er hat eindeutig Interesse an Willows bester Freundin und Mitbewohnerin, obwohl ich nicht sicher bin, ob sie seine Gefühle erwidert. Und ich weiß auch nicht, ob sie die Frau ist, auf die er sich fixieren sollte.

»Ich dachte neulich, dass du Witze machst.«

»Nein«, erwidert er gereizt.

»Sie hat dich nicht rangelassen, hm?«

»Leck mich, Merc. Das ist es nicht.«

»Ich denke schon.«

»Das ist es nicht, okay? Sie ist … *Gott.*« Er streicht sich nachdenklich über seinen Stoppelbart. »So verdammt wild, dass ich nur daran denken kann, sie zu zähmen.«

»Sie hasst Männer«, sage ich zu ihm und kippe mir den Rest meines Whiskys hinter die Binde.

Erneutes Achselzucken. »Nein. Sie hasst *die Vorstellung* von Männern. Großer Unterschied.«

Ich lache kurz auf. »Sie hält dich für eine männliche Hure.«

Er grunzt nur und trinkt ebenfalls sein Glas aus. »Menschen können sich ändern.«

»Ich glaube, da hast du was falsch verstanden, mein Freund.« Ich stelle mein leeres Glas auf das Tablett einer vorbeikommenden jungen Kellnerin, die höchstens zwanzig sein kann. Sie mustert mich und lächelt. Ihr Lächeln ist kokett und dreist. Eine unverhohlene Aufforderung.

»Und du hast das nicht?«, fragt er ziemlich salopp, während er unserer Kellnerin ebenfalls sein leeres Glas reicht. Er macht sich nicht einmal die Mühe, sie dabei anzusehen. In der Hoffnung auf mehr als reine Ablehnung bleibt sie noch ein paar Sekunden stehen, doch als sie sieht, dass es nichts bringt, geht sie weg.

»Was habe ich nicht?« Verwirrt runzele ich die Stirn.

»Etwas falsch verstanden. Du hast sie ins Visier genommen.« Er deutet mit dem Kopf auf Willow. »Du hast um sie gekämpft, und jetzt hast du sie.«

Aber nicht mehr lange. Ich will gerade nachfragen, was er meint, als ein Tumult und eine vertraute kreischende Stimme hinter mir meine Aufmerksamkeit auf sich ziehen.

Als ich mich umdrehe, sehe ich, wie Annabelle auf uns zustürmt, ihren jungen Begleiter dicht auf den Fersen. In einer Hand trägt sie ihre Schuhe, mit der anderen rafft sie ihren langen Rock zusammen, während sie vorprescht.

Sie stößt lautstarke Beschimpfungen aus gegen … *wie heißt er noch mal?* Drew? Dan? Was auch immer. Spielt keine Rolle. Was aber eine Rolle *spielt*, ist die Szene, die sie macht. Obwohl die meisten Presseleute schon weg sind, lungern ein paar Journalisten noch herum, wahrscheinlich in der Hoffnung auf genau so einen Moment. Auf etwas Pikantes, das sie neben einem Foto meines Vaters, auf dem er etwas Wohltätiges tut, drucken können. Blutsauger. Ausnahmslos.

Als sie an mir vorbeikommt, packe ich sie an der Hüfte und drücke sie fest an meine Brust. Sie kämpft gegen meinen festen Griff an, schreit mich an, sie loszulassen, und als ich das nicht tue, versucht sie mit ihren Stiletto-Absätzen, die tödliche Waffen sein können, wenn sie die verwundbare Stelle eines Mannes treffen, nach mir zu schlagen.

»Verdammt, Bluebelle. Beruhige dich«, zische ich, während ich mich abmühe, sie zu kontrollieren. Ein reißender Fluss, direkt vor mir.

»Er ist ein Arschloch!«, kreischt sie und tritt wie ein Kind nach ihrem Begleiter. Als sie ihn am Schienbein trifft, stößt er ein Grunzen aus und beugt sich vor, um seine Wunde zu reiben. Weichei.

Drew oder Dan, oder wer auch immer er ist, stößt hervor: »Ich hab nichts getan, Annabelle.«

Sie knurrt. Knurrt regelrecht. »Du hast sie den ganzen Abend angesehen. Versuch nicht mal, es zu leugnen.« Sie deutet mit dem Finger irgendwo in Richtung des Meers aus Menschen in Power Suits und schicken Kleidern, von denen viele jetzt auf unser kleines Spektakel aufmerksam werden.

Drew oder Dan schnaubt frustriert. »Hab ich nicht. Ich würde dich nie so missachten. Ich schwör's. Ich weiß nicht mal, von wem du sprichst! Sagen Sie ihr das.« Sein Blick landet auf mir, mit der verzweifelten Bitte um Hilfe, die er nicht bekommt. Selbst wenn er zu einhundert Prozent recht hätte – was wahrscheinlich der Fall ist –, könnte man Annabelle nicht zur Vernunft bringen, wenn sie so ist.

»Verlogener Drecksack!«, entgegnet sie hitzig. »Auf der Party letztes Wochenende hast du dasselbe getan, als du mit dieser Schlampe Patty Collins gesprochen hast.«

Er verdreht die Augen.

Der Junge muss noch viel lernen. Selbst ich weiß, dass das der Todesstoß ist.

»Sie gehen jetzt besser«, rate ich ihm.

»Aber –«

»Schaff sie hier raus«, sagt Noah. »Kamera auf zwei Uhr.«

Allmächtiger. Mein Blick trifft den meines Vaters. Sein Gesichtsausdruck ist hart.

»Kümmere dich um ihn«, weise ich Noah an und deute mit dem Kopf auf Junior.

»Fass mich nicht an«, höre ich den Jungen sagen, als ich Annabelle wieder auf die Füße stelle. Ohne meinen Griff um sie zu lockern, dirigiere ich sie in die entgegengesetzte Richtung, während die Worte ihres Begleiters hinter uns ertönen. »Ich bin weg. Ihr zwei könnt euch um die Irre kümmern.«

Jawohl. Todesstoß. Loser. Und tschüss!

»Lass mich los«, fordert meine kleine Schwester und versucht, sich aus meinem unerbittlichen Griff zu befreien.

»Niemals!«

Ich biege scharf nach links ab und zerre sie über einen glücklicherweise leeren Flur, bis wir zu ein paar Sitzungsräumen kommen. Ich probiere zwei Türen, bevor ich eine unverschlossene finde.

Sobald wir drin sind, lasse ich sie los. Sie geht mehrere Schritte auf einen Bürostuhl zu, zieht ihn zu sich heran und lässt sich darauf plumpsen. Sie stellt ihre Ellbogen auf den Tisch und vergräbt ihr Gesicht in den Händen. Ich bleibe an der Tür stehen, um jeden Fluchtversuch zu vereiteln.

Minutenlang ist im Raum nur ihr heftiges Atmen zu hören.

Als sich ihre Atmung normalisiert, setze ich mich neben sie. »Also«, fange ich an, »diese Party letztes Wochenende. Erzähl mir davon.«

Sie hebt ruckartig den Kopf und fixiert mich mit blutunterlaufenden Augen. »*Darüber* willst du mit mir reden?«

»Ja«, antworte ich schlicht.

Annabelle ist eine Drogensüchtige im Genesungsprozess. Da ist eine Party der letzte Ort, an dem sie sich aufhalten sollte. Ich habe sie sogar heute Abend im Auge behalten. Sie ist von Rechts wegen alt genug, um Alkohol zu trinken, doch eine genesende Drogensüchtige sollte auch keinen Tropfen Alkohol zu sich nehmen, selbst wenn sie nicht danach süchtig war. Abhängigkeit ist Abhängigkeit. Und die läuft in ihrem Blut blindwütig und unkontrolliert Amok.

»Du bist ein Arschloch.«

»Zur Kenntnis genommen. Und jetzt … die Party.« Ich verschränke die Arme. Meine Anweisung ist klar: Beantworte die verdammte Frage!

Sie drückt den Rücken durch – die Stärke und Sturheit der Mercers, die ich bewundere, stets präsent. Ich sehe zu, wie ein heißes loderndes Feuer ihre himmelblauen Augen verräuchert. »Du bist nicht mein Vater.«

»Dann zwing mich nicht, es zu sein, Annabelle«, antworte ich mit etwas weicherer Stimme.

»Ich bin erwachsen. Ich schulde dir keine Erklärung.«

Ich atme tief durch, da meine Geduld schnell nachlässt. Annabelle braucht meine Aufmerksamkeit, doch dadurch ist Willow jetzt schutzlos einem Raubtier alias ihrem Ex ausgeliefert. Je schneller wir das klären, damit ich zu Willow zurück kann, umso besser. »Dann benimm dich auch so. Man erörtert seine persönlichen Probleme nicht in der Öffentlichkeit. Das solltest du doch besser wissen.«

Sie seufzt und weicht meinem Blick aus, bevor sie bockig sagt: »Es war die Geburtstagsparty eines Freundes, der einundzwanzig wurde, okay?«

»Und ich vermute mal, dass diese Party nicht bei Chuck E. Cheese stattgefunden hat?«, antworte ich in dem Bemühen, witzig zu sein.

Das bringt mir einen übellaunigen Blick ein. Was mir eigentlich ziemlich egal ist. Ich bin gegen ihre Theatralik immun.

»Ich muss irgendwann lernen, damit umzugehen, Shaw.«

»Du bist nicht einmal ein Jahr clean, Bluebelle. Das ist keine gute Idee.«

»Ich kann nicht nur in meiner Wohnung sitzen und zusehen, wie mein Leben an mir vorbeizieht.«

»Das habe ich nie von dir verlangt«, erwidere ich finster. »Aber du musst kluge Entscheidungen treffen, sonst …«

Sie lehnt sich mit verschränkten Armen auf ihrem Stuhl zurück. Ihre Haare sind unordentlich, ihre Wangen rot vor Ärger. Sie wirkt älter als ihre jungen Jahre. »Es war schwer. Ich behaupte nicht, dass es das nicht war. Aber ich hab's geschafft. Ich habe alle Angebote abgelehnt und bin völlig nüchtern nach Hause gegangen.«

Sie reckt in einer für sie typisch trotzigen Bewegung das Kinn hoch. Im Grunde will sie nur Anerkennung. »Ich bin stolz auf dich, Bluebelle. Das war bestimmt nicht einfach.«

»Nein, aber Dean …« – Dean, *so* heißt er – »hat auch nichts getrunken, das hat mir geholfen.« Sie senkt den Blick auf ihren Schoß und streicht ihren pastellfarbenen Rock glatt. »Ich habe überreagiert«, gesteht sie leise.

»Das dachte ich mir«, antworte ich und weiß, dass sie das Debakel eben im Festsaal meint. »Magst du ihn?«

Sie wirft mir unter mit schwarzer Mascara verkrusteten Wimpern einen schüchternen Blick zu. Sie nickt fast unmerklich. »Er hat recht. Ich habe mich aufgeführt wie eine Irre.« Ich will unbedingt wieder zu Willow und dann nach Hause gehen, doch ich warte geduldig, damit sie ihre Gedanken sammeln kann. »Ich bin nur sowieso schon so gereizt seit …«

Sie führt den Gedanken nicht zu Ende, doch das braucht sie auch nicht. Ich weiß genau, wovon sie spricht. Ich wusste, dass sie mir neulich nicht geglaubt hat.

Schwer seufzend stehe ich auf, weil ich nicht mehr sitzen kann. Ich reibe mir mit beiden Händen das Gesicht und mache den Mund auf, um ihr die Wahrheit zu sagen. Das *muss* ich, auch wenn dies weder der richtige Zeitpunkt noch der richtige Ort ist. Ich kann mir eigentlich keinen schlechteren Ort dafür vorstellen, kann es aber auch nicht mehr hinausschieben. Das ist niemandem gegenüber fair. Genau in dem Moment, als ich versuche, die Worte über die Lippen zu bekommen, die sie ins Schlingern geraten lassen könnten, brummt mein Handy.

Ich greife in meine Tasche, ziehe das Telefon heraus und werfe einen Blick auf die Nachricht.

Noah: *Wo bist du? Ich kann sie nicht finden.*

Es gibt nur eine *Sie*, die er meinen könnte.

Willow.

Dieser Wichser. Kaum bin ich fünf Minuten weg, schlägt er zu. »Ich muss gehen«, informiere ich meine Schwester und stecke mein Handy wieder ein.

»Was ist los?«

»Nichts.« Mein Herz rast. Ich habe keinen Zweifel, dass Mergen bei ihr ist, und ich habe allen Grund anzunehmen, dass er ihr sein Herz ausschütten, dabei die Tatsachen jedoch zu seinem Vorteil verdrehen wird. »Geh zurück zur Party und halte dich an Dad. Und benimm dich.« Ich bin an der Tür, drehe am Knauf und werfe keinen Blick mehr zurück, um mich zu vergewissern, ob Annabelle meinen Anweisungen auch folgt.

Statt zurück zur Party zu gehen, laufe ich aus irgendeinem Grund weiter über den Flur links von mir, wo sich noch mehr Konferenzräume befinden. Ich zwinge mich, langsam zu gehen, und strenge mich an, Stimmen zu hören. Da dieser Teil des Hotels heute Abend nicht belegt ist, sollte ich ungewöhnliche Aktivitäten mitbekommen.

Nach etwa fünfzehn Metern komme ich zu einer Gabelung, an der ich mich entscheiden muss. Rechts oder links. Rein nach Bauchgefühl schwenke ich nach links und gelange noch tiefer ins Innere des Nobelhotels. Als ich einen schwachen Hauch des Blumendufts registriere, den ich vorhin an Willow gerochen habe, weiß ich, dass ich auf dem richtigen Weg bin. Trotzdem höre ich nichts, während ich in dem besonders breiten Gang an einem Raum nach dem anderen vorbeigehe.

Bis ich zum letzten komme.

Leise Stimmen leiten mich zum letzten Raum rechts von mir. Die Tür steht einen Spalt offen, und als ich mich nähere, ist Willows Stimme sehr deutlich zu hören. Ich drücke mich draußen herum und lausche.

»Das ist total unangemessen, Reid«, zischt sie. Sie ist wütend. Braves Mädchen.

»Du hast mir keine Wahl gelassen, Willow«, antwortet er beißend. »Du beantwortest meine Anrufe und SMS nicht.«

Arschloch.

»Weil es nichts zu bereden gibt.«

»Ach, es gibt eine Menge zu bereden. Warum gibst du dich überhaupt mit einem Typen wie Mercer ab? Er ist ein Aufreißer, Willow. Du verdienst etwas Besseres als einen Arsch, der an öffentlichen Orten irgendwelche Frauen vögelt und dann in der Zeitung landet!«

Das reicht. Meine Hand hebt sich automatisch, um die Tür aufzustoßen, doch mein Instinkt lässt mich innehalten, als Willow faucht: »Sag kein Wort mehr. Soweit ich weiß, hattest *du* etwas mit der ganzen Sache zu tun.«

Ein langsames Lächeln breitet sich über mein Gesicht aus. Ich liebe diese Frau aus tiefstem Herzen.

Mergens Lachen klingt bitter. »Ich wünschte, es wäre so. Ich musste Überstunden machen, um diesen Mist wieder aus der Welt zu schaffen.« Er hat keinen verdammten Finger gerührt. Das habe alles *ich* geregelt.

»Das bist nicht du, Reid«, sagt sie traurig. »Warum verhältst du dich so?«

»Weißt du, wie qualvoll es ist, jeden Tag in dem Wissen aufzuwachen, dass du nicht mehr mir gehörst? Es ist die Hölle, Willow. Jede Sekunde eines jeden Tages in den letzten vier Jahren war die pure, reine Hölle.«

Ich beiße fest die Zähne zusammen. Wenn er nicht versuchen würde, meine Familie auseinanderzureißen, könnte mir das Arschloch fast leidtun. *Okay, nein.* Das wird nie passieren.

»Reid.« Sie zieht seinen Namen voll Mitleid in die Länge. »Ich … ich weiß nicht, was du von mir hören willst.«

Aber ich weiß, was ich von ihr hören will.

»Sag, dass das … was auch immer du mit Shaw Mercer tust, vorübergehend ist.«

Sie braucht lange, um zu antworten. *Zu* lange. Ehrlich gesagt, braucht sie so lange, dass ich mich langsam frage, wie ihre Antwort lauten wird, doch als sie endlich spricht, wird mir klar, dass es nicht daran liegt, dass sie an uns zweifelt, sondern daran, dass sie versucht, es ihm so schonend wie möglich beizubringen. So sehr ich mir auch wünsche, dass sie ihm nahelegt, sich zu verpissen, liebe ich auch diese fürsorgliche Seite an ihr.

»Das ist es nicht, Reid. Ich bin in ihn verliebt. Das habe ich dir schon gesagt. Ich weiß, ich habe dich all die Jahre im Unklaren gelassen, und das tut mir unglaublich leid. Es war falsch von mir. Ich will dir nicht wehtun, aber das ändert nichts an der Tatsache, dass meine Beziehung zu ihm real ist. Er ist … der Richtige für mich.«

»Er kennt dich nicht so wie ich. Das wird er nie«, protestiert er.

»Du hast unrecht.«

»Was gibt er dir, was ich dir nicht geben kann, hm? Geld? Geld habe ich, Willow. Vielleicht nicht so viel wie er, aber genug um zu deinem Lebensunterhalt und dem deiner Mutter beizutragen.«

»Jetzt beleidigst du mich aber«, antwortet sie hitzig.

Es folgt ein langes Schweigen. »Er wird sich nie an dich binden.«

Mir reicht's. Ich habe genug gehört. Ich stürze mit solcher Wucht in den Raum, dass die Tür gegen die Wand schlägt und ich sie fast abbekomme, bevor ich ihrem Rückprall ausweichen kann. »Ich habe mich schon an sie gebunden, Arschloch«, verkünde ich und nehme Willows erschrockenes Gesicht nur kurz wahr, bevor ich vor ihr stehe. Dann liegt sie in meinen Armen, und meine Augen schließen sich kurz, als sie ihre Arme um meine Taille schlingt.

»Woher wusstest du, wo ich bin?«, murmelt sie an meiner Brust.

»Ich bin deinem Geruch gefolgt«, sage ich in ihre Haare und atme tief ein.

Sie hebt den Kopf und lächelt strahlend. Ihr ganzes Gesicht strahlt, und ich falle weiter und weiter in sie. Ich streiche mit den Daumen über ihre Wangenknochen und küsse sie auf die Nasenspitze.

»Gehen wir.« Ich fahre mit der flachen Hand an ihrem Arm hinab, nehme ihre Hand und steuere auf die Tür zu. Wir sind zwei Schritte gegangen, als Mergens selbstgefällige Stimme uns wie angewurzelt stehen bleiben lässt. »Er benutzt dich. Wusstest du das, Willow?«

Ich spüre, wie sich ihr ganzer Körper neben mir versteift. »Tu das nicht, Reid.«

»Tu was nicht?«, spottet er. Er lehnt sich gespielt lässig an den langen Konferenztisch, verschränkt die Arme und streckt die Schultern in seinem maßgeschneiderten grauen Anzug. »Dir die Wahrheit sagen? Willst du nicht wissen, an was für einen Mann du dich bindest? Denn ein Ehrenmann ist er nicht, das ist verdammt sicher.«

»Klar.« Ich schnaube verächtlich. »Sagt das tugendhafte Arschloch, das mir mein Mädchen ausspannen will.«

Mergen reagiert kaum, so konzentriert ist er auf Willow. »Wusstest du, dass dieses« – er deutet mit dem Kopf auf uns beide – »*Arrangement* ein Schwindel ist? Dass er dich ausgewählt hat, um ein paar Monate seine Freundin zu sein, mit der festen Absicht, dich in der Sekunde wieder loszuwerden, in der Preston wiedergewählt wird?«

»Hör auf, Reid«, bittet Willow leise. Sie hält sich fester an mir.

»Aufhören? Scheiße, nein. Ich höre nicht auf, bevor du alles weißt. Du entscheidest dich für einen Mann, der das, was du zu haben *glaubst*, auf einem Lügengebäude aufgebaut hat. Er liebt dich nicht. Er *benutzt* dich!«

Ich will sie loslassen, stelle schon einen Fuß vor, entschlossen, dieses Arschloch umzubringen, doch Willow zieht mich zurück. Sehr energisch, könnte ich hinzufügen. »Nicht«, sagt sie leise zu mir.

Sie drückt ihr Rückgrat durch und fixiert ihren Ex. Sie

hat die Schultern zurückgezogen und schiebt ihr eigensinniges Kinn vor. Die Haltung kenne ich. Das ist mein Mädchen: kämpferisch und gefechtsbereit. Umwerfend.

»Und ich nehme an, dafür sollte ich mich bei *dir* bedanken, was?« Die Verärgerung, in der Mergen seit Wochen schmort, verpufft. Als er nicht antwortet, fügt Willow hinzu: »Es *war* doch deine Idee, oder?« Sie deutet auf uns beide. »Das hier?«

Am liebsten würde ich lächeln, aber ich verkneife es mir. Nein, ich will uns hier rausschaffen, bevor der ganze Raum um uns niederbrennt, denn wenn Mergen sieht, dass er mit seiner kleinen Enthüllung nichts erreicht, wird er schwerere Geschütze auffahren.

Ich lege die Hand auf ihren Rücken und will sie vorwärts schieben, doch sie gibt kein Jota nach.

»Nein, nur noch einen Moment«, sagt sie zu mir, ohne den Blick von Mergen zu wenden. »Er hat mir alles erzählt, deshalb wird dein Plan nicht aufgehen, Reid. Er lässt dich nur verzweifelt wirken.«

Der Schmerz, der über sein Gesicht zuckt, ist unverkennbar, doch dann umspielt ein niederträchtiges Lächeln seine Lippen, während er mich ins Visier nimmt. »Er hat dir also alles gesagt, ja?«

»Ja«, antwortet sie im selben Moment, als ich ihr einen kleinen Schubs nach vorne gebe und zu ihr sage: »Wir gehen.«

Ich rieche den Rauch. Ich spüre einen Kringel aus glühenden Flammen, der meine geschwärzte Seele peitscht, weil ich es ihr nicht in derselben Sekunde gestanden habe, in der ich es erfuhr. Und wenn ich sie nicht sofort hier rausschaffe, wird mein ganzer Körper von Verbrennungen dritten Grades übersät sein.

Diesmal schaffen wir es bis zur Tür. Wir sind fast in Sicherheit, als Mergens schleimige Stimme sich hinter uns her schlängelt. »Dann nehme ich an, er hat dir auch erzählt, dass dein Vater gar nicht Selbstmord begangen hat?«

Sie erstarrt.

»Gehen wir«, sage ich und kann meine Wut nur mit Mühe im Zaum halten. Ich versuche sie nach vorn zu schubsen, doch sie ist steifer als eine Leiche. Sie schiebt mich mit einer Hand fort und dreht sich wieder um.

»Was hast du gesagt?«, fragt sie barsch.

Mergen richtet sich auf und lässt die Hände sinken. Er wirkt fast zerknirscht. Arschloch. Am liebsten würde ich ihn hier und jetzt umbringen.

»Komm, Willow, wir gehen«, sage ich bittend. Sie muss es von mir erfahren. Nicht von ihm. Von *mir*. Ich fasse sie am Arm, aber sie stößt mich wieder weg und geht zwei Schritte auf Mergen zu.

»Wiederhol das, was du gerade gesagt hast.« Ihre Stimme ist jetzt bitter und beißend.

Mergen wirkt nervös, spricht aber trotzdem weiter. »Dann hat er dir doch nicht alles gesagt.«

»Willow –« Ich greife nach ihr, doch sie weist mich zurück und tritt noch einen Schritt von mir weg.

»Nicht«, sagt sie mit rasiermesserscharfer Stimme. Ich bin mir nicht sicher, ob sie mit ihm oder mit mir spricht, doch das klärt sich bald. »Wag es nicht, meinen Vater da mit reinzuziehen. Was für ein krankes Spiel spielst du da, Reid?«

»*Ich?*«, knurrt er. »Das solltest du *ihn* fragen.«

»*Er* hat damit nichts zu tun. Wie kannst du so was sagen?« Die letzten Worte presst sie nur mit Mühe hervor. Ich will sie so gern in die Arme nehmen und vor dieser Sache beschützen, aber ich kann es nicht. Und in weniger als zwei Minuten wird sie mich auch nie wieder lassen.

»Er hat sogar alles damit zu tun!« Mergens hitziger Blick zuckt zu mir. »Sagen Sie es ihr, Mercer. Erzählen Sie ihr von der Verstrickung Ihrer Schwester in den Tod ihres Vaters.«

Wenn ich geglaubt hätte, dass es auch nur annähernd etwas bringen würde, hätte ich ihn krankenhausreif geschlagen. Ich hätte eine Anklage wegen Körperverletzung auf mich genommen. Ich hätte mit Freuden tagelang in einer drei Quadratmeter großen Gefängniszelle aus Beton gesessen. Doch das hätte nichts geändert. Es hätte die Verwirrung in Willows Gesicht nicht getilgt. Es würde das Entsetzen nicht wegwischen, wenn ihr klar wird, dass Mergen sich nicht nur wie ein Arschloch verhält. Und es wird ganz sicher nichts an der Wahrheit ändern.

»Was meint er damit?«, murmelt sie und zieht ihre feinen Augenbrauen fest zusammen. Sie bewegt sich fast unmerklich auf Mergen zu. Ich bin mir nicht einmal sicher, ob sie sich dessen bewusst ist. Am liebsten würde ich mich ihr zu Füßen werfen und um Verzeihung bitten. »Shaw, sag mir, was er damit meint.« Diesmal hat sie die innere Stärke wiedergefunden, die ich so an ihr verehre.

»Ich –« Verdammte Scheiße. Ich stemme die Hände in die Hüften und sehe sekundenlang zu Boden. Ich nehme einen bestärkenden Atemzug und bete, dass Gott barmherzig sein möge, als ich den Blick wieder zu ihr hebe und gegen jede Hoffnung dafür bete, dass wir das überstehen können. »Es war ein Unfall.«

»Ein Unfall?« Ihre Beine geben nach, aber es bin nicht ich, der zur Stelle ist, um sie aufzufangen, um sie zu beruhigen. Sondern *er*. »Ich verstehe nicht. Mein Vater hat Selbstmord begangen. Das steht im Polizeibericht. Es steht auf seiner Sterbeurkunde. Es war sonst niemand dort. Keine Zeugen. Es *war* kein Unfall.«

»Doch.« Ich trete einen Schritt auf sie zu, doch sie weicht zurück, zurück in *seine* Arme. Sie sieht mich an, als wüsste sie nicht, wer ich bin. Am liebsten würde ich sterben. »Willow, lass uns irgendwo hingehen und das besprechen. Allein.«

»Wir gehen nirgendwo hin, bevor du mir sagst, was passiert ist.«

»Ich mache das nicht hier vor ihm.«

»Gottverdammt, Shaw! Es reicht! Sag es mir einfach«, feuert sie zurück. Gott sei Dank macht sie sich von ihm los, doch sie steht dort, so verdammt majestätisch neben dem Mann, der sie heiraten wollte. Dem Mann, der sie immer noch erbittert liebt und für sie da sein wird, wenn sie mich hochkant rausschmeißt.

Wenn es eine schlimmere Hölle gibt als diese, will ich es nicht wissen.

Ich schlucke mit Mühe den Speichel hinunter, der sich in meinem Mund angesammelt hat, bevor ich mit den Tatsachen beginne, die ich kenne.

»Meine Schwester –«

»Annabelle?«, fragt sie, um das klarzustellen.

»Ja. Annabelle«, antworte ich. »Sie war in jener Nacht von der Rolle –«

»Von der Rolle?«, unterbricht sie mich wieder.

Ich seufze schwer. Mir ist klar, dass dies nicht der Zeitpunkt ist, um Informationen zurückzuhalten. »Drogen, Alkohol. Such dir was aus, sie hat alles genommen.« Sie zieht die Mundwinkel nach unten. Der Lippenstift von vorhin ist fast weg, und was davon noch übrig ist, kaut sie jetzt ab. Sie sieht schon den Weg, den ich bereite, der voller Haarnadelkurven und steiler Abgründe ist. Wenn wir überleben, wird es ein verdammtes Wunder sein. »Sie war in einem elend schlechten Zustand, Willow, auch schon davor. Sie war leichtsinnig, unbedacht, gedankenlos. Doch in jener Nacht ist wirklich schlimmer Mist passiert, und es hat sie zerrissen. Ihr war egal, ob sie lebt oder stirbt.«

»Was ist passiert?«, fragt Willow. Ihre Stimme ist ein heiseres Flüstern. Ihre Frage ist sanft und scharf zugleich.

Sie verdient die ganze Geschichte, aber nicht jetzt. Jetzt wird sie die gekürzte Fassung bekommen, weil ich nicht meine ganze Familienscheiße vor jemandem erörtere, dem ich nicht vertraue. Ich richte meine Aufmerksamkeit auf Mergen, dessen Gesichtszüge steinhart sind. Ich habe keine Ahnung, ob er alles weiß, was ich weiß, aber ich liefere ihm nicht noch mehr Munition, die er gegen mich verwenden kann.

»Irgendwie ist sie mit ihren Freundinnen, die alle betrunken oder mit Koks zugedröhnt waren, auf der Schultz Bridge gelandet. Sie …« Ich zögere, da ich diesen Teil immer noch nur schwer akzeptieren kann. Meine kleine Schwester wollte sterben, und wäre Willows Vater nicht gewesen, glaube ich, dass sie damit Erfolg gehabt hätte. »Sie war auf die Brüstung geklettert und drohte zu springen, als dein Vater vorbeikam.«

Ihr steigen sofort Tränen in die Augen. Sie laufen über und strömen ihr über die Wangen. Da ich mir verzweifelt wünsche, sie zu berühren, lege ich den Meter zwischen uns zurück, doch sie streckt die Hand aus und verbietet mir, sie anzufassen.

Aber *ihm* nicht. Sie stützt sich direkt neben ihm auf den Tisch, und Mergens Arm legt sich jetzt um ihre hängenden Schultern, während sie mich nur anschaut, durch mich hindurchsieht. Tränenüberströmt blinzelnd. Ungläubig. Sie hat zweifellos das Gefühl, im selben Albtraum gefangen zu sein wie ich, ohne ihm entrinnen zu können.

»Er hat gesehen, was los war, und hat angehalten. Er ist zu ihr auf die Brüstung geklettert, als sie sich weigerte, herunterzukommen.« Sie hebt die Hand, um sich das Gesicht abzuwischen. Sie zittert. Ich lecke mir meine trockenen Lippen und fahre fort, bemühe mich sehr, die tausend Nadelstiche aus reiner Qual zu ignorieren, die mein Herz böse zurichten, weil sie sich an *ihn* lehnt, um neue Kraft zu bekommen. »Sie wollte springen. Er packte sie und stieß sie aus der Gefahrenzone, aber …« Ich kann den Satz nicht beenden. Ich kann es nicht sagen.

Die Luft verdichtet sich um uns, gerinnt aufgrund der krassen Erkenntnis, dass sie all die Jahre mit einer Lüge gelebt hat. Ihr Vater hat sich nicht das Leben genommen. Er hat sie nicht verlassen. Er hat seine Frau nicht verlassen. Er hat selbstlos sein Leben hingegeben, um meine kleine Schwester zu retten.

»Woher weißt du das?«, krächzt sie. »Wie lange weißt du das schon?«

Da ich ihr aufgewühltes Gesicht nicht mehr ertrage, drehe ich mich zur Fensterfront rechts von mir. Ich denke, mit der Zeit und nach einer Selbstüberprüfung wird sie mit diesem schrecklichen Szenario zurecht kommen. Sie ist mitfühlend und versöhnlich. Doch dass ich seit Wochen davon weiß und nichts gesagt habe? Unentschuldbar.

»Lange genug«, ist alles, was ich sage.

»Lange genug«, wiederholt sie mit zittriger Stimme. Sie atmet schwer. »Die ganze Zeit? Hast du es die ganze Zeit gewusst?«

»Nein«, sage ich entschieden. »Nein, Willow. Wenn du auch nichts anderes glaubst, *bitte* glaub mir das. Ich hätte es dir in der Sekunde sagen müssen, als ich es erfuhr, aber meine einzige Entschuldigung ist, dass ich es erst selbst verdauen musste. Das war falsch. Es tut mir leid. So wahnsinnig leid.«

Sie blinzelt. »Warst du deshalb in letzter Zeit nicht mehr du selbst?« Ich nicke. Es trifft mich tief, dass sie mich so gut kennt, dass sie wusste, dass mit mir etwas nicht stimmt. »Ist es das, was in Charlotte los war?« Wieder nicke ich. »Bist du deshalb nach Charlotte geflogen?« Ich antworte nicht. Sie weiß es sowieso.

»Oh mein Gott. Oh mein Gott.« Sie packt den Stoff über ihrer Brust und knüllt ihn in ihrer Faust.

»Willow.« Ich beuge mich zu ihr. Ich verblute langsam innerlich, weil es sie so sehr schmerzt und ich nichts tun kann. Sie sieht blass aus. Kreidebleich.

»Nicht. Sag … einfach nichts mehr.«

»Mist.« Ich raufe mir die Haare und reiße mir ein paar Strähnen aus. Der Schmerz fühlt sich gut an. Gut. Ich tue es wieder. Und gehe auf und ab. Drei Schritte in die eine Richtung, drei in die andere. Ich behalte sie die ganze Zeit im Auge. Sie ist weit, weit weg. Keiner von uns spricht. Keiner von uns wagt es. Stunden vergehen, und ich werde erst später wissen, dass es nur Sekunden waren. Schrecklich kurze Sekunden, bevor sie aus meinem Leben verschwinden würde.

»Ich … Ich muss gehen.« Ihr Blick ist unkoordiniert, ihre Augen sind glasig. Ihr Gesicht ist tränenüberströmt, ihr Make-up unter den Augen verschmiert. Sie sieht schlimm aus, und doch ist sie das exquisiteste Wesen, das ich je gesehen habe.

»Ich fahre dich«, sagen Mergen und ich gleichzeitig und umzingeln sie.

»Nein. Ich fahre selbst.«

Sie stemmt sich schwankend hoch. Ich bin zur Stelle, um sie zu stützen. »Du hast gar keinen Wagen«, erinnere ich sie. Sie schlägt meine Hand weg. Verdammtes stures Weib. Sie kann so sauer sein, wie sie will – sie hat das Recht dazu –, aber sie geht nur über meine Leiche allein von hier fort. »Ich fahre dich, Willow. Aus und Schluss.«

Sie erwacht ruckartig aus ihrem Zombie-Zustand, und ihr wütender Blick ist so heiß und erstickend, dass mich ein Feuerring umgibt. »Mit einer Sache hast du recht. Es ist Aus und Schluss.«

»Herrgott, Willow«, flehe ich mit gepresster Stimme. »Bitte tu das nicht. Lass mich dir die ganze Sache erklären. Bitte.«

»Und du«, faucht sie und richtet den tödlichen Blick auf Mergen, während sie meine Bitte ignoriert. »Wie kannst du es wagen! Hast du wirklich geglaubt, dass sich das zu deinen Gunsten auswirkt? Wie lange weißt *du* es schon?«

Immerhin hat der Saftsack den Anstand, reumütig auszusehen. Willow mag mir das nie verzeihen, doch wenigstens ist sie schlau genug, um zu wissen, dass Mergen sich verraten hat, während er versuchte, mich wie den Bösewicht dastehen zu lassen.

Er war mit Willow zusammen, als ihr Vater starb. Er hat ihren Kummer, ihre Verwirrung, ihren lähmenden Schmerz direkt mitbekommen. Jahre später ist er noch frisch und unverheilt. Er muss gewusst haben, wie niederschmetternd nicht nur der Verlust, sondern die *Art*, wie dieser Verlust sich ereignete, für sie war. Wenn sie ihm auch nur einen Deut wichtig gewesen wäre, hätte er es ihr sofort erzählt, als er davon erfuhr. Er hätte es nicht als Mittel benutzt, um *mir* zu schaden, sondern als ein Mittel, *ihr* Leid zu lindern.

»Willow, du verstehst das nicht«, fängt er heiser an.

»Ich verstehe das nicht?« Ihre Augen sind weit aufgerissen, ihre Stimme trieft vor Bosheit. »Oh, ich verstehe das sehr gut.«

Mergen tritt mit ausgestreckten Armen auf sie zu, will sich immer noch retten. »Ich –«

Mit einer abweisenden Handbewegung schneidet sie ihm das Wort ab. »Nicht. Sag kein Wort mehr. Ich gehe jetzt. Folgt mir nicht. Ruft mich nicht an. Ich will keinen von euch jemals wiedersehen.«

Ihre Worte sind wie ein Springmesser an meinem Handgelenk; ihr Gewicht versenkt das scharfe Metall in mein Fleisch und schneidet in eine Pulsader.

Und das war's. Mergen und ich bleiben starr stehen und sehen zu, wie die Frau, die wir beide lieben, aus dem Raum und aus unserem Leben verschwindet.

Es ist der größte Schlag, der mir in meinen sechsunddreißig Jahren je versetzt wurde.

23. KAPITEL

Willow

Ich bin benommen. Innerlich tot.

Mein Vater hat keinen Selbstmord begangen.

»Wieso bist du noch auf?« Ich höre, wie Schlüssel auf Massivholz geworfen werden, dann Schritte. »Was machst du überhaupt hier? Solltest du nicht bei deinem heißen Kaffee sein und üben, dieses fiktive Baby zu machen?«

Ich antworte nicht. Ich kann nicht. Ich bin benommen.

Mein Vater hat keinen Selbstmord begangen.

Aus den Augenwinkeln sehe ich, wie Sierra um die Kücheninsel herum kommt. Seit ich durch die Haustür getreten bin, sitze ich immer noch am selben Fleck. Wie lange ist das jetzt her? Minuten? Stunden? Ich bin mir nicht mal sicher, ob ich seitdem geblinzelt habe. Kann man die Augen stundenlang offen halten, ohne zu blinzeln? Ist das möglich? Ich glaube schon.

»Warum hast du deinen Mantel noch an?« Sie öffnet einen Schrank.

Ich antworte nicht. Ich kann nicht. Ich bin benommen.

Mein Vater hat keinen Selbstmord begangen.

»Was ist los? Hat dein Märchenprinz an Strahlkraft verloren?«, fragt die sarkastisch und lacht. Sie macht Witze, aber wie recht sie hat!

Aber ich antworte nicht. Ich kann nicht. Ich bin benommen.

Mein Vater hat keinen Selbstmord begangen.

Ich höre, wie der Kühlschrank aufgeht und eine Flüssigkeit eingegossen wird. Orangensaft. Sierras abendliches Ritual, wenn sie von der Arbeit nach Hause kommt. Orangensaft und ein Mini-»Baby Ruth«-Schokoriegel. Es ist überraschend beruhigend, heute Abend Teil ihrer merkwürdigen Routine zu sein.

»Löwenbräu, was ist los? Warum antwortest du mir nicht?«

Weil ich nicht kann. Ich bin benommen.

Mein Vater hat keinen Selbstmord begangen.

Sie stellt sich hinter mich und dreht mich zu sich herum. Mein Kopf ist nach unten blickend in einem Winkel von dreißig Grad erstarrt. Sie legt die Hände an meine Wangen und hebt mein Gesicht an, damit ich ihr in die Augen sehe.

Aber das tue ich nicht. Ich kann nicht. Ich bin benommen.

Mein Vater hat keinen Selbstmord begangen.

»Okay, jetzt machst du mir Angst. Genauso hast du dich aufgeführt, als ...« Sie führt den Gedanken nicht zu Ende. »Willow.« Sie spricht mich laut und eindringlich an. Sie schüttelt mich. »Willow, sieh mich an.«

Aber das tue ich nicht. Ich kann nicht. Ich bin benommen.

Mein Vater hat keinen Selbstmord begangen.

Ein brennender Schmerz auf meiner Wange holt mich aus meiner Trance, und mir wird klar, dass sie mich geohrfeigt hat. Ich sehe in ihre verängstigten Augen, und der Damm, an dessen Errichtung ich so unermüdlich gearbeitet habe, wird instabiler. Zuerst bilden sich Risse am fragilen Fundament, schlängeln sich schnell nach oben, und bald ächzt und stöhnt die gesamte Konstruktion unter dem zunehmenden Druck.

»Sag mir, was zum Teufel los ist, oder ich rufe Mercer an.«

Mehr braucht es nicht. Seinen Namen. Das ist alles, was ich brauche, um in Abertausende winzig kleine Teile zu zerbrechen, die richtungslos um mich herumschweben, auf jeder winzigen Scherbe ein Name klar und deutlich zu sehen.

Shaw

Charles

Annabelle

Shaw

Reid

Annabelle

Charles

Shaw

Annabelle

Annabelle

Annabelle …

Sie wirbeln herum, zuerst langsam. Dann immer schneller, mit ohrenbetäubendem Lärm, bis sie sich alle überschneiden und mit elektrisierender Heftigkeit aufeinanderprallen. Sie stürzen ab, landen in einem Haufen zu meinen Füßen, ihr Nachbeben donnernd und todbringend. Die Scherben graben sich so tief in mich ein, dass ich überall blute. Innen und außen.

Ich bin *nicht* benommen.

Ich bin *nicht* innerlich tot.

Ich habe so furchtbare Schmerzen, dass mir die Luft wegbleibt.

Ich starre in die Augen meiner besten Freundin, die voller Sorge und wachsender Wut sind, und zerbröckele zu nichts.

Mein Vater hat keinen Selbstmord begangen.

Shaws Schwester ist für seinen Tod verantwortlich … und Shaw hat es gewusst.

24. KAPITEL

Shaw

»Geht's ihr gut?« Meine Brust schmerzt so sehr, dass ich überzeugt davon bin, dass jemand auf sie drückt. Ich leide unter Sauerstoffmangel und ersticke schon langsam ohne sie.

»Sie hat auf dem ganzen Weg kein Wort gesagt. Sie schien ziemlich neben der Spur zu sein. Ich habe sie nach drinnen geschafft und wollte bleiben, bis Sierra von der Arbeit nach Hause kommt, aber sie befahl mir zu gehen, deshalb habe ich draußen in meinem Wagen gewartet, bis Sierra kam.«

»Hast du mit ihr gesprochen?«

»Mit wem?«

»Mit Sierra.«

»Nein. Sie hat mich nicht gesehen.«

»Danke«, antworte ich müde. »Dass du dich um sie gekümmert hast.«

»Tu das nicht. Dank mir nicht.« Noah setzt sich neben mich auf die kotzgrüne Secondhand-Couch meiner Schwester. Die flusigen Kissen sind verfilzt und schmutzig. Das ganze beschissene Dekor stammt geradewegs aus den Siebzigern. Die Einrichtung ist museumsreif, aus diversen Stilrichtungen zusammengestellt. Sie passt zu ihr. »Wie geht's Bluebelle?«, fragt er.

»Wie's Bluebelle geht?«, wiederhole ich.

Tja, schauen wir mal. Nachdem ich Noah gesimst hatte, dass

er Willow heil nach Hause bringen soll, beschloss ich, meinen Arsch in Bewegung zu setzen und Annabelle selbst zu suchen. Doch als ich in den Flur trat, sah ich sie benommen an der Wand kauern. Statt zurück zur Party zu gehen, wie ich sie angewiesen hatte, war die Göre mir gefolgt und hatte alles mitgehört. Jedes schmutzige Detail einer Nacht, in der sich auf verdrehte, entsetzliche Art die Zukunft zweier Familien überschnitt. Also war mir nicht nur die Chance entgangen, es Willow unter meinen Bedingungen zu erzählen, sondern ich konnte es auch Annabelle nicht schonend beibringen.

Der gesamte Abend war ein Riesenchaos epischen Ausmaßes, und ich kann niemandem dafür die Schuld geben außer mir.

»Sie ist zu ruhig. Ich mache mir Sorgen um sie.«

»Schläft sie?«

Ich stoße einen schweren Seufzer aus. »Sie tut jedenfalls so.«

Noah war stundenlang weg. Inzwischen ist es vier Uhr morgens. Ich bin überrascht, dass er hier aufgekreuzt ist, aber auch wieder nicht. Ich bin mir nicht sicher, ob ich ihn hier haben will, schicke ihn aber nicht weg.

Ich starre auf das abscheuliche Kunstwerk an der Wand direkt gegenüber von uns – ein sitzender Frauenkörper, dessen Kopf aus einem einzelnen riesigen Augapfel mit einem weißen Turban besteht, dessen Stoff über die Schultern der Frau drapiert ist. Der Augapfel beobachtet einen, folgt einem durch den Raum. Es ist grotesk und verstörend.

Als Annabelle das Bild für fünf Dollar auf einem Garagenflohmarkt kaufte, war sie so aufgeregt, dass sie kaum an sich halten konnte. Damals sagte ich zu ihr, dass sie für die Mitnahme des Bildes eigentlich Geld hätte kriegen müssen. Sie hatte auf ihre übliche flapsige Art geantwortet: »Du solltest es erst sehen, wenn du high bist.« Als ich es von der Wand reißen wollte, sagte sie lachend zu mir: »Entspann dich. Ich hab das Bild nie gesehen, wenn ich high war.« Sie trat zurück und betrachtete es nachdenklich. »Ich weiß, du siehst etwas Ekelhaftes, wenn du es betrachtest, aber ich sehe eine Mahnung, auf Kurs zu bleiben. Mit offenen Augen. Ein Fuß vor den anderen. Mehr zu sein, als alle in mir zu sehen glauben.« Sie ist nicht nur klug, sie ist auch einfühlsam. Ich liebe diese introspektive Seite an ihr.

Und was jetzt? Was passiert jetzt, nach all der harten Arbeit, die sie in ihre Genesung gesteckt hat? Ich habe Angst. Eine Wahnsinnsangst. Sie weiß, dass ich bei ihr geblieben bin, und sie kennt auch den Grund. Keiner von uns hat es ausgesprochen, aber ich passe auf, dass sie keinen Selbstmord begeht. Schlicht und einfach.

»Ich könnte was Stärkeres gebrauchen«, verkündet Noah.

»Ja. Ich auch.« Ich mache mir nur Sorgen, dass ich, wenn ich einmal zu trinken anfange, nicht mehr aufhören kann. Außerdem muss ich diesen Mist unbedingt von Annabelle fernhalten. Es ist nicht abzusehen, was sie tut, wenn ich einschlafe, weshalb ich seit Mitternacht schon drei Red Bull getrunken habe. Ich habe vor, bis zum Morgen bei ihr Wache zu halten. Dann werde ich sie unter Protestgeschrei mit zu mir nach Hause zerren, damit ich auf sie aufpassen kann wie ein Schießhund, bis ich mir sicher bin, dass sie nicht vom Kurs abkommt.

»Hast du es deiner Familie erzählt?«

»Nein. Ich habe es als Probleme mit ihrem Freund abgetan. Es war nicht allzu schwer, sie davon zu überzeugen.«

»Und Willow?«

»Ich hab ihnen gesagt, dass sie sich nicht gut fühlte und ich dich gebeten hätte, sie nach Hause zu bringen, weil ich mich um Annabelle kümmern müsste.« Was nicht *ganz* gelogen war.

»Sie werden es herausfinden.«

»Ich weiß. Ich habe vor, morgen mit ihnen zu sprechen. Es ist vermutlich Zeit, reinen Tisch zu machen. Außerdem werden wir alle mit anpacken müssen.« Ich reibe mir mit der Hand übers Gesicht. »Bluebelle wird jahrelang Therapie brauchen, um damit klarzukommen. Und meine Eltern können nicht länger die Köpfe in den Sand stecken.«

»Ich glaube nicht, dass sie es willentlich ignorieren, Merc.«

»Das spielt keine Rolle. Es ist schwer, damit klarzukommen. Das verstehe ich. Aber wenn sie nicht die Augen aufmachen, werden wir sie verlieren.«

Noah nimmt die gleiche Haltung ein wie ich, sackt mit weit gespreizten Beinen auf der Couch zusammen. Wir sind beide noch mit unseren Designer-Anzügen aufgebrezelt und tragen noch unsere teuren Slipper und Zehntausend-Dollar-Armbanduhren.

Ich bin unermesslich reich, doch in dem Moment gibt es auf der ganzen Welt keine ärmere Seele als mich.

Die einzige Frau, die ich jemals lieben werde, will mich nicht wiedersehen, und meine kleine Schwester balanciert auf einem Hochseil, von dem sie in den Tod stürzen kann, wenn sie einmal danebentritt.

»Gib ihr Zeit, Shaw«, sagt er leise, als ich schon denke, er sei eingenickt.

Ich blinzele das Brennen hinter meinen geschlossenen Augenlidern fort. Mir ist zum Heulen.

»Wem von beiden?«, frage ich. *Der Frau, die mich hasst, oder der Frau, die weiß, was sie mir genommen hat?*

»Beiden.« Er legt die Hand auf meinen Schenkel und drückt ihn. »Beiden.«

Noah rutscht ein Stück weg, lehnt sich in die Ecke und wir verstummen, weil es nichts mehr zu sagen gibt.

Ich weiß, dass er recht hat, doch mit jeder Sekunde, die ohne Willow verstreicht, ohne von ihr zu hören, ohne zu wissen, was sie denkt, verzweifele ich ein wenig mehr.

Noch vor wenigen Monaten war mein Leben einfach und unkompliziert. Ich tat, was mir Spaß machte, wann ich es wollte und wie ich es wollte. Ich hatte Verabredungen und zahllose Frauen, ohne jedes Schuldgefühl oder mich nach mehr zu sehnen. Ich war frei und zufrieden. Ich hatte alles. Zumindest dachte ich das.

Doch dann kam dieses Höllenfeuer namens Willow Blackwell des Weges, stellte meine Geduld auf die Probe und versetzte meine Seele in Hypnose. In ihr fand ich, was in mir verloren war. Sie ist Farbe, sie ist Sonne, sie ist Regen, sie ist Erde, sie ist Atem, sie ist Wärme, sie ist Salz, sie ist Süße.

Sie ist das Leben.

Sie gehört mir.

Ohne Willow bin ich nichts.

Nur noch der Schatten des Mannes, für den ich mich gehalten habe.

Ich kann sie nicht aufgeben. Egal was sie sagt oder wie viele Barrieren sie mir in den Weg stellt, ich werde es nicht wie Mergen machen und uns aufgeben. So bin ich nicht gestrickt. Das wird nie passieren. Mein Leben war vor ihr auf Pause und wird es ohne sie wieder sein.

Ich habe mich stets für einen recht selbstlosen Menschen gehalten, doch wenn es um Willow geht, bin ich mehr als selbstsüchtig. Ich will alles. Ich will jede Sekunde, jeden Tag, jedes Jahr, jedes Jahrzehnt mit ihr, bis dass der Tod uns scheidet. Ich will mir ein Leben mit ihr aufbauen, um das uns andere beneiden, und ich werde nicht aufgeben, bis ich es habe.

Ich wünsche mir verzweifelt, zu ihr zu gehen und sie zu zwingen, mir zuzuhören, meine Entschuldigung anzunehmen.

Sie zu überzeugen, dass wir das überstehen können, irgendwie. Noch nie im Leben war ich so hin- und hergerissen. Je mehr Zeit ich ihr gebe, desto weiter wird sie sich von mir entfernen.

Aber ich kann Annabelle nicht alleinlassen. Ich kann es nicht. Keine Sekunde. Willow mag sauer und verwirrt und verzweifelt sein, aber ich weiß, dass Sierra gut auf sie aufpassen wird, bis ich es tun kann.

So schwer es auch ist, ich muss hierbleiben. Annabelle ist in Lebensgefahr, und egal wie sehr ich mich nach Willow sehne, mein Platz ist hier. Ich würde es mir nie verzeihen, wenn ich nicht hier wäre und sie etwas tun würde, das nicht mehr rückgängig zu machen ist.

Wenn es eine Hölle gibt, dann ist es das, genau hier. Ich stecke bis zu den Eiern in ihrer glühenden Hitze.

Als ich Noahs regelmäßige Atemzüge höre, die signalisieren, dass er eingenickt ist, ziehe ich mein Handy aus meiner Vordertasche und rufe Willows Nummer auf. Sie will nichts mehr von mir hören? Pech. Sie hat anscheinend nicht begriffen, wie hartnäckig ich sein kann, wenn ich etwas will.

Ich tippe eine kurze Nachricht. Mein Finger schwebt nur kurz über der Sendetaste, bevor ich der Frau, die ich mit jeder Faser meines Seins liebe, unmissverständlich klarmache, dass ich sie nicht aufgebe. Ich sage ihr dasselbe, was ich ihr gesagt habe, als sie im Hotel unter mir lag, nachdem ich sie im Skyfall von der Tanzfläche geholt hatte.

Ich werde ihr Zeit und Raum geben. Ich kenne sie. Ich weiß, dass sie es braucht, aber die Uhr tickt, denn das ist nicht unser Ende. Noch lange nicht.

Du bist es wert, um dich zu kämpfen.

Nichts war es je mehr wert, darum zu kämpfen.

25. KAPITEL

Willow

»Was tust du da?«, fragt Sierra, die im Eingang zum Wohnzimmer steht und mich fragend ansieht.

»Wonach sieht es denn aus?«, antworte ich süß und mache mir nicht einmal die Mühe, zu ihr aufzublicken. Okay, »süß« war vielleicht übertrieben. *Egal.* Ich kriege in letzter Zeit ein bisschen wenig Schlaf.

Sie bleibt dort stehen und wartet geduldig, bis ich den Anblick ihrer nackten Füße nicht mehr ertragen kann. Ich blicke von dem Chaos auf, das ich auf dem Teppich angerichtet habe, und sehe in ihre von Sorge erfüllten dunklen Augen.

»Es sieht so aus, als hätte Shutterfly hier drin gekotzt.«

Da könnte sie recht haben. Mein gesamtes Erbe liegt vor mir ausgebreitet.

Überall, auf jeder verfügbaren Fläche, liegen Bilder verstreut. Ich habe alle mit Fotoalben und losen Abzügen vollgestopften Tragetaschen, die ich finden konnte, vom Dachboden meiner Mutter geholt und sie mit nach Hause genommen. Fünf Vorratsbehälter aus Plastik, voll mit Abertausenden von Erinnerungen. Die Hochzeit meiner Eltern, Violets Geburt, meine erste Geburtstagsparty, mein Grundschulabschluss, Violet und ich beim Schneemannbauen vor der Ferienwohnung in Breckenridge, in der wir fünf Tage Urlaub machten, als ich acht war. Meine Eltern kriegten mich nur zum Schlafen ins Haus.

Die Haut an meinen Wangen war noch eine Woche nach unserer Rückkehr aufgesprungen.

»Ich wollte sie schon länger ordnen«, erkläre ich ihr und mache mich wieder an die Arbeit. Meine Mutter hat früher wahnsinnig gern Schnappschüsse gemacht und glaubte nicht an digitale Archivierung. Sie wollte etwas, das sie in der Hand halten, anfassen konnte. »Ein Foto sollte man sich jederzeit ansehen können und nicht im Inneren eines Stücks Plastik aufbewahren«, sagte sie immer.

Nach Violets Tod fotografierte sie immer weniger, meist nur noch zu besonderen Anlässen, deshalb stammt das meiste davon, was sich in diesen Behältern befindet, aus der ersten Hälfte meines Lebens und dem meiner Eltern. Einige Bilder sind schon sortiert, die meisten aber nicht. Sie fristen ihr Leben in dunklen, feuchten, muffigen Schuhkartons.

Ich sehe auf das Bild in meiner Hand und streichele das attraktive jugendliche Gesicht meines Vaters. Seine dicken Brillengläser ließen ihn viel älter wirken als seine siebzehn Jahre. Doch schon damals war er stoisch und gutaussehend. Am Schalk in seinen Augen und der Entschlossenheit in seinem Lächeln kann man erkennen, dass er für Großes bestimmt ist.

Genau wie ein anderer Mann, den ich kenne, an dessen Namen ich im Moment nicht einmal denken kann, ohne zu hyperventilieren.

»Ist das dein Dad?«, fragt Sierra, die mir jetzt über die Schulter sieht.

»Pass auf«, sage ich und ziehe an der Ecke eines Fotos, das sie mit ihren Füßen in Größe einundvierzig zerknittert. Sie hebt seufzend den Fuß, bückt sich und schiebt mehrere Schnappschüsse nach links, um genug Platz zu schaffen, damit sie sich neben mich hocken kann.

»Hey«, schimpfe ich. »Die hatte ich schon geordnet.«

»In welcher Reihenfolge?«

»Chronologisch. Was für eine Reihenfolge gibt es sonst noch?«

Lachend lässt sie den Blick durch den Raum gleiten. Schneller als ich reagieren kann, reißt sie mir einen dicken Stapel Fotos aus der Hand und hält sie von mir weg, als ich danach greife, um sie zurückzubekommen. Da Sierras Arme gut fünfzehn Zentimeter länger sind als meine, beschließe ich schnell, dass meine Mühe vergeblich ist, und gebe auf, bis sie ihre Meinung losgeworden ist.

»Ich glaube, du betäubst dich mit Mist, der niemandem etwas bedeutet, dich eingeschlossen, damit du dich nicht damit auseinandersetzen musst, weshalb ich in den letzten Tagen die Clique abwehren musste.«

Ich schnaube verächtlich. Die *Clique*. Der Einzige, den sie vertreiben musste, war Reid. Er stand jeden verflixten Tag vor der Haustür. Manchmal erweist sich Sierras ungehobeltes Verhalten als nützlich. Sie gibt einen guten Wachhund ab.

»Warum kümmerst du dich nicht um deinen eigenen Kram?«, schnauze ich sie an und knirsche mit den Zähnen, weil ich so leicht zu durchschauen bin.

»Nun komm schon, du kannst es doch besser, Löw.«

Sie glaubt, sie hätte mich ausgetrickst, doch das hat sie nicht. Ich überlasse ihr den Stapel Fotos, den sie als Geisel hält, und mache mit dem nächsten genau so weiter, wie ich es schon seit Stunden mache.

Alles, um den Schmerz in Schach zu halten.

Nur, dass sie mir auch den nächsten Stapel Schnappschüsse entreißt. *Miststück*. Ich werde langsam sauer. Kann man sich nicht mal ungestört in seinem Selbstmitleid suhlen?

Ich nehme mir einen anderen Stapel und sehe sie an. »Ich kann den ganzen Tag so weitermachen.«

»Ich auch«, kontert sie und nimmt mir auch diese Fotos weg. Sie zieht eine Augenbraue bis zum Anschlag hoch und wartet feixend auf meinen nächsten Schachzug.

»Was willst du, Sierra?«

»Ich will, dass du aufhörst, dich wie eine Bitch zu benehmen und mir sagst, was hier wirklich los ist.«

Verdammt. Das war brutal, sogar für die taktlose Sierra.

»Jetzt bist du ein ganz schönes Biest«, sage ich.

Beleidigt will sie die drei Stapel, die sie konfisziert hat, vor sich auf den Boden werfen, doch sie rutschen aufgrund ihrer Hochglanzveredelung in alle Himmelsrichtungen, und plötzlich ist ihr Schoß voll mit Hunderten von Fotos. Und als eine ziemlich große Spinne zwischen zwei Bildern hervorflitzt und über ihren nackten Fuß huscht, schreit sie, als sei die Apokalypse über uns hereingebrochen. Als sie wild um sich schlägt und tritt, ducke ich mich seitlich weg, um einem unbeabsichtigten rechten Haken auszuweichen.

Sie kreischt, springt umher und zappelt. Bilder kleben an ihren Füßen, Händen und der Hinterseite ihrer Schenkel, und die, die nicht irgendwo kleben, fliegen durch die Gegend.

Die Situation ist so lächerlich, dass ich zu lachen anfange, und ich lache und lache, bis mir die Tränen kommen. Und dann weine ich, bis Sierra wieder neben mir sitzt und mich während meiner quälenden Schluchzer in den Armen hält.

»Du machst mich langsam sauer, weißt du das? Wenn du nicht bald redest, muss ich ihn doch noch anrufen.«

»Tu das nicht«, keuche ich. Ich habe ihr vor sieben Nächten verboten, seinen Namen zu erwähnen. Wenigstens das hat sie respektiert. »Wenn du das machst, werde ich dich für immer hassen.«

»Nein, wirst du nicht. Du wirst mich zur Patentante deines imaginären Babys machen, weißt du noch?«

Das bringt mich nur noch mehr zum Weinen. Vor meinem Gesicht erscheint ein Taschentuch. Ich schnappe es mir und putze mir als Erstes meine triefende Nase. Ich befreie mich aus ihrer Umarmung und rutsche ein paar Zentimeter zurück, damit ich mich an die Couch lehnen kann. Sierra tut es mir nach und legt ihre Beine auf den Couchtisch.

Seit ich Shaw Mercer kenne, habe ich mehr geweint als je zuvor im Leben. Ich frage mich, was das bedeutet.

»Irgendwann musst du darüber reden, Löwenbräu. Beichten entlastet die Seele«, sagt die Heuchlerin.

Aber ich kann nicht. Ich werde es nicht tun. Ich kann nicht an ihn denken. Ich kann nicht darüber reden. *Ich kann nicht ich kann nicht ich kann nicht.* Ich bin nicht stark genug, um mich jetzt damit auseinanderzusetzen.

Ich zupfe ein Bild ab, das Sierra an ihrer Wade übersehen hat, und hebe es hoch.

Johnny Hankins. Mein Date vom ersten Schulball. Von all diesen Bildern musste ausgerechnet *das* an ihr kleben.

»Oh Gott, lass mich mal sehen.« Sierra nimmt es mir vorsichtig ab und betrachtet es. »Du hattest das scheußlichste Kleid überhaupt. Ich hab dir ja gesagt, dass du nichts tragen sollst, das im Prinzip wie eine Steppdecke aus Zuckerwatte aussieht.«

»Hey.« Ich entreiße es ihr wieder. »Das war damals in Mode.« Es war wirklich scheußlich. Ich weiß nicht, was ich mir dabei gedacht habe. Ich sah aus, als sei ich aus *Die Schöne und das Biest* entflohen, nur in knalligem Neonpink und nicht annähernd so elegant.

Sie verzieht das Gesicht. »Das ist ein Bettwärmer.«

»Das war Violets Lieblingsfarbe«, sage ich leise. In jenem Jahr waren Meerjungfrauenfarben in. Blau-, Gold- und Grüntöne. Pinke Kleider waren schwer zu kriegen, und mein erster

Schulball fand zufällig an dem Tag statt, an dem Violet zweiundzwanzig geworden wäre. Ich glaube, ich wollte damals etwas für sie tun. Es war dumm.

Jetzt zieht Sierra die Mundwinkel nach unten, und die Stimmung kippt wieder. Meine Augen werden erneut feucht. Sierra fährt mit einem Finger unter meinem Auge entlang und fängt die erste Träne auf. »Ach Löw … hast du nach all dieser Zeit nicht gelernt, dass du nicht alle Lasten allein tragen musst? Laugt es dich nicht aus?«

Doch. Ich bin so verdammt erschöpft, dass sich jeder Muskel verkümmert anfühlt.

»Mein Vater hat keinen Selbstmord begangen«, platze ich heraus. »Er hat versucht, Shaws Schwester Annabelle vom Selbstmord abzuhalten, und ist dabei gestürzt.«

»Was?« Ihre Augenbrauen ziehen sich zusammen. Ihre Stimme ist schrill vor Ungläubigkeit. Sie ist von diesem unerwarteten Schlag so verwirrt, wie ich es war.

Ich ziehe die Knie unters Kinn, lege die Arme um meine Schienbeine und betrachte das Chaos, das ich geschaffen habe. Es ist unbegreiflich, dass das Schicksal so grausam sein kann.

Ich hatte ein annehmbares Leben, bevor Shaw aufkreuzte. Manchmal schwer. Einsam vielleicht. Aber ich kam zurecht. Ich hatte akzeptiert, was ich war, wer ich war, mit allen Fehlern. Ich hatte sogar akzeptiert, dass ein Mann oder eine eigene Familie wahrscheinlich für mich nicht vorbestimmt war.

Zumindest, bis ein provokanter, umwerfender, göttlicher Mann in meine Welt stieß. Buchstäblich. Shaw hat mich mit Haut und Haaren erobert, und schon nach wenigen Monaten weiß ich nicht mehr, wo ich ende und er beginnt. Er ist so sehr in jeden Gedanken, jede Handlung und jede Entscheidung eingebunden, dass ich nicht begreifen kann, dass ich nie mehr hören werde, wie er meinen Namen stöhnt, während er in mich stößt, oder ich nie mehr mitten in der Nacht wach bleiben werde, nur um ihm beim Schlafen zuzusehen, oder dass ich ihm nie wieder Widerworte geben werde, wenn er seine Machtspielchen übertreibt.

Aber wie kann ich das hinter mir lassen? Wie kann ich es akzeptieren? All die Jahre habe ich eine Lüge gelebt, und der Schmerz, der mich verzehrt hat, als mein Vater starb, beherrscht mich jetzt von Neuem. Ich stehe wieder ganz am Anfang. Wie kann ich Shaw oder Annabelle je wieder ansehen, ohne daran zu denken, was ich verloren habe? Wie kann ich ihr verzeihen, selbst wenn ich glaube, dass es ein Unfall war? Wie kann ich Shaw je wieder vertrauen, nachdem er diese Information Gott weiß wie lange vor mir geheim gehalten hat?

Wie?

Gott, ich weiß es nicht.

»Woher weißt du das?«

Ich öffne den Mund, um zu antworten, endlich bereit, ihr mein Herz auszuschütten, als sie schreit: »Warte! Dafür brauchen wir Alkohol. Massenhaft Alkohol.«

Es ist zwei Uhr nachmittags, aber irgendwo auf der Welt ist es schon fünf, oder?

Keine Minute später ist sie mit zwei Schnapsgläsern und einer vollen Flasche Tequila zurück. Das könnte hässlich werden.

»Du machst keine halben Sachen.«

»Ich habe so ein Gefühl, dass Bud Light es nicht bringen wird.«

Mein Lächeln ist dünn, kaum vorhanden. »Da ist was dran.« Ich bin mir nicht sicher, ob mir irgendwas da durch helfen wird. Sie gießt jedem von uns ein Glas ein, das wir schnell herunterkippen. Dann füllt sie unsere Gläser sofort von neuem. Ich werfe ihr einen strafenden Blick zu, doch sie prostet mir nur zu und wartet, bis ich mit ihr anstoße und trinke. Ich genieße das Gefühl, wie die Wärme sich einen Weg durch meine Brust brennt. Zum ersten Mal seit einer Woche ist mir warm.

»Also …«, hakt sie nach.

Ich hole tief Luft. »Also …« und lege los mit dem, was Shaw mir vor einigen Tagen gestanden hat. Während ich für Sierra Details herunterrassele, bemerke ich, dass die Geschichte Lücken hat, da ich nicht dageblieben bin, um mir alles anzuhören. Warum zum Beispiel ist eine Sechzehnjährige so verzweifelt, dass sie sich das Leben nehmen will? Wusste Shaw, dass es ihr so schlecht ging? Wusste es ihre Familie? Hatte sie es schon einmal versucht? Hat sie es seitdem wieder versucht?

Und was hat mein Vater in jener Nacht zu ihr gesagt? Warum hat er nicht die Polizei gerufen? Warum hat niemand sonst angehalten, um ihnen zu helfen? Und warum – *verdammt noch mal warum* – hat sich keins dieser Mädchen bei der Polizei gemeldet und meine Mutter und mich von unseren Qualen erlöst?

Zudem gibt es eine offensichtliche Verbindung zu Violet. Wenn ich das denke, hat mein Vater es auch gedacht, denn es verging kein Tag, an dem er sich nicht gewünscht hat, dass er sie hätte retten können. Genau wie ich. Ich kann mir nur vorstellen, was ihm durch den Kopf ging, als er um diese Ecke bog und auf dem Brückenvorsprung ein Mädchen im Alter seiner toten Tochter sitzen sah.

Würde es eine Rolle spielen, wenn ich die Antworten auf die Hunderte von Fragen wüsste, die mir durch den Kopf gehen? Vielleicht schon, auch wenn ich noch nicht dazu bereit bin, zu tun, was ich tun muss, um sie zu bekommen. Denn das würde heißen, dass ich mit Annabelle sprechen muss, und ich weiß nicht, ob ich ihren Anblick ertrage.

Ich habe versucht, den verzweifelten Ausdruck in ihrem Gesicht, als ich ihr vor dem Konferenzsaal zufällig über den Weg lief, von mir wegzuschieben, doch sobald ich abends die Augen schließe, sehe ich sie vor mir.

Ihr Blick war gequält. Sie sah verloren aus, zerstört. Vollkommen erschüttert, und ich verstehe nicht warum. Das ist doch nichts Neues für sie. Sie war doch *dort*, zum Teufel noch mal. Die ganze Zeit … sie hat es die ganze Zeit gewusst. Sie *wusste*, wer ich war. Sie *wusste*, was passiert war. Sie *wusste* es, und hat nie ein verdammtes Wort gesagt, deshalb hat sie nicht das Recht, am Boden zerstört zu sein. *Ich* schon.

»Das ist abgefuckt.«

»Findest du?«

»Was hat dein Ex mit all dem zu tun?«

»Ich weiß nicht genau, aber er wusste es. Er wusste es, und er hat auch nie etwas gesagt. Wie konnte er das tun?« Ich fühle mich so verraten. So unglaublich verraten. Von allen.

»Ich weiß nicht, was ich sagen soll.« Sierra ist sprachlos. Das kommt nicht oft vor.

»Ich brauche noch einen.« Ich halte ihr mein Glas hin, weil ich zu fertig bin, um die Flasche zu heben, die wir jetzt fast um ein Viertel geleert haben.

Sierra schenkt mir noch einen Tequila ein, und wir trinken auch noch ein viertes Glas. Recht bald ist mein Hirn benebelt und meine Finger fangen an zu kribbeln. Es ist ein schönes Gefühl, gefühllos zu werden. Ich sacke in mich zusammen, lehne den Kopf ans Kissen zurück und lasse den Blick nach oben gleiten. Sierra macht es sich neben mir gemütlich.

»Was hast du jetzt vor?«

»Ich habe wirklich keine Ahnung«, gestehe ich. »Ich liebe

ihn so sehr, aber ich … Ich weiß nicht, wie ich das hinter mir lassen soll, Ser.«

Sierra nimmt meine Hand und hält sie fest und hat ausnahmsweise mal nicht etwas Bissiges oder Sarkastisches zu sagen. Wir sitzen schweigend da, wie wir es schon so viele Male getan haben, wenn das Leben eine von uns so richtig angeschissen hatte.

Ich weiß vielleicht noch nicht, was ich tun werde, aber ich weiß eine Menge anderer Dinge.

Ich liebe Shaw Mercer bis in die dunklen Tiefen meines Wesens. Ich kann ohne ihn nicht atmen. Mein ganzer Körper schmerzt, und bei dem Gedanken, ihn nie wiederzusehen, wird mir schlecht. Sogar meine Haut tut weh. Doch wie kann Liebe ausreichen, um uns da durch zu bringen? Ich bin mir nicht sicher, ob das möglich ist, auch wenn er anderer Meinung zu sein scheint.

Er hat mich nicht angerufen. Er stand nicht vor meiner Tür wie Reid, aber er hat meinen Wunsch, mich nie wieder zu kontaktieren, auch nicht respektiert, und ich weiß noch nicht, wie ich das finden soll.

Jeden Tag erhalte ich dieselbe schlichte Nachricht. Nur eine: *Du bist es wert, um dich zu kämpfen.*

Und jeden Tag lösche ich sie, ohne darauf zu antworten, wie am Tag zuvor. Genau so, wie ich es vor all den Jahren bei Reid gemacht habe.

Kann ich Shaw wirklich so gehen lassen, wie ich es mit Reid getan habe? Obwohl die Situation eine völlig andere ist, handele ich genauso. Ich renne weg, verstecke mich und leide allein. Das ist eine Technik, die ich geübt habe, und ich beherrsche sie gut.

»Hier.« Sierra drückt mir ein weiteres volles Glas in die Hand, das ich widerstandslos entgegennehme. In den nächsten

Stunden wiederholen wir diese Prozedur, bis die Flasche leer und die Sonne untergegangen ist und ich meine Glieder nicht mehr spüre.

Zwischen den Shots und dem Smalltalk schaffen wir es, eine Kleinigkeit zu essen und weitere deprimierende Gespräche zu vermeiden, bevor wir unsere betrunkenen Hintern ins Bett schwingen, in dem Wissen, dass wir in etwa sechs Stunden das brutale Brennen des einschmeichelnden Alkohols verfluchen werden. Sierra kuschelt sich ungefragt neben mich, und ich bin ihr insgeheim dankbar, obwohl ich weiß, dass sie mir immer die Decke klaut.

Ich schalte die Lampe aus. Dunkelheit legt sich über uns. Ich lasse mich vom Alkohol betäubt selig in Orpheus' Arme sinken, als ich es höre …

Das leise Pingen meines Handys.

Ich liege still, atme schnell und weiß, dass er es ist. Ich will nicht nachsehen, werde aber auch nicht einschlafen können, wenn ich es nicht tue. Meine Hand zittert, während sie über dem Handy schwebt, das jetzt ein zweites Mal gepingt hat.

»Schau auf das verdammte Ding, um Himmels willen«, murmelt Sierra, dreht sich von mir weg und zieht schon die Decke mit sich.

»Ich schalte es nur aus«, erwidere ich und ignoriere ihr spöttisches *Na klar*.

Ich nehme das Handy in die Hand und blinzele in das helle Licht in dem verdunkelten Raum. Ich starre auf die SMS, von der ich weiß, dass sie mich auf dem Display erwartet.

Du bist es wert, um dich zu kämpfen.

Ich starre eine ganze Weile darauf. Ich fahre mit den Fingern über die Worte und spüre den glatten Kanten jeder Silbe nach.

Ich höre, wie er sie mir mit seiner Reibeisenstimme ins Ohr flüstert, während er sich über mir bewegt. Ich lasse mir ihre Entschlossenheit etwas mehr ins Bewusstsein dringen. Mit einem langen Seufzer schalte ich das Gerät ab und bin mir dabei vollkommen bewusst, dass ich den letzten Schritt des Rituals, den ich in den vergangenen sieben Tagen einwandfrei ausgeführt habe, nicht gegangen bin.

Ich weiß, dass ich mich dem irgendwann stellen muss, *ihnen* stellen muss, darüber reden muss, darüber nachdenken muss, diese neue Realität begreifen muss. Shaw ist dickköpfig und überzeugungskräftig. Deshalb hatte er auch solchen Erfolg bei mir und hat mein Herz erobert. Deshalb liebe ich ihn ja so sehr. Ich glaube nicht, dass er mich in absehbarer Zeit aufgeben wird, wenn überhaupt. Er wird mich nicht einfach zurücklassen, wie Reid es getan hat. Er wird nicht *zulassen*, dass ich ihn zurücklasse. Das weiß ich schon.

Deshalb lautet die Entscheidung, die ich treffen muss: Ist *Shaw* es wert, um ihn zu kämpfen? Sind *wir* es wert? Bin ich willens, mich durch diese unvorstellbare Hölle durchzuschlagen, um herauszufinden, was wir auf der anderen Seite sein könnten? Das ist doch die wahre Frage, denn ob Shaw uns will, spielt keine Rolle. Sondern ob *ich* es will.

Und als ich mir endlich erlaube, ins Nichts abzudriften, wünschte ich wirklich, ich hätte die Antwort auf diese Frage. Doch das habe ich nicht.

Jedenfalls nicht heute.

26. KAPITEL

Willow

»Woher zum Teufel hast du meine Nummer?«, höre ich Sierra blaffen.

Ihre Stimme klingt, als würden pfeifende Kugeln von meinem Gehörgang abprallen. Allmächtiger Gott, das schmerzt. Als ich mich umdrehe und eine Bestandsaufnahme meiner Umgebung mache, stelle ich fest, dass mir alles wehtut.

Meine Lippen sind aufgesprungen. Meine Zunge fühlt sich an wie eine dicke Wurst. Meine Kehle ist so trocken, als hätte mir jemand, während ich schlief, einen Löffel feinen Sand in den Mund geschaufelt. Als ich gedanklich meinen Körper durchchecke, fällt mir eine Enge in der Brust auf, doch dann komme ich zu meinem Magen.

Süße Mutter aller Kater.

Mein Magen. Er hüpft, als würde ich mit einem Schwimmreifen eine neun Meter hohe Welle reiten. Die halbe Flasche Tequila, die ich getrunken habe, drängt sich meine Speiseröhre hinauf. Ich halte dagegen, aber der Tequila hat heute Morgen mehr Muckis als ich. Er hat trainiert.

Oh *Scheiße*.

Ich atme tief ein und konzentriere mich nur darauf, wie die Luft meine Lungen füllt, und nicht auf die Brühe, die in meinem Magen schwappt, als ich spüre, wie sich das Bett neben mir senkt, weil Sierra sich aufsetzt.

Um Himmels willen!, schreie ich sie im Geiste an. *Nicht bewegen! Nicht atmen, nicht sprechen, lass mich das nie wieder tun!*

»Was für eine Freundin bist du überhaupt?«, stöhne ich und lege mir das Kissen, das ich umklammert gehalten habe, vorsichtig aufs Gesicht. Ich will sterben. Nein, zuerst will ich mir die Zähne putzen und dann will ich sterben.

»Mir ist scheißegal, warum du anrufst, Wilder.«

Wilder? Der einzige Wilder, den Sierra meines Wissens kennt, ist Noah. Warum ruft Noah sie an? Hat Shaw ihn um Vermittlung gebeten, weil ich ihn ignoriere? Da kommt mir ein anderer Gedanke. Er raubt mir den Atem.

Oh Gott … was ist passiert? Geht es Shaw gut? Geht es Annabelle gut? Irgendwas ist passiert. Ich spüre es schwer wie einen Sack Steine auf mir lasten.

Jetzt gesellt sich noch Panik zu der Zusammenkunft in meinem Magen. Ich werfe das Kissen von meinem Gesicht auf den Boden und öffne ein Auge. Aus Angst, den Krieg gegen den Tequila zu verlieren, kann ich mich nicht bewegen. Sierra hat ihre übliche mürrische Miene aufgesetzt, während sie der Männerstimme am anderen Ende zuhört. Während der Anrufer spricht, verdüstert sich ihre Miene noch mehr. Sie sieht mich an, und ihre Augen werden groß, während sie der Stimme noch ein paar Sekunden lauscht, bevor sie mir das Telefon reicht. Sie schnappt sich sofort mein iPad vom Nachttisch, woraufhin mir ganz anders wird.

Was ist denn jetzt wieder?

»Red nicht drumherum, Noah. Sag mir, was los ist«, krächze ich. Die Steine liegen jetzt auf meinen Stimmbändern.

»Willow?«

Aber es ist nicht Noahs Stimme, die durch den Lautsprecher dringt, sondern Shaws, voll und wunderbar. Mein Herz stolpert. Setzt einen Schlag aus. Eine Welle der Erleichterung überkommt mich, weil er okay ist, legt sich jedoch schnell wieder und wird durch die Erinnerung an alles, was er mir zugemutet hat, ersetzt. Ich sehe zu Sierra auf, um sie mit meinem Blick zu erdolchen, weil sie mich in dem Glauben gelassen hat, Noah sei am Apparat, doch ihr Blick rast über den Bildschirm des iPad.

»Was willst du, Shaw?«

Er seufzt, eindeutig geknickt wegen meines barschen Tones, antwortet mir jedoch trotzdem. »In der Morgenausgabe der *7-Day* ist ein Artikel.«

Was du nicht sagst.

»Was steht drin?«, frage ich, wobei es mir gelingt, nicht ganz so heiser zu klingen.

»Verdammt, Willow«, ist alles, was er erwidert. Ich höre die schiere Frustration und unausgesprochene Entschuldigung in seiner tiefen Stimme, als er hinzufügt: »Ich weiß zwar noch nicht wie, aber ich verspreche dir, dass ich das in Ordnung bringe.«

»Was willst du in Ordnung bringen?«

Wut flackert in mir hoch. Ich setze mich mühsam auf und klemme mir das Handy zwischen Schulter und Ohr. Ich schlucke ein paarmal, bis ich mir sicher bin, dass die schlechten Entscheidungen, die ich am Abend zuvor getroffen habe, erst einmal bleiben, wo sie sind, und reiße Sierra das iPad aus den Händen. »Ist wieder einer deiner und Noahs *Fehler* auf Seite eins gelandet?«

Ein scharfes Einatmen, gefolgt von einem leisen »Das habe ich verdient« dringt an mein Ohr, aber ich kann nicht antworten. Ich bin angesichts des vernichtenden Artikels in der *7-Day* erstarrt.

Eine Wahlkampagnen-Finte?

Noch eine Woche bis zur Wahl, und Bürgermeister Mercers Wahlkampagne wird von einem möglichen Skandal erschüttert.

Schon früh war klar, dass sich Seattles derzeitiger Bürgermeister, Preston Mercer, und sein Konkurrent um das Amt, Wicklow Harrington III, ein angesehener Unternehmer, der schon sein Leben lang in Seattle wohnt, nicht grün sind. Bürgermeister Mercer war in seine jetzige Position gelangt, als Bürgermeister Thurston im April 2015 plötzlich an einem Schlaganfall verstarb.

Auch wenn beide Seiten mit dem Näherrücken des Wahltags den Druck erhöht haben, ist es beiden Lagern gelungen, die typischen Wahlkampf-Schlammschlachten auf ein Minimum zu reduzieren. Jedenfalls bis vor Kurzem.

In einem Interview mit Bürgermeister Mercer letzte Woche sagte er auf die Frage nach den Anschuldigungen durch seinen Gegner, dass er Anreize für neue Firmen, sich in Seattle anzusiedeln, blockiere, freimütig zu einem unserer Reporter: »Meine Bilanz spricht für sich.« Als er gedrängt wurde, auf Harringtons Anschuldigungen zu reagieren, sagte Bürgermeister Mercer: »Ich will einen sauberen Wahlkampf führen, der auf meinen Führungsleistungen basiert und nicht auf meiner Fähigkeit, meinen Gegner zu übertrumpfen. Statt uns einer Rhetorik zu bedienen, die nicht auf Leistung basiert, sollten wir uns weiter auf die Themen konzentrieren, die den Einwohnern von Seattle wichtig sind, wie zum Beispiel die Obdachlosigkeit zu verringern, für bezahlbaren Wohnraum für alle zu sorgen und eine Zivilkontrolle für die Polizei einzuführen. Mein Augenmerk liegt auf meinen Verpflichtungen den Menschen von Seattle gegenüber. So war es immer und wird es auch immer sein, solange ich das Privileg habe, der Stadt, die ich liebe, zu dienen. Alles andere ist schlicht und ergreifend Zeitverschwendung.«

Angesichts dessen ist es interessant, dass die 7-Day herausgefunden hat, dass Bürgermeister Mercers Wahlkampf vielleicht doch nicht so blitzsauber ist, wie er uns glauben machen will, und dass er vielleicht die frische und zu einem günstigen Zeitpunkt erblühte Beziehung seines ältesten Sohnes mit Willow Blackwell als Finte benutzt, um eine stabile Bilderbuchfamilie vorzugaukeln, die erst kürzlich ebenfalls von der Harrington-Kampagne in Zweifel gezogen worden war.

Ich schnappe nach Luft und lasse das Telefon fallen, während ich den Artikel weiter überfliege.

Blackwell, die als Hörbuchsprecherin für LLK Publishing arbeitet, begann ihre Beziehung zu Shaw Mercer, Co-CEO von Wildemer & Company, nur wenige Tage vor der offiziellen Wahlkampagne für Bürgermeister Mercer. Es gibt Spekulationen, dass Blackwell außerdem für ein exklusives Unternehmen arbeitet, das im Austausch gegen strikte Vertraulichkeit und einen happigen Preis attraktive Begleiterinnen vermittelt, wodurch sie sich laut unserer geheimen vertraulichen Quelle auch kennengelernt haben, und nicht aufgrund eines Autounfalls, wie es das Paar vor wenigen Wochen in einem Interview mit der 7-Day behauptet hat.

Oh. Mein. Gott. Ich kriege keine Luft. Ein scharfer Schmerz durchbohrt meine Brust.

Blackwell und ihre Mutter Evelyn sind die Hinterbliebenen des Wissenschaftsforschers Charles Blackwell. Charles Blackwell, von Kollegen und Freunden »CJ« genannt, nahm sich im November 2012 das Leben, was Aurora Pharmaceuticals und die wissenschaftliche Community in einen Schockzustand versetzte. Eine überraschende Wendung dabei ist, dass Wildemer & Company, eine weltweit tätige Unternehmensberatungsfirma, Aurora Pharmaceuticals bei ihrem Börsengang unterstützt, der für Anfang des nächsten Jahres geplant ist.

Ich suche den Rest des Artikels nach einem einzigen Namen ab, doch Randi wird zum Glück nicht erwähnt. Unfähig, auch die zweite Hälfte zu lesen, lasse ich das iPad auf die Matratze fallen.

Die einzige gute Nachricht ist, dass der Tequila beschlossen hat, mich vorerst zu verschonen.

Wie zum Teufel konnte das passieren? Wer wusste davon? Was für einen Rückschlag wird Prestons Wahlkampf dadurch erleiden? Und, oh mein Gott, was wird Randi tun, wenn sie davon erfährt?

Jesus, Maria und Josef. Das ist niederschmetternd. Und egal was Shaw sagt, das ist nicht in Ordnung zu bringen. Das ist viel schlimmer als das Foto von ihm und der Frau. Das ist existenzbedrohend. Für uns alle.

Ich muss etwas tun. Irgendwas. Ich stelle fest, dass Sierra samt ihrem Telefon verschwunden ist. Ich schnappe mir meins vom Nachttisch und schalte es an. Nur Sekunden später kommen die Mitteilungen rein.

Shaw (7:32): Anruf in Abwesenheit
Reid (7:33): Anruf in Abwesenheit

Shaw (7:33): *Ich weiß, dass du noch sauer bist, aber ruf mich bitte an. Es ist dringend.*
Reid (7:34): *Ich muss mit dir reden. Es geht nicht um neulich Abend. Ruf mich bitte sofort zurück.*
Randi (7:44): Anruf in Abwesenheit
Shaw (7:44): *Willow ... ich spaße nicht. Ich muss mit dir reden. Es kann nicht warten.*
Randi (7:45): *wir müssen reden ... sofort*
Reid (7:46): *Jetzt ist nicht der Zeitpunkt, sich stur zu stellen. Es ist unerlässlich, dass ich so bald wie möglich mit dir rede.*
Jo (7:53): *Was zum Teufel hast du gemacht, Mädel?*
Millie (7:59): Anruf in Abwesenheit
Shaw (8:01): Anruf in Abwesenheit
Reid (8:03): Anruf in Abwesenheit
Randi (8:05): *Ruf mich an oder du bist gefeuert*
Shaw (8:10): *Ich verspreche dir, Goldlöckchen, wenn ich in zehn Min nichts von dir höre, wirst du eine Woche nicht mehr sitzen können.*

Und die Liste geht immer so weiter, jede Nachricht zunehmend dringlicher und drohender. Mehr und mehr verpasste Anrufe. Mein Blick fällt auf die Digitaluhr. 8:35.

Ich bewerte die Dringlichkeit und beschließe rasch, dass Randi am entscheidendsten ist. Ich bin nicht so wichtig. Was passiert ist, ist passiert. Ich werde schon morgen mit der nächsten Schlagzeile in den Hintergrund rücken. *Sie* wird dran glauben müssen. Die »anonyme« Quelle weiß über Randi Bescheid, über ihr Geschäft, und wenn irgendein gieriger Reporter anfängt, weiter zu graben, könnte das großen Ärger für sie bedeuten, egal ob beabsichtigt oder nicht.

Hitze wälzt sich langsam und schmerzhaft prickelnd über meine Haut. Ich will genauso gerne mit ihr reden, wie ich zu meiner eigenen Hinrichtung eskortiert werden will. Und ich habe zur Aufklärung nichts beizutragen, da ich keinen Schimmer habe, was passiert ist.

Scheiße.

Scheiße, scheiße, scheiße!

Ich bin tot. Sie wird mich umbringen. Ich wusste, dass das eine schlechte Idee war. Ich weiß, ich hätte aus ihrem Büro und von dem einzigen Mann, in dessen Gegenwart ich mich lebendig fühle, fortgehen sollen. Selbst wenn ich nicht zu La Dolce Vita zurückkehren wollte, *so* sollte mein Abgang ganz sicher nicht aussehen. In einen Skandal verwickelt. Und dass gegen sie möglicherweise Strafantrag gestellt wird.

Megascheiße.

In den wenigen Sekunden, die ich gebraucht habe, um mir das durch den Kopf gehen zu lassen, hat mein Telefon noch sechs Mal gebrummt. Jetzt läutet es. Und als hätten ihr die Ohren geklingelt ... ist es Randi.

Ich leite ihren Anruf auf die Mailbox um und rufe sofort die Nummer des einzigen Menschen auf, mit dem ich über die Sache reden kann. Des einzigen Menschen, der mich nicht auf der Stelle erschießen wird.

Das Telefon klingelt nur zwei Mal, bevor er drangeht.

»Ich habe mich schon gefragt, ob du anrufen würdest«, sagt er mit einer Stimme, in der nicht die Leichtigkeit liegt, an die ich mich gewöhnt habe. Obwohl er es nicht sehen kann, ziehe ich die Mundwinkel nach unten.

»Jetzt brauchst du dich nicht mehr zu fragen.«

»Wie geht's dir?« Seine Stimme ist tief und voller Sorge. Am liebsten würde ich weinen. Ich frage mich, ob Shaw neben ihm steht. Ich stelle mir vor, wie er hin und her tigert und immer aufgewühlter wird, je länger wir reden.

Ich lege mich wieder hin und versuche das Schwappen in

meinem Magen und die Schwere in meinen Gliedern zu vergessen. »Ich würde sagen, auf einer Skala von eins bis zehn bin ich etwa bei minus drei.«

Noah gibt ein mitfühlendes Geräusch von sich. »Tut mir leid, Süße.«

Ja. Mir auch. Dann komme ich zur Sache. »Du weißt nicht zufällig, wer das war?« Aus irgendeinem Grund kommt mir das alles ein wenig zu persönlich vor, obwohl ich weiß, dass es wahrscheinlich nur schmutzige Politik ist.

»Noch nicht, aber wir finden es heraus. Das kannst du mir glauben.«

Ich habe keinen Zweifel daran, dass Shaw keine Ruhe geben wird, bis er weiß, wer am Marterpfahl gefoltert werden muss.

»Na schön.« Ich seufze und gehe zur nächsten wichtigen Frage über. Denn obwohl mir jetzt egal sein sollte, was mit Shaw und dem Rest der Familie Mercer passiert, lautet die schlichte Tatsache, dass es mir das nicht ist. Und ich bin mir ziemlich sicher, dass es das auch nie sein wird.

»Sag mir, wie ich helfen kann.«

27. KAPITEL

Shaw

Die letzten vierzehn Tage waren die reinste Höllenfahrt.

Jede einzelne Sekunde.

Seit dem Fiasko auf der Benefizveranstaltung meines Vaters habe ich nicht nur vierzehn Nächte allein in meinem Bett verbracht, sondern auch noch rund um die Uhr auf Annabelle aufgepasst und versucht, den nuklearen Niederschlag, der aus dem Artikel in der *7-Day* letzte Wochen resultierte, zu beseitigen. Außerdem musste ich, um Letzteres zu erreichen, Seite an Seite mit meinem Erzfeind arbeiten.

Inzwischen würde ich mir am liebsten die Pulsadern aufschneiden. Ich bin erschöpft. Ich bin wütend, und ich hungere nach einer Frau, von der ich nicht weiß, ob ich sie je wieder schmecken werde.

Innerhalb einer Stunde, nachdem die Enthüllungsstory erschienen war, hatte Mergen einen Schlachtplan entworfen und damit endlich den Wert unter Beweis gestellt, den er für die Wahlkampagne meines Vaters hat. Ich musste widerwillig zustimmen, dass es ein guter Plan war, doch er erforderte Willows Kooperation, und ich war mir nicht sicher, ob sie mitziehen würde. Ich wusste nicht mal, ob ich ihr eine Verweigerung hätte verübeln können.

Ich wollte der Mann sein, der ihr Sicherheit vermittelt. Der, auf den sie vertrauen kann. Deshalb kann es gut sein, dass ich, als mir klar wurde, dass Noah mit ihr sprach – dass sie *ihn* zurückgerufen hatte, um die Details zu erfahren, und nicht *mich* –, die Beherrschung verlor.

Mein Vater, Mergen, Noah und ich waren zu dem Zeitpunkt bei mir zu Hause in meinem Arbeitszimmer, in dem es jetzt eine Flasche sehr teuren Hennessy 250 weniger gibt. Obwohl ich später den gesamten Teppich habe dampfreinigen lassen, kriege ich den Alkoholgestank nicht wieder raus. Und die Delle in der Wand, gegen die ich die volle Flasche geworfen habe, muss immer noch in Ordnung gebracht werden.

Doch nach diesem kleinen Wutausbruch musste ich über die Qual hinwegsehen, die sich durch meine Seele fraß, und mich dem unmittelbar vorliegenden Problem widmen. Ich saß nicht besonders geduldig da, während Noah in aller Ruhe *meiner* Freundin erklärte, welche Schritte wir unternehmen müssten, um den Schaden zu begrenzen.

Überraschenderweise willigte sie ein, aber aus irgendeinem unerfindlichen Grund würde Willow für Noah alles tun. Wenn *ich* sie darum gebeten hätte, hätte ich mir wahrscheinlich fantasievolle Kraftausdrücke anhören müssen.

In den vergangenen sechs Tagen haben Willow und ich dem *World Herald*, der größten und seriösesten Tageszeitung in Seattle, ein Interview gegeben sowie weitere Interviews jedem größeren Nachrichtensender der Stadt. Natürlich entkräfteten wir den *7-Day*-Artikel, indem wir ihre vergangene Berichterstattung als typisch für ihre unverfrorene Unterstützung von Harrington bezeichneten und darauf hinwiesen, dass sie ganz offensichtlich mit mir ein Hühnchen zu rupfen hätten.

Indem Mergen aufdeckte, dass die Chefredakteurin der *7-Day* rein zufällig und praktischerweise die Großcousine von Harringtons Frau ist, zogen wir subtil ihre Integrität in Zweifel. Ich wünschte, das hätte ich gewusst.

Und neben all dem haben wir uns demonstrativ oft gemeinsam in der Öffentlichkeit gezeigt, während Mergen Reportern anonyme Hinweise gab, wo wir anzutreffen wären.

Händchenhaltend aus dem Rathaus kommend.

Bei intimen Abendessen auf dem Wasser.

Bei einem Ausflug ins Kindermuseum mit meiner Nichte und meinen Neffen.

Irgendwie haben wir die Öffentlichkeit davon überzeugt, dass wir stärker sind als je zuvor, obwohl wir alles andere sind als das. Nach einer qualvollen Woche, in der wir getrennt waren, verbrachte Willow nicht aus freien Stücken Zeit mit mir, sondern weil sie dazu gezwungen war. Sie stürzte sich in die Aufgabe, die sie am besten beherrscht. Für die ich sie ursprünglich engagiert hatte. Sie spielte meine Freundin mit Perfektion, und mit Spielen meine ich eindeutig Schauspielern.

Sie kleisterte sich das verträumte Lächeln ins Gesicht, das sie mir unzählige Male geschenkt hatte.

Sie ließ sich für die Kameras von mir berühren und mit Aufmerksamkeiten überhäufen.

Sie streifte mit ihren Lippen meine Kieferpartie und klimperte mit routinierter Schüchternheit mit den Wimpern, wenn ich ihr sagte, dass sie mir den Atem raubt.

Doch wenn sich das Blitzlichtgewitter legte und wir allein waren, sah ich es. Ich hatte Monate gebraucht, um bis zum Grund dieser verborgenen blauen Tiefen vorzustoßen, doch jetzt nahm mir eine trübe, undurchdringliche Dunkelheit die Sicht.

Davor habe ich mich am meisten gefürchtet.

Sie hat vollkommen dichtgemacht. Mich total ausgeschlossen. Sie sitzt neben mir und ist eine ganze Welt entfernt, und ich weiß nicht, wie ich sie zurückbekommen soll.

Diese Wahrheit verbrennt mich bis ins Mark.

Sie verbrennt mich genau in dieser Sekunde, während ihr warmer Körper an meinen geschmiegt ist und ihr Arm um meine Taille liegt.

Es ist Tag X. Wahlabend. Der Tag, vor dem ich mich gefürchtet habe, seit ich Randi Deveraux' Büro mit Willows noch feuchter Unterschrift verließ.

Meine ganze Familie ist hier und wartet. Da würde es doch merkwürdig aussehen, wenn meine Freundin nicht an meiner Seite wäre, oder?

»Kann ich dir etwas holen, meine Schöne?«, frage ich sie. Ich drücke ihr einen Kuss auf die Schläfe und atme den Kokosnussduft ihres Shampoos ein. Sie atmet schneller. Mein Schwanz zuckt. Er vermisst sie so sehr wie ich.

»Nein danke. Ich brauche nichts«, antwortet sie kurz angebunden.

Ich ziehe einen Mundwinkel hoch, bin jedoch weit von einem Lächeln entfernt.

Ich habe es satt. Ihre Ausweichmanöver. Ihre Sturheit. Ich toleriere das jetzt seit zwei Wochen, und meine Geduld ist langsam am Ende.

»Wenn das vorbei ist, unterhalten wir uns.«

»Wir unterhalten uns doch jetzt.«

Allmächtiger. Am liebsten würde ich mein Gesicht zwischen ihren Beinen vergraben, bis sie so erschöpft und ermüdet ist, dass sie sich jedes gottverdammte Wort anhört, das ich zu sagen habe.

Stattdessen sehe ich an die Decke und bete um Geduld. Ich habe nicht mehr so viel gebetet, seit ich mir mit zwölf Jahren einen hellen Labrador gewünscht habe.

»Ich habe diesen Quatsch satt, Willow. Diesen ganzen oberflächlichen Mist, den du mir diese Woche geboten hast. Wir müssen uns wie Erwachsene unterhalten, ohne die Kameras.

Nur du und ich.« Sie versteift sich neben mir, behält jedoch das falsche Lächeln auf den Lippen. Ich beuge mich zu ihr hinunter und flüstere ihr ins Ohr: »Das schuldest du mir, Goldlöckchen.«

Ihr Lächeln gerät ins Wanken. Nur ein wenig, aber sie kriegt es in Rekordzeit wieder in den Griff. Sie sieht zu mir auf und klimpert liebevoll mit ihren langen Wimpern, doch ihre Stimme strotzt von Ungläubigkeit. »*Ich schulde es dir?* Das ist absurd. Ich erinnere mich deutlich daran, wie *du* mir erzählt hast, du würdest immer ehrlich zu mir sein. Und ich war so dumm, dir zu glauben.«

An dem Tag, als die *7-Day*-Story gedruckt wurde, brach der Vorsprung meines Vaters um ganze fünf Prozentpunkte ein, was seine Führung vor Harrington auf einen Minimalabstand verringerte. Eine Woche später sind seine Umfragewerte wieder um drei Prozentpunkte gestiegen, doch es ist immer noch bedrohlich eng, und was ein Erdrutschsieg hätte sein sollen, ist jetzt zu knapp, um den Wahlausgang vorherzusagen.

Es sollte mich mehr interessieren, ob mein Vater gewinnt oder nicht. Immerhin ist das der einzige Grund, warum diese Schönheit mich mit kaum verhohlenem eisigem Blick wütend anstarrt. Doch das Einzige, was mich interessiert, ist sie und wie ich sie zurückgewinnen kann.

Ich drehe mich um und drücke meinen Körper fest an ihren. Ihr Atem stockt, doch sie weicht nicht vor mir zurück, weil eine bis über beide Ohren verliebte Freundin nicht so handeln würde.

Wir stehen im hinteren Teil des brechend vollen Saales, während alle Blicke auf die aktualisierten Umfrageergebnisse gerichtet sind, die über den unteren Teil einer riesigen Leinwand laufen. Aber mir wäre es auch egal, wenn wir im Mittelpunkt des Interesses stünden.

Es würde mich nicht davon abhalten …

Ich nehme ihr Gesicht in meine Hände und gebe ihr keine Chance, sich mir zu verweigern, als ich meine Lippen auf ihre drücke und sie sanft und zärtlich küsse. Das ist real, keine Show. Ich bewege meinen Mund langsam auf ihrem, mit Entschlossenheit, so wie beim ersten Mal, als ich sie geküsst habe. Ich fahre mit der Zunge über den Rand ihrer weichen Lippen. Ich beiße spielerisch in ihre Unterlippe, bis sie ihren Widerstand aufgibt und ihr Stöhnen zu einer süßen Symphonie der Unterwerfung wird.

Ich spanne meine Muskeln fest an, um sie zu zwingen, mit mir vereint zu bleiben. Sie hat sich die ganze Woche nicht so von mir küssen lassen, und ich bin gierig. Unersättlich. Ich werde nie genug bekommen. Ich küsse sie weiter, bis ihre Hände meinen Rücken hinaufgleiten und sie mich, willentlich oder nicht, fester an sich zieht.

Ich erlaube meinem Herzen, sich hoffnungsvoll in die Höhe zu schwingen.

Sie will genauso wenig wie ich, dass es endet. Sie weiß nur nicht, wie sie diese Sache durchstehen soll. Ich weiß darauf auch keine Antwort. Ich weiß nur, dass wir es Seite an Seite tun müssen.

»Ich liebe dich«, sage ich entschieden an ihren geschwollenen Lippen, als ich mich von ihr löse und meine Stirn an ihre lege. Ihre Augen schließen sich, während ich spreche, doch ich muss meine offen halten. Ich muss jede einzelne Reaktion beobachten. »Du hattest in der Sekunde, als ich davon erfuhr, die Wahrheit verdient. Es tut mir leid. Das war falsch von mir. Ich hatte Angst. Ich hatte noch nie im Leben solche Angst, etwas zu verlieren, Goldlöckchen. Dich, Annabelle. Alles, was ich liebte, stand auf dem Spiel.«

Ihr Griff lockert sich. Ihre Hände sinken zu meinem unteren Rücken, und jetzt berührt sie mich kaum noch, nur ihre Fingerspitzen halten Kontakt. Ich fühle mich ihrer Nähe beraubt.

»Ich weiß nicht, wie ich das schaffen soll, Shaw«, sagt sie leise. Sie verbirgt immer noch ihre Augen vor mir, obwohl sie offen sind. Sie hält den Blick gesenkt, während sie mit den Händen von meinem Rücken zu meinen Seiten fährt und sich in den Stoff meines Anzughemds krallt. Jetzt spüre ich nicht einmal mehr ihre Wärme. »Ich liebe dich, aber ich weiß nicht, ob das reicht.«

Der Wind, der noch vor einer Minute meine Segel aufgebauscht hat, ist plötzlich still und stickig. Ich sitze auf dem Wasser fest.

Was soll ich tun? Ich versuche, nicht in Panik zu geraten. Logisch zu denken, strategisch.

Meiner Erfahrung nach wird Bitten bei Willow nichts bringen, aber vielleicht die Wahrheit. Das ist mein letzter Schachzug.

»In jener Nacht ist ihr etwas Schlimmes passiert, Willow. Selbst ich habe erst vor Kurzem die Einzelheiten erfahren.« Ich halte inne, weil es mir schwerfällt, an den nächsten Teil zu denken, ganz zu schweigen davon, es auszusprechen. »Sie wurde fast von ihrem Junkie-Arschloch von Freund vergewaltigt und … ja, sie stand unter Drogen, aber ihr ging es schon vorher psychisch nicht gut.«

Ich sollte das nicht hier mit ihr bereden, doch nach heute Abend habe ich vielleicht keine Chance mehr dazu. Wenn sie beschließt, dass zwischen uns Schluss ist, könnte ich sie nie mehr wiedersehen, denn sie ist stur, entschlossen und standhaft in ihren Entscheidungen. Wie ich.

»Ich will das nicht entschuldigen, aber Annabelle erinnert sich nicht, was in jener Nacht passiert ist, nachdem sie weggelaufen war. Sie erinnert sich nicht, dass sie springen wollte, oder daran, dass dein Vater vorbeikam oder … an den Unfall. An nichts davon. Ihr war nicht einmal klar, dass da eine Verbindung bestand. Das wusste keiner von uns, bis Mergen damit drohte, dir davon zu erzählen, wenn ich mich nicht zurückziehe.«

Jetzt schlägt sie ihre faszinierenden Augen auf. Unzählige Emotionen durchfahren sie, und ich sehe jede einzelne davon in die nächste überblenden. Verwirrung, Erkenntnis. Traurigkeit, dann Besorgnis.

»Ich wollte, dass du die ganze Geschichte kennst, nicht die fragwürdige Version, die dein Ex zu verbreiten gewillt war. Ich habe nicht versucht, etwas vor dir geheim zu halten, Willow. Ich habe nur überlegt, wie ich es dir am schonendsten beibringen kann. Ihnen allen. Aber ich hatte immer vor, es dir zu sagen. Bitte glaub mir das.«

»Annabelle stand vor der Tür, als ich ging. Sie wirkte …« – sie hält nachdenklich inne – »verstört.«

Ich nicke. »Sie hat es zur selben Zeit erfahren wie du. Sie ist mir gefolgt und hat gelauscht. Ich hatte versucht, einen Weg zu finden, es euch beiden zu sagen, ohne …« Ich reibe mir mit einer Hand das Gesicht. Ich will jetzt alles offenlegen. *Wie selbstsüchtig ich gewesen bin.* »Ohne einen von euch zu verlieren.«

Sie verzieht ungläubig das Gesicht, während sie verarbeitet, was ich ihr sage. »Oh mein Gott.« Sie macht sich von mir los, tritt beiseite und sieht sich im Saal um.

Ich habe mich heute Abend absichtlich von meinen Eltern ferngehalten. Gemäß meiner Weisungen weicht Annabelle ihnen nicht von der Seite, während Noah sie im Auge behält. Ich hielt es für keine gute Idee, wenn Annabelle und Willow heute Abend aufeinanderträfen. Dafür sind die Wunden zu frisch.

»Geht es ihr gut? Ich meine, ist sie … du weißt schon?«

Oh, wie ich diese Frau liebe. Sie ist so verdammt selbstlos. Und dass sie sich sogar um Annabelle sorgt, *heißt* etwas. Ich weigere mich, etwas anderes zu glauben.

Ich schlinge den Arm um sie. »Sie wohnt bei mir.« Auch wenn sie deshalb Tag und Nacht rummeckert. »Sie macht seit letzter Woche eine Therapie, und ich habe ihren Sponsor auf Kurzwahl gespeichert. Sie verbringt momentan nicht viel Zeit allein. Dafür sorge ich.«

Sie stößt einen langen verhaltenen Atemzug aus. »Gut. Das ist … das ist gut.«

»In jener Nacht.« Ich muss mich räuspern und von vorne anfangen. »In jener Nacht hat die Polizei sie und drei ihrer Freundinnen etwa eine Viertelmeile vom Unfallort entfernt aufgegriffen. Ich hatte noch nie im Leben so viel Angst wie in dem Moment, in dem ich diesen Verhörraum betrat und den Geist meiner Schwester dort sitzen sah. Wir haben sie sofort in eine Entzugsklinik gebracht, und ich will ehrlich sein, sie hatte zu kämpfen. Letztes Jahr hat sie einen Fehltritt begangen und ist freiwillig wieder zurückgegangen und …« Ich atme tief durch. »Entsetzen beschreibt nicht mal annähernd, was ich über ihren Rückfall empfinde. Das ist alles sehr schwer für sie. Für uns *alle*.«

Stille senkt sich über uns. Ich frage mich, was sie denkt. Ich mache mich bereit, von ihr zu verlangen, dass sie nach der Bekanntgabe des Wahlergebnisses mit mir irgendwo hingeht, wo wir allein sind, als sie ihren Kettenanhänger zwischen zwei Finger nimmt, ihn an der Silberkette hin und her zieht und leise sagt: »Meine Schwester Violet ist mit siebzehn an einer Überdosis Drogen gestorben.«

Ich schnappe nach Luft. Himmel Herrgott. Ihre ganze Familie ist dezimiert worden. Kein Wunder, dass sie so verschlossen ist. Sie hält die Kette umklammert, als würde sie ihr Kraft geben. Auf einmal ist mir egal, ob Mergen etwas damit zu tun hatte. Mir ist alles egal außer ihr.

»Willow, Liebling. Das tut mir wahnsinnig leid.« Ich ziehe sie näher zu mir und drücke ihr einen Kuss auf die Stirn.

»Ich war damals zwölf. Sie war meine beste Freundin und die beste große Schwester, die man sich wünschen konnte.« Ich spüre körperlich, wie ihr Schmerz auf mich übergeht. Ich kann es kaum ertragen. »Sie war ein musikalisches Wunderkind. Sie hat Klavier gespielt wie niemand sonst auf der Welt.«

»Wie Annabelle«, flüstere ich unwillkürlich. Ich fange zufällig den Blick meiner kleinen Schwester auf, die mir gezwungen zulächelt.

»Ja, wie Annabelle. Deine Schwester erinnert mich sehr an Violet. Sie ist begabt, klug und schön. Sie hat grenzenloses Potenzial.«

»Allerdings«, stimme ich zu und wünschte, Annabelle würde all das Gute in sich sehen, wie andere es tun.

Willow hebt den Kopf und sieht mir in die Augen. Ihre blauen Augen sind traurig. »Aber sie ist auch sprunghaft, ruhelos und bewegt sich am Rande des Abgrunds. Sie hat denselben Ausdruck, den meine Schwester hatte, bevor ...«

Ich brauche einen Augenblick, bis ich antworten kann. »Ich weiß.« Deshalb ist auch rund um die Uhr jemand bei ihr.

»Sie braucht dich jetzt. Deine *Familie* braucht dich jetzt.«

Mir behagt das Gefühl nicht, das dieser freundliche Satz bei mir hinterlässt. Ich drücke sie an mich. »Was willst du mir damit sagen?«

Sie spannt sich an, als wollte sie sich zurückziehen, doch ich halte sie unerbittlich fest.

»Mit uns ist es nicht vorbei, Willow. Es wird *nie* vorbei sein. *Du* bist meine Familie. Du bist dazu bestimmt, mein zu sein.

Meine Geliebte. Meine Frau. Die Mutter meiner Kinder. Ich weiß, das durchzustehen, wird nicht leicht sein, aber ich lasse die Liebe meines Lebens nicht von mir gehen.«

Als sie den Mund öffnet, bricht der ganze Saal in Jubel aus. Ich lasse sie automatisch los, um zu sehen, was das Chaos verursacht hat, und als ich zu der Leinwand hochblicke, sehe ich, dass das offizielle Endergebnis da ist.

Mein Vater hat mit 52 Prozent der abgegebenen Stimmen gewonnen.

Mein Vater hat gewonnen.

Süße Erleichterung durchströmt mich. Ich fange den Blick meines Vaters auf und grinse, als er mir dankbar zunickt. Meine Mutter strahlt, und Annabelle täuscht Freude vor, ist aber unruhig. Ich bin hin- und hergerissen, ob ich zu ihr gehen oder bei Willow bleiben soll, doch als ich sehe, wie Noah meiner Schwester den Arm um die Schultern legt und sie ihn scherzhaft in den Magen boxt, weiß ich, dass sie in guten Händen ist.

Ich ignoriere, dass Mergen uns anstarrt, und drehe mich im selben Augenblick zu Willow, als sie sich zu mir dreht.

Sie lächelt, doch ihr steht keine echte Freude im Gesicht geschrieben. Sondern Abschied und Abschluss. Es haut mich fast um. »Gratuliere. Du hast es geschafft.«

»*Wir* haben es geschafft«, erwidere ich und will sie wieder umarmen. Sie legt die Hände auf meine Brust und hält mich auf Distanz. Ich hasse diesen Abstand. Jeden verflixten Zentimeter.

Sie schüttelt den Kopf und sagt: »Ich hatte damit nichts zu tun. Ich glaube sogar, dass ich ihn fast den Sieg gekostet hätte.«

»Das stimmt nicht. Du hattest alles damit zu tun, Willow. Alles.«

Du hast mein Leben verändert. Meine Welt. Meine Ziele. Mich.

Willow knüllt mein Hemd in ihren Fäusten zusammen und zieht dabei an ein paar Brusthaaren, doch ich zucke nicht zusammen. Sie reckt sich auf die Zehenspitzen und drückt mir einen keuschen Kuss auf die Wange. Es fühlt sich endgültig an. Ich schließe die Augen. Sie werden schon feucht.

»Ich muss gehen«, flüstert sie, ihre Lippen immer noch an meiner Wange.

»Du musst bleiben.« Ich halte sie fester. »Bitte«, flehe ich sie an. Ich werde vor ihr kriechen, mich ihr zu Füßen werfen, meinen ganzen Besitz verkaufen. Ohne sie habe ich sowieso nichts mehr. »Bitte, Willow. Ich tue alles, was du willst. Bitte geh nicht ohne mich aus dieser Tür.«

Wenn sie es tut, sind wir fertig miteinander.

»Ich kann einfach nicht.« Sie streicht mit den Lippen über meinen Kiefer bis zu meinem Ohr. »Richte deinem Vater meine Glückwünsche aus und sag ihm, dass es mir leidtut, dass ich es ihm nicht persönlich sagen konnte. Und pass auf deine Schwester auf. Sie braucht dich jetzt mehr als je zuvor.«

»Ich brauche *dich*, Goldlöckchen. Jetzt mehr als je zuvor.« Aber wenn sie mich gehört hat, reagiert sie nicht, denn sie geht schon weg. Als hätte die Uhr Mitternacht geschlagen und ihre Kutsche verwandelte sich wieder in einen Kürbis zurück, geht sie fort.

Mit jedem präzisen Schritt, den sie auf den Ausgang zugeht, wird mir ein weiteres Teil meiner Seele gewaltsam herausgerissen, und ich weiß …

Das ist der Abschied.

28. KAPITEL

Willow

Ich klingele an der Tür und drehe mich zur Einfahrt, während ich warte.

Es ist kalt heute, mit Temperaturen unter zehn Grad. Und es ist trist, selbst für Seattle. Das Wetter spiegelt perfekt meine Stimmung wider.

Vor einer Stunde hat der dunkle Himmel seine Schleusen geöffnet, und seitdem regnet es in Strömen. Kalter Regen durchschneidet die Luft im Dreißig-Grad-Winkel, und ich rücke näher ans Haus, um nicht noch nasser zu werden, als ich schon bin.

Meine Jeanshose klebt an meinen Beinen. Aus meinen Haarspitzen tropft Wasser, und das alles nach einem kurzen Sprint von meinem Wagen zum Hauseingang. Ich fahre mit dem Finger unter meinen Augen entlang, um zu sehen, ob meine Mascara verläuft. Ein Blick auf die schwarze Farbe bestätigt das.

Ich gebe mir alle Mühe, mich salonfähig zu machen, und verfluche die Tatsache, dass der Regenschirm, den ich sonst immer im Wagen habe, mitsamt dem Fiat abgeholt wurde, als Shaw ihn hat abschleppen lassen. Ich bin noch nicht dazu gekommen, ihn durch einen neuen zu ersetzen.

Ich starre den schwarzen Audi an und erinnere mich an den Tag in Shaws Büro, als ich versuchte, ihm den Wagen zurückzugeben. An den grimmigen besitzgierigen Ausdruck, der seine Kieferpartie schärfte und seine Augen verdunkelte. An das Schwächegefühl, als er verlangte, dass ich mich ausziehe, und das Gefühl der Macht, als ich ihm ein langes Stöhnen entlockte, als er mich über seinen Schreibtisch beugte. Das Gefühl, besessen und verehrt und verzehrt zu werden, als er über mich herfiel. Erfüllt zu sein.

Ich erinnere mich an Dinge, an die ich mich nicht erinnern will, kann mich aber nicht zwingen, sie zu vergessen.

Warum geht er mir nicht aus dem Kopf? Warum kann ich diesen verdammten Splitter nicht finden und das Scheißding rausziehen, damit die Wunde heilen kann? Wann werde ich morgens aufwachen und mich nicht schmerzlich nach seiner Umarmung sehnen?

Vielleicht niemals.

Es ist fast zwei Wochen her, seit ich ihn verlassen habe, damit er mit seiner Familie Prestons Sieg feiern konnte, und doch geht es mir nicht besser als am ersten Tag ohne ihn. In mancher Hinsicht geht es mir sogar schlechter.

Er schickt mir jeden Tag Nachrichten, ruft inzwischen sogar an. Was ich alles ignoriere.

Ich hasse mich selbst. Ich hasse meine Angewohnheit, vor Problemen wegzurennen und mich zu verstecken. Ich hasse es, dass ich mich innerlich verletzter fühle als jemals zuvor, was daran liegt, dass ich ohne ihn nichts bin. Ich habe genau das getan, was ich mir geschworen hatte, nicht zu tun.

Ich habe seine Hand losgelassen.

Wieder einmal stelle ich mir dieselbe Frage, die ich mir Tag und Nacht stelle: Mache ich einen Fehler? Gibt es eine Möglichkeit, das hinter uns zu lassen? Habe ich die innere Kraft, Annabelle zu verzeihen? Das ist die Frage, die ich zu beantworten versuche.

Mein Herz und mein Verstand befinden sich im Krieg, und ich bin mir nicht sicher, wer gewinnen wird.

»Es zeugt von guten Manieren, anzurufen, bevor man bei Leuten vor der Tür steht, vor allem sonntags.«

Beim Klang von Randis brüsker Stimme wirbele ich herum. Ich bin überrascht, dass sie persönlich die Tür öffnet. Nach ihrem schlichten weißen T-Shirt und der zerlumpten Jeans zu urteilen, beides mit Farbe bespritzt, habe ich sie total überrumpelt.

»Tut mir leid«, stoße ich hervor, während mir rote und gelbe Farbkleckse auffallen, die ihr Gesicht und ihre blonden Haare sprenkeln, die zu einem unordentlichen Knoten frisiert sind. Ich bin sprachlos. Randi ist sonst die Perfektion in Person. So entspannt wirkt sie leger und frisch. Zugänglich. Fast wie ein richtiger Mensch, statt wie jemand, der mich das Fürchten gelehrt hat. »Äh, das konnte nicht warten.«

Hier unangemeldet aufzukreuzen war nicht die schlauste Idee, die ich jemals hatte. Randi war stinksauer, als ich endlich den Mut gefasst hatte, sie anzurufen, auch wenn ich mir nicht sicher war, ob sie wütend auf mich oder über die Situation war.

Ihr Blick wandert meinen durchnässten Körper hinab und kurz über meine Schulter. Sie schürzt die Lippen, und ein paar Sekunden glaube ich, dass sie mich zum Teufel jagt, doch dann tritt sie beiseite und winkt mich herein, während sie mit einer Hand die Tür aufhält.

»Bleib da«, bellt sie, sobald meine Füße den kleinen Teppich im Eingangsbereich berühren. »Du bist pudelnass, und ich will nicht, dass du auf meinen sauberen Böden Dreck verteilst.«

»Okay«, murmele ich, als sie fortschlendert. Ich hab zwar nirgends Dreck an mir, aber egal. Ich komme mit ihrer Wut klar, wenn es bedeutet, dass sie mich hineinlässt. Eine volle Minute später kommt sie mit einem Badehandtuch zurück. Ich habe meinen Regenmantel schon an die Garderobe gehängt und mir die Schuhe mit dem nicht existenten Dreck ausgezogen. Ich nehme das Handtuch, wische mir damit das Gesicht trocken und rubbele mir die Haare, bis sie zufrieden zu sein scheint.

»Wirf es einfach hierhin.« Sie deutet neben mich auf den Fußboden, dreht sich um und geht weg. Ich nehme an, dass ich ihr folgen soll, also tue ich das. Ich rechne damit, dass sie in ihr Büro geht, doch sie führt mich wortlos durch einen Teil ihres Hauses, den ich noch nie zuvor gesehen habe. Aber die zwei Male, die ich schon hier war, habe ich auch keine umfassende Besichtigungstour bekommen.

Als wir unser Ziel erreichen, bleibe ich ehrfurchtsvoll stehen, da ich eine ganz neue Seite von Randi Deveraux, der Herzdame, sehe.

Wir befinden uns in einem Raum mit freiliegenden Holzbalken an der Decke und einer Wand aus gläsernen Schiebetüren mit Blick auf ihren weitläufigen Garten. Alle anderen Wände werden von nicht zusammenpassenden, uneinheitlichen Einbau-Werktischen gesäumt, auf denen das gesamte Farbangebot steht, das die Menschheit kennt. In der Mitte des Raumes verteilt stehen mehrere Staffeleien, jede mit einer Malerleinwand in einer anderen Größe. Alle befinden sich in verschiedenen Phasen der Vollendung, doch das Motiv ist gleichbleibend.

Es sind Akte.

Randi malt nackte Frauen.

Geschmackvolle nackte Frauen. Und sie ist … *gut* darin. Wirklich gut. So gut, dass sie die Gemälde verkaufen und davon leben könnte.

Sie geht mit großen Schritten zur größten Leinwand mit einer geschätzten Breite von sechzig Zentimetern und nimmt einen Pinsel vom Tisch daneben. Ich trete leise hinter sie, um das Bild besser sehen zu können.

Eine nackte Frau liegt mit dem Rücken zum Betrachter auf einem pastellenen Wollschal. Sie hat den Arm nach hinten gebogen und ihre Finger in ihren langen kastanienbraunen Haaren vergraben. Über ihren Schenkeln liegt ein beerenfarbener Überwurf, der ihren herzförmigen Po nicht bedeckt. Ihr unterer Rücken ist gekrümmt, als würde sie sich mit der Hand, die der Betrachter nicht sieht, selbst befriedigen.

Es ist fantastisch. Und traurig. Und in einzigartiger Weise erotisch.

»Wow. Haben Sie das gemalt? Das ist wahnsinnig gut.«

Sie tunkt die Spitze ihres Pinsels in etwas schwarze Farbe und vermischt sie mit Grellrot, um ein sattes Bordeauxrot zu bekommen. Dann führt sie den Pinsel an das Gemälde, tippt leicht auf die Leinwand und schattiert den Rand des Tuchs, das über die Frau drapiert ist.

»Was ist so weltbewegend, dass du deine Manieren vergessen hast?«, fragt sie kurz angebunden, ohne mein Kompliment zur Kenntnis zu nehmen.

Ich trete ein paar Schritte zurück, da ich sie nicht bedrängen will.

Ich habe pausenlos darüber nachgedacht, was ich tun muss, welche Verbindungen ich kappen muss und welche nächsten Schritte ich unternehmen muss. Für Randi zu arbeiten war vergleichbar mit dem Überqueren einer Brücke. Das Bauwerk ist zu einem bestimmten Zweck da. Um mit Leichtigkeit über unwegsames Gelände zu kommen. Aber ich bin jetzt auf der anderen Seite, und obwohl ich dankbar für ihre Hilfe bin, ist weiterzugehen die einzige Option.

Außerdem wussten wir beide, dass es so kommen würde, als ich den Job bei Shaw annahm.

»Ich wollte Ihnen für alles danken, was Sie für mich getan haben, dafür, dass Sie mir eine Chance gegeben haben. Ich weiß nicht, was ich ohne Sie getan hätte«, – *Ich weiß nicht, was ich jetzt ohne Sie tun soll* – »aber ich kann nicht mehr für Sie arbeiten. Deshalb kündige ich.«

Unsere Blicke treffen sich kurz, als sie ihren Pinsel von der Leinwand nimmt. »Wie kommst du darauf, dass ich dich nach allem, was geschehen ist, weiter für mich arbeiten ließe?«

Verdammt. Diese Ohrfeige schmerzt. Ich reibe mir unbewusst die Wange. »Sie haben recht. Tut mir leid.«

Sie reagiert nicht, sondern malt einfach weiter. Sie hat es nicht gesagt und es geht mich wahrscheinlich auch nichts an, aber: »Ist alles … Ich meine, ist Ihnen irgendjemand wegen dieser Sache auf die Schliche gekommen? Meinetwegen?«

Sie lacht spöttisch und tunkt ihren Pinsel wieder in die Farbe. »Mach dir meinetwegen keine Sorgen, Willow. Um mein Königreich zu Fall zu bringen, braucht es schon verdammt viel mehr als eine armselige Unterstellung in einer Zeitung mit schlechtem Ruf. Glaubst du, ich wäre nicht schon früher bedroht worden? Wenn man das, was ich tue, lange genug macht, passiert einem solcher Mist.«

Bedroht? Sie?

Hier ging es nicht um *sie*.

»Aber hier ging es um die Wahl und –«

»Es ging darum, dass jemand sich auf den Schlips getreten fühlte, weil er nicht haben konnte, was er wollte.«

Ich bin total verwirrt. Wer wollte was? »Und das wäre?«

»Dich.«

Wie bitte? »Mich?«

»Ja, dich.«

Ich verlagere mein Gewicht auf den anderen Fuß und schiebe die Hände in die Vordertaschen meiner Jeans. Der feuchte

Stoff scheuert an meinen Handrücken. »Ich verstehe nicht«, sage ich, als klar ist, dass sie nicht mehr sagen wird.

»Natürlich nicht«, murmelt sie, während sie sich auf ihre Kunst konzentriert. Ich ziehe die Augenbrauen zusammen, und gerade als ich eine weitere Frage stellen will, sagt sie: »Mächtigen Männern mit Götterkomplexen gefällt es nicht, wenn ihnen etwas verweigert wird.«

»Tut mir leid, Randi. Ich kann Ihnen überhaupt nicht folgen.«

Sie lässt ihren Farbpinsel in ein Behältnis mit trübem Wasser fallen, das mit anderen Pinseln vollgestopft ist, und wendet sich zu mir. »Paul Graber.«

Paul Graber? »Was ist mit ihm?«

»Er wollte dich. Ich sagte nein. Das passte ihm nicht, und er versuchte seine Macht auszuspielen, wie es nur Schlappschwänze wie er können.«

Ich fasse mir an die Kehle, während ich verdaue, was sie mir damit sagt. »Paul Graber hat das getan? Er war die anonyme Quelle der *7-Day?*«

Sie nickt.

Waaas? Das ergibt keinen Sinn. Er hat das alles gemacht, weil ich nicht mit ihm schlafen wollte? Ich wusste ja, dass das Arschloch nicht ganz koscher ist, als seine Hand meine berührte, doch ich hätte nie damit gerechnet, dass ein Mann seines Formats so kleinlich sein könnte.

Mir fällt das mysteriöse Gespräch zwischen ihm und Noah an jenem Abend ein. Er schien wegen irgendetwas sauer auf Preston zu sein. Selbst wenn er der Übeltäter war, scheinen mir seine Beweggründe politisch motiviert zu sein und nicht persönlich. »Sind Sie sich sicher?«

Verächtlich schnaubend antwortet sie: »Ziemlich.«

»Aber –«

»Ich weiß, was du denkst. Glaub mir. Es ging dabei um mich, nicht um den Bürgermeister.«

»Woher wissen Sie das?«

Sie nimmt den Behälter hoch, wobei sie ein paar Tropfen Schmutzwasser verschüttet, und schlendert zum Waschbecken, während sie zu mir sagt: »Das ist nicht wichtig. Wichtig ist, dass ich ihn mir vorgeknöpft habe. Er wird keine Probleme mehr machen. Das verspreche ich dir. Und es tut mir leid. Ich bin stolz darauf, meine Klienten auf Herz und Nieren zu prüfen, und in deinem Fall habe ich ganz klar versagt.«

Wow. Eine Entschuldigung von Randi. Das streiche ich mir im Kalender an.

Sie kehrt mir den Rücken zu, während sie die Farbe aus den künstlichen Borsten wäscht. Ein Teil von mir vermutet, dass sie mich ignoriert, weil ich gehen soll, aber so leicht wird sie mich nicht los. Ich habe noch eine Sache zu klären, deshalb atme ich tief durch und gestehe ihr den zweiten Grund meines Besuches.

»Ich möchte, dass Sie das Geld auf meinem Konto an Shaw Mercer zurückgeben.«

Ich habe keinen Cent der zweihundertfünfzigtausend Dollar angerührt, die Shaw mir bezahlt hat. Schon an dem Abend, als ich Preston und Adelle kennenlernte und wir rückwärts aus ihrer Einfahrt fuhren, wusste ich, dass ich das Geld nach Beendigung des Ganzen zurückgeben würde, obwohl ich es dringend brauchte. Es fühlte sich nicht richtig an, es zu behalten, wenn ich nicht länger eine Rolle spielte, sondern dabei war, mich zu verlieben.

Sie hält in ihrem Tun inne und wirft mir einen Blick über die Schulter zu. »Bist du zu einer Erbschaft gekommen, von der ich nichts weiß?«

Ich weiche ihrem Blick aus und schüttele den Kopf. Ich

höre, wie sie tief Luft holt und sie wieder ausstößt. Dann dreht sie das Wasser ab.

»Es ist doch nichts mit deiner Mom, oder?«

»Nein«, murmele ich, bevor mir auffällt, dass ich noch nie mit ihr über meine Mutter gesprochen habe. Wir haben nie über Privates geredet. Mein Blick huscht zurück zu ihr. Sie lehnt an der Theke und beobachtet mich, während sie sich die Hände mit einem schwarzen Handtuch abtrocknet. »Was wissen Sie über meine Mutter?«

Sie ignoriert mich. »Ich bin nicht deine Mittlerin, Willow. Du bist eine erwachsene Frau. Ich persönlich finde, dass du einen Fehler machst, aber wenn du das Geld zurückgeben willst, kannst du es selbst tun.«

Sie wirkt kühl und gefasst, während das Feuer in mir, das Shaw zutage gefördert hat, heftig brennt und sich entlädt. »Ich habe Sie nie um etwas gebeten«, sage ich fest. »Das sind Sie mir schuldig.«

Sie zieht eine perfekt gezupfte Augenbraue hoch. Unter anderen Umständen wäre ich nach dieser kleinen Muskelbewegung auf meinem Stuhl zusammengesackt, aber nicht heute.

»Du hast mich um einen Job gebeten«, sagt sie kühl.

»Ich habe Sie um nichts gebeten. Sie haben ihn mir angeboten.«

»Das ist reine Semantik.« Sie lässt das Handtuch fallen und verschränkt die Arme. »Du brauchtest Hilfe. Ich habe sie dir gegeben. Ohne weitere Verpflichtungen.«

Sie hat recht. Zur Hölle mit ihr.

»Ich –« Mein Herz hämmert. *Ich kann das nicht*, würde ich am liebsten sagen. Ich werde zerbröseln wie ein Herbstblatt, sobald ich ihm in die Augen sehe. Ich werde mich allein durch seine Anwesenheit davon überzeugen lassen, dass alles gut wird, und selbst wenn das auch nur annähernd möglich ist, was ich bezweifele, muss ich selbst zu diesem Schluss kommen. »Bitte, Randi«, flehe ich leise. »Ich kann es nicht behalten. Ich kann keinen Scheck über zweihundertfünfzigtausend Dollar per Post schicken, und ich kann mich nicht mit ihm treffen. Ich kann einfach nicht.«

Sie presst die Lippen zusammen. Ein paar Augenblicke verstreichen. »Ich weiß, was passiert ist«, verkündet sie ruhig.

Klar. Natürlich tut sie das. Sie ist wie der allsehende Oz hinter dem Vorhang.

Ich bemühe mich, meine widerstreitenden Gefühle hinunterzuschlucken. »Dann wissen Sie ja auch, warum ich Sie anbettele.«

Sie senkt den Blick zu Boden, und ein merkwürdiger Ausdruck breitet sich auf ihrem Gesicht aus. Sie stößt sich von der Theke ab, und als sich unsere Blicke wieder treffen, sehe ich einen völlig anderen Menschen als den unnahbaren, gefühllosen, dem ich bisher begegnet bin. Die ausgeprägten, einschüchternden Falten auf ihrer Stirn sind verschwunden und die Züge um ihren Mund deutlich weicher geworden.

»Komm mit«, befiehlt sie, während sie an mir vorbeigeht. Wieder einmal folge ich ihr auf den Fersen wie ein junger Hund. Diesmal landen wir in ihrem Büro. Sie bedeutet mir, mich zu setzen. Ich gehorche und rechne damit, dass sie irgendwelche Papiere hervorholt, die ich unterschreiben muss, um ihr eine Vollmacht für die Überweisung zu erteilen. Stattdessen wirft sie eine gewöhnliche Aktenmappe auf den Schreibtisch.

Und als sie sie aufschlägt, höre ich auf zu atmen.

Ungläubig blicke ich zwischen den auf dem Kopf stehenden Fotografien und ihr hin und her, während mir das Blut in den Adern gefriert.

»Warum haben Sie Bilder von meiner Schwester?«, schnauze ich sie an. Ein Bienenschwarm ist in meine Ohren eingedrungen. »Was soll das? Haben Sie ein ganzes Dossier über mein Leben da drin?«

Wie kann sie es wagen.

Mir ist schlecht. Ich schnappe mir die Akte, drehe sie um und beginne damit, Dutzende alter Schnappschüsse im Format 10x15 durchzugehen. Ich hatte mit gruseligen, mit dem Teleobjektiv unbemerkt aufgenommenen Fotos von mir gerechnet, doch als ich Bild für Bild durchgehe, wird mir klar, dass auf allen Violet zu sehen ist.

Auf manchen ist Violet allein oder mit anderen zu sehen, doch die meisten zeigen meine Schwester, wie sie den Arm um ein zierliches brünettes Mädchen mit strähnigen Haaren, hohlen Wangen und vorstehenden Rippen legt. Auf den ersten Blick ist sie mir fremd, doch je länger ich darauf starre, umso deutlicher sehe ich es: große braune Augen, die bekümmert wirken statt souverän und selbstsicher. Alles an dem Mädchen auf dem Bild ist anders als die Frau, die ich kenne.

Ich sehe auf und blicke in Augen, die jetzt älter und weiser sind. Jahre später sind sie ziemlich ähnlich und doch so unglaublich anders. Die auf dem Foto spiegeln Violets in den letzten Monaten vor ihrer Überdosis wider. Rot, glasig, erschöpft. Die, in die ich jetzt blicke, sind erfahren und klug. Und voll von Reue.

Mein Mund schmeckt nach Wut und totaler Fassungslosigkeit, als ich frage: »Sie wussten die ganze Zeit, wer ich bin, stimmt's?« Hinter meinen Augenlidern brennt es. Ich versuche es wegzublinzeln. Es funktioniert nicht.

Randi fährt sich mit der Zunge über die Unterlippe und saugt sie in ihren Mund, während sie auf ihrem Lehnsessel hin und her rutscht. Sie wirkt unbehaglich, während ihre Fassade birst.

Die Luft wird plötzlich dünn. Ich kann nur schwer atmen.

»Sie kannten meine Schwester?« Sie bewegt den Kopf so, dass man es für ein Nicken halten könnte, aber das reicht mir nicht. Es reicht nicht annähernd für den Mist, den sie mir gerade präsentiert hat.

Randi Devereaux kannte meine tote Schwester.

Unfassbar.

»Sie war meine beste Freundin«, gesteht Randi mit gedämpfter, wehmütiger Stimme und feuchten Augen. Es fällt mir schwer, Mitleid mit ihr zu haben, während meine Wut alles andere verdrängt.

Mir schwirrt der Kopf. Ich bin hergekommen, um zu kündigen und Randi dazu zu überreden, das Geld zurückzugeben, das ich eigentlich brauche, aber nicht annehmen kann, da werden plötzlich die Türen zur Vergangenheit aufgerissen und ich sehe direkt in den Eingang des geheiligten Raumes. Habe Angst, hineinzufallen, bin jedoch unfähig, mich abzuwenden.

Ich greife nach einem Bild, das halb von einem anderen verdeckt wird. Darauf treiben Violet und Randi in knappen Bikinis händchenhaltend auf Schwimmreifen auf einem See und blinzeln in die Sonne. Sie lachen, weil sie von jemandem mit Wasser bespritzt werden, der nicht zu sehen ist.

Ich erinnere mich an den knallgelben Bikini, den Violet trägt. Meine Mutter hatte ihr beim Aussuchen geholfen, bevor wir in dem Sommer vor ihrem Tod nach Cannon Beach fuhren. Als sie ihn zum ersten Mal trug, ist mein Dad fast ausgerastet. Er sagte zu ihr, er sei zu gewagt, woraufhin sie erwiderte, dass ihm nur nicht gefiele, dass sie erwachsen würde und dass sie keine anderen Badesachen dabei hätte. Er murrte und befahl meiner Mutter, ihr etwas anderes zu kaufen. Sie tat es nicht, und er ließ es dabei bewenden.

Ich fahre mit dem Fingernagel über Violets Lächeln, über die Lücke zwischen ihren Schneidezähnen, die die meisten

Menschen hassen würden, doch sie sagte immer, sie verliehen ihr eine besondere Note. Einmal hat sie mir erzählt, dass die Franzosen glaubten, dass Menschen, die mit einer Zahnlücke gesegnet sind, ihr Leben lang Glück haben. Nach ihrem Tod wünschte ich mir immer, wir wären Franzosen.

Sie sieht jung und gesund aus. Als würde sie sich prächtig amüsieren.

»Wir haben uns in dem Sommer, als ich hierher zog, am Kai kennengelernt.« Sie nickt dem Geist in meiner Hand zu. »Ich kannte nicht viele Leute. Violet war freundlich und lustig, und ihre übersprudelnde Art war ansteckend.« Das stimmt. Wie ich sie darum beneidet habe. »Wir haben uns sofort gut verstanden.«

Ich presse die Lippen aufeinander und schlucke den Schluchzer, der mir entfahren will, wieder hinunter. Violets Gesicht verschwimmt vor mir. Ich will kein Wort mehr von Randi hören, doch wenn sie nicht weiterspricht, presse ich das Leben aus ihr heraus.

»Dann lernten wir Brock kennen. Am Anfang schien er ein netter Typ zu sein. Lustig, wild, ein bisschen hippiehaft. Doch er entpuppte sich als ein Stück Scheiße mit einem hitzigen Temperament und einer Vorliebe für harte Drogen.« Sie hält inne und lächelt schief. »Wir gaben uns beide der Illusion hin, dass wir jederzeit wieder aufhören könnten, und nach einer Weile wollte Violet aussteigen, aber ich … ich verliebte mich in das Arschloch, und sie wollte nicht ohne mich gehen.«

Mir fehlen die Worte. Mein Gesicht fühlt sich heiß an.

»Ich fühle mich verantwortlich für ihren Tod, und doch war ihr Tod das Einzige, was mir das Leben gerettet hat.«

Ich reiße mich vom beseelten Gesicht meiner Schwester los und sehe in schokofarbene Augen. Ich sehe so viel in ihnen. Selbstvorwürfe. Leid, noch nach dieser langen Zeit. Den Schmerz des Verlusts, der niemals vergeht.

Ich war zwölf Jahre alt, als Violet eine Überdosis Kokain nahm.

Ich hatte meine Periode noch nicht. Ich war noch nicht von einem Jungen geküsst worden. Ich stand noch auf Zeichentrickfilme am Samstagmorgen und war ein Bücher-Freak. Ich habe keinen vernünftigen Grund, mich wegen ihres Todes schuldig zu fühlen, und dennoch tue ich es. Ich kannte die Anzeichen von Drogenkonsum nicht. Welche normale Zwölfjährige würde das auch? Im Nachhinein ist es mir klar, doch damals wusste ich nur, dass sie sich verändert hatte. Ihr Strahlen hatte sich verdüstert. Sie war voll Angst statt unbeschwert. Sie schloss sich in ihrem Zimmer ein. Sie stritt mit meinen Eltern. Es gab Geheimnisse zwischen uns, was es zuvor nie gegeben hatte.

Es wäre leicht, hier zu sitzen und Randi die Schuld daran zu geben. In Wahrheit wollte ich immer jemand anderem die Schuld geben, außer Violet selbst. Denn es ist leichter zu glauben, dass jemand anders es ihr angetan hat, statt sie selbst dafür verantwortlich zu machen.

Aber das ist *nicht* die Wahrheit. Randi trifft genauso wenig Schuld daran, dass Violet sich für die Drogen entschieden hat, wie mich. Sie trifft genauso wenig Schuld an Violets Überdosis wie mich. Es ist ein schwarzes Loch namens Martyrium, in dem wir beide gefangen bleiben werden, wenn wir es zulassen.

Und ich habe lange genug darin gesessen.

»Es tut mir leid«, sagt sie. Es ist aufrichtig, tief empfunden und völlig unnötig.

»Es ist nicht Ihre Schuld.«

»Ich habe sie miteinander bekannt gemacht. Habe uns in diesen Mist reingezogen.«

»Nein«, widerspreche ich. Vi hatte schon begonnen, sich zu verändern, bevor sie sich trafen. Es war ein Sturm, der sich schon seit Monaten zusammengebraut hatte. Mir fallen die »Zigaretten« ein, die ich einmal in ihrer Schublade fand. Jetzt weiß ich, dass es gelogen war. Nein. Randi trifft keine Schuld. »Violet hat sich schon vorher von uns zurückgezogen, Randi. Meine Mutter hat sie zu sehr unter Druck gesetzt. Sie hat sich dagegen gewehrt.«

Sie schüttelt den Kopf. »Sie war meine beste Freundin. Ich hätte auf sie aufpassen müssen.«

»Ich war ihre Schwester. Glauben Sie nicht, dass ich dasselbe empfinde?«

»Aber du warst es nicht, die sie auf der Party zurückgelassen hat. Sondern ich«, sagt sie mit einer versonnenen Stimme, die jetzt bricht. »Sie sagte mir, sie würde gleich nachkommen, und als sie nicht zu unseren Freunden nach Hause kam, machte ich mir Sorgen und ging zurück. Doch als ich dort ankam, war sie schon bewusstlos, und alle anderen waren so mit Kokain zugedröhnt, dass sie es nicht mitbekamen. Ich habe, so gut es ging, versucht, sie wiederzubeleben, während uns jemand in die Notaufnahme fuhr, aber …«

Aber es war zu spät.

»Dich trifft keine Schuld, Randi«, wiederhole ich. »Es war ein bedauernswerter Unfall.« Es stimmt, und zum ersten Mal glaube ich aufrichtig, was ich sage.

Ihr Blick, der verschwommen gewesen war, schärft sich wieder und richtet sich auf mich.

»Ich weiß aus erster Hand, wie es ist, von der Last des Todes eines anderen Menschen niedergedrückt zu werden, Willow. Sein eigenes Spiegelbild zu hassen, seine bloße Existenz. Es ist ein täglicher Abstieg in die Höllenkreise, den man einfach nicht begreifen kann.« Sie hält inne und lächelt traurig. Dann fügt sie hinzu: »Nun, man denkt, dass man es kann, aber man irrt.«

Ich weiß, worauf sie hinauswill, und weiß nicht, wie ich reagieren soll. Deshalb platze ich heraus: »Ich bin stinksauer auf dich. Warum hast du es mir nicht einfach gesagt?«

Sie reagiert nicht, und ich glaube auch nicht, dass es sie kümmert, ob ich sauer bin oder nicht.

»Diese ganze Situation ist nicht Shaws Schuld. Er wurde in eine unmögliche Situation gebracht, das verstehst du doch, oder?«

Ich lasse beschämt den Kopf hängen. Mit dem Herzen verstehe ich, dass ich es nicht Shaw anlasten kann, aber sagt das mal meinem Verstand. Am liebsten würde ich zu ihm rennen und ihn um Verzeihung für meine Selbstsüchtigkeit und meine Kurzsichtigkeit bitten, doch dann müsste ich auch Annabelle sehen, und das bringe ich nicht über mich. Ich weiß nicht, ob ich dafür je bereit sein werde.

Aber das Eine ist nicht ohne das Andere zu bekommen. Das würde ich nie von ihm verlangen.

»Wenn du ihn nicht liebst, ist das eine Sache, aber ich glaube nicht, dass das der Fall ist. Oder?«

Es gelingt mir, zu schlucken und zu flüstern: »Ich weiß nicht, was ich tun soll.«

Es entsteht eine lange Pause, während derer nur das Geräusch des großen Zeigers der künstlerisch angehauchten Uhr zu hören ist, die über Randis Kopf hängt.

»Ich kenne Annabelle Mercer nicht. Ich habe sie noch nie getroffen und auch kein persönliches Interesse an ihr, aber was ich weiß, ist, dass dein Vater, als er in jener Nacht auf sie traf, eine Gelegenheit gesehen hat, einem anderen Vater, einer anderen Mutter oder Schwester jene Hölle zu ersparen, in der er ohne *seine* Tochter lebte.«

Sie steht auf und setzt sich auf den Stuhl neben mich. Sie legt ihre warme Hand auf meine und drückt sie. Ich atme nicht. Ich löse mich auf.

»Du bist dabei, das alles zu verarbeiten, das verstehe ich, aber wenn das abgeschlossen ist, musst du dich mit der neuen Realität auseinandersetzen.«

Wie betäubt kann ich nur zustimmend nicken.

»Und egal, ob diese neue Realität Shaw Mercer beinhaltet, du musst Annabelle verzeihen. Dein Vater hätte das gewollt, Willow. Dein Vater war ein intelligenter Mann, der die Gefahren abgewogen hat. Er wusste, was er tat, als er auf diesen Vorsprung geklettert ist. Er kannte die Risiken und hat es trotzdem getan.«

Das weiß ich.

»Er hat ihr das Leben gerettet, und auch wenn er dabei seins verloren hat, solltest du stolz auf ihn sein.«

Das bin ich auch. Ich bin unglaublich stolz auf ihn. Was er getan hat, würde nicht jeder tun. Es verschlägt mir den Atem, dass Shaw derjenige hätte sein können, der den Tod seiner Schwester betrauert, so wie ich den meines Vaters betrauert habe. Das könnte ich nicht ertragen.

Ich beiße mir auf die Lippen. Das Brennen in meinen Augen fängt wieder an, doch ich unterdrücke die Tränen.

»Sie braucht deine Vergebung, um mit dem Geschehenen klarzukommen, Willow. Auch wenn es ein Unfall war, wird sie es auf sich nehmen. Ohne dich wird sie nicht genesen können. Glaub mir das. Ich konnte auch nicht nach vorn schauen, bis ich fast ein Jahr nach Violets Tod nachts um zwei an eure Tür geklopft habe und deinen Vater um *seine* Vergebung gebeten habe.«

Meine Lunge krampft sich zusammen. Sie hat auch meinen Vater gekannt?

»Er sagte, ich brauchte seine Vergebung nicht, zögerte jedoch nicht eine Sekunde, sie mir trotzdem zu geben.« Sie wischt sich mit zittriger Hand eine vereinzelte Träne weg. »Er hat sogar eine Stunde lang mit mir zusammengesessen und mich in den Armen gehalten, während wir gemeinsam weinten und trauerten.«

Das ist der Tropfen, der das Fass zum Überlaufen bringt.

Der ganze Schmerz, den ich zu begraben versucht habe, kommt gewaltsam an die Oberfläche. Es fühlt sich an, als kratzten zehntausend Nadeln von innen an meiner Haut.

Ich zittere am ganzen Körper.

Mein Geist blutet reine Qual aus.

Ohne darüber nachzudenken, werfe ich die Arme um meine ehemalige Chefin, die beste Freundin meiner Schwester, und trauere um die Menschen, die ich vermisse.

Um meine Schwester.

Um meinen Vater.

Um die Mutter, die ich einmal kannte.

... und um Shaw.

Ich vermisse sie alle so sehr, doch die harte Realität lautet: Der Mann, den ich mir selbst versage, fehlt mir am meisten.

29. KAPITEL

Willow

Kies knirscht unter meinen Autoreifen.

Während der letzten Jahre bin ich hunderte Male über genau diese Stelle gefahren. Wenn ich abbiege, verspüre ich immer dieselbe Beklommenheit. Denselben Stich in jedem Atemzug. Den vertrauten, allgegenwärtigen Schmerz darüber, dass keine Menge an Zeit, die wir mit unseren Lieben verbringen, jemals genug sein wird.

Doch diesmal fühlt es sich anders an als all die Male zuvor.

Meine Lunge fühlt sich etwas weniger beengt an. Mein Herz ist ein bisschen weniger schwer. Ich fühle mich, ich weiß nicht, leichter, schätze ich.

Ich blieb bis zum frühen Morgen bei Randi und sprach mit ihr vor allem über Violet. Es war befreiend für uns beide. Und erhellend. Randi kannte eine ganz andere Seite meiner Schwester, und es war schön, sich mit jemandem an sie zu erinnern, der sie genauso sehr vermisst wie ich.

Ich habe nicht mehr über Violet gesprochen – *richtig* über Violet gesprochen –, seit sie tot ist. Im Haus meiner Eltern war ihr Tod ein Tabu, und auch wenn ich weiß, dass Sierra mir zugehört hätte, möchte man seine Freunde auch nicht mit so etwas belasten.

Mit jeder Anekdote, die Randi und ich austauschten, lichtete sich der Nebel, der mich seit meinem zwölften Lebensjahr umfangen hielt, ein wenig mehr. Als ich heute Morgen um fünf erschöpft ins Bett fiel, schien mir die Last eines ganzen Lebens von den Schultern genommen.

Und ohne diese ganze Last fand ich etwas in mir, das nur *ich* jemals finden konnte: Frieden.

Ich dachte, ich hätte in all den Jahren nach *mir* gesucht, doch was ich tatsächlich verzweifelt zu finden versucht habe, ist die Ruhe, die mit der Akzeptanz einhergeht, dass jeder nur ein Leben hat.

Die Wahrheit ist, dass wir in diesem Leben nur sehr wenig Kontrolle haben. Das zu akzeptieren und seinen inneren Frieden zu finden, nachdem man eine Weile getrauert und sich abgekapselt hat, damit man wieder genesen kann, ist die einzige Kontrolle, die wir haben.

Wir alle lieben und verlieren. Das ist eine traurige Tatsache des Lebens. Aber wir können uns entscheiden, ob wir uns an dem Verlust festhalten oder an der Liebe, die davor da war. Und die ganze Zeit über habe ich mich falsch entschieden.

Gestern bei Randi ist mir eins klar geworden. Meine ganze Familie wäre enttäuscht darüber, wie ich mein Leben bisher gelebt habe. Oder vielmehr es nicht gelebt habe. Und ich will, dass sie stolz ist.

Als ich an dem Ort ankomme, an dem meine Schwester und mein Vater ihre ewige Ruhe gefunden haben, fällt mir auf meinem Stammparkplatz ein schwarzer Jeep auf. Ich denke mir nichts dabei, halte langsam an und stelle den Wagen mit genügend Abstand daneben ab, bevor ich aussteige.

Ich nehme die frischen Blumen vom Beifahrersitz und trete hinaus in den kalten Novembertag. Während ich mir den Mantel mit der freien Hand unter dem Kinn zuhalte, habe ich den Weidenbaum schon fast erreicht, als ich sie sehe.

Ich bleibe wie angewurzelt stehen und halte den Atem an.

Sie kniet mit dem Rücken zu mir. Ihre langen rabenschwarzen Haare mit vereinzelten türkisgrünen Strähnen wehen im kalten Wind, während sie den Namen meines Vaters nachzieht, der in den grauen Kalkstein gemeißelt ist. Sie fährt mit dem Finger über das letzte »L« und fängt wieder von vorne an.

Mir schießen Tränen in die Augen.

Ich weiß nicht, wie Annabelle das Grab meines Vaters gefunden hat, und es spielt vermutlich auch keine Rolle. Die Andacht, mit der sie zum dritten Mal über seinen Namen fährt, seit ich hier stehe, setzt etwas in mir in Gang.

Ich wusste, dass ich mit Annabelle sprechen muss, ich wusste nur nicht wie oder wann oder was ich ihr sagen sollte. Was tut man in einer solchen Situation?

Doch dass sie heute hier ist, zur selben Zeit wie ich, ist nicht nur eine göttliche Vorsehung. Mein *Vater* hat mich genau aus diesem Grund genau in diesem Moment hierher geführt. Davon bin ich überzeugt.

Wenn das gestern Morgen passiert wäre, vor meinem Gespräch mit Randi, hätte ich mich umgedreht und wäre gegangen, in der Hoffnung, dass sie mich nicht sieht. Doch man schaut nicht dem Göttlichen ins Gesicht und geht einfach weg.

Nervös befehle ich meinen Füßen, weiterzugehen, jeder Schritt gewollt leise. Als ich näher komme, registriere ich, dass sie redet. Ein Wort oder auch zwei weht der Wind in meine Richtung, und obwohl allein meine Gegenwart ein Eindringen in einen unglaublich intimen Moment darstellt, gehe ich weiter, bis ich nur noch etwa einen Meter entfernt bin.

Als würde sie mich spüren, zieht sie jäh den Arm zurück, als hätte der Grabstein ihr einen Stromschlag versetzt. Sie strafft die Schultern und versteift den Rücken, dreht sich jedoch nicht um.

»Ich gehe.«

Als sie aufstehen will, lege ich ihr die Hand auf die Schulter. »Nein. Bleib.« Mir fällt auf, dass sie zittert. Sie muss schon eine Weile hier sein.

Sie wirkt unentschlossen, lässt sich jedoch wieder auf die Knie sinken. Wir verharren so, sie kniend, ich hinter ihr stehend, bis sie das verlegene Schweigen bricht.

»Ich erinnere mich an Ereignisse in jener Nacht, die ich unbedingt vergessen will, möchte mich aber unbedingt an die erinnern, an die ich mich nicht erinnern kann. Warum ist das so?« Ihre Stimme ist leise, kindlich und schrecklich zerrissen.

Ich knie mich neben sie und beuge mich über das Grab meiner Schwester. Der kalte Erdboden entzieht meinen Schienbeinen die Wärme. Als mir der frische Blumenstrauß in der Halterung auffällt, den sie mitgebracht haben muss, lege ich meinen Strauß neben mir ab.

Ich wünschte, ich hätte etwas Philosophisches und Erkenntnisreiches zu sagen, das ihre persönliche Hölle lindern würde. Doch bis zu einem gewissen Grad muss sie selbst damit klarkommen, genau wie ich. Stattdessen versuche ich die Weisheit meines Vaters zu kanalisieren und überlege, was er an meiner Stelle dazu gesagt hätte.

»Ich glaube, die Wege des Verstands sind unergründlich.«

Sie senkt den Kopf, bis ihr Kinn in ihrer Jacke versinkt. »Ich muss mich erinnern. Ich *muss*.« Ihre Stimme bricht. Eine vereinzelte Träne tropft über ihre Wange.

Das ist das Letzte, was sie braucht, aber das sage ich nicht. Sich an diese Nacht zu erinnern, wäre die schlimmste Folter. Ehrlich gesagt bin ich froh, dass sie sich nicht erinnert, denn ich würde sie anflehen, es mir Sekunde für Sekunde nachzuerzählen, und das sind Details, die ich nicht im Kopf haben will.

»Als ich klein war, hatte ich Albträume. Schlimme Albträume. Eine Zeit lang jede Nacht. Ich wachte schreiend, zitternd und in kaltem Schweiß gebadet auf, und dann nahm Daddy mich in die Arme, bis ich mich wieder beruhigte. Doch jedes Mal, wenn er mich fragte, worum es in den Träumen ging, konnte ich mich nicht erinnern. Das Einzige, was zurückblieb, war das Gefühl von Panik und Machtlosigkeit.«

»Kommt mir bekannt vor«, murmelt sie.

Ich beiße mir auf die Lippe und versuche mit fester Stimme weiterzusprechen.

»Eines Nachts, nach einem besonders schlimmen Albtraum, fragte ich ihn, warum ich mich nicht erinnern könnte.«

Ich sehe, wie sie den Kopf zu mir dreht, spüre, wie sie mich ansieht, blicke jedoch stur geradeaus, verloren im Gefühl der starken, tröstenden Arme meines Vaters. Ich schwöre, sie sind in diesem Moment um mich gelegt.

»Er sagte, weil schlechte Erinnerungen zu viel Platz einnähmen und man diesen Platz für gute Erinnerungen brauche.«

Warum fällt mir das erst jetzt wieder ein? Er versuchte sein verängstigtes kleines Mädchen zu beruhigen, doch was er sagte, war so tiefgründig. Und so wahr. Das Schlechte überschattet immer das Gute, wenn wir es zulassen. Und ich habe es zugelassen.

»Ich brauche mehr Platz«, sagt sie leise.

»Ich auch«, antworte ich ebenso leise.

Das beruhigende Rauschen der Blätter ist für eine Weile der einzige Laut. Ich beobachte Annabelle und frage mich, welche Gräuel schon in ihrer jungen Seele vergraben sein könnten.

Sie zieht die Knie bis ans Kinn an. Ihre sonst so strahlenden Augen sind trüb und klein. Ihr Porzellanteint hat eine ungesunde Farbe. Sie erinnert mich an mich, als meine Schwester starb, als ich mich schützend in mich selbst verkrochen habe. Sie sieht aus, als könnte sie in der Erde unter ihr versickern und es würde ihr nichts ausmachen.

Schuldgefühle fressen mich auf. Wenn sie endet wie Violet, werde ich mir das nie verzeihen. Aber ich weiß auch nicht, wie ich ihr helfen soll.

»Deine Schwester war Metallica-Fan, hm?«

Mein Blick fällt auf die Noten auf Violets Grabstein. Ich wische ein paar trockene Blätter darauf weg. »Meine Schwester war Musikfan, Punkt. Metallica, Blink 182, Griegs Klavierkonzert a-Moll.« Bei der Erinnerung an die Insiderwitze zwischen mir und meinem Vater lache ich in mich hinein. »Egal was, sie liebte es.« Jetzt drehe ich mich zu ihr. »So wie du, nehme ich an.«

Ihr Blick huscht zu Vis Grabmal und zurück zu mir. »Sie ist früh gestorben.«

»Ja«, pflichte ich ihr bei. Diesmal schmerzt es nicht ganz so sehr, als ich es sage.

»Das ist … Das tut mir leid.«

Ich schlucke und nicke.

»Wie?«

Eine mutige Frage, aber von Annabelle habe ich nicht weniger erwartet.

»Sie hat eine Überdosis Kokain genommen.«

Geschockt reißt sie den Kopf zurück, während ihr Mund sich öffnet, als sei die Vorstellung entweder absurd oder als hätte ich einen wunden Punkt getroffen.

Tagelang habe ich meine Fähigkeit, diese ganze Tragödie in irgendeine sinnvolle Perspektive zu rücken, infrage gestellt, doch etwas, das mein Vater einmal gesagt hat, bahnt sich nun einen Weg in mein Bewusstsein, fast als würde er es mir jetzt ins Ohr flüstern.

»Unser Leben verläuft auf eine bestimmte Art, aus Gründen, die uns manchmal erst ersichtlich werden, wenn die Zeit reif ist.«

Ehrlich gesagt hielt ich das damals für irgendeinen Schwachsinn, den er sich einfallen ließ, damit ich besser mit dem Tod meiner Schwester umgehen konnte, doch jetzt, wo ich es verstehe, wird mir klar, dass die Last, die ich mit Violets Tod getragen habe, und übrigens auch mit seinem, eigentlich gar keine Last war. Die Empathie und das Mitleid, die das Erlebte einem ebenfalls schenkt, lernt man erst mit wachsender Lebenserfahrung zu schätzen.

Ich wurde aus mehr als nur einem Grund mit Shaw Mercer zusammengeführt, und sie starrt mich jetzt an, als könnte ich der einzige Mensch auf der Welt sein, der ihr eine Rettungsleine zuwerfen kann.

»Es ist unheimlich, wie ähnlich sie dir war. In jeder Hinsicht.«

Sie presst ihre vollen Lippen zusammen und zieht Luft durch die Nase ein. »Meinst du die Drogen?«

»Ich meine alles«, antworte ich geradeheraus und wähle ausnahmsweise einmal Sierras Herangehensweise. Auch wenn Annabelle kostbar und zerbrechlich wirkt, sehe ich durch ihre Schatten Charakterstärke und Zähigkeit und einen Kampfgeist, den sie jetzt mehr brauchen wird als je zuvor. »Wie kommst du mit all dem« – ich mache eine vage Handbewegung – »klar?«

Sie schiebt die Beine etwas nach vorn und lässt sie zur Seite kippen. Sie konzentriert sich wieder auf das Grab meiner Schwester und zupft geistesabwesend am toten Gras unter uns.

»Ich will mich gegen das alles betäuben, wenn es das ist, was du wissen willst.«

»Genau das will ich wissen. Hast du das getan?«

Sie stößt ein Geräusch aus, das halb Lachen, halb Schnauben ist, und wirft die Halme in ihrer Hand in den Wind. »Ich stehe unter Hausarrest. Zu den bewachten Villen in Yarrow Bay werden nicht viele Drogen geliefert.«

Also wohnt sie immer noch bei Shaw. Am liebsten würde ich mich nach ihm erkundigen. Danach, wie es ihm geht. Ob er sich das neue schicke Laufband für seinen privaten Fitness-Raum, über das er sich schlaugemacht hat, angeschafft hat oder ob er mitten in der Nacht aufgestanden ist und Eleanor-Specials gegessen hat, wie immer, wenn er gestresst ist.

Stattdessen sage ich: »Das ist wahrscheinlich gut so.«

Ein unverbindliches Brummen steigt aus ihrer Kehle. Als meine Knie zu schmerzen beginnen, strecke ich meine Beine vor mir aus.

»Und wieso bist du dann hier, ohne Wachhund?«

Das Lächeln, das sie mir schenkt, ist verschmitzt. Sie wirft einen raschen Blick hinter uns, als wollte sie sich vergewissern, dass ihr niemand gefolgt ist, aber wir sind ganz allein. Ich sehe sie mir genauer an. Sind ihre Augen glasig? Ist sie außergewöhnlich zappelig? Weiß ich überhaupt, wonach ich suche? Ich beschließe, dass sie total normal aussieht. Traurig, verloren, aber körperlich in Ordnung.

»Du bist ausgebüxt, aber hierhergekommen, statt zu einem Drogendealer zu gehen. Das ist ein guter Schritt.«

Sie fängt an, ihre Haarspitzen um ihre Finger zu zwirbeln.

»Lass sie nicht gewinnen, Annabelle«, sage ich. »Die Drogen. Die inneren Dämonen. Bekämpfe sie mit aller Kraft. Lass sie nicht gewinnen.«

»Das will ich auch nicht«, antwortet sie leise, und in ihren Augen stehen Tränen. »Aber ich weiß nicht, wie ich mit dem weiterleben soll, was ich getan habe.«

Ein Messerstich direkt durchs Herz.

Ich strecke die Hand aus und streiche ihr eine Haarsträhne, die an ihrer Wange klebt, hinter die Ohren, und sage ihr dasselbe, was ich zu Randi gesagt habe, und ich meine es ernst. »Dich trifft keine Schuld, Annabelle. Es war ein Unfall.«

Ihr Blick, der auf meinen Schoß gesenkt war, schießt zu meinem. »Unfall? Wie kannst du das sagen?« Sie stemmt sich hoch. Ich folge ihr aus Angst, dass sie wegrennen will. »Ich habe deinen Vater umgebracht, Willow. Ich habe ihn *umgebracht*. Wenn ich in jener Nacht nicht total abgefuckt gewesen wäre, würde er noch leben. Du wärst noch mit meinem Bruder zusammen. Ich würde jetzt nicht vor Verlangen nach Koks zittern, damit ich die Schuld betäuben kann, die mich erstickt. Und sei es nur kurz.«

Ich sage ihr nicht, dass ich nie mit Shaw zusammen gewesen wäre, wenn mein Vater *nicht* gestorben wäre. Dann wäre ich mit Reid verheiratet. »Nein. Mein Vater hat dir das Leben gerettet. Du hast ihn nicht umgebracht.«

»Das ist dasselbe.«

Ich mache einen Schritt auf sie zu. Sie weicht einen halben zurück. Ich senke meine Stimme und spreche eindringlich zu ihr.

»Das ist überhaupt nicht dasselbe, Annabelle. Ich weiß, was vorher an jenem Abend passiert ist. Du warst verzweifelt.« Ihr Gesicht wird bleich. Noch ein Tanz. Ich vor, sie zurück.

»Du weißt gar nichts.« Ihre Stimme ist leise Qual auf einem Lufthauch.

Ein schlechtes Gefühl überkommt mich. Nennen wir es weibliche Intuition. Könnte in jener Nacht noch mehr passiert sein, als sie Shaw erzählt hat?

»Dann sag es mir.«

Mehr Vor und Zurück. Sie dreht den Kopf von links nach rechts. Sie ist nicht bereit dazu. Vielleicht wird sie das niemals sein.

»Ich weiß, du hast deine Familie, aber wenn du reden willst, ich kann gut zuhören. Und ich verurteile niemanden.«

Sie nickt und schabt mit dem Fuß übers Gras.

»Ich mache dir keinen Vorwurf, Annabelle. In keiner Beziehung«, versichere ich ihr aufrichtig.

»Das solltest du aber.«

»Aber ich tu's nicht. Ich glaube sogar, dass wir aus einem bestimmten Grund hier stehen.«

»Und der wäre?« Sie ist schroff, aber ich lasse mich davon nicht beeindrucken.

»Ich weiß noch nicht«, sage ich wahrheitsgemäß zu ihr. »Aber ich weiß, dass es einen gibt.« Ich greife nach ihrer Hand. »Wenn du auch sonst nichts von dem hörst, was ich sage, hör bitte dies: Ich habe nicht das Gefühl, dir etwas vergeben zu müssen, aber wenn du es brauchst, sei versichert, dass ich es tue. Ich vergebe dir.«

Sie nickt und schluckt heftig.

»Warum bist du dann nicht mit Shaw zusammen?«

»Ich brauchte Zeit. Das ist …« Ich stoße einen langen Atemzug aus, bis meine Lunge völlig leer ist. »Schwer. Für uns alle.«

Ihr Blick ist fest. »Du hast mir gesagt, du würdest ihn lieben, ganz gleich, was passiert.«

So leicht ist das nicht, würde ich am liebsten sagen. Ich bin eben verkorkst. So verhalte ich mich. Aber ein Teil von mir weiß, dass das eine glatte Lüge ist. Eine faule Ausrede. Meine übliche müde Vorgehensweise. Ich wünsche mir mehr als alles andere, mit Shaw zusammen zu sein. Ein Teil seines Lebens und seiner verrückten unvollkommenen Familie zu sein. Ich will seiner Schwester helfen, gesund zu werden. *Richtig* gesund zu werden, von innen heraus, denn nach der kurzen Zeit, die ich mit Annabelle zu tun hatte, weiß ich schon, dass sie meinen ausgetretenen Pfad einschlägt, für sich zu bleiben.

»Ich liebe ihn wirklich, Annabelle. Daran hat sich nichts geändert. Das wird sich *niemals* ändern.«

»Warum bist du dann von der Party meines Vaters weggerannt? Warum warst du in den letzten zwei Wochen von der Bildfläche verschwunden? Warum benimmt er sich wie ein verfluchtes Arschloch, rennt durch die Gegend und beißt jedem Mann, jeder Frau und jedem Kind, mit dem er zu tun hat, den Schwanz ab?«

Ich kann nicht anders. Ihr Spruch ist in dieser Situation so was von unpassend, doch das Bild, das sie heraufbeschworen hat, ist nur allzu realistisch und verdammt lustig, weil ich mir Shaw sehr gut dabei vorstellen kann.

Ich versuche vergeblich, es mir zu verkneifen.

Ich grinse.

Zuerst ist sie verwirrt, doch dann verziehen sich auch ihre Mundwinkel nach oben.

Ein Kichern entfährt meinen geschlossenen Lippen. Auch sie prustet los.

Und schon bald schütten wir uns beide aus vor Lachen, während uns Tränen der Freude und der Trauer übers Gesicht laufen.

»Beißt Schwänze ab, ja?«, kiekse ich.

»Ja«, bestätigt sie schrill.

Wir lachen, bis wir nicht mehr können, doch unsere Tränen versiegen nicht. Sie versiegen nicht, als ich die Arme um ihre Schultern lege und sich ihre zögernd um meine Taille schlingen. Sie versiegen auch nicht, als sie das Gesicht an meinem Mantel verbirgt oder als wir ein Auto vorbeifahren hören.

Tatsächlich versiegen sie eine lange, lange Zeit nicht.

Gemeinsam betrauern wir einen Mann, der ehrenhaft und selbstlos war.

Gemeinsam danken wir dem Mann, der ihr eine zweite Chance zu leben gab.

Gemeinsam beginnen wir einen Heilungsprozess, der allein nicht möglich gewesen wäre.

Und irgendwann später, als sie weggeht, nachdem wir genug geredet und geweint haben, rufe ich ihr nach: »Annabelle«. Als sie sich umdreht, sage ich ihr, was mein Vater gesagt hätte. »Vergeude das Geschenk nicht, das Charles Blackwell dir gemacht hat. Mach meinen Vater stolz.«

Mit gerötetem Gesicht und geschwollenen Augen hebt sie ihre bebenden Lippen und flüstert: »Ich versuche es.«

Erst als ich zum Grab zurückgehe, um mich ungestört zu verabschieden, registriere ich sie.

Dünne rote Zweige in dem rein weißen Strauß.

Es sind Weidenzweige.

Mit roten Weidenkätzchen.

Mein Herz wird so weit, dass es gleich meine Rippen sprengt.

Unmöglich, dass Annabelle diese Blumen gebracht hat.

Das war Shaw.

30. KAPITEL

Willow

Die Sonne ist schon untergegangen, als ich in meine Straße einbiege.

Ich bin total erschöpft. Die Müdigkeit sitzt mir sogar in den Knochen.

Nachdem ich den Friedhof verlassen hatte, musste ich die Medikamente meiner Mutter für den nächsten Monat organisieren, auf der Post die Briefe einer ganzen Woche abholen und für Mom und mich ein paar Einkäufe erledigen.

Jetzt ist es nach acht Uhr abends und ich erwäge, Shaw anzurufen, weil ich mir verzweifelt wünsche, seine Stimme zu hören, doch ich weiß, dass er darauf bestehen wird, mich zu sehen, und ich brauche noch einen Tag, um meine wirren Gedanken zu ordnen. Nach nur wenigen Stunden unruhigen Schlafs gestern Nacht freue ich mich auf ein Bad, ein Glas Wein und mein Bett.

Dieser Plan geht jedoch den Bach runter, als ich an der Straße direkt vor meinem Haus einen Wagen mit laufendem Motor stehen sehe.

Ich fahre langsamer und erwäge meine Optionen. Er sieht in meine Richtung. Wenn ich wende und davonrase, wird er mich wahrscheinlich verfolgen. Auch gut, denke ich.

Es ist an der Zeit.

Es ist an der Zeit, alle Probleme frontal anzugehen.

Ich bin zum Leben bereit, auch wenn es schmerzt.

Unsere Blicke treffen sich, als ich links abbiege und in meiner Einfahrt parke, wobei ich darauf achte, mich links zu halten, damit Sierra auch noch Platz hat, wenn sie von der Arbeit kommt. Ich schnappe mir das Bündel Briefe, das von einem dicken Gummiband zusammengehalten wird, und hieve meine Handtasche auf meine Schulter. Als ich die Tür aufstoße, steht er schon wartend vor mir und strahlt eine Mischung aus Entschlossenheit und Verlegenheit aus.

»Hol die Einkäufe aus dem Kofferraum«, weise ich ihn an und gehe zum Haus. Ich schließe die Seitentür auf. Fünf Sekunden später folgt er mir. Ich werfe alles auf den Küchentisch. Dann schnappe ich mir ein Glas aus dem Schrank, fülle es mit lauwarmem Wasser und schütte den gesamten Inhalt hinunter, bevor ich es nachfülle. Ich drehe ihm noch ein paar Augenblicke den Rücken zu, bevor ich zu ihm herumwirbele.

Er steht nicht mal dreißig Zentimeter entfernt … am Rand meiner Komfortzone.

Und das weiß er auch.

»Was willst du, Reid?«

Ich lege die linke Hand auf meinen rechten Oberarm und halte das Glas wie eine Barriere vor meine Brust. Er registriert die Bewegung und sieht mir ins Gesicht. Er presst die Lippen zusammen und schluckt, während er die Hände in seine Vordertaschen schiebt und dabei seine verwaschene Jeans tief auf seine Hüften zieht.

»Ich wollte mal nachsehen, ob es dir gut geht.« Er zieht die Mundwinkel nach oben, fixiert mich jedoch weiter.

Er ist nervös. Der rachsüchtige Teil von mir freut sich darüber.

Ich stelle mein Glas auf die Theke hinter mir und gehe um ihn herum. »Tja, jetzt hast du ja nachgesehen.«

Aber das heißt nicht, dass ich nicht mehr sauer auf ihn bin, und ich habe auch nicht vor, ihm dieses Gespräch zu leicht zu machen. Ich habe eine Menge Fragen, die er mir beantworten wird. Die erste lautet, wie er von der Sache mit meinem Vater erfahren hat, die zweite, warum er diese Information als Druckmittel benutzt hat, statt sie an mich weiterzugeben, wie er es hätte tun sollen. Egal, was sein Motiv war, das war falsch.

Shaw hat ebenfalls falsch gehandelt, indem er es mir verheimlichte, doch ich verstehe jetzt, dass er es aus Liebe und Sorge getan hat. Seine starke Zuneigung zu seiner Familie ist eine seiner attraktivsten und liebenswertesten Eigenschaften, und während ich mich in den letzten Wochen durch die gesamte Bandbreite von Gefühlen gekämpft habe, ist mir klar geworden, dass er meine Vergebung verdient. Er hat gesagt, er sei egoistisch gewesen, doch ich glaube, es war das komplette Gegenteil.

Wenn er immer noch eine Zukunft mit mir will, will ich sehen, wohin uns das führen könnte.

Fast mein ganzes Leben lang habe ich mich gefragt, ob es besser ist, geliebt und verloren zu haben, als niemals geliebt zu haben. Nach dem Verlust meines Vaters gehörte ich fest zum »Besser niemals geliebt haben«-Lager, doch seit ich Shaw kenne, sehe ich den Fehler in dieser Logik.

Ich nehme meine Post in die Hand, ziehe das Gummiband ab und fluche, als es kracht und schmerzhaft an meine Finger schnappt. Ich trenne die Werbung von den Rechnungen und bin besorgt, als der Stapel mit den Rechnungen höher wird als der mit dem Schrott. Mein Blick fällt auf das Kuvert mit meinen monatlichen Kontoauszügen. Ich habe Angst, es zu öffnen. Ich mache es wie Scarlett O'Hara und werfe es beiseite.

Morgen ist schließlich auch noch ein Tag.

Reid stellt sich so dicht hinter mich, dass ich seine Körperwärme spüre. Ich hatte fast vergessen, dass er hier ist. »Dir scheint es aber nicht gut zu gehen.«

Ich wirbele zu ihm herum. »Ach wirklich? Wie kommst du darauf, Reid? Sind die dunklen Ringe unter meinen Augen dein erstes Indiz?«

Er tritt einen Schritt zurück. »Willow …«

»Sag nicht Willow zu mir. Du wirst mir alles sagen, was du weißt, und dann wirst du gehen und nie zurückkommen.«

Er sieht geknickt aus. Es gibt keine andere Beschreibung dafür. Seine Augenlider hängen herunter, seine Mundwinkel sind nach unten gezogen, seine Schultern zusammengesackt. Normalerweise würde er mir leidtun, doch das tut er nicht, weil ich jetzt die Bestätigung habe, dass er die Hoffnung gehegt hat, Shaws leeren Platz einzunehmen. Nur dass er nicht leer ist. Das war er nie.

»Es gibt keinen guten Grund dafür, dass du mir das verschwiegen hast, Reid. Nicht einen.« Ich lehne mich mit dem Hintern an den Tisch hinter mir.

»Und *er* hat einen?«, höhnt er, während er die Arme verschränkt und sich breitbeiniger hinstellt. Das ist so typisch Mann. Es muss in jedem dämlichen Chromosom eingebrannt sein.

»Wir sprechen nicht über Shaw. Wir sprechen über dich.«

Und ja, er hat einen, füge ich nicht hinzu.

Nachdem wir uns fünf Sekunden wütend angestarrt haben, schnaubt er verächtlich und rauft sich die Haare. Er wendet sich von mir ab und geht zur Theke, auf der ich mein Glas abgestellt habe. Er dreht sich wieder zu mir und hält sich mit beiden Händen an der Kante fest, die Ellbogen nach hinten. Es ist, als würde er sich mit aller Kraft von mir fernhalten. Vielleicht tut er das auch.

»Vor mehreren Monaten gab es eine Drohung gegen Preston, dass all das an die Medien weitergegeben würde. Deshalb wurde ich überhaupt mit an Bord geholt.«

»Was?« Meine Knie fühlen sich plötzlich weich an, weshalb ich nach einem Stuhl greife und mich setze. Ich denke an unser Gespräch vor ein paar Wochen über die Geliebte des Gouverneurs von Minnesota, darüber, dass Reid Informationen ausgegraben hatte, die gegen sie verwendet wurden, damit die Geschichte nicht ans Licht käme.

»Preston wusste davon?«

»Nein«, sagt er schnell. »Ich meine, zuerst war es nur eine vage Forderung, aber ausreichend, um besorgniserregend zu sein, wenn man Annabelles Vorgeschichte kennt. Der Wahlkampfmanager, den Preston ursprünglich eingestellt hatte, war jung und unerfahren. Es war seine erste große Kampagne, und er hatte den Weitblick zu erkennen, dass es seine Möglichkeiten überstieg, doch er hatte von mir und meinen … Fähigkeiten gehört.«

Er verstummt, um zu sehen, ob ich etwas sagen will. Das will ich nicht.

»Ich hatte nur Gutes über Preston Mercer gehört, deshalb habe ich den Job angenommen.«

Fragen über Fragen wirbeln mir durch den Kopf, alle davon schnell wie der Blitz. »Womit wurde ihm gedroht?«

»Mit Erpressung natürlich.«

Er senkt den Blick kurz zu Boden, bevor er unter seinen langen Wimpern, die ich früher immer bewundert habe, wenn er schlief, wieder zu mir aufsieht. »Ich gebe zu, dass du mir in den Sinn kamst, als ich annahm. Ich dachte … na ja, du weißt ja, was ich dachte.«

Das ist so traurig für ihn.

Ich presse die Lippen zusammen.

»Jedenfalls tauchte CJs Name erst auf, als ich schon hier war und diese Drohung gründlicher unter die Lupe nahm, und da wusste ich, dass ich aus einem bestimmten Grund hierher gerufen worden war, Willow.«

Ich bin bestürzt. Das alles zu verarbeiten, ist eine ziemliche Herausforderung.

»Von wem kam diese Drohung? War es …« Ich schlucke. Könnte es sein? »Paul Graber?«

»Das ist vertrau –«

»Ach, spar dir die Ausreden, Reid. Darüber sind wir längst hinaus.«

Seine Mundwinkel heben sich ein wenig, als sei er belustigt über mich. »Nein, es war nicht Graber. Es war Annabelles Kotzbrocken von Ex, Eddie Lettie.«

Mir rutscht das Herz in die Hose. Ihr Ex. Ist das derselbe Typ, der versucht hat, sie zu vergewaltigen? Der es vielleicht auch geschafft hat?

Ich kann kaum schlucken, so sehr schnürt mir die Angst die Brust zu.

»Ich verstehe nichts von alledem. Woher wusste er, was in jener Nacht passiert ist? War er dabei?«

Reid kommt zurück und setzt sich neben mich. Die Stuhlbeine kratzen über den Boden. Er beugt sich zu mir, legt die Ellbogen auf seine Knie und spreizt die Oberschenkel weit. Seine verschränkten Hände lässt er nach unten baumeln. »Nein. Die Hälfte der Geschichte hat er eines Abends von einer ihrer Junkie-Freundinnen, die dabei gewesen war, erfahren und sah darin eine Möglichkeit, Geld zu machen. Der blöde Wichser dachte, Preston würde sich einfach geschlagen geben und bezahlen, um ihm das Maul zu stopfen.«

Ich atme wieder und merke erst jetzt, dass mir aus Sauerstoffmangel schon schwindlig wurde.

»Wann hast du das alles erfahren?«, frage ich mit rauer Stimme und schwerem Herzen.

Er wartet einen Moment, bevor er antwortet. »Ironischerweise an dem Tag, an dem ich dich bei Preston zu Hause wiedersah.«

Ich weiß nicht, warum es mich schmerzt, dass noch jemand in dieses Geheimnis eingeweiht war. »Dann wusste es Preston die ganze Zeit.«

Ich bemerke gar nicht, dass ich es laut ausgesprochen habe, bis Reid sich einschaltet: »Nein, das wusste er nicht.«

Das überrascht mich. »Aber –«

»Ich habe niemals deinen oder CJs Namen genannt. Er wusste nichts davon. Ich sagte ihm nur, dass die Bedrohung neutralisiert wurde. Es ist besser für den Kandidaten, wenn er keine Details kennt.«

»Damit er sich dumm stellen kann.«

Er lächelt sanft. »So was in der Art.«

»Ist er noch immer eine Bedrohung?« Es macht mich krank, dass dieser Typ frei herumläuft und auf seine nächste Chance wartet, Annabelle oder den Mercers Schwierigkeiten zu bereiten.

»Sagen wir einfach, dumm gelaufen.« Er hebt das kaputte Gummiband auf und fängt an, es um seinen Zeigefinger zu wickeln. »Eine Anklage wegen Drogenhandels bringt eine lange Gefängnisstrafe mit sich.«

»Drogenhandel?« Ich erinnere mich an unser Gespräch, als er mir erzählte, wie er Drohungen gegen seinen Kandidaten entschärft. »Hast du …?«

»Ich wünschte, ich könnte den Ruhm dafür einheimsen, aber ich fürchte, das kann ich nicht.«

Ich lächele matt, erleichtert, dass ein gefährlicher Krimineller hinter Gittern sitzt, egal wie es dazu gekommen ist. Wir sehen einander lange schweigend an, während ich alles, was er mir gesagt hat, zu verstehen versuche. Sein Blick ist traurig und zärtlich. Meiner wahrscheinlich auch.

»Warum hast du mir das nicht gesagt, als du davon erfahren hast?«

Er rutscht von mir weg und lehnt sich an die Rückenlehne seines Stuhls. Er legt einen Ellbogen auf die Ecke des Tisches und lässt die Hand über den Rand baumeln. »Du weißt, warum.« Er zieht einen Mundwinkel nach oben. »Ich behaupte nicht, dass es die richtige Entscheidung war, Willow. Aber ich war …«

»Eifersüchtig«, ergänze ich, als er verstummt.

»Ja. Unglaublich eifersüchtig. Er hatte dich und ich nicht. Ich wollte dich immer, Willow. Selbst als du mir das Herz gebrochen hast, wollte ich dich noch.«

Ich weiß, und es tut mir leid.

»Und du dachtest was? Dass Shaw mich fallen lassen würde wie eine heiße Kartoffel, wenn du damit drohtest, mir all das zu sagen?«

Er weicht meinem Blick aus. Ja, genau das hat er gedacht.

»Weißt du, dass Annabelle in der Nacht, als mein Vater verunglückt ist, fast vergewaltigt worden wäre? Wahrscheinlich von diesem Typen. Ich weiß nicht, vielleicht wurde sie es sogar.«

Die Farbe weicht aus seinen Wangen, doch ich rede weiter und werde immer wütender.

»Wusstest du, dass sie sich nicht daran erinnert, dass sie springen wollte, dass ein Unfall passiert ist und dass mein Vater überhaupt da war? Dass sie das zur selben Zeit erfahren hat wie ich? Kannst du dir vorstellen, wie das für sie war?«

Sein Adamsapfel hüpft, als er schluckt. »Nein. Ich wusste nichts von alldem.«

Und genau das ist das Problem.

»Natürlich wusstest du das nicht, weil du diese Drohung entschärft hast, ohne sie in ihrer Gänze zu verstehen, und weil du eine halbe Story als Druckmittel gegen den Mann, den ich liebe, verwendet hast. Du hast doch gesehen, was ich durchgemacht habe, Reid. Du hast gehört, wie ich mich monatelang in den Schlaf geweint habe. Du *wusstest*, dass ich mich für den Tod meines Vaters verantwortlich fühlte. Was du getan hast, war schlimmer als das, was Shaw gemacht hat, denn er hat überlegt, wie er seiner Schwester dabei helfen könnte, damit klarzukommen, ohne dass sie wieder Drogen nimmt oder noch einmal versucht sich umzubringen. Warum hast du das getan?«

»Es tut mir leid. Ich habe es nicht bis zum Ende durchdacht. Alles, was ich im Kopf hatte, warst du.«

Bevor ich antworten kann, kniet er sich vor mir hin und legt seine warmen Handflächen an meine Wangen. Seine Finger in meinem Nacken fühlen sich stark an. Es ist derselbe besitzergreifende Griff, den Shaw hat, nur dass ich, wenn Shaw das tut, formbar werde wie warmer Lehm. Es ist, als könnten ganz allein seine Hände mich modelieren, jede einzelne meiner Ecken und Kanten ausstreichen.

»Was ich getan habe, war falsch, und meine einzige Entschuldigung ist, dass mich mein verzweifelter Wunsch, dich zurückzugewinnen, blind gemacht hat. Ich liebe dich, Willow. Ich habe nie aufgehört, dich zu lieben. Keine Sekunde, keine Minute, keine Stunde und keinen Tag.«

»Ich …« Das ist brutal. »Ich weiß.«

Sein Blick fällt auf meinen Mund, und im Handumdrehen zieht er mich zu sich und legt die Lippen sanft auf meine. Sie sind warm und schmecken vertraut. Der Kuss ist kurz und keusch. Falsch und endgültig.

»Du gehst zurück zu ihm.«

Obwohl ich wütend auf ihn bin, tut sein Schmerz mir weh. Ich halte die Augen geschlossen und flüstere: »Daran bestand nie ein Zweifel.« Und als ich es sage, wird mir klar, dass es stimmt. Bei allem quälenden Schmerz wusste ich, dass ich nicht ohne ihn leben kann. »Er ist mehr als ich. Ich weiß nicht, wie ich es erklären soll.«

Er drückt die Wange an meine und legt die Lippen an mein Ohr. »Das brauchst du nicht.« Seine Stimme ist bekümmert, niedergeschlagen. Er zieht das Gesicht zurück und wartet, bis ich die Augen öffne. Als ich es tue, schnüren mir meine Gefühle die Kehle zu. Die erste Träne kullert über sein Lid, als er heiser flüstert: »Genauso empfinde ich für dich.«

Worte sind Waffen, selbst wenn man es nicht beabsichtigt. Manchmal verwunden sie, und manchmal töten sie.

»Es tut mir leid. Es tut mir leid, dass ich dir damals wehgetan habe. Es tut mir leid, dass ich dir jetzt wehtue.«

»Das muss es nicht. Du hast endlich jemanden deine Seele sehen lassen. Entschuldige dich nicht dafür.«

Ich kann nur nicken und mir hart auf die Lippen beißen, um nicht völlig die Beherrschung zu verlieren.

Er steht auf. Er hält inne und sieht nachdenklich auf mich herab. Dann streckt er die Hand aus und streichelt mit dem Daumen an meiner Kieferpartie entlang. Als er die Hand sinken lässt, nimmt sie unsere Vergangenheit mit.

»Wenn du je etwas brauchst, musst du mich nur anrufen, okay?«

»Gehst du aus Seattle weg?«

»Ich halte es für das Beste.« Ohne ein Wort des Abschieds geht er zur Tür. Als er die Hand nach der Klinke ausstreckt, stürze ich zu ihm und umarme ihn fest. Sein Atem geht schwer, während sein verzweifelter Griff um mich vor Liebe und Endgültigkeit überfließt.

»Du bist anders mit ihm, als du es je mit mir warst. Ich will dich nicht anlügen, ich dachte wirklich, aufgrund seiner anrüchigen Vergangenheit und seiner Bindungsunfähigkeit könnte ich dich zurückgewinnen, doch sobald ich sah, dass du ihn so ansiehst, wie du mich noch nie angesehen hast, wusste ich, dass es vorbei war. Es fiel mir nur schwer, es zu akzeptieren.« Er streicht durch meine Haare. »Werde glücklich, Willow.«

Ich nicke an seiner Brust. »Danke.«

Er küsst mich auf den Scheitel, lässt mich los und geht. Er geht mit sicheren Schritten zu seinem Wagen und lässt sich hineingleiten. Das Klappen der Tür dringt fast sofort an meine Ohren.

Während ich zusehe, wie er aus meinem Blickfeld und aus meinem Leben verschwindet, ist ein Teil von mir unglaublich traurig. Aber gleichzeitig bin ich auch unglaublich stolz. In den letzten zwei Tagen habe ich mich verletzlicher gemacht als in meinem ganzen Leben. Statt Probleme zu meiden, kläre ich sie. Es fühlt sich gut an. Befähigend. Befreiend.

Ich entscheide mich, lieber zu duschen als zu baden. Ich nehme einen kleinen Snack aus Kräckern mit Käse zu mir, bevor ich ohne das Glas Wein gegen halb zehn ins Bett falle. Ich schalte gerade das Licht aus, als mein Handy piepst.

Ich mache mir nicht die Mühe, nachzusehen, weil ich weiß, wer es ist und wie die Nachricht lautet, und die Ruhe, die mir das bringt, ist unbeschreiblich.

Du bist es wert, um dich zu kämpfen.

Mehr als die Worte selbst durchbricht die Beständigkeit hinter ihnen meine Mauern. Es brauchte monatelange Wiederholung, doch seine zähen, geduldigen Bemühungen haben sich ausgezahlt.

Ich glaube es endlich.

Ich glaube an ihn.

An die Liebe nur um der Liebe willen.

Ich glaube endlich wieder an das Leben.

Ich glaube wirklich, dass ich es wert bin, um mich zu kämpfen.

Aber er ist es auch.

Und morgen, wenn er mich noch haben will, werde ich mir seine Hand schnappen und sie nie wieder loslassen.

31. KAPITEL

Shaw

In jeder elenden, unglücklichen Nacht träume ich wirr von ihr.

Sternenlicht erleuchtet ihr weizenblondes Haar. Ihre cremefarbene Haut schimmert vor Lust. Ihre Blicke tanzen vor Liebe und Unbeschwertheit. Der Klang ihrer sinnlichen Stimme, die mitten in der Ekstase meinen Namen ruft, läuft in meinem Blut Amok. Mein Sehnen nach ihr konzentriert sich in meinem Schwanz, der jeden verdammten Morgen für sie hart ist und pocht.

Und wenn ich an jedem elenden, unglücklichen Morgen die Augen aufschlage, greife ich nach ihr, doch ihre Betthälfte ist kalt und verlassen. Ich starre minutenlang ausdruckslos ins Leere, überzeugt davon, dass sie, wenn ich es mir nur fest genug wünsche, auf wundersame Weise erscheint, mit nichts am Leib als ihrer Unverfrorenheit und einem schüchternen Lächeln auf den Lippen, das mich anfleht, sie von hinten zu nehmen. Ihr zu zeigen, wer das Sagen hat.

Doch sie erscheint nie.

Sie ruft nie an.

Sie simst nicht.

Sie klopft nicht an meine Tür oder kreuzt unangemeldet mit dem Feuer der Vergeltung im Blick in meinem Büro auf.

Nein.

Sie reagiert auf keinen einzigen meiner Kontaktversuche,

und ich bin kurz vorm Durchdrehen. Ich bin mit meiner Geduld am Ende, besonders seit ich gestern die Nachricht von Noah bekam, dass Randi, auf *Willows* Wunsch hin, jeden Cent des Geldes, das ich ihr gezahlt habe, zurückgegeben hat.

Ein Teil von mir wusste, dass sie das tun würde, und dieser Teil von mir hat wahnsinnigen Respekt vor ihr. Doch der andere Teil, der archaische, der diese Frau beschützen, behüten und umsorgen will, ist so wütend, dass er sich praktisch in ein barbarisches Tier verwandelt und bereit ist, die Sache in die eigene Hand zu nehmen.

Sie ist an dem Abend, als mein Vater gewählt wurde, von mir fortgegangen, aber ich habe sie *gelassen*, weil ich wusste, dass sie Raum brauchte. Das zu akzeptieren, war das Mindeste, was ich tun konnte, denn wenn ich sie mit meiner manchmal anmaßenden Art zu sehr bedrängt hätte, hätte ich sie für immer verloren.

Aber das Maß ist voll. Die letzten zwei Wochen waren unerträglich.

Sie ist noch nicht bereit, erinnert mich meine vernünftige Seite.

Ich verabscheue diese Seite von mir. Die logische, die Berechnung, Raffinesse und Geduld benutzt, um die Schwäche des Gegners zu prüfen und auszunutzen, um zu gewinnen. Ich habe endlich meine Meisterin gefunden. Sie hat keinen Schwachpunkt. Ich habe kein Ass im Ärmel, das ich gegen sie verwenden kann. Willow ist in keinerlei Hinsicht schwach. Sie ist tosende Kraft innerhalb stiller Beherztheit.

Ich habe keine Wahl, als mich noch einen weiteren Tag zu quälen und auf sie zu warten, was jedem männlichen Instinkt, den ich besitze, zuwiderläuft. Es ist unerträglich.

Mit einem schweren Seufzer und einem Dauerständer, den anzufassen ich mich weigere, schwinge ich die Beine über den

Rand der Matratze. Es ist noch viel zu früh, doch da meine Träume so quälend real sind, bekomme ich in letzter Zeit sowieso nicht viel Schlaf.

Ich ziehe mir eine blaukarierte Pyjamahose an und gehe in die Küche, wo ich mir eine Tasse Kaffee einschenke. Aus reiner Gewohnheit öffne ich den Gefrierschrank. Das Erste, worauf mein Blick fällt, ist die Schachtel mit gefrorenen Waffeln. Ich knalle die Tür wieder zu und kann an nichts anderes mehr denken als an jenen Abend, an dem Willow mich beim Essen meines Eleanor-Specials erwischte und meine Seelentrösterin war.

Ich reiße den Gefrierschrank wieder auf und pfeffere die Waffeln in den Müll.

Dann schnappe ich mir meine Tasse Kaffee und gehe zurück ins Schlafzimmer, wobei ich es vermeide, zu dem Ledersessel zu schauen, in dem ich nicht mehr sitzen kann, weil er ihr gehört.

Auch wenn es erst kurz nach vier Uhr morgens ist, sitze ich nach weniger als zehn Minuten geduscht und angezogen in meinem Arbeitszimmer, wo ich seit neustem viel Zeit verbringe, vor allem wenn niemand sonst auf Annabelle aufpassen kann. Sie kann nicht sich selbst überlassen werden. Dafür ist sie zu zerbrechlich, zu deprimiert. Ihre Versuche, sich stark zu geben, sind allenfalls lächerlich. So habe ich sie noch nie erlebt.

Da ich mich konzentrieren muss, schiebe ich alle Gedanken an Willow und Annabelle ganz weit weg und zwinge mich dazu, mich in den Hintergrundbericht einer Firmenübernahme zu vertiefen, den Dane mir gestern Abend per Kurier geschickt hat. Ziemlich bald bin ich darin versunken, und der halbe Vormittag vergeht wie im Nebel, während Telefonkonferenzen und Verträge in einem Gefühl gleichgültiger Distanziertheit ineinander übergehen.

Ich habe meine Arbeit einmal geliebt. Sie war alles, wofür ich gelebt habe. Doch jetzt ist sie eine endlose lästige Pflicht ohne jeden Lohn am Ende des Tages. Die Leidenschaft, die ich einst für diese Firma hatte, ist von meiner unerwarteten Liebe zu einer unglaublich sturen Frau überschattet worden.

Man stelle sich das vor.

»Ja, Mr Mercer?«, flötet Danes fröhliche Stimme durch meinen Telefonlautsprecher. Jede verdammte heitere Silbe, die er spricht, reizt meine bereits blank liegenden Nerven und zieht eine Spur aus heißem Feuer hinter sich her.

»Ich vermisse die Ramsey-Akte. Ich dachte, ich hätte Sie gebeten, sie zu den M&A-Papieren zu tun, die Sie mir gestern hergeschickt haben.«

»Das habe ich auch. Ich meine« – er gerät ins Stottern –, »das dachte ich zumindest.«

Der arme Dane hat in den letzten Wochen jede Gelegenheit ergriffen, mir aus dem Weg zu gehen. Ich bin wie eine gereizte Schlange, und so ziemlich jeder in meiner Umgebung ist zehn Schritte vor mir zurückgewichen, um dem Gift meines Bisses zu entgehen. Doch da Dane nicht allzu weit wegrennen kann, hat er meine verbalen Angriffe voll abbekommen und sie weggesteckt wie ein Champion. Ich bin überrascht, dass er nicht gekündigt hat. Ich war in letzter Zeit ein absoluter Mistkerl. Ich nehme mir vor, am Ende des Steuerjahres seinen Bonus zu erhöhen.

»Tja, das haben Sie aber nicht.«

Als ich aus den Augenwinkeln einen Schatten wahrnehme, blicke ich auf und sehe Annabelle im Eingang zu meinem Arbeitszimmer stehen. Ihre verrückte Frisur ist zerzaust. Sie trägt einfache blaugrüne Leggings und ein zu großes Seahawks-Sweatshirt, das bis zur Mitte der Oberschenkel herabhängt. Auf ihrer sommersprossigen Nase sitzt eine Brille mit rotem Gestell. Sie kommt hereingeschlendert und macht es sich schweigend in dem Sessel mir gegenüber bequem.

»Sind Sie sich sicher, dass sie nicht dabei war?« Danes Stimme schwankt, als würde er gleich Ärger für etwas bekommen, das er nicht getan hat. Was letzte Woche so passiert sein könnte. Oder auch nicht. »Ich habe sie mit einem hellblauen Post-it-Zettel markiert.«

Klar hat er das.

»Ich bin doch nicht blind, Dane«, antworte ich schneidend.

Ich durchwühle alle Papiere, die auf meinem Schreibtisch verstreut liegen, doch der hellblaue Post-it-Zettel bleibt verschwunden, weil er verdammt noch mal nicht da ist. Annabelle greift lässig über den Tisch, zieht ein mit einer Büroklammer zusammengehaltenes Papierbündel unter einem Stapel hervor und reicht es mir.

Vorne drauf klebt ein hellblauer Post-it-Zettel.

»Entschuldigen Sie, Sir. Ich kann sie noch einmal kopieren und sofort zu Ihnen bringen lassen.«

»Schon gut«, murmele ich. Arschloch. Ja, ich meine mich. Annabelle verdreht die Augen und lehnt sich zurück. Sie kommt mir entspannter vor, als ich sie seit Wochen erlebt habe.

»Sind Sie sich auch sicher, dass ich Ihnen keine neuen Kopien –«

»Alles okay«, knurre ich, bereit, mit meiner Arbeit fortzufahren.

»Kann ich sonst noch etwas –«

»Nein.«

»Sie dürfen meinen Bruder in letzter Zeit nicht so ernst nehmen, Dane«, meldet sich Annabelle zu Wort. »Es liegt nicht an Ihnen, sondern am Herzschmerz.«

Dane fängt an zu lachen.

»Was soll das?« Ich haue auf den Lautsprecherknopf, beende abrupt den Anruf und starre sie wütend an. »Du kannst so was nicht zu meinem Assistenten sagen. Was zum Teufel ist mit dir los?«

»Du führst dich auf wie ein Depp. Er hat das Recht, den Grund dafür zu erfahren.«

»Er ist mein Angestellter. Bei dem Gehalt, das ich ihm zahle, kann ich ein Doppeldepp sein, wenn ich es will. Und mein Privatleben geht ihn einen Scheißdreck an, deshalb lass das.«

Sie zuckt mit den Achseln. Es tut ihr kein bisschen leid.

»Willst du noch was oder kann das warten?«

Sie nimmt sich alle Zeit der Welt, bevor sie antwortet. Ihr Trödeln ist beabsichtigt. Ich hole tief Luft, weil mein Geduldsfaden kurz vorm Reißen ist.

»Bevor du sie kanntest, warst du nie so.«

Ich beiße die Zähne zusammen. »Wie denn?«, frage ich. Ich weiß, dass sie von Willow spricht.

»Emotional. Ich will nicht behaupten, dass du ein Arsch mit einem Eisblock in der Brust warst, aber du warst immer so kalkuliert und reserviert. Und jetzt« – sie deutet vage auf mich – »führst du dich auf wie ich, wenn die Rote Zora zu Besuch ist.«

Dieses kleine …

»Versuch nicht mal, es zu leugnen.«

Ich mache den Mund auf; das dringende Bedürfnis, die Göre zu widerlegen, lastet schwer auf meiner Zunge, aber sie hat nicht unrecht. Willow hat den kühlen, ruhigen, methodischen Mann, der nichts weiter wollte als oberflächlichen Sex, genommen und in ein emotionales Weichei verwandelt, dessen Gesellschaft niemand ertragen kann. Selbst ich kann mich momentan nicht ausstehen, und das will schon was heißen.

Doch das Merkwürdige daran ist, dass ich nichts daran ändern will.

»Zurück zu meiner Ausgangsfrage.«

Sie lächelt nur. Es ist nicht das falsche Lächeln, mit dem sie mich in letzter Zeit bedacht hat, sondern ein echtes, bei dem ihre Augen aufleuchten, und ich bemerke etwas an ihr, das ich seit Wochen nicht gesehen habe: das Flackern von Sonnenschein. Gott, wie habe ich das an ihr vermisst.

»Was ist los, Annabelle?« Jetzt beuge ich mich vor, die Unterarme auf dem Schreibtisch, die Hände gefaltet.

»Ich gehe jetzt.«

»Ich dachte, du hättest heute keine Seminare.«

Sie setzt sich aufrecht hin und rutscht zum Rand ihres Sessels. Oh-oh. Den Blick kenne ich. »Ich spreche nicht von der Uni. Ich meine, ich gehe jetzt, so richtig. Ich ziehe aus.«

»Nein«, antworte ich mit ruhiger, fester Stimme. Ich schnappe mir meine Lesebrille, die ich nur brauche, wenn meine Augen müde sind, und setze sie auf. »Das wirst du nicht.«

Ich signalisiere ihr, dass die Sache für mich erledigt ist, indem ich meine Aufmerksamkeit wieder auf meinen Schreibtisch richte. Ich rechne damit, dass sie schimpft und damit droht, mir mitten in der Nacht Organe von entscheidender Bedeutung zu verstümmeln. Das hat sie seit sie hier wohnt schon mehrmals angedroht. Ich ignoriere sie dann immer – und schließe vor dem Schlafengehen meine Zimmertür ab.

»Ich ziehe zu Mom und Dad.«

Bis auf meine Augen bewegt sich nichts an mir. Ich luge über den Brillenrand, fange ihren Blick auf und rechne fest mit einem spöttischen Grinsen. Erst neulich hat sie zu mir gesagt, dass sie lieber für den Rest ihres Lebens in einem Zelt auf meinem Rasen schlafen würde, als wieder zurück nach Hause zu ziehen, weswegen vor allem meine Mutter auf sie einredet, seit ich sie hierher gezerrt habe.

Aber sie macht keine Witze.

Ich nehme meine Brille ab und klappe die Bügel zusammen, bevor ich sie vor mir ablege. *Was zum Teufel hat sich in zwei Tagen verändert?*

»Warum?«

»Ist es nicht das, was du wolltest?«

Ich ziehe eine Augenbraue hoch. »Das ist nicht das, was ich wollte, Bluebelle, und das weißt du auch. Ich will, dass du wohlbehalten, gesund und glücklich bist.« Ich nehme die Brille wieder auf und spiele an den Bügeln herum, indem ich sie immer wieder andersherum kreuze.

»Und clean«, ergänzt sie. Der Hauch von Sarkasmus ist mir nicht entgangen.

»Das versteht sich von selbst.«

Sie stellt ihre Füße auf den Sitz und zieht sie bis zu ihrem Po heran. Dann schlingt sie die Arme um ihre Schienbeine und legt das Kinn auf den Knien ab.

Rein äußerlich weist meine kleine Schwester alle Merkmale der Jugend auf. Glatte Haut, ein frisches Gesicht, sogar einen Hauch Unschuld, obwohl ich weiß, dass das täuscht. Doch in ihrem zierlichen, makellosen Körper wohnt eine alte Seele, die schon zu viel gesehen hat und weiß, wie schäbig die Schattenseiten unserer Straßen sein können.

Ich habe sie stets als eine gequälte alte Seele wahrgenommen, die im Körper eines jungen Menschen gefangen ist.

»Welche Qual du auch immer zu verdrängen versuchst, hat dich überhaupt erst in Schwierigkeiten gebracht, Bluebelle. Egal wie oft du das Gegenteil behauptest, dir geht es nicht gut. Dieser Unfall mit Charles Blackwell muss dir doch gewaltig zu schaffen machen. Das würde jedem so gehen, und ich mache mir nur Sorgen um dich, genau wie alle anderen.«

Sie knabbert an ihrer Unterlippe und spielt an der Nagelhaut ihres Daumens herum. Ich erwarte, dass sie diesem Thema ausweicht, wie sie es sonst immer tut, wenn ich es anschneide. Doch sie überrascht mich, indem sie leise gesteht: »Das tut es auch.«

Etwas von der Anspannung, die ich seit Wochen mit mir herumtrage, lässt ein klein wenig nach. Endlich machen wir Fortschritte.

Sie hebt den Blick und sieht mir in die Augen. »Ich war gestern an seinem Grab.«

Das überrascht mich, doch ich habe keine Zeit, näher darauf einzugehen, weil mir ihre nächste Enthüllung den Atem raubt.

»Willow war auch da.«

»Willow war …?«

Oh-oh. *Mist.* Willow war da? Was ist zwischen ihnen vorgefallen? Was wurde gesagt? Haben sie überhaupt miteinander geredet, oder ist Annabelle einfach gegangen, ohne dass Willow es mitbekam? Ich weiß, dass Willow dieser Ort heilig ist, was die sorgfältig gepflegte Grabstätte beweist, und ich weiß nicht, wie sie es fände, wenn Annabelle dort wäre. Ich habe keine Ahnung, was sie denkt, da sie nicht mit mir redet.

Als spürte sie meinen inneren Aufruhr, fügt Annabelle schnell hinzu: »Es war cool. Sie war nett. Netter, als ich es verdient habe.«

Natürlich war sie das. Sie kümmert sich um alle und hat mit Hinz und Kunz Mitgefühl. Selbst wenn sie verbittert wäre, würde sie es herunterschlucken, um den anderen zu schonen. So ist sie eben.

Auf einmal bin ich erschöpft.

»Dann habt ihr euch unterhalten?«

Sie nickt.

»Worüber habt ihr geredet?« Meine Stimme bricht. *Hat sie von mir gesprochen?*, würde ich am liebsten ganz egoistisch fragen. Das Bedürfnis, es zu erfahren, ist wie ein Fass mit kochender Säure, die mir den Magen verätzt. Es schmerzt.

»Über alles Mögliche.«

»Alles Mögliche?«, plappere ich wie ein Papagei nach.

»Ja. Alles Mögliche.« Sie stellt die Füße wieder auf den Boden und steht auf. Leise tapst sie zum Fenster an der hinteren Wand. Der Drang, eine Frage nach der anderen auf sie abzufeuern, ist wie eine Messerklinge, die in meine Zunge schneidet.

Wie sah sie aus? Glücklich? Unglücklich? Wird sie zu dünn? Kriegt sie genug Schlaf? War sie allein? Bitte sag mir, dass sie allein war.

Stattdessen gebe ich ihr Zeit, ihre Gedanken zu ordnen, während meine wild durcheinanderwirbeln. Schließlich dreht sie sich um und lehnt sich an die Fensterbank. »Ich werde ein Semester aussetzen. Vielleicht auch zwei.«

»Annabe –«

»*Ich* rede jetzt, und ich will, dass du mir zuhörst, ohne mich zu unterbrechen. Bitte, Shaw. Das ist wichtig.«

Ich schlucke und lege die Lesebrille wieder hin. Ich weiß nicht, wann ich sie schon einmal so ernst erlebt habe. Oder so entschlossen. Ich verschränke die Arme. »Okay, ich höre zu.«

»Mit mir stimmt irgendwas nicht.« Instinktiv öffne ich den Mund, um zu widersprechen, doch sie hebt abwehrend die Hand. »Es stimmt. Ich weiß nicht, was es ist oder woher es kommt, aber ich muss es herausfinden, sonst ende ich entweder mit einer Überdosis oder auf dem Grund eines Flusses.«

»Herrgott, Bluebelle.«

Sie ignoriert meinen lauten Ausbruch.

»Ich brauche mehr Platz.«

Mein Haus ist knapp neunhundertdreißig Quadratmeter groß. Wir könnten uns tagelang darin aufhalten, ohne uns in die Arme zu laufen. »Dann überlasse ich dir mein Zimmer«, antworte ich frustriert.

»Ich spreche nicht von Immobilien, Shaw. Ich meine hier drin.« Sie deutet auf ihre Schläfe. »Ich muss etwas von dem Schlechten loswerden, damit ich mehr Platz für Gutes habe.«

Ich schüttele den Kopf. Mir ist ganz schwindlig. »Ich komme nicht mehr mit.«

Sie sieht mich nachdenklich an. »Willow hat mir eine neue Perspektive gegeben.«

»Willow?«

Ihre ganze Haltung wird weicher, als wäre Luft aus einem Ventil abgelassen worden und damit auch alles, was sich in ihr angestaut hatte. »Ja. Sie ist fantastisch. Ich verstehe, warum du dich zu ihr hingezogen fühlst.«

Meine Augen stehen in Flammen und brennen wie verrückt. Und mein Herz? Himmel, es ist so sehr angeschwollen, dass es gleich zerspringt.

»Ich will mir meine zweite Chance nicht entgehen lassen, verstehst du? Das bin ich Willows Dad schuldig. Ich muss es nur selbst glauben. Deshalb haben Mom und ich diese Klinik in Colorado ausfindig gemacht. Intensive stationäre Psychotherapie in einem Zeitraum von mindestens neunzig Tagen, und dann sehen wir, wie es mir geht, und entscheiden, wie es weitergehen soll.«

Die Überraschungen prasseln auf mich ein, eine nach der anderen. Sie will drei Monate weggehen? Und meine Mutter hat ihr geholfen?

»Du und Mom?«, frage ich verblüfft. Sie und meine Mutter vertragen sich wie Öl und Wasser.

Sie grinst. »Im Zuhören bist du ziemlich beschissen.«

»Entschuldige. Sprich weiter.«

»Jedenfalls wird erst nach Thanksgiving ein Platz frei, deshalb werde ich bis dahin jeden Tag zu meinen Therapiesitzungen gehen. Ich werde jeden Tag mindestens zu einer NA-Gruppe gehen, und mein Sponsor hat schon versprochen, mich zu begleiten. Und du kannst dein Haus wieder für dich haben.«

Wieder will ich etwas sagen. Wieder hält sie mich davon ab.

»Ich weiß, dass du mir sagen willst, dass du keine Privatsphäre brauchst, aber das tust du. Und ich auch. Aber ich kann auch zugeben, dass ich ein Unterstützungssystem brauche, und das ist meine Familie. Ohne euch werde ich es nicht schaffen. Ohne dich oder Linc oder Gemma … oder Mom und Dad.« Sie stößt sich von der Fensterbank ab und kommt auf mich zu. »Ich habe schon gepackt, und du kannst es mir nicht verbieten. Mom ist schon auf dem Weg, um mich abzuholen.«

Als sie vor mir stehen bleibt, wird mir klar, dass meine kleine Schwester endlich die Verantwortung für ihr Leben übernimmt.

»Danke für alles, was du für mich getan hast, Shaw. Ich weiß, ich war ein verwöhntes Gör, aber ich war keine Sekunde lang undankbar. Ohne dich wäre ich nicht so weit gekommen.«

Ich weiß nicht, was ich sagen soll.

»Jetzt darfst du wieder reden«, spottet sie mit einem leisen Lächeln.

»Ich bin stolz auf dich, Bluebelle. Ich will nicht abgedroschen oder gönnerhaft klingen, aber ich bin …« Meine Stimme versagt. »Ich bin so verdammt stolz auf dich.«

Ich stehe kaum, da wirft sie sich schon in meine Arme. Ich drücke sie fest, meine süße, provozierende, melodramatische kleine Schwester, die mehr Schwierigkeiten gemacht hat als meine anderen Geschwister zusammen. Absichtserklärungen von ihr gab es schon öfter, doch diesmal fühlt es sich anders an. Diesmal glaube ich, dass sie wirklich herausfinden will, wer sie ist.

»Ich besuche dich, so oft ich kann«, verspreche ich ihr.

»In den ersten dreißig Tagen darf ich keinen Besuch haben, aber danach schwingst du deinen Arsch mindestens jede zweite Woche zu mir.«

»Verlass dich drauf«, verspreche ich und gebe ihr einen Kuss auf die Wange.

Als ich sie loslasse, bin ich traurig und dankbar zugleich. Sie wird mir wirklich fehlen.

Es klingelt am Eingangstor.

»Das wird Mom sein.«

Ich wische ein paarmal über mein Security-Keypad und sehe am Eingangstor einen taubenblauen Mercedes stehen statt des schwarzen Audi, dessen Anblick ich ersehne. Ich versuche, nicht enttäuscht zu sein, als ich den Summer betätige und meine Mutter hereinlasse.

»Ich hole meine Sachen.« Sie läuft zur Tür, dreht sich jedoch in letzter Sekunde noch einmal um. »Kannst du mir einen Gefallen tun?«

»Für dich tue ich alles, Bluebelle.«

»Richtest du Willow meinen Dank aus? Ich bin mir nicht sicher, ob ich mich bei ihr bedankt habe, und sie soll wissen, wenn sie nicht gewesen wäre und alles, was sie gesagt hat, dann … Na ja, sag ihr einfach danke.«

Mir bleibt keine Zeit mehr, ihr zu sagen, dass ich nicht weiß, ob Willow je wieder mit mir reden wird, und ich deshalb auch nicht weiß, ob ich ihren tief empfundenen Dank weitergeben kann. Ich kann nur mit widerstreitenden Gefühlen dastehen und zusehen, wie sie fröhlich aus dem Zimmer hüpft.

Ich bin froh, dass sie endlich ihr Leben in die Hand nimmt. Ich sehe mit Begeisterung, dass sie wieder Feuer im Bauch hat. Und ich bin überglücklich, dass sie meine Mom an sich ranlässt, statt sie wegzustoßen. Annabelle braucht das.

Doch die Wahrheit lautet, dass Annabelles Aufenthalt bei mir genauso wichtig für mich war wie für sie. Auf meine Schwester aufzupassen hat mir eine Art makabre Aufgabe gegeben, die mich immer noch irgendwie an Willow bindet. Ohne sie ist dieses Band zerrissen und ich flattere im Wind.

Allein.

Mutter.

Seelen.

Allein.

Den Frieden der Einsamkeit, nach dem ich mich einst gesehnt habe, hasse ich jetzt von ganzem Herzen.

In dem Moment reißt etwas in mir. Der Geduldsfaden, auf dem ich seit gut drei Wochen balanciere, fasert aus und zerreißt, während ich buchstäblich an meine Grenzen stoße.

Ich habe die Nase voll.

Ich scheiße auf die Distanz, die sie unbedingt zwischen uns bringen wollte. Ich scheiße auf diese Situation. Ich scheiße auf alles. Ich liebe Willow. Ich weiß, dass sie mich auch liebt. Und das ist das Einzige, was zählt. Der Rest ist nur Lärm, von dem wir herausfinden müssen, wie wir ihn nach unseren Bedürfnissen lauter oder leiser drehen können.

Sie hat genug Raum gehabt. Genug Zeit. Ich nehme die Zügel wieder in die Hand, wie ich es von Anfang an hätte tun sollen. Unter keinen Umständen werde ich zulassen, dass sie mich aufgibt, wie sie es mit allen anderen getan hat.

Das wird nicht passieren.

Ich werde ihr Ehemann sein, ihre Zukunft; der Mann, neben dem sie jeden Morgen aufwacht und mit dem sie sich nachts um die Bettdecke zankt. Ich habe ihr jeden einzelnen Tag, seitdem sie mich verlassen hat, gesagt, dass sie es wert ist, um sie zu kämpfen. Jetzt muss ich es ihr beweisen.

Wenn ich ihren sturen Hintern hierher zurückzerren und sie festbinden muss, damit sie mit mir redet, habe ich damit kein Problem. Tatsächlich werde ich bei der Vorstellung steinhart.

Ich nehme mein Telefon in die Hand und weiche von dem Plan ab, an den ich mich unerschütterlich halten wollte. Ich rufe ihre Nummer auf und hämmere – da ich weiß, dass sie nicht drangehen wird, wenn ich anrufe – eine Nachricht in die Tasten.

Du hast dreißig Minuten, Goldlöckchen. Dann komme ich und hole dich.

»Shaw? Kannst du mir helfen?«, ruft Annabelle fröhlich von der Mitte des Hauses nach mir.

Da sich die Waagschale der Macht wieder zu mir neigt, stecke ich mein Handy in meine Tasche und gehe zur Haustür, jeder Schritt jetzt pure Entschlossenheit. Ich schnappe mir Annabelles Gepäck und trete mit gesenktem Blick auf die Treppe hinaus.

Und da höre ich sie.

Diese Stimme. Diese erotische, sinnliche, Ständer hervorrufende Stimme trifft mich mit der Wucht tausender Sonnen.

In Zeitlupe hebe ich den Kopf und sehe Annabelle, die mich sanft anlächelt. »Versau das nicht, okay? Ich mag sie.« Mit einem Küsschen auf meine Wange schnappt sie sich ihren Koffer in meiner Hand und schleppt ihn selbst die Treppe hinunter.

Mein Herz rast so verdammt schnell, dass ich jeden holprigen Schlag an meinen Rippen spüre. Eine Sekunde lang glaube ich zu halluzinieren, doch als ihr verführerisches Vibrato mich wieder erreicht, weiß ich, dass sie keine Fata Morgana ist.

Willow ist hier, leibhaftig. In meiner Einfahrt. Und spricht mit meiner Mutter. Umarmt Annabelle. Lächelt, winkt ihnen zum Abschied zu, während sie sich in den Wagen quetschen und losfahren.

Dann dreht sie sich um und sieht mich an.

Und wirkt nicht gerade glücklich, mich zu sehen.

In Wahrheit ... sieht sie ausgesprochen angepisst aus.

Sofort wird mein Schwanz schmerzhaft steif.

Mein Gott, habe ich sie vermisst – ihre Unverschämtheit, die die Flammen meines permanenten Verlangens nach ihrer Seele und ihrem Körper schürt.

Mit verschränkten Armen lehne ich mich lässig an den Türpfosten und warte. Je länger ihr wütender Blick mich versengt, desto stärker wird das Pochen in meinen Eiern.

Ich lasse zu, dass sich ein langsames Grinsen über mein Gesicht ausbreitet, woraufhin sich ihre finstere Miene noch mehr verdüstert. Je entspannter ich werde, umso heftiger brennt sie.

Sie ist die Verkörperung der Herrlichkeit.

Von Stärke und Schönheit.

Meine feurige Freundin ist hier in all ihrer Pracht.

Und es spielt keine Rolle, warum oder wie oder dass ihre Blicke einen Schwächeren tot umfallen lassen könnten.

Jetzt, wo sie sich zu meiner Haustür bequemt hat, geht sie nicht mehr weg.

Niemals.

32. KAPITEL

Shaw

Sie schwebt auf mich zu. Eine in Gold getauchte Göttin, blendend und hypnotisierend.

Irgendetwas hat sie fuchsteufelswild gemacht, und ich wette um meinen gesamten Besitz, dass es der Inhalt des Umschlags ist, mit dem sie wie eine Verrückte herumwedelt. Das ist nicht unbedingt das Wiedersehen, das ich mir vorgestellt habe, aber das, mit dem ich hätte rechnen müssen.

Wütend oder nicht, sie ist so majestätisch, dass ich sofort zu ihrem Sklaven werde, als sie auf mich zu stolziert kommt. Ihre sündhaften, aufreizenden Hüften schwingen hin und her, verhöhnen mich, verführen mich. Machen mir den Mund wässrig, weil ich schmecken will, was zwischen ihnen ist.

»Was ist das?«, blafft sie mich an und wedelt wütend mit besagtem Umschlag vor meiner Nase herum.

Ich habe so eine Ahnung, was sie so verärgert hat, doch ich sage nichts.

Mein Grinsen wird breiter.

Sie zieht die Augenbrauen noch fester zusammen und rümpft die süße kleine Nase, die ich an die Wurzel meines Schwanzes gepresst spüren will, während sie mich schluckt.

Der Wind fängt sich in ihrem blonden Haar, wirbelt es hoch, als befände sie sich als Antwort auf meine Gebete im freien Fall vom Himmel. Verärgert nimmt sie ihre Mähne mit der freien Hand und hält sie zur Seite. Sie erreicht die Treppe und stapft die Stufen hinauf, eine nach der anderen.

Gott. Verdammt. Ich liebe es, wenn sie so ist.

»Nun?«, fordert sie mich süß heraus.

Jetzt kann ich sie riechen.

Leidenschaft.

Intensität.

Innere Stärke.

Dieses süße Vanilleduschgel, mit dem sie manchmal ihren herrlichen Körper wäscht.

Verdammte Scheiße. Ihr einzigartiger Duft verschmilzt mit der Luft, die mich umgibt, und ich atme tief ein und schließe kurz die Augen, während ich mein Blut davon durchdringen lasse, mich beleben, mich stärken lasse.

»Das behalte ich nicht«, stößt sie hervor. Sie bleibt gut dreißig Zentimeter vor mir stehen und hält mir den Umschlag direkt vor die Nase. »Ich bin keine Almosenempfängerin, Shaw.«

Sie sieht mich an, ihre blauen Augen brennen heißer als ein Doppelvulkan. Ihre sinnlichen Lippen öffnen sich mit jedem wütenden Atemstoß. Sie ist Herrlichkeit und Anmut. Mein Schwanz pocht gegen den Stoff meiner Hose, um zu ihr zu kommen.

Sie drückt das Objekt ihres Zorns flach an meine Brust. »Ich meine es ernst. Das behalte ich nicht.«

Momentan will ich sie gleichzeitig verehren und erwürgen.

Ich packe sie fest am Handgelenk, damit sie nicht wieder von mir wegtritt. Ich will sie. Alles an ihr. Jeden eigensinnigen Zentimeter. Aber zuerst soll sie zugeben, dass sie *meinetwegen* hier ist, und nicht, weil sie einen Streit vom Zaun brechen will, der nur damit enden wird, dass sie wieder geht.

»Bist du deshalb hier?«, stoße ich hervor und packe sie fester.

Sie zieht die Augenbrauen hoch, kann sich jedoch nicht

hinter den vielen Fassaden verstecken, die sie aufgebaut hat. Ich bin ihr auf der Spur. »Warum sollte ich sonst hier sein?«

Meine Mundwinkel gehen nach oben. So verdammt starrköpfig. Ich kann mich auf ein ganzes Leben damit freuen.

Ich lege die Hand an ihre Hüfte und ziehe sie mit Macht und Entschlossenheit an mich. »Weil du genauso wenig ohne mich leben kannst wie ich ohne dich, Goldlöckchen.«

Sie weicht meinem Blick aus, doch das lasse ich nicht zu. Ich lasse ihr Handgelenk los, nehme ihr Kinn zwischen meine Finger und hebe ihren Blick wieder zu mir.

»Es tut mir leid«, sage ich leise. Wenn es sein muss, werde ich mich für den Rest meines Lebens jeden verdammten Tag entschuldigen. »Es tut mir leid, dass ich dir die Wahrheit vorenthalten habe. Ich hätte es dir sofort sagen müssen. Wenn ich es anders machen könnte, würde ich es tun.«

Das Feuer in ihren Augen wird deutlich schwächer, und ihre Muskeln entspannen sich langsam.

Eines, was ich über Willow gelernt habe, ist, dass sie sehr emotional ist. Sie setzt ein unbeteiligtes Leck-mich-Gesicht auf, aber das ist Fassade. Sie empfindet tief. Liebe, Schuld, Freude, Wut, Schmerz, Empörung, Stolz. Jedes Gefühl, das sie hat, ist übertrieben, denn sobald sie von der scharfen Klinge einer Emotion durchbohrt wird, schluckt sie sie wieder herunter und täuscht Gleichgültigkeit vor, weil das leichter ist. Doch in den letzten Monaten hat sie sich verändert. Sie kann diese Gefühle nicht mehr unter Verschluss halten. Ich habe den Schlüssel. Und ich werde ihn zu jeder Gelegenheit, die sich mir bietet, benutzen.

»Ich verstehe, warum du es nicht getan hast.« Das leichte Zittern in ihrer Stimme ist der einzige Hinweis, den ich bekomme; egal unter welchem Vorwand sie sich hierher begeben hat, wir kennen beide den wahren Grund.

Deshalb warte ich.

Ich warte, während sie innerlich damit ringt, Worte zu formulieren, die sie sagen will, die auszusprechen ihr jedoch schwerfällt.

»Es tut mir leid«, flüstert sie. »Mir tut so vieles leid. Dass ich zu sehr mit mir selbst beschäftigt war. Dass ich Angst hatte. Dass ich dich von mir weggestoßen habe, als ich dich am meisten brauchte. Weil ich eine Vollidiotin bin, wenn es um Beziehungen geht. Aber vor allem« – sie hält inne, um zu schlucken, und ich weiß zu schätzen, wie schwer es ihr fällt – »tut es mir leid, dass ich deine Hand losgelassen habe, weil sie das Einzige ist, was mir Kraft gibt, um aus diesem Tal herauszukriechen, in dem ich zu lange festgesessen habe. Es tut mir leid, dass ich dir wehgetan habe, Shaw. Es tut mir so wahnsinnig leid. Bitte verzeih mir.«

Die Erleichterung knallt brutal und brachial von allen Seiten in mich hinein. »Da gibt es nichts zu verzeihen, Willow. Es war für uns alle hart. Ich bin nur froh, dass du jetzt hier bist. Bitte sag mir, dass du bleibst.«

»Willst du mich denn noch? Ich meine … nach allem?« Ihre Stimme ist leise und unsicher, und es macht mich fertig, dass sie das überhaupt infrage stellt.

»Ob ich dich will?«, frage ich ungläubig und drücke ihr Kinn zwischen meinen Fingern. »Ich will nichts anderes als dich, Willow. Ich lasse dich nicht wieder los. Nie mehr.«

Sie atmet tief ein und sagt mit so tief empfundenem Gefühl »Ich liebe dich«, dass ich fast schluchze.

Ich beuge mich vor und streife mit meinen Lippen über ihre. »Ich liebe dich mehr.« Ich warte kurz und füge hinzu: »Annabelle hat mir erzählt, dass ihr beide euch unterhalten habt.«

Sie zieht die Mundwinkel nach oben. »Ja.«

»Ist zwischen euch alles gut?«, frage ich nervös, obwohl ich gesehen habe, wie die beiden sich umarmten.

Sie wird nachdenklich. »Ja.«

»Erzählst du mir irgendwann davon?«

Sie nickt. »Ja.«

Erleichtert atme ich tief durch. Wir werden es schaffen. »Du gehst nicht wieder weg. Nicht mal, um deine Sachen zu holen. Das weißt du, oder?«

Ihr Blick fällt auf den vergessenen Umschlag zwischen uns und wandert langsam wieder zu meinem Gesicht. Sie blinzelt ein paarmal hintereinander, während das Lächeln, das ihren Mund umspielt, erstirbt. »Ich will, dass du es zurücknimmst.«

Ich brauche ein paar Sekunden, bis ich verstehe, was sie meint, doch als mir klar wird, dass sie über das Geld spricht und nicht über mein Bekenntnis, lache ich. Laut und ausgelassen. Sie wird mich noch ins Grab bringen.

»Ich meine es ernst, Shaw.« Ihre Stimme ist jetzt härter. Sachlich.

Ach Willow.

Mein Lächeln ist so breit, dass mir das Gesicht wehtut.

Das Spiel ist aus, Süße.

Ich presse ihren Unterleib an meinen, bis ihr nicht mehr entgehen kann, was ihre Dreistigkeit mit mir anstellt. »Weißt du, was ich will, meine Schöne?« Ich lasse den Kopf sinken, sodass sich unsere Nasen fast berühren. »Deine Brüste sollen schwer sein, deine Pussy klitschnass, und dein Herz soll heftig gegen deine Rippen schlagen, wenn ich diese sündhaft sexy Jeans aufknöpfe.«

Ich fahre mit der flachen Hand über die Rundung ihres weichen Hinterns und streife dabei mit den Fingerspitzen die Ritze zwischen ihren Pobacken. Ihre Augenlider flattern. Ihre Atmung wird schneller.

Oh ja, genau so.

»Ich will, dass deine Nerven zum Leben erwachen, dass deine Haut kribbelt und dein Blut rauscht, während ich dich in sechs Sekunden an der Tür mit den Fingern zum Orgasmus bringe.« Ohne ihr die Chance auf eine Antwort zu geben, ziehe ich sie ins Haus. Knalle die Tür zu, schiebe sie mit dem Rücken dagegen, nehme ihr Gesicht in die Hände und sehe ihr fest in die schon wolllüstigen Augen.

»Und ich will, dass jeder deiner Muskeln vor entfesseltem Verlangen bebt, wenn ich mich endlich langsam in dem Zuhause versenke, das du mir jetzt seit vier verdammt langen Wochen verweigert hast.«

Ich lege meinen Mund auf ihren und nehme mir, was ich will. Ich stoße meine Zunge zwischen Lippen, die sich auf meine pressen, wenn auch nicht nur aus Lust. Sie sträubt sich, kämpft dagegen an. Buhlt um den Sieg. Schlechte Aussichten. Sie ist jetzt wieder unter meiner Herrschaft. In meinem Gewahrsam.

Meine Regeln, meine Launen.

»Shaw, ich meine es ernst«, stöhnt sie und unterbricht unseren Kuss. Ihre Hände stehlen sich zwischen uns, wodurch das Papier in ihrer Faust zerknittert. Sie versucht, mir einen Ellenbogenstoß zu verpassen. Mitleiderregend wirkungslos.

Ich packe ihre Hände mit einer Hand und drücke sie über ihrem Kopf an die Tür. Der Umschlag fällt neben uns zu Boden. »Ich will dich nackt, Willow. Ich will dich feucht und nach vorn gebeugt, mit weit gespreizten Beinen, damit ich genau sehen kann, wie sehr du mich vermisst hast.« Ich hauche jedes Wort zwischen brutalen kleinen Bissen an ihrem Hals hinauf und an ihrer Kieferpartie entlang. Himmel, ich bin so hart, dass es wehtut, und jedes Keuchen von ihr schlingt sich um meinen Schwanz und treibt mich näher an den Abgrund.

»Stopp.«

Es ist dieselbe Bitte wie beim ersten Mal, als ich sie an der Tür nehmen wollte, nur dass diesmal ihre Hüften dem Tanz meiner Finger bereitwillig folgen und ihren Protest Lügen strafen, weshalb ich weitermache. Ich berühre sie flüchtig in ihrem Seidenslip, streiche über die Nacktheit ihres weichen warmen Fleisches. Ein gequältes Stöhnen entweicht ihrer Kehle, als ich mit dem Finger direkt über ihre Mitte fahre.

Ihre Klitoris ist schon fest und pulsierend, und sie ist so feucht. So verdammt feucht. Eine zum Leben erwachte Fantasie in meinem Haus.

Ich schiebe einen Finger in sie, dann zwei. Ihr Verlangen sickert auf meine Handfläche. Ihre Reaktion auf mich ist das Nirwana.

»Bist du dir auch sicher, dass du das willst, Goldlöckchen?«

»Ich lasse dich nicht« – keuch, keuch – »für mich und meine« – keuch – »Mutter sorgen.«

Ich weiß genau, warum sie so voller Ärger und Stolz ist, doch was sie offensichtlich nicht weiß, ist, dass ich nur wenig mit den fünf Millionen Dollar zu tun hatte, die jetzt auf ihrem Konto sind.

Es ist nicht *mein* Geld. Es gehört ihr und ihrer Mutter.

Ich habe nur dabei geholfen, ein Unrecht wiedergutzumachen.

»Das Geld gehört dir«, sage ich fest zu ihr.

Ich finde die glatte Stelle, die ich suche, woraufhin ihre Muskeln mich umklammern und ihr Becken nach vorne zuckt. Sie krallt sich an mir fest, ihre manikürten Nägel schneiden köstlich in das Gewebe zwischen meinem Daumen und meinem Zeigefinger.

Ihr Blick wird glasig, während ihr Hals sich entspannt. Sie lässt den Kopf zurück an die Tür fallen. Ich beobachte, wie ihr die Zügel ihres störrischen Willens anmutig entgleiten, während ich meine Finger in sie hinein- und wieder herausgleiten lasse. Sie ist so eng und so heiß und so verdammt feucht, dass ich sie am liebsten ausziehen und gleich hier im Stehen nehmen würde, bis meine Beine uns nicht mehr aufrecht halten.

Aber ich muss zuerst sehen, wie sie kommt. Ich lechze danach.

»Ich will dein dämliches Geld nicht.« Ihre Stimme ist rau, und ihre Hüften rotieren mit jedem Eintauchen meiner Finger. Mein Daumen kreist wiederholt über ihre Klitoris.

Sie ist nah dran.

So verdammt nah.

Ich halte sie mit meinem Blick gefangen und lasse sie nicht los, gehe auch nicht auf ihre Bemerkung ein. »Herrgott, ich habe es vermisst, dich zu spüren, den Geruch deines Verlangens, den Geschmack deiner Nippel, die Süße deines Höhepunkts.«

»Ich nehme dein Geld –« Die Ekstase überwältigt sie. Sie schließt die Augen. »Gott, Shaw.«

Ja, genau, Schätzchen. Unterwirf dich.

»Hast du's dir selbst gemacht, während du an mich gedacht hast, Willow?« Die Vorstellung macht mich ganz wild.

Ihr Rücken biegt sich, ihr Hals wölbt sich.

Fünf.

»Hast du meinen Namen gerufen? Um meinen Schwanz gebettelt, als dein Orgasmus leer und ohne Erfüllung war?«

Sie öffnet den Mund.

Vier.

»Hat sich deine Seele jede Sekunde jedes verdammten Tages nach mir gesehnt?«

Sie schlägt die Augen auf. Ihr Blick packt mich. Taucht direkt in mein Innerstes.

Drei.

»Denn bei mir war es so, Goldlöckchen. Meine Seele hat

nach dir geblutet, bis sie ausgeblutet war. Du gehörst mir, Willow Blackwell. Mir. Hörst du mich?« Ich lege meine Wange an ihre und flüstere: »Jetzt komm für mich, meine Schöne. Komm heftig und lang und so laut, dass sich die Nachbarn beschweren.«

Mein braves Mädchen befolgt meine Befehle. Sie umklammert meine Finger, als sie sich gehen lässt. Sie zuckt und weint und ist dabei so verdammt strahlend, dass mir die Tränen in die Augen schießen.

Ich hebe ihren schlaffen, immer noch bekleideten Körper mit Leichtigkeit hoch und trage sie durchs Haus. Sie fährt mit den Händen durch meine kurzen Haare und drückt Küsse auf meinen Halsansatz.

Ich bin eine wandelnde Ansammlung rein männlichen Verlangens. Ich will mich einen ganzen Monat an ihr laben.

Sie vernaschen. In ihr sein. Ihr zu essen geben. Sie liebkosen. Sie baden. Sie in den Armen halten. Sie besitzen. Sie *lieben*.

»Wir sollten reden.«

»Das werden wir auch«, versichere ich ihr sanft. Ich bin unbeirrbar. »Aber ich muss in dir sein, und ich kann keine Sekunde mehr warten.«

Ich bringe sie zu *dem* Sessel. Den, von dem ich mir ausgemalt habe, sie darauf zu drücken. Sie ausgestreckt darauf zu legen. Sie darauf zu schwängern. Ich bin besessen von ihr und dem gottverdammten Sessel.

Ich stelle sie auf die Füße und fange an, sie auszuziehen, doch sie schlägt meine Hand weg.

»Lass mich«, sagt sie.

Ich bin kurz vorm Durchdrehen, bereit, gleich auszuflippen, wenn ich sie nicht in der nächsten Minute lieben kann. Aber ich sehe, dass sie das braucht, deshalb trete ich widerstrebend einen Schritt zurück, um ihr etwas Raum zu geben.

Mit einem sanften Lächeln legt sie ihre gelbe Jacke ab und wirft sie beiseite. Ich rechne damit, dass sie sich weiter auszieht, doch sie tritt stattdessen nah zu mir. Mir fest in die Augen blickend, schnappt sie sich den Saum meines weinroten Henley-Shirts und zieht es langsam an meinem Körper herauf. Dabei streichen ihre Finger über meine Rippen, und ihre Daumen kratzen aus Versehen über die Ränder meiner Nippel, die sofort hart werden.

Sie will mich scharf machen.

Grinsend hebe ich die Arme und lasse mir von ihr das Hemd ausziehen.

»Du hast mir gefehlt«, sage ich. Meine Stimme ist leise und kratzig. Ich fahre mit dem Finger an ihrer Kieferpartie entlang und glaube immer noch nicht, dass sie hier ist. »Du hast mir so gefehlt, Willow.«

Ihr Blick wird weich. »Du hast mir auch gefehlt.«

»Du gehst nicht mehr weg.« Sie öffnet die Knöpfe an meiner Jeans. Ich halte sie davon ab und umfasse sanft ihr Handgelenk. »Du bleibst hier, verstanden?«

»Du bist immer so herrisch.«

Herrgott. Dieses unverschämte Lächeln setzt mich jedes Mal außer Gefecht.

»Du forderst mich immer heraus«, kontere ich.

Sie stellt sich auf die Zehenspitzen und flüstert an meinen Lippen: »Aber es macht dich an, stimmt's?«

»Da kannst du Gift drauf nehmen.«

Ich lege ihre flache Hand auf meinen Bauch und führe sie in meine Retropants, um ihr zu zeigen, wie hart ihre große Klappe mich macht. Als ich ihre Hand um meinen Schwanz lege, drückt sie fest zu, und *verdammt noch mal*, nichts hat sich je so verdammt gut angefühlt. Ich kann den Kopf nicht mehr hochhalten.

Ich schließe die Augen. Lege den Kopf in den Nacken. Alle anderen Sinne schärfen sich um ein Vielfaches.

Ich spüre die Wärme ihrer Haut auf meiner.

Ihre Lippen, die über meine Brust wandern. Ihren schweren Atem.

Das Donnern meines Herzens in meiner Brusthöhle.

Das qualvolle Zusammenziehen meiner Eier.

Es ist Folter. Eine verdammte zuckersüße Folter.

Sie fährt gemächlich und bedächtig an meinem Schwanz hinauf, und als ihr Daumen über meine nässende Eichel streicht, erschaudert mein ganzer Körper. Das Kribbeln an meinem unteren Rücken schlägt ein unglaubliches Tempo an, und jedes bisschen Kontrolle, das ich noch hatte, löst sich in einem Blitz aus unersättlichem Hunger auf.

Ich werde kommen, aber ich will verdammt sein, wenn es aufgrund einer Berührung meines Schwanzes ist. Wenn ich explodiere, dann tief in ihr, wo ich hingehöre.

Während sie sich die Bluse vom Leib reißt, schiebe ich meine Hose und meine Unterhose meine Beine hinunter. Ihre Jeans ist als Nächstes dran. Ich bekomme flüchtig einen zartblauen BH zu sehen, bevor auch er weg ist. Den Slip reiße ich ihr förmlich von den Hüften.

Unsere Bewegungen sind hastig und fieberhaft. Ich packe sie im Genick und drücke meinen gierigen Mund auf ihren, während ich sie mit dem freien Arm hochhebe und auf meinen Schwanz setze. Das Gefühl, wie ihre straffen Nippel über meine Brust streifen, ist totale Glückseligkeit.

Ich befeuchte mich mit den Überresten ihres Orgasmus. Dann stoße ich, ohne eine weitere Sekunde zu verlieren, meine Hüften nach vorn und ramme meinen schmerzenden Schwanz an den einzigen Ort, der für ihn bestimmt ist.

»Himmel Herrgott.« Ich schnappe heftig nach Luft und genieße das wundervolle Gefühl zu Hause zu sein. »Gott, Willow. Das ist mit nichts vergleichbar.« Ein gebrochenes Stöhnen ist ihre einzige Antwort.

Den Sessel kann ich vergessen. Ich werde keine fünf Sekunden durchhalten, wenn ich sie auf mir habe. Ich beuge die Knie und lege mich mit ihr auf den Plüschteppich, den ersten Ort, an dem ich sie geliebt habe. Doch diesmal werde ich sie nicht zurückhalten.

Ich will, dass ihre Hände über meinen Körper wandern, dass sie die Augen verdreht. Ich will ihren Mund überall auf mir, saugend und beißend. Ich will sie wild und fiebrig.

Ich stütze mich auf die Unterarme und schiebe meine Hände in ihre weichen Haare. Sie schlingt die Beine um meinen Rücken. Ich beginne, hinein- und hinauszugleiten, und beiße die Zähne zusammen, als ein Prickeln an meinen Beinen hinaufrast.

»Du ziehst bei mir ein«, verkünde ich, während ich Küsse über ihren zarten cremefarbenen Hals verteile.

»Das klingt wie ein Befehl«, flüstert sie und spannt ihre Muskeln absichtlich noch etwas mehr an, während sie mit den Nägeln über meinen Rücken kratzt. Ich kneife fest in ihren Nippel, bevor ich ihn in den Mund nehme, um noch fester zuzubeißen.

Ihr Luftschnappen ist ein vertrautes Lied, das zu hören mir gefehlt hat.

»Du heiratest mich.« Meine Hüften bewegen sich schneller, während meine Beherrschung mit Schallgeschwindigkeit zerfasert.

»Ich lasse mir nicht gern Vorschriften machen.«

Ach Willow. Willow, Willow, Willow.

So eine kleine Lügnerin.

Ich habe dein Lächeln an meiner Wange gespürt.

»Wir kriegen vier Kinder. Alles Jungs.«

Sie saugt so fest an meinem Hals, dass ich sicher einen Knutschfleck bekomme. Ich fange jetzt an, sie ernsthaft zu vögeln. Sie packt meinen Hintern und krallt sich bei jedem unregelmäßigen Stoß in meine Haut.

»Drei. Zwei Mädchen und einen Jungen«, widerspricht sie abgehackt atmend.

Ich umfasse ihre Pobacken, drücke ihr Becken nach oben und hocke mich hin. Unsere Blicke, schwer und von dieser unfassbaren Liebe erfüllt, verschmelzen.

»Du kannst alles haben, was du willst, Willow. Alles. Such dir was aus.«

Ihre Augen strahlen vor Glück. Ich habe sie noch nie so gesehen. Wenn ich nicht schon wahnsinnig in sie verliebt wäre, würde ich mich genau in diesem Moment in sie verlieben. All ihre Facetten so deutlich zu sehen, ist verblüffend.

»Ich habe schon alles, was ich will. Genau hier. Es tut mir leid. Es tut mir so leid.«

Tränen steigen ihr in die Augen. Es zerreißt mich.

»Schsch. Nicht weinen, Schatz.« Ich verlangsame mein Tempo. Mein Bedürfnis, sie zu trösten, ist stärker als mein Bedürfnis zu kommen.

Ihre Finger fliegen zu meinen Schenkeln. Ihr Griff ist fest und wird mir blaue Flecken bescheren. »Wenn du jetzt aufhörst, hetze ich Sierra auf dich.«

Eine fast sichere Methode, die Eier eines Mannes zum Schrumpfen zu bringen, doch ich lasse mich durch ihre leere Drohung nicht im Geringsten beirren. Ich ziehe mich fast ganz zurück und ramme mich so kräftig wieder hinein, dass ihr der Atem stockt. »Du verhandelst hart, Goldlöckchen.«

»Du warst ein guter Lehrer, Verkehrsrowdy.«

Ich nehme sie hart, grob, vollkommen, zu Stöhnen und atemlosem Flehen. Sie kommt zuerst und zieht mich mit sich.

Ich kann den Blick nicht von ihr wenden, trotz der wahnsinnigen Intensität meines eigenen Höhepunkts. Als ich jeden Tropfen Lust aus uns beiden gepresst habe, breche ich auf ihr zusammen. Unsere Haut ist so glitschig, dass wir aneinander kleben.

Minuten später, als wir wieder zu Atem gekommen sind, schnappe ich mir ein Kissen und werfe es auf die Couch, wo wir es uns gemütlich machen. Ich mache mir nicht die Mühe, uns zu säubern, weil ich vorhabe, sie in weniger als zehn Minuten über den Sessel zu beugen, mit einem flammend roten Hintern von der Tracht Prügel, die sie von mir bekommen wird, nicht nur weil sie so lange von mir fortgeblieben ist, sondern auch wegen der gefährlichen Situation, in die sie sich mit Paul Graber gebracht hat. Ich war Noah noch nie so dankbar wie in dem Moment, als ich von den Ereignissen jener Nacht erfuhr und davon, wie er sie beschützt hat.

»Das ist ein bisschen wie ein Déjà-vu, hm?«, sagt sie und starrt in das elektrische Kaminfeuer, das ich eingeschaltet habe.

»Allerdings«, stimme ich zu und streiche über die Gänsehaut auf ihrem Arm. Nur dass ich jetzt zugeben kann, dass ich in sie verliebt bin. Ich nehme ihr Kinn zwischen meine Finger und hebe es an, bis sie mir in die Augen sieht. »Das Geld stammt aus der Lebensversicherungspolice deines Vaters. Es gehört dir.«

Sie schießt so schnell hoch, dass die Decke, die ihren splitternackten Körper bedeckt, herunterrutscht. Ihre hübschen rosa Nippel ziehen sich sofort zu Punkten zusammen, die um meine Zähne flehen. Ich kämpfe gegen das Bedürfnis an, einen davon zu kneifen. Verdammt, meine Zurückhaltung ist unglaublich.

»Was meinst du damit, sie stammt aus der Lebensversicherungspolice meines Vaters? Ich habe dir doch gesagt, sie wollten nicht zahlen, weil …« Eine Pause. Sie setzt die Puzzleteile zusammen, ist jedoch immer noch verwirrt. »Ich verstehe nicht.«

»Es ist ein ganz schöner Akt, die Todesursache auf einer Sterbeurkunde ändern zu lassen.«

»Du – *Was?*« Sie schüttelt ungläubig den Kopf.

Ich setze mich auf und ziehe sie auf meinen Schoß, weil ich nicht will, dass wir diese Unterhaltung getrennt voneinander führen. Sie schlingt die Beine um meine Taille, sodass ihre Mitte sich eng an meinen Unterleib schmiegt. Als ich spüre, wie unsere vermischte Erregung auf mich tropft, macht mein Schwanz sich für Runde zwei bereit.

»Der Coroner hat die Todesursache von Selbstmord auf Unfalltod geändert, und ein Mitarbeiter von Aurora hat mit der Lebensversicherungsfirma zusammengearbeitet, um sicherzugehen, dass euer Anspruch beschleunigt wird. Das Einzige, was fehlte, war deine Kontonummer, aber Millie war so freundlich, sie mir zu geben.«

Sie legt den Kopf schief. »Millie? Du hast Millie gesehen?«

»Ja«, antworte ich schlicht.

»Du …? Millie hat dir meine Kontodaten gegeben?« Die Ungläubigkeit in ihrer Stimme bringt mich zum Lachen.

»Was kann ich dazu sagen?« Ich zucke mit den Achseln. »Ich bin sehr überzeugend. Ich habe auch ein paar Stunden mit deiner Mutter verbracht. Sie hat ziemlichen Humor.«

»Das hast du gemacht?«

»Natürlich. Sie ist dir wichtig, Willow. Was dir wichtig ist, ist auch mir wichtig.«

Es dauert eine Weile, bis sie lächelt. Sie lässt erleichtert die Schultern sinken. »Ist das alles wahr?«

Ich lasse ein paar ihrer Haarsträhnen durch meine Finger gleiten. »Wahrer geht's nicht.«

Ich kenne meine Frau. Ihr Stolz ist genauso groß wie ihr

Eigensinn. Aber nachdem sie die zweihundertfünfzigtausend zurückgegeben hatte, hätte ich ihr jeden Cent überlassen, den ich habe, da ich wusste, dass die finanzielle Belastung mit doppelter Wucht zurückkommen würde. Ich bin heilfroh, dass sie sich nie wieder Sorgen um Geld machen muss.

»Seine Versicherungspolice war fünf Millionen Dollar wert? Wirklich?«

Sie hat Schwierigkeiten, es zu begreifen.

»Eigentlich zwei Komma fünf, aber … bei Tod durch Unfall verdoppelt sich die Summe.«

Das strahlende Lächeln erstirbt. Ich streichele ihre Unterlippe und beuge mich vor, um einen Kuss darauf zu drücken. Das wird eine bittere Pille für sie bleiben, egal wie viel Zeit vergeht.

»Du siehst also, das Geld gehört dir.«

Und das ist noch nicht alles. Ich würde ihr gern erzählen, dass ihr Reichtum ihre kühnsten Träume übersteigen wird, wenn Aurora in sechs Monaten mit der Produktion des Medikaments beginnen wird, für das ihr Vater das Patent besitzt, aber da ich das Gefühl habe, dass sie immer nur eins nach dem anderen verarbeiten kann, hebe ich mir die Nachricht für einen anderen Tag auf.

»Ich bin immer noch verwirrt. Ich meine, der Coroner würde sich doch nicht einfach auf dein Wort verlassen, oder?«

Während sie auf meinem Schoß herumrutscht, werde ich immer härter. Ich halte ihre Hüften fest, sonst wird sie mich gleich reiten, statt Antworten zu bekommen.

»Nein. Ganz so einfach war es nicht. Ich habe zwei der Mädchen, die in jener Nacht dabei waren, zur Polizei begleitet, damit sie ihre Geschichte erzählen konnten und der Polizeibericht entsprechend ergänzt werden konnte.«

Ich schwöre, ihre Augenbrauen kleben zusammen. So süß.

»Wen denn?«

»Lia Melbourne, die Noah und ich in North Carolina besucht haben, und Annabelle.« Als ich Lia ursprünglich deshalb kontaktierte, war ich mir nicht sicher, ob sie zustimmen würde, doch die jahrelangen Schuldgefühle, weil sie das Geheimnis für sich behalten hatte, hatten sie aufgefressen. Deshalb ergriff sie die Gelegenheit beim Schopf, dieses Unrecht wieder gutzumachen.

»Aber ich dachte, Annabelle erinnert sich an nichts.«

»An nichts, was den Unfall betrifft, aber sie weiß noch genug von den Ereignissen am früheren Abend. Lia hat diese Geschichte bestätigt und die Leerstellen ergänzt.«

Ich sehe, wie die Fragen, die sie noch hat, mit hundertsechzig Stundenkilometern vorbeifliegen.

»Sie sind zur Polizei gegangen? Stecken sie in Schwierigkeiten?«

»Nein, Süße. Es war ein Unfall. Es wird gegen keine von ihnen Anzeige erstattet.«

»Gott sei Dank«, antwortet sie. »Wie geht es ihr? Annabelle?«

Ich streiche ihr ein paar Haarsträhnen hinters Ohr und genieße das Gefühl ihrer weichen Haut. Ich kann nicht aufhören, sie zu berühren. »Sie geht nach Thanksgiving drei Monate nach Colorado, um eine Therapie zu machen. Es war ihre Idee.«

Sie atmet langsam ein und stößt die Luft wieder aus. Ich versuche, mich nicht davon ablenken zu lassen, wie ihr Busen gerade meine Brust gestreift hat. »Das freut mich. Ich hoffe, das wird ihr helfen.«

»Ich auch.«

Als sie fröstelt, greife ich nach der Decke und lege sie ihr um die Schultern. Mein Blick fällt auf ihren Hals, wo der Kettenanhänger stets in der Kuhle ruht. Nur … er ist verschwunden. Es ist das erste Mal in vier Monaten, dass ich sie ohne ihn sehe.

Ist es falsch, dass ich mir am liebsten triumphierend gegen die Brust trommeln will?

Ja.

Oder nicht?

Aus Gewohnheit berührt sie die leere Stelle und lächelt dieses Lächeln, das mir sagt, dass sie weiß, was ich denke. Ich kann nicht anders, als ein Lächeln zu lächeln, das ihr sagt: *Es ist mir scheißegal. Du gehörst mir. Nur mir.*

»Vi ist bei mir. Sie war immer bei mir, ob mit Kette oder ohne.«

»Sie ist von ihm, stimmt's?«

Sie presst die Lippen aufeinander. Die Antwort liegt in ihren Augen.

»Du kannst sie ruhig tragen. Es macht mir nichts aus.« Das tut es doch. Ziemlich.

Ihr Schmunzeln verrät mir, dass sie meine unausgesprochenen Worte gehört hat. »Ich brauche sie nicht mehr.« Sie fährt mit dem Fingernagel über meine Stoppeln und windet sich so heftig, dass ich meine Finger um ihre Hüften anspanne, um sie festzuhalten. »Ich habe doch deine Hand, weißt du noch?«

»Auf jeden Fall«, murmele ich und beuge mich vor, um mich an ihrem Hals hinaufzulecken.

Ihre Finger durchwühlen meine Haare. Sie kratzt mit den Nägeln über meine Kopfhaut, während sie den Kopf schief legt. »Wusstest du, dass Randi die beste Freundin meiner Schwester war?«

Die Welt ist wirklich klein. »Das ergibt irgendwie Sinn. Sie war sehr bedacht darauf, dich zu beschützen, als ich sie traf.«

»Ja. So war sie immer.«

Ich zwinge mich, meine Lippen von ihrer Haut zu lösen, und sage ihr: »Damit bist du fertig«, nur für den Fall, dass es gesagt werden muss.

»In diesem einen Fall widerspreche ich nicht.«

»Na, das ist schon mal ein Fortschritt.« Ich lache, als sie mich spielerisch haut.

Wir werden beide ernst und sehen uns an.

»Bist du wirklich hier?«, frage ich sie, immer noch voll Ehrfurcht, dass sie zu mir gekommen ist.

»Ich bin hier.« Ihr Lächeln trifft mich mitten ins Herz. »Es wird nicht einfach sein, Shaw. Ich kann mich nicht über Nacht ändern. Du musst mich aus meiner Komfortzone drängen und geduldig mit mir sein, wenn es mir schwerfällt, mit dir über meine Gefühle zu reden.«

»Ich tue nie einfache Dinge, und im Drängen bin ich ziemlich gut«, versichere ich ihr und versinke noch ein bisschen mehr in den faszinierenden Augen, die so klar sind, dass ich bis auf den Grund sehen kann.

»Ich habe mein Leben lang Komplikationen vermieden. Nach Violets Tod war ich …« Sie hält inne, um zu schlucken. »War ich wie betäubt. Nicht nur wie, sondern *richtig* betäubt. So war es leichter. Aber ich war mit meinem Leben zufrieden« – sie zieht sanfte Kreise um mein Schlüsselbein und an meiner Brust hinunter –, »bis irgend so ein Arschloch, das nicht aufgepasst hat, mir in meine Todesfalle hinten reingefahren ist.«

Ihr Körper erhitzt sich. Sie zuckt mit den Schultern. Die Decke fällt herunter. Tut mir leid (gar nicht!), aber mein Schwanz fängt an, Randale zu machen. Willows Körper ist unglaublich, und Runde zwei ist längst überfällig. Und mein Goldlöckchen, Gott segne sie, ist einfühlsam. Ihr entgeht nichts. Ihre Finger, die so gedankenverloren mit meinen vereinzelten Brusthaaren gespielt haben, wandern jetzt nach unten. Weiiit nach unten.

»Willow«, warne ich sie. Wenn sie unser Gespräch zu Ende führen will, sollte sie sich keinen Zentimeter mehr bewegen. Doch sie tut es. Sie tut es verdammt noch mal.

Zeit für eine Lektion.

Oh, wie sehr ich Lektionen liebe.

Im Handumdrehen ist ihr Hintern, der von meiner Handfläche sowieso schon knallrosa ist, in der Luft und sie hält sich an beiden Armlehnen ihres Thrones fest. Ich stoße in sie und spiele an ihrer Klitoris. Wir sind beide schon auf halbem Weg zum Orgasmus, als ich anfange, meine Forderungen zu stellen.

»Du heiratest mich.«

Im Grunde meines Herzens bin ich Geschäftsmann. Das ist seit meiner Geburt tief in mir verwurzelt. Ich weiß, wann ich strategisch vorgehen muss, wann mit Fingerspitzengefühl, wann ich ein harter Hund sein muss und wann ich aussteigen muss. Ich weiß, wie ich jedes einzelne Mittel in meinem Arsenal einsetzen muss, um das gewünschte Ergebnis zu erzielen.

Deshalb lasse ich mit null Schamgefühl von ihrer Klitoris ab, fahre mit dem Finger durch ihre Feuchte und hole zum entscheidenden Schlag aus. Ich fahre einmal am Rand entlang, bevor ich mich bis zum Anschlag in ihr versenke. Statt sich zurückzuziehen, lässt sie sich mit einem Zischen an mich sinken.

Verdammt, wie ich sie vermisst habe.

»Sag ja, Goldlöckchen«, fordere ich mit belegter und rauer Stimme.

»Du spielst nicht …« Ihre Fingerknöchel werden weiß, während ich unerbittlich in sie stoße. Sie ist fast so weit. »… fair.«

Atemlos. Genau wie ich sie mag.

Über sie gebeugt, ihre Wirbelsäule an meine Vorderseite gedrückt, verringere ich mein Tempo erheblich. »Heirate mich«, flüstere ich an ihrem Ohr.

»Schneller.«

»Heirate mich.«

»Fester.«

»Heirate mich«, wiederhole ich und bewege mich im Schneckentempo.

»Du schikanierst … mich.« Der Schluss ist nur noch ein Wimmern.

Sie kommt gleich.

Ich ziehe ihr Gesicht zu mir. Küsse ihre geschwollenen Lippen. »Falsch. Ich liebe dich. Ich liebe dich mit allem, was ich habe, Willow. Rettungslos. Für immer. Werde meine Frau, meine Schöne. Lass meine Hand jetzt nicht los. Heirate mich. Bitte.«

Ihr Inneres beginnt zu zucken. Ihr Körper spannt sich an, doch ihre Augen … diese mir die Seele aussaugenden Seen, die mich in ihren unergründlichen Tiefen auf ewig gefangen halten, bleiben auf mich gerichtet, als die erste Welle der Ekstase über ihr zusammenkracht.

»Ja«, flüstert sie. »Ja, ja, ja, ja.«

Und ich weiß, dass ihr Mantra keine Antwort auf die Lust ist, die durch ihre Glieder strömt. Es ist für mich.

Nur für mich.

Ich seufze und lasse mich ihr folgen, erlaube beispielloser Ruhe, sich in meinen Gliedern niederzulassen, als mein Orgasmus abflaut.

Vor sechs Monaten glaubte ich, alles zu besitzen, doch jetzt wird mir klar, dass ich nichts hatte. Ich fand den Mann, der zu sein ich bestimmt war, an den unerwartetsten Orten. In ihrer Weichheit. In ihrer Zähigkeit. In ihrer Stärke und ihren gewundenen Labyrinthen.

Auch wenn Willow immer ein Patchwork ihrer tragischen Vergangenheit sein wird, habe ich ein Leben lang Zeit, ihre Kompliziertheiten eine nach der anderen zu enträtseln. Und ich werde jeden Sieg feiern, egal wie klein er ist.

Das wird eine Achterbahnfahrt, da bin ich mir sicher.

»Können wir das noch mal machen?«, keucht sie. Sie hat die Wange auf ihrem Unterarm abgelegt und die Lider geschlossen, während ein verträumtes Lächeln um ihre Lippen spielt. Das habe ich dorthin gezaubert.

»Was davon, meine Schöne?«, frage ich und streiche ihr verschwitzte goldene Haarsträhnen zurück, die an ihrer Stirn kleben. Verschwitzt und befriedigt steht ihr verdammt gut.

Sie öffnet die Augen und sieht mich mit einem verführerischen Lächeln an, das mein Oberstes zuunterst kehrt. »Alles.«

Aber es wird eine Fahrt, die ich mit keiner anderen unternehmen wollte.

»Ich dachte schon, du fragst nie, Goldlöckchen.«

Epilog

Willow

»Was ist mit dem hier?« Ich drehe das iPad herum und schiebe es zu ihr. »Es ist perfekt, finde ich.«

Sie wirft einen flüchtigen Blick darauf. »Das ist ein Witz, oder?«

»Sierra«, schimpfe ich.

»Nein.« Sie schiebt mir das Gerät über den Tisch zurück. Ich kann es gerade noch auffangen, bevor es herunterfällt, und verschütte dabei fast meinen Eistee.

»Du bist unmöglich, weißt du das? Du musst dich mal entscheiden.« Ich verlasse die Website, indem ich zu Nordstrom's klicke, und versuche angesichts dessen, was ich alles noch zu tun habe, nicht durchzudrehen.

Die letzten drei Monate waren wie ein Wirbelsturm. Ich bin zu Shaw gezogen. Wir haben im Frühsommer einen Hochzeitstermin festgesetzt, der rasant näher rückt. Ich wurde von einer *New York Times*-Bestseller-Autorin ausgewählt, die mit ihren früheren Hörbuchversionen nicht zufrieden war und möchte, dass ich den Großteil ihrer Backlist neu einspreche. Und sie hat mir einen Vorschuss auf ihre kommenden Projekte gewährt. Zwischen wöchentlichen Ausflügen nach Colorado, um Annabelle zu besuchen, die jetzt ein ganz anderer Mensch ist, lag meine Mutter letzten Monat mit Lungenentzündung im Krankenhaus. Zum Glück hat sie sich vollständig erholt.

Ach, und anscheinend werde ich so reich wie Warren Buffett, da die Behörde für Lebens- und Arzneimittelsicherheit die Produktion von Zytin genehmigt hat, wofür mein Vater das Patent hatte.

Doch nichts davon übertrifft die aufregendste Entwicklung von allen.

Ich bin schwanger. In der zehnten Woche.

Ich kann nicht fassen, dass das mein Leben ist.

»Könnt ihr nicht einfach durchbrennen? Diese Hochzeit macht eine Menge Arbeit.« Sierra sackt auf ihrem Stuhl zusammen und fängt an, an ihrem schwarzen Nagellack zu kratzen.

»Ich habe vor, nur einmal zu heiraten, und ich werde nicht zulassen, dass irgendein schlechter Elvis-Imitator meine Hochzeitsurkunde unterschreibt. Außerdem will ich meine Mutter dabei haben, ob sie sich später daran erinnert oder nicht.«

»Na schön«, murrt sie laut. »Zeig mir noch was anderes.«

»Du musst mir schon ein bisschen helfen, Ser. Du hast mir nicht mal gesagt, was dir gefällt.«

Sie zuckt mit den Achseln. »Ich mag lieber Leder als Spitze.«

Ich ignoriere sie. Dieses Gespräch haben wir schon geführt. Und zwar vier Mal. »V-Ausschnitt? Sweetheart-Ausschnitt? Glockenrock? Schulterfrei? Bodenlang? Knielänge? Altrosa?«

Sie schnaubt verächtlich. Sie hasst Rosa in jeder Form, außer in ihren Haaren.

»Wie wär's hiermit?« Ich zeige ihr ein mitternachtsblaues kurzes Dupion-Cocktailkleid mit V-Ausschnitt. »Schau mal … es hat Taschen«, sage ich aufgeregt. Welche Frau hätte nicht gern Taschen an ihren Kleidern?

»Auf keinen Fall.«

»Du bringst mich noch um.« Ich seufze. »Das ist etwa das hundertste Kleid, das du in der Luft zerreißt.«

»Weil du einen schrecklichen Geschmack hast. Müssen wir den ersten Schulball noch einmal erleben?«

»Noch eine Cola, Ma'am?«, fragt die Kellnerin, die an unseren Tisch getreten ist, Sierra, bevor ich die Gelegenheit habe, sie daran zu erinnern, dass ihre Velours-Trainingsanzugphase in der elften Klasse auch nicht gerade eine Sternstunde war.

»Ich möchte Sie etwas fragen.« Sierra legt den Ellbogen über ihre Rückenlehne und sieht unsere junge flotte Kellnerin namens Azalia mit schief gelegtem Kopf an. *Oh-oh.* »Sehe ich wie eine Ma'am aus?«

Azalia sieht sich mit ihren großen Augen Hilfe suchend um. Ich lächele sie mit einem mitfühlenden Achselzucken ermutigend an. Sie ist auf sich gestellt.

»Äh …« Azalia sieht aus wie eine Maus in der Falle. Das arme Ding.

»Sehen Sie nicht sie an«, fährt Sierra sie an. Mann, hat die eine Laune. Man könnte meinen, *sie* sei diejenige, in deren Körper die Hormone verrücktspielen, und nicht ich.

Unsere offenkundig aus den Südstaaten stammende Bedienung, Gott segne ihre unschuldige Seele, wird vor einer wie auch immer gearteten vernichtenden Bemerkung seitens Sierra gerettet, weil Shaw und Noah sich genau diesen Moment aussuchen, um zum Mittagessen einzutrudeln.

Ich stehe auf, um die Arme um den Hals meines Verlobten zu schlingen.

»Du hast mir gefehlt«, schnurrt Shaw, bevor er mich auf den Mund küsst. Der Kuss ist lang und lüstern und für ein Restaurant viel zu unangemessen. Ich werde sofort feucht, da mein Verlangen nach ihm niemals gesättigt ist.

Während sein Mund immer noch meinen verschlingt, vergräbt er eine Hand in meinen Haaren und dreht meinen Kopf so, wie er ihn haben will. Er küsst mich besinnungslos und reißt sich in dem Moment los, als ich dahinschmelze. Meine Lider sind schwer, und das Pulsieren zwischen meinen Beinen fleht mich an, ihn irgendwo mit hinzunehmen, wo es dunkel ist und wir allein sind, damit er es lindern kann.

»Du hast anscheinend Hunger.« Er grinst, und der Schalk in seinen Augen verrät mir, dass er das mit Absicht getan hat.

»Das war gemein.«

»Das war die Vorspeise, meine Schöne.« Sein Blick gleitet an meinem Körper hinab und erhitzt mich. »Ich freue mich schon auf das Dessert.«

»Himmel Herrgott«, lamentiert Sierra. »Ihr verderbt mir den Appetit.«

»Komisch. Meiner wird größer«, höre ich Noah lachend sagen.

»Oh mein Gott«, murmelt Sierra. Ich kichere.

»Äh, ich gebe Ihnen noch einen Moment.« Azalia hastet davon, wahrscheinlich um eine Vertretung für diesen durchgeknallten Tisch zu finden.

»Hallo«, flüstert Noah mir zu und haucht mir einen Kuss auf die Wange. Shaw schubst Noah, der jetzt lacht, beiseite. Er ist angesichts der brüderlichen Zuneigung, die Noah mir entgegenbringt, erheblich lockerer geworden.

Shaw begleitet mich an meinen Platz und setzt sich rechts neben mich, während Noah den einzig übrig gebliebenen Stuhl an unserem Vier-Personen-Tisch herauszieht.

»Sierra«, begrüßt Noahs dunkle Stimme sie. Wie er ihren Namen in die Länge zieht, fühlt sich an, als würden einem mit verbundenen Augen Seidenbänder über den nackten Körper gezogen. Sinnlich. Erotisch. Selbst ich habe eine Gänsehaut.

Doch meine kaltherzige Ex-Mitbewohnerin bleibt davon

unberührt. Jedenfalls will sie das allen weismachen. Sie rollt demonstrativ mit den Augen und schnalzt verärgert mit der Zunge.

Noah nimmt Platz, ohne sie aus den Augen zu lassen. Ein amüsiertes Lächeln umspielt seine Lippen. Ich glaube, er durchschaut Sierras Theater. Als sie seinem Blick ausweicht, kann ich mir nur mit Mühe die Frage verkneifen, warum sie sich nicht einfach von ihm vögeln lässt und es hinter sich bringt.

Ulkig, diese zwei.

»Warum ist er noch mal hier?«, faucht Sierra und verschränkt die Arme. Noah, fröhlich und unbekümmert, wirft den Kopf zurück und lacht. Er legt den Arm auf den Tisch und beugt sich so dicht zu ihr, wie er sich traut.

»Ich bin der Trauzeuge des Bräutigams. Du bist die Trauzeugin der Braut. Und durch eine wunderbare Fügung des Schicksals werden wir Taufpaten sein. Ich fürchte, wir werden eine ganze Zeit wie siamesische Zwillinge sein, Mäuschen. Und ich für meinen Teil kann mir nichts Schöneres vorstellen.«

Sie schnappt empört nach Luft. Ich bin mir sicher, dass seine Bemerkung viele Dinge enthielt, die sie aufregen, doch als sein erhitzter Blick auf ihre Hüften fällt, kriecht eine echte Röte an ihrem Schlüsselbein hinauf und hält erst an, als sie am Haaransatz anlangt. Zufrieden lehnt Noah sich zurück und nimmt beiläufig seine Speisekarte.

Okay …

»Also«, sage ich und klappe die Schutzhülle meines iPad zu. »Wie war euer Vormittag?«

Shaw und Noah hatten heute Morgen irgendein Geheimtreffen geplant, über das sie vorher nichts verraten wollten. »Ein Männertag«, hatte Noah gesagt.

Sie wechseln verstohlene Blicke.

»Gut.« Auch Shaw nimmt seine Speisekarte in die Hand und klappt sie auf, um die Vorspeisenliste zu überfliegen.

»Das ist alles? Mehr verrätst du mir nicht?«

»Wie fühlst du dich heute?«, lenkt er ab und sieht mich von der Seite an. »War dir heute schlecht?«

Angriffslustig lache ich auf. »Du bist nicht so geschickt, wie du glaubst, Verkehrsrowdy.«

Er blinzelt mir zu. Verdammt, er weiß, was das mit mir macht. »Da bin ich anderer Ansicht, Goldlöckchen.« Sein Blick fällt auf meine Nippel, die für ihn strammstehen.

»Zeig es ihr einfach, Merc«, sagt Noah. »Sie wird es sowieso sehen, wenn ihr später im Bett seid.«

»Was denn?«

Ich suche Shaws Körper nach irgendetwas Auffälligem ab, doch er trägt noch dasselbe enganliegende T-Shirt und die Dark-Washed Jeans, in der er heute Morgen das Haus verlassen hat. Er ist wahnsinnig sexy. Diese feingeschliffenen Muskeln, die langen geschmeidigen Finger, dieser talentierte …

Konzentrier dich.

»Sagt es mir.« Mein Blick huscht zwischen ihnen hin und her.

Shaw sieht seinen besten Freund wütend an, doch Noah tut es mit einem Achselzucken ab. »Es ist wahrscheinlich nicht klug, eine Schwangere zu ärgern. Hast du nicht gesagt, sie sei noch reizbarer als sonst?«

Shaw flucht halblaut.

Ich habe nicht mal Zeit, um wütend zu werden, weil Sierra stichelt: »Was hast du gemacht, Mercer? Dir ihren Namen auf die Arschbacken tätowieren lassen?« Grinsend schiebt sie ihren Strohhalm in den Mundwinkel und trinkt.

»Gut geraten«, wirft Noah lachend ein.

Sierra sagt etwas zu ihm, das ich nicht höre. Meine ganze Aufmerksamkeit ist jetzt auf Shaw gerichtet. Unsere zwei Spaßvögel sind vergessen.

»Du hast dir ein Tattoo stechen lassen?«

Er nickt langsam und zögernd.

Er ist nervös.

Ich bin mir ziemlich sicher, dass ich den selbstsicheren und allmächtigen Shaw Mercer noch nie so besorgt gesehen habe. Es ist hinreißend.

»Wohin?« Als er nicht antwortet, frage ich mit einem provozierenden Lachen: »Wirklich auf deine Pobacke?«

Er wirft Noah und Sierra einen wütenden Blick zu. »Nein.« Sie kreischen vor Lachen.

»Ignorier sie.« Ich rücke meinen Stuhl näher zu ihm und nehme seine Hand in meine. »Sag es mir.«

»Ich wollte es dir unter vier Augen sagen.« Noch ein finsterer Blick in Noahs Richtung. Sein Blick sucht meinen. Dann zieht er seine Hand aus meiner, schiebt sein T-Shirt hoch und bringt seine kräftigen Bauchmuskeln zum Vorschein, bei deren Anblick mir das Wasser im Mund zusammenläuft.

Ich konzentriere mich sofort auf ein Stück durchsichtige Plastikfolie, die eine Stelle links von seinen Rippen verdeckt, direkt über den Puzzleteilen, die ich heute Morgen in der Dusche mit der Zunge nachgezogen habe, bevor ich ihm die Knie weich gemacht habe. Die Haut darunter ist rot und gereizt … und frisch tätowiert.

Mir stockt der Atem. »Was ist das?«

Ich will die Stelle berühren, doch er packt meine Hand und hält mich davon ab.

»Hier. Es muss sowieso ab.« Er zieht die Folie zurück und legt die entzündete Haut darunter frei, und jetzt, wo die Abdeckung fort ist, kann ich es deutlich sehen.

Ich fange an zu weinen. Richtig schön hässlich. Mit Rotz und allem.

Zum Teufel mit euch Hormonen!

»Liebling. Willow, nicht weinen.«

Er zieht sein T-Shirt wieder herunter und greift nach mir, doch ich ziehe es wieder hoch, um mir das Symbol der Liebe, das er für immer mit sich tragen wird, genau anzusehen.

Hängende Äste über einem verwitterten Baumstamm.

Die Blätter sind kompliziert, aber eindeutig. Die meisten sind ausgefüllt, einige leer gelassen.

Wurzeln breiten sich am Fuß des Stammes aus, kräftig und reichlich. Tief und verschlungen.

Der Weidenbaum füllt den leeren Raum perfekt aus.

Als ich den Kopf hebe, lächelt er mich warm und zärtlich an. Er nimmt mein Gesicht in die Hände und wischt meine Tränen weg. Er kommt so nah zu mir, dass er an meinen Lippen flüstern kann: »Du hast mir einmal gesagt, mein Tattoo sei unvollendet, weißt du noch?«

Das werde ich nie vergessen.

»Ich habe endlich etwas gefunden, das ich genug liebe, um das Tattoo damit zu vervollständigen«, sagt er heiser zu mir.

Habt ihr jemals gespürt, wie euer Herz sich in die Höhe schwingt? Vor so viel Liebe und Glück anschwillt, dass sich eure Brust ausdehnt und ihr euch sicher seid, dass sie gleich zerreißt?

Das hoffe ich. Denn jeder verdient es, dieses Gefühl, das rein und makellos und unverdorben ist, wenigstens einmal im Leben zu spüren.

Ich hebe sein T-Shirt noch einmal hoch und fahre die gerötete Haut entlang. »Das geht nicht mehr ab, das weißt du.«

Er lacht und küsst mich fest auf den Mund. »Davor hat man mich gewarnt.«

Ich werde sentimental. »Danke, dass du mich nicht aufgegeben hast.« Ich werfe die Arme um ihn und drücke ihn. »Danke, dass du um mich gekämpft hast, Shaw.«

»Du bist ein harter Gegner.« Er befreit sich aus meinen Armen und nimmt mein Gesicht in die Hand. »Aber ein würdiger. Ein ebenbürtiger.«

Welche Frau würde da nicht dahinschmelzen? Sierra vielleicht. »Ich liebe dich.«

Er senkt seinen Mund auf meinen und flüstert: »Ich liebe dich auch.«

»Bääh! Ihr zwei macht mich echt krank«, jammert Sierra und schlürft laut den Rest ihrer Limonade. Aber ein Blick auf sie sagt mir, dass sie lügt. Sie freut sich für mich.

»Ich glaube, in dem Fall muss ich Sierra zustimmen«, fügt Noah hinzu und mustert sie eindringlich. Sie meidet absichtlich seinen verzückten Blick.

Lachend klappt Shaw genau in dem Moment seine Speisekarte wieder auf, als die Kellnerin zurückkommt, um unsere Bestellung aufzunehmen. Das Gespräch kehrt schnell zu Alltagskram zurück. Zur Hochzeit. Dem Schaden, den der Hagelsturm im letzten Monat an unserem Dach angerichtet hat. Annabelles mit großer Spannung erwartetem Besuch zu Hause am nächsten Wochenende. Ihr erster.

Das Gespräch ist unbeschwert und entspannt, und ich erlaube mir, mich zurückzulehnen und eine Rückschau auf mein Leben und die Menschen zu halten, die zu lieben ich mir erlaubt habe. Wirklich, vorbehaltlos und angstfrei zu lieben. Mein Kreis wird niemals groß sein, doch er wird aufgrund eines Glieds stärker sein als je zuvor.

Vor Jahren, als ich am Tiefpunkt meines Lebens war, las ich zufällig ein Zitat: *Manchmal finden wir uns, indem wir uns verlieren*. Es ist mir die ganze Zeit im Gedächtnis geblieben, obwohl ich mir nicht sicher war, ob ich je gefunden werden könnte.

Erst jetzt verstehe ich, dass ich nie verloren war. Ich habe mich nur vor aller Augen versteckt und darauf gewartet, dass jemand davon Notiz nimmt, dass jemand die innere Kraft hat, sich durch alle von mir errichteten Hindernisse zu kämpfen, als ob sein Leben davon abhinge.

Ich habe auf jemanden gewartet, der meine Hand nimmt.

Ich habe auf Shaw Mercer gewartet.

Geplapper …

Ich weiß, was ihr denkt. Ich weiß jetzt schon, was in den Rezensionen immer wieder Thema sein wird. Um Himmels willen, Willow, was ist los mit dir? SAG SHAW EINFACH, DASS DU IHN LIEBST! Erzähl ihm von deiner Schwester. Kotz alles aus dir raus, denn es verfault da drin! Du hättest das ganze Drama vermeiden können!

Glaubt mir, ich habe eure Frustration gespürt. Aber ich verstehe auch Willows Problem. Ich verstehe es sogar sehr gut.

Manchen Menschen fällt es schwer, ihre wahren Gefühle auszudrücken, aus welchem Grund auch immer. Wer weiß schon, was sie im Leben alles haben durchmachen müssen? *Ich* bin einer von ihnen. Mein Mann diskutiert gerne alles aus. Ich nicht, auch wenn ich es meist wirklich will. Das ist Anlass für permanenten Frust für ihn, obwohl er der Mensch ist, dem ich auf der Welt am meisten vertraue.

Wenn ihr also glaubt, dass ich Drama nur um des Dramas willen erschaffe, plädiere ich in manchen Fällen auf schuldig. Aber nicht in Willows Fall. Nicht wenn man wie sie so an seiner Unfähigkeit leidet, Dinge auszusprechen, die man verzweifelt mitteilen will. Manchmal ist es eben *nicht* so einfach, den Mund aufzumachen – fragt meinen Mann.

Nebenbei bemerkt, das Eleanor-Special gibt es wirklich. Meine Großmutter aß Waffeln immer auf diese Art, weshalb mein Mann sie Eleanor-Specials taufte. Bis zum heutigen Tag isst auch er gern Waffeln mit Marmelade. ☺

Abschließend möchte ich darauf hinweisen, dass ich mir in dem Teil meiner Geschichte, in dem es um die Zulassung von Medikamenten geht, ein paar Freiheiten genommen habe. Die Zulassung eines neuen Medikaments durch die US-amerikanische »Behörde für Lebens- und Arzneimittelsicherheit« ist ein komplizierter und langwieriger Prozess. Das Medikament muss mehrere Phasen und klinische Studien durchlaufen, was acht bis zehn zähe Jahre dauern kann. Wie man sich vorstellen kann, schafft es nur ein geringer Prozentsatz überhaupt bis zur dritten Phase der klinischen Studien, und ein noch geringerer Prozentsatz wird schließlich zugelassen. Doch worauf ich hinauswill: Ich habe den Prozess um der Geschichte willen etwas beschleunigt, doch ihr sollt wissen, dass ich meine Hausaufgaben gemacht habe.

Danke, dass ihr mir durch diese sehr lange zweiteilige Reihe treu geblieben seid. Ich liebe lange, komplizierte Geschichten, in denen man sich mehrere Schichten tief in die Komplexität des menschlichen Charakters graben kann, denn seien wir doch ehrlich: Keiner von uns hat nur eine Facette. Eine längere Geschichte erlaubt es mir als Autorin, euch mit auf diese Reise zu nehmen.

Wenn sich also Leserinnen über die Länge beschweren sollten, werde ich mich nicht dafür entschuldigen. Das ist die Geschichte, die ich erzählen wollte, und ich bin wahnsinnig stolz darauf.

Jetzt zu meiner Danksagung. Mein Dank geht wie immer an **Nikki Busch**, meine Lektorin, weil sie mein Manuskript geglättet hat und mich gut dastehen lässt. Besonderer Dank gilt meiner Schwester **Tara** und meiner befreundeten Schriftsteller-Kollegin **KL Grayson**, die mir beide ehrliches Feedback gegeben haben, das mir dabei geholfen hat, die Geschichte so zu schreiben, wie ich sie wollte. Ich hoffe, ihr wisst jetzt beide, was eine heilige Kuh ist, da es niemand sonst erfahren wird, weil ich sie rausgestrichen habe (weint bittere Tränen). DANKE, dass ihr in euren vollen Terminplänen Zeit freigeschaufelt habt, um mir zu helfen! **Heather Roberts**: Ich kann dir gar nicht sagen, wie sehr ich deine unermüdliche Arbeit, deine Ansprechbarkeit rund um die Uhr und deine grenzenlose Unterstützung in jeder Beziehung wertschätze. Ich bin überzeugt, dass ich ohne deine Anleitung und Hilfe das Schreiben längst aufgegeben hätte. Und zu guter Letzt danke ich wie immer meinem **Mann**, der alles toll findet, was ich mache. *Alles.* ☺ Sogar mein Schnarchen. Du bist mein größter Fan und das liebe ich an dir, auch wenn ich es dir nicht immer sage.

Freunde, Familie, Blogger, Autoren, Betaleser, Pimpers, Kreig's Babes und am allerwichtigsten MEINE LESERINNEN: Wenn ihr mich in irgendeiner Form unterstützt habt, sollt ihr wissen, dass ich euch aus tiefstem Herzen danke. Ich bin euch aufrichtig und auf ewig dankbar dafür, dass ihr an mich geglaubt habt. Jede Nachricht und jede E-Mail, die ich von jemandem bekomme, der persönlich mit mir in Kontakt treten und mich dafür loben will, wie sehr meine Bücher ihn berührt haben, ist wirklich *surreal* und *genau der Grund*, warum ich schreibe. Weil ihr alle mich ermuntert. Und dafür danke ich euch.

Um Himmels willen ... helft der Autorin. SCHREIBT EINE REZENSION, wenn ihr dieses Buch gekauft habt. Selbst ein oder zwei Sätze über das Buch oder auch nur eine Bewertung sind für andere Leserinnen hilfreich. Kritiken sind entscheidend, um einem Titel in diesem gewaltigen Meer großartiger Bücher Publicity zu geben.

Meine musikalische Inspiration beim Schreiben von *All of You*:

»I Alone« von Live
»Love Me Now« von John Legend
»Love on the Brain« von Rhianna
»Scars to Your Beautiful« von Alessia Cara
»Breaking Inside« von Shinedown
»Home« von Michael Bublé
»Unsteady« von X Ambassadors
»How Did You Love« von Shinedown
»A Place to Fall« von Emphatic
»Dark On Me« von Starset
»Wherever You Will Go« von The Calling
»Magic« von Coldplay
»The Scientist« von Coldplay
»What Would It Take« von Anderson East
»Just Breathe« von Pearl Jam
»Let Me Love You« von DJ Snake
»Helium« von Sia
»Mirrors« von Justin Timberlake

Sie ist die Einzige, die seinem Charme widersteht!

Avery Flynn
TROUBLEMAKER
Aus dem amerikanischen
Englisch von
Kristiana Dorn-Ruhl
320 Seiten
ISBN 978-3-7363-1192-3

Unverschämt attraktiv, unanständig reich und in der Regel unwiderstehlich – Hudson Carlyle hat alles und kann jede Frau haben. Doch als er Felicia Hartigan trifft, muss er feststellen, dass sein Charme bei ihr nicht wirkt – sie lässt ihn einfach abblitzen! Also macht er ihr ein Angebot, das sie nicht ablehnen kann: Er verspricht ihr Hilfe dabei, den Mann ihrer Träume zu erobern – und tut währenddessen alles, um ihr Herz zu gewinnen …

»Ein sexy und wunderbar unterhaltsamer Liebesroman, der jedem, der ihn liest, ein Lächeln ins Gesicht zaubert!« SPICY READS

LYX